U0469735

红 柯

本名杨宏科，1962年生于陕西关中农村，1985年大学毕业，先居新疆奎屯，后居小城宝鸡，曾执教于陕西师范大学。漫游天山十年，主要作品有“天山系列”长篇小说《西去的骑手》《大河》《乌尔禾》《生命树》等，中短篇小说集《美丽奴羊》《跃马天山》《黄金草原》《太阳发芽》《莫合烟》《额尔齐斯河波浪》等，另有幽默荒诞小说《阿斗》《家》《好人难做》等。曾获冯牧文学奖、鲁迅文学奖、庄重文文学奖、中国小说学会奖长篇小说奖、陕西省文艺大奖等。

乌尔禾

红柯——著

上海文艺出版社

在现实与想象之间飞翔

红柯

我很小的时候就向往北极的冰雪世界。我是个胖人，怕热，从“五一”节到“八一”节都在熬日子，什么都干不成，从秋天开始，生命力回升，冰天雪地的时候就到了生命力的顶峰状态。这还不算，从初中开始，每天冷水浴，给自己营造一个“冬天”。冷水浴后身轻如燕，有一种飞翔的感觉。也就是说秋天和冬天是我创作的高峰期，跟候鸟似的。后来看到有关北极的图片与电视节目，我就两眼放光，我是那么羡慕海豹、企鹅与北极白熊，包括苔原地带的锈迹斑斑的植物。

好多年以后，我带学生到阿尔泰实习，见到额尔齐斯河的那个瞬间，我就想到北冰洋，想到北极的冰雪世界，想到北极白熊。中学地理课本上就学过，额尔齐斯河流入北冰洋。置身于额尔齐斯河边，不胡思乱想是不可能的，尽管我所目睹的这条大河还不到它全部长度的千分之一，这并不妨碍我对白熊的想象。我想象中的白熊伟岸高大，傲然地逆流而上，额尔齐斯河的波涛也只配拥到它的脖子给它做围脖。我收集有关白熊的资料，布尔津、哈巴河都有不少白熊的传说，当地的史志里记载着 1987 年白熊光临阿尔泰。但我没有亲眼看到过白熊，心里痒痒得不行，犹如对佳人的向往，让我辗转反侧。后来我写了《金色的阿尔泰》《库兰》《哈纳斯湖》，都无法消除我对额尔齐斯河波浪与白熊的无限向往。2002 年，我有幸摆脱繁重的教学工作，到鲁院学习半年，一气呵成了长篇《大河》。有关这本书的评论不少，至少我本人也认为其中有关白熊的描写完全出于想象，整部作品近于童话。从构思到创作差不多十四年。

2004 年冬天我又开始另一部长篇的写作，我迁居西安，在丝绸之路的尽头描绘遥远的准噶尔盆地一个叫乌尔禾的绿洲。当年从奎屯去阿尔泰，要在乌尔禾住一晚上，那个小镇我太熟悉了，有汽车站、小饭馆、兵站、白杨河、南北干渠，很狭小的一小块绿洲，完全是瀚海里一个岛屿。这回就不是白熊这些大猛兽了，是兔子，据说乌尔禾就是因兔子而得名，蒙古语套子的意思。我常常站在戈壁滩望着兔子感叹不已，就像维吾尔人的手鼓，兔子把大地都敲响了。在这本书里我还写了羊，跟兔子一样可以穿越大漠。短篇《美丽奴羊》中的羊离不开青草地，到了长篇《乌尔禾》，羊就要离开草地，到戈壁沙漠去了。中亚腹地就这么神奇，绝域里有仙境，砾石滩中往往能找到青草地。这也符合准噶尔的地貌特征。长篇应该有大地的某些特点，甚至包括天空。长篇就是长天大野，就是一方天地，万类霜天才能在其中竞自由，以显其性。我甚至想象傲然横渡瀚海的羊，其高度绝对超过骆驼，其生命力也在骆驼之上，据说骆驼眼美妙无比，我笔下的这只羊理所当然有一双摄人心魄的黑眼睛。书中用了维吾尔民歌《黑黑的羊眼睛》。穿越瀚海的羊，应该有一双美目，超越生死的界限，作为一部长篇的主题歌应该是不错的。

2006 年 6 月 6 日下午 6 点，我在宝鸡渭河边的小房里完成了又一部长篇，也打破了热天不能写作的惯例。乌尔禾绿洲上《黑黑的羊眼睛》让我打破常规。长篇就是长篇，在空间上要保持天地的特征，也要在时间上有季节感。7 月份我有机会再次去新疆，去了喀什、阿克苏，也去了阿尔泰，我再次看到乌尔禾绿洲时心里很平静，我已经用一部长篇完成了我的《乌尔禾》，包括这块绿洲上的兔子与羊，包括绿洲以外的广袤的戈壁。国庆长假，在中央电视台科教频道看到一支科考队 2006 年 8 月中旬在阿尔泰发现北极白熊，从报道中得知，2003 年北极白熊在阿尔泰登陆，正好是我完成《大河》的时候……这就是想象的力量！什么叫想象？记忆通过联想产生新形象的过程叫想象。由此及彼叫联想，联想的结果是作文，是实用文写作，是平面滑行，而文学是想象的结果，是创作，是创造性的写作。我从教二十年，主讲写作学，我总是让学生区分作文与文学创作与写作。飞机总是要飞翔的，即使直升机也有个着力点，但如果待在原点上让螺旋桨日夜飞转，那就是电风扇了，如果飞机贴着跑道没完没了地奔跑，那就是汽车了，还拖着一对大翅膀，挺吓人的。

序曲

两边大戈壁，中间一条河，叫白杨河，白杨河两岸肥沃的土地就是乌尔禾。乌尔禾的土地是后来的事情，刚开始全是密林、灌木，杂草、野兔多得不得了。你也能猜出来乌尔禾地方不大，东西狭长的小盆地，也就几十公里的样子，草木茂盛，可藏不住猛兽，老鹰从天上往下一瞥，也就是茫茫戈壁一片绿叶子嘛，狭小肥沃，安全，难怪聚那么多野兔，准噶尔盆地最好的野兔全奔乌尔禾去了。老天爷好像觉得过意不去，在乌尔禾东边，也就是白杨河快要消失的地方开设了有名的魔鬼城，全是奇形怪状的史前动物，恐龙、剑龙、霸王龙、能飞的翼龙，我们所熟悉的老虎、豹子、狮子、大象、狼，包括名气很大的各种猛犬全都侍立一旁，如同奴仆。其实也就是雅丹地貌，可那神态活脱脱一群动物，稍稍吹进一股风，它们就吼叫，就长啸，准噶尔盆地都抖起来啦，受到惊吓的兔子不知道躲避，反而奔过来了，谁都知道那是吓晕了。一句话，乌尔禾就是兔子窝。

该谈谈乌尔禾这个地名了，新疆的地名跟诗一样美，包括中亚细亚，大多都是蒙古语，“乌尔禾”就是蒙古语，套子的意思。给兔子下套，用不着铁夹子、陷阱，更不用说弓箭、猎枪这些真正的武器，在乌尔禾抓野兔下套子就行了。最初下套子的肯定是蒙古人了，而且是成吉思汗时代的蒙古人。成吉思汗统一了漠北草原，带着蒙古人越过阿尔泰走向世界。

站在阿尔泰山坡上往南扫一眼，就是辽阔的准噶尔大地，以及大群大群的野兔。蒙古草原上可没有如此众多，如此矫健的野兔啊。草原兔哪能跟戈壁兔相比，戈壁兔才是真正的狡兔，蹿起来就像一团跳动的火焰，哈萨克人在那个时代应该是克烈人乃蛮人，他们给戈壁野兔一个很威风的名字：火焰，野兔跟火焰词根是一样的。可以猜想大汗有多么兴奋，肯定要打打猎喽。大汗原本是蒙古人中的狩猎部落，记载黄金家族的《蒙古秘史》前几卷全是铁木真兄弟们在河边在森林狩猎的故事，铁木真的军事才能也得自于狩猎，统一蒙古诸部、征服整个世界的军事方略也不过是狩猎方式的演化而已。大汗是不会放过任何一次狩猎机会的。大汗带着他英武的那可儿从阿尔泰山下来了，如疾风般冲向准噶尔盆地，跟野兔兜圈子。在克拉玛依地区遇到了青苍苍的寸草不生的山冈，大汗就名之为成吉思汗山，二三百米高的矮山在盆地底部可是气势非凡啊，大汗从不以高度看山，大汗看的是山的气势。关键是大汗心情好。就这样，大汗紧跟着兔子来到了乌尔禾，大汗惊呆了，茫茫戈壁间的一片仙境啊，密林中有河水喧哗、闪烁，有百鸟齐鸣飞翔，树也是杂树，最高大者皆白杨，如同燃烧的白蜡，大汗喊出了白杨河，河就有名有姓了。兔子呢，兔子全进林子里了。大汗的马再也不用奔跑了，换成了走马的步子，步伐细密整齐，马背安稳如席，狭长的河谷清凉幽静。又该让大汗吃惊了，他的亲兵、勇敢的那可儿们根本不用弓箭，就从林子里抓到了兔子：是那些缠绕在树根的藤条野草把兔子给夹住了，也有被灌木夹住的；跑掉的肯定跑脱了，夹住的可都是大个儿的，都是野兔中的佼佼者，大树都被拉动了，树冠在天上摆动，灌木乱抖，藤条和草拉得直直的，到了那可儿们手里还在大幅度地腾跃，小伙子们都摆出摔跤的姿势，他们可都是草原上一流的摔跤手。大汗兴致颇高，收起弓箭，下马到密林深处亲手抓了一只野兔，大汗情不自禁地喊出了："乌尔禾！　乌尔禾！"乌尔禾的密林啊，让大汗第一次收起了武器。在以后的征战中，大汗开始频频地使用和平手段。人们就猜想乌尔禾的狩猎行动在起作用。大汗的孩子们建立了四大汗国，就有蒙古人迁到乌尔禾，他们理所当然成了乌尔禾最早的居民。他们去天山打猎去阿尔泰山打猎，回到家乡乌尔禾，就到密林里直接去取猎物，当然都是兔子喽；好像是树上长的，好像是他们家的仓库或贮藏室。乌尔禾人心眼好那可是没说的。

开始有土地了。要种庄稼嘛，那是1958年的事情了。先从地窝子开始。

第一章　地窝子

1

所有的垦区都是从地窝子开始的。严格地说，乌尔禾的地窝子在奎屯垦区不是最早的，1958 年了嘛，人家石河子都有楼房了，农七师师部所在地奎屯也有了像样的平房，乌尔禾才开始挖地窝子。那些住毡房的蒙古人哈萨克人明白了，人们一代又一代地去林子里抓野兔，野兔越来越少，这些汉人在地上打洞养兔子了，真是善举啊！乌尔禾本来就是大地上最吉祥的地方。这些汉人打了洞，自己住进去了。地开出来了，渠修起来了，庄稼长高了，他们还住在地窝子里。可以这样说，乌尔禾的地窝子在奎屯垦区时间最长。

海力布叔叔的地窝子是第一个，在乌尔禾的最西边，连长和张老师家是第二个。接二连三，地窝子跟蜂巢一样出现一大片，王卫疆的父母属于这一大片地窝子中的一个。海力布叔叔就走错了门。有一天晚上，后半夜吧，海力布叔叔迷迷糊糊去解手，回来往被窝里一钻，摸到热乎乎一个大活人，可以想象，那个场面有多么慌乱。海力布叔叔跟兔子一样蹿到野地里，里边的女人恍若梦幻。王卫疆的父亲放水浇地，后半夜回家，就留着门。在那个年代这也不算什么新鲜事，大概发生在王卫疆出生前七八年吧。王卫疆出生比较晚，他母亲想在房子里养孩子，哪怕是一间草房子，一间土坯房，一间破窑都成。女人就是这么对丈夫说的。女人一直跟丈夫闹别扭。从那天晚上以后，女人不闹了，安静下来了。

海力布叔叔那时候不叫海力布，叫刘大壮，他不是蒙古人，是个正宗的汉人，是从朝鲜战场上回来的战斗英雄，最后一批撤出朝鲜的，大概是1958年吧，只能到农七师最边远的137团乌尔禾团场。跟所有的军垦战士一样，海力布叔叔必须有一个女人。海力布叔叔那时不到三十岁，又高又壮，战争所有的痕迹全留在脸上了，弹痕刀痕，好像在打磨一块石头。奇怪的是他身上连一块疤都没有。据说这个陕西冷娃不止一次赤裸上阵，不是赤膊，是赤身，挖坑道的铁锹寒光闪闪，成了可怕的兵器，怒吼着冲向人群密集的地方，那时候的海力布叔叔只有一个心思，对手的子弹跟鸟儿一样在身上搭个窝，跟黄鼠一样打洞都行。那是跟联合国军打仗，十几个国家的兵商量好似的，就是不碰海力布赤裸的身体，就打他的脸，刀伤居多。人家也是兵，你不打枪，抡着铁锹，人家就不好意思用枪，就用刀，各个民族的奇形怪状的刀砍过来，砍不到身上，全砍在脸上了，海力布叔叔那张方正的秦人的脸就这样毁掉了。身体壮得不得了，跟公牛一样，跟虎豹一样。那张伤痕累累的脸在部队是一种荣耀，一种自豪。可女人们怕这张脸。各种办法都用过，指导员甚至想了一个绝招，让海力布叔叔戴上大皮帽子，裹上狼尾巴围脖，火焰一样飘动的狼毛基本上遮住了海力布叔叔的面孔，只露出那双黑而有神的眼睛。指导员肚子里有几点墨水，还懂一点女人心理，指导员有老婆嘛，指导员就充分发挥他的想象力，把海力布叔叔黑而有神的眼睛比作森林里的星星：女人呢，这么给你说吧，女人就像大气球，绷得紧紧的，圆浑浑的、不透风，男人只要用一个优点打动她，这个优点就会变成锋利的刀子或针，就能瓦解女人、突破女人，用咱们的军事术语说这就叫突破一点震撼全线。

“这不是骗人家女人吗？”海力布叔叔声音都变了。

“眼睛是你的嘛。”

“你让人家只看我的眼睛不看我的脸，人家要跟我这个人过一辈子，不是跟我的眼睛，眼睛能当饭吃嘛能当水喝？”

“哎呀，你这个同志你不懂女人，女人动了心，就不顾一切了。这么给你说吧，就是个混蛋，她都跟哩。国民党反动派、日本鬼子、美国鬼子都没有打光棍嘛。”

“你心目中的女人就是这？”

“女人很简单，你不要想那么复杂。”

“还不复杂？给我把盖头都戴上了，我成啥了？我日他娘，我只露个眼睛。”

海力布叔叔已经是新疆人了，海力布叔叔见过那些戴着盖头只露一双黑眼睛的穆斯林妇女，太伤男人的自尊了，海力布叔叔快要哭了。整整一年，海力布叔叔让人家摆布过来摆布过去，肚子胀得要爆炸了。海力布叔叔就爆炸了，大皮帽子呼一下飞到门后边，狼尾巴围脖凌空一闪扑到指导员脸上，海力布叔叔摔门而去。指导员气得大骂：“陕西二毬、陕西二百五。”连长跟海力布叔叔是乡党，连长笑了半天说：“陕西没有二毬、没有二百五，陕西娃都是冷娃。”

“狗识的打光棍去，打上一辈子光棍。”

海力布叔叔还真打了一辈子光棍。像海力布叔叔这样的光棍，兵团有好几千，那些边远团场的角角落落里好像被人类遗忘了的地方，生活着一大批没有女人的男人。有自身的原因，也有环境的因素。

好多年以后王卫疆才知道，海力布叔叔在朝鲜战场上亲眼目睹了一个女护士被美国飞机的炸弹炸没了，轰隆一声巨响，那个白衣天使就从大地上消失了，一丝布片都没留下，好像蒸发了。美国炸弹太牛逼了。海力布叔叔跟一群伤员爬在山坡上，女护士爬在山坡底下的大石头后边，炸弹贴着石壁溜到女护士身上，女护士跟石头一块儿消失了，汽车那么大的巨石，离海力布叔叔只有十来米远。王卫疆是在阿吾斯勒山口的芨芨草丛里听海力布叔叔讲这个故事的。那正是盛夏季节，草原闷热难熬，羊群和放羊人都躲在芨芨草丛里躲那颗暴虐的太阳。海力布叔叔指着喷火的太阳说：“我们当年就这样躲炸弹，跟下白雨一样哗啦啦把地都下满了。”那么多炸弹，海力布叔叔竟然活着回来了，王卫疆每次穿越大戈壁时看着一望无际的黑皮石头就想起海力布叔叔描述的白雨一样的哗哗落下来的炸弹，海力布叔叔在王卫疆眼里绝对是一个英雄。指导员根本就不了解海力布叔叔，用军事术语给海力布叔叔谈女人谈婚姻，等于揭海力布叔叔的伤疤。 在海力布叔叔的世界里，那个女护士是个真正的白衣天使。海力布叔叔给王卫疆讲女护士的故事时已经五十多岁了，成家立业的念头已经淡漠了。孤独的牧羊人给王卫疆描述的女人完全符合一个少年的想象，那个女护士是个不到二十岁的姑娘。海力布叔叔对女人的理解也就停留在这个阶段，甚至还不如一个中学生，王卫疆当时已经上高一了，读了许多书，包括爱情小说，王卫疆就认定海力布叔叔的情感受到了严重伤害，王卫疆就把这意思表达出来了。

“叔叔你太不幸了。”

“说啥呢？啥叫不幸？我太有幸了。”这可远远超出了一个中学生的承受能力，海力布叔叔的那张嘴跟大炮一样继续轰击着，“她给我包扎过伤口，给我喂过药，打过针，那个场面我就不该记下来吗？炸弹跟下白雨一样往下落，大家都趴下了，就我脖子伸长长地瞪着眼睛。娃娃，你叔叔我不是看一个人死，我是看一个大活人，看一个人最后活着的样子。弹片也真是的，扎进脑袋里了喽，没伤眼睛。我把她整个人记下啦！”那一刻王卫疆的脑子空荡荡的，所有的战争小说、战争影片都没有这种场面。后来他想象过好多次，他实在想象不出飞机狂轰滥炸的时候躲都躲不及，又没法去救对方，怎么就傻乎乎地梗着脖子，冒着战火目睹如此惨烈的场面！海力布叔叔问王卫疆：“叔叔有点傻是不是？”大家都这么看他，他还明知故问。按理说，他应该去荣军院里过清闲的日子，去享福。他还真在荣军院里待过，待不住，身体那么棒，虽然脑袋里有块弹片，一年总有那么两三回弹片要发挥一下作用，据说是嗡嗡响，海力布给医生这样描述，好像有人给他打电话，医生就明白了，这块弹片质量相当好，近似半导体，随着地球上空的电波增多，海力布的安宁日子就会越来越少。海力布就从内地来到新疆，按医生的吩咐，适当的体力劳动有助于海力布的健康。现实中的海力布不是什么适当的体力劳动，简直是一台拖拉机，也不愿意待乌鲁木齐、石河子、奎屯，要去安安静静的地方，肯定是让炸弹给震坏了，直到去了奎屯最遥远的137团乌尔禾团场，海力布总算安静下来。后来乌尔禾团场往西延伸建牧场，海力布叔叔看见大群白云一样的羊群，就兴奋得不得了。好多年后，王卫疆在牧场亲眼目睹海力布对羊的爱护，王卫疆就想到了那个女护士，那个白衣天使很容易让洁白的羊羔代替了。这个小小的中学生认为海力布受到了战争的伤害是有些道理的。

1958年秋天的海力布可不这么想，他跟指导员吵了一架，再也不戴帽子了，烈日下，连草帽都不戴，一张吓人的脸晃来晃去。指导员说的是气话，谁敢让革命同志打光棍呢？指导员继续当媒婆，苦口婆心，死缠硬磨。这时候发生了一件意想不到的事情。赵排长的婚事是指导员一手策划的，指导员耐心太大，赵排长过于主动几近蛮横，那个初中毕业的湖南妹子硬是给生米煮成了熟饭。事实上赵排长吃了一辈子夹生饭，夫妻感情疙疙瘩瘩，湘妹子死倔，一直拧着，每次同房下，湘妹子都要洗身子，不惜自己的身体，把自己都弄病了，都发炎了，轰动了整个乌尔禾。整个乌尔禾也就巴掌大个地方，用乌尔禾人的话讲，兔子猛跑，半个时辰就能兜一圈。乌尔禾最繁华的时候人口也就一万多吧。湘妹子的事情从团医院传出来，下午收工时整个乌尔禾全都在谈论这件事。指导员的脸就挂不住了。为了让赵排长家庭稳定，指导员特意把湘妹子安排到连中心小学当老师。也就是说，湘妹子踏上新疆的土地，仅仅在大田里待三个月，就当上了人民教师。湘妹子当了一辈子教师，就是现在的张老师，王卫疆就是她的学生。她的故事刚刚开个头，就轰动了乌尔禾。

海力布叔叔指着指导员的鼻子："都是你干的好事，幸亏我莫听你的。"指导员蔫了，蹲在地上光抽烟不说话，连头都不抬。海力布叔叔真理在握，就跟关公握着青龙偃月刀一样，海力布叔叔高兴啊，再也没人用女人说事了，他可以过安静的生活了。

海力布叔叔在白杨河边长长出口气，脑子就很快凉下来。军垦战士就这么讨人嫌吗？他们要不打仗，待在家乡早就娶妻生子成家立业了。打完仗，放下枪，又抡起坎土曼，扶起犁杖，成为边疆的农民，又不是农民，农闲时还要训练，还要戍边，两个肩膀都全占满了。海力布叔叔不恨指导员了，见了指导员主动打招呼、让烟。

海力布叔叔还专门去了赵排长家。海力布叔叔是拎着大鳇鱼去的。乌尔禾没有这么好的东西，可乌尔禾有公路，去阿尔泰的国道从乌尔禾小镇过，从额尔齐斯河捕捞的大鳇鱼一车一车拉到奎屯拉到乌鲁木齐去了。海力布叔叔趁司机吃饭的时候，闻到了腥味，就奔到车上。明人不做暗事。司机正在饭馆吃拉条子呢，司机从海力布叔叔敏捷的动作和吓人的伤疤上品尝出些异样的味道，司机就去打开箱子，铁皮箱带着水呢，额尔齐斯河清凉的河水，都是活鱼。司机捞了两条大的，扯断头顶飘扬的柳条，串上鱼，递给海力布叔叔。海力布叔叔提着一捆乌尔禾生长的大葱，丢到车上，司机是山东人，看见这么好的大葱就笑了。

海力布叔叔提着鱼到赵排长家里。两个男人抽烟拉闲话，湘妹子再怎么别扭，总得招呼客人吧，何况是两条罕见的大活鱼。湘江沅江资水澧水浏阳河里一万年也长不出这么鲜美的鱼，湘妹子眼睛亮了一下。海力布叔叔连她看都不看，海力布叔叔跟赵排长谈话，腿跷得高高的，两个大男人围着小方桌，坐着粗糙的白杨木椅子。赵排长木工手艺一般般，打出的家具愣头愣脑，可很结实，海力布叔叔坐上去很安稳。海力布叔叔就往后一靠，脑袋一扬，腿也扬起来，只能看见他的腿和脚，赵排长慢慢也变成这个姿势。菜很快就上来了。两个男人商量好似的，只吃一条鱼，另一条不动。鱼骨头吐了一地。海力布叔叔吃饱喝足跟赵排长打了个招呼扭头就走。湘妹子愣在院子里，一辈子都没回过味来。王卫疆后来听海力布叔叔讲这件事的时候，也闹不明白。

“慢慢想吧，想明白了你就长大了。”

讲这个故事的时候王卫疆也没想明白，王卫疆二十三岁了，王卫疆反复问自己，我还没长大呀。跟着故事一起说吧。

海力布叔叔的话越来越少，干活不惜力气。挖渠道遇到塌方，人家都逃了，他跟石头一样，人家喊他，他没反应。赵排长返回来踹他一脚，他朝赵排长笑一下，那种笑太恐怖了，把赵排长给吓跑了。沙石轰隆隆就把他给埋了。都以为他牺牲了，他也没打算活过来。大家连刨带挖把他救出来，连人工呼吸都没做，他就睁开眼，喘过气，身上青一块，紫一块。要往师部医院送，他不上车，他要白酒。连长拿来白酒，他喝掉一瓶，另一瓶跟女人抹雪花膏一样抹到身上。白酒抹伤口很难受的，海力布叔叔龇牙咧嘴，用了两瓶酒，就没事了。

卫生员说：“老刘，”海力布叔叔姓刘，叫刘什么，没人知道了，王卫疆都不知道，王卫疆连海力布姓刘也不知道。卫生员说：“要拍个片子，伤筋动骨一定要拍片子。”

海力布打死也不会去拍片子的，海力布叔叔对照相机 X 光有着本能的敌意。海力布叔叔喷着酒气，海力布叔叔脑子没乱，清醒着呢：“你让我对着机器出丑呀。”卫生员说：“X 光不照脸，照里面的骨头。”

“从外面看到里边！”海力布叔叔声音越来越大，“我外边好着里边也好着，我好好的，你睁大眼睛看！你球眼睁大看！”海力布叔叔伸胳膊伸腿，筋骨叭叭响哩。连长让司务长再给海力布叔叔两瓶白酒。

“老刘，酒你要喝哩，酒活血哩，想喝多少就喝多少。”

“我又不是大冷熊，我又不是没眉没眼的八眉猪。”

海力布叔叔对连长啊啊啊呼气，呼出的全是冲天的酒气，连长都晕了，脸红红的，连长踢海力布叔叔：“日你妈，你把我当小媳妇哩。”指导员说：“没媳妇的人火气大。”连长就不生气了，海力布叔叔对着连长啊啊喷了半天，连长一直忍着。海力布叔叔问人家：“我是不是酒鬼？”“你是个好同志，好同志。”海力布叔叔听明白了，海力布叔叔就回去了。海力布叔叔走得稳稳当当，跟一棵树一样。连长吩咐不要让海力布叔叔出工，让他休息半个月。

“没有伤是假的，狗日的，睡上一觉就知道疼啦。”

连长派人盯着海力布叔叔。海力布叔叔的地窝子有七八个人，每个人占两尺宽的地方。海力布叔叔左右两侧都是连长派来的人。其实还是原来的人，连长打个招呼罢了。这两个同志轮流睡觉，盯着海力布叔叔，有情况马上报告连长。地窝子有个很小的窗户，贴着地面，月亮升起来，月光遍地流淌，顺着地面全流进来了。海力布叔叔的铺位正好在窗户底下，月光流遍他的全身。他睡得很实，呼噜声时起时伏，跟马吃夜草一样，不大却很清晰。海力布叔叔富于感染力的呼噜声引起的效果就是两个盯他的同志都睡不着了，哈欠连天。垦荒时代，劳动量大得不得了，汗都流干了，皮肤发热，滚烫，快要渗出血了，大家就笑：“嘿，锅烧红了，冒烟了。”还真冒烟了。头发是汗气蒸腾，跟火车头一样。没有汗水，直接冒热气。在地头吃饭，吃着饭，有人就睡着了，碗掉在地上，嘴里插着一块馍馍，呼噜声响起，整个人都在轰隆隆响，跟坦克一样。太累了。收工回到地窝子，眨眼就睡死了。这俩同志睡不着。彼此用眼睛抱怨。应该跟同志们一起入眠，同时打起呼噜，加入呼噜大合唱，才能保证不被排斥在外。现在好了，大家都在分享甜蜜的睡眠，他俩连汤都没有。海力布的呼噜声大一点还好，顶要命的是他这种徐徐而起如同小夜曲的和气细雨般的呼噜声，遥远清晰亲切感人。月亮那么亮，那么圆，月亮跟着吃夜草的牲畜吃得饱饱的，月亮也成了一头大乳牛，奶水一点点胀起来了，奶头圆浑浑的，奶头又红又大，月亮都红起来了，月亮蜕掉了一层皮，月亮不是月亮了，月亮变成了太阳。太阳还没有放出亮光，人们就匆匆上工了。

海力布叔叔伸胳膊展腿，昨天发生的事全忘了，要去上工了。人家就告诉他：连长说了，休息半个月。

“凭啥，嫌我干得不好？”人家就拿出连长的条子，海力布叔叔不识字，人家就念，念两个字就打起呵欠，海力布叔叔说：“那是连长给你批的假，需要休息的是你。”海力布叔叔往外走，那两个呵欠连天的同志根本就没力气拦他，海力布叔叔一手一个把他俩轻轻一提，他俩跟棉花一样软软地倒下去，睡着了。

海力布叔叔出现在修渠工地上，连长眼睛瞪得那么大，眼珠子都要掉出来了，海力布叔叔说：“小心老鹰叼了去。”

“啥意思嘛？”

“莫有啥意思，那两个货睡成死猪咧。”

海力布叔叔咚一声跳下去，十字镐抡得高高的，一镐下去，火星四溅，这哪是挖渠呢，简直是铁匠打铁哩。连长跟指导员脑袋顶着脑袋，嘀嘀咕咕。

“老刘有病啊。”

“我看也是。”

分不清是连长说的还是指导员说的，反正就他俩，观点也一致，就是老刘同志，我们的海力布叔叔不是个正常人了，大家可以原谅他的一切，不跟他一般见识。

从当时情况看，大多数人有老婆了，任务基本上完成了，就不再有人关心海力布叔叔了。海力布叔叔的身体那么壮，塌方都压不坏他，他拼命干活，大家也觉得理所当然。海力布叔叔的力气全使在地里，海力布叔叔的心思使在什么地方没人知道。

海力布叔叔用一层坚硬的黑甲把自己封住了。胡子又硬又长又黑，跟脸上的疤痕倒也相配。他一声不吭，早出晚归，跟一匹大牲畜一样。在白杨河边打柴火的时候，老鹰落到他背上，他都没有感觉。老鹰呀一声，直冲云天。那场景让放羊的农工看见了。谁都知道老鹰的爪子比刀子还要尖利，落到岩石上，石头都要裂缝的。海力布叔叔一点感觉都没有。放羊的农工甩着鞭子去问海力布叔叔，问了半天，海力布叔叔说的都是手里的柴火，都是风刮下来的干树枝。海力布叔叔只相信手摸到的眼睛看到的。放羊人凑近海力布叔叔。

“你要干啥？”

“不干啥。”放羊人自己慌了，他在海力布叔叔的眼睛里看到一种可怕的光芒，冷飕飕的，顺着脊梁骨往下蹿，一直蹿到脚后跟。放羊人扭头就走，走得歪歪扭扭，把羊都忘了。羊群乱跑，头羊在高草丛中找到放羊人，放羊人紧紧裹着大皮袄还在发抖，头羊就咩咩叫着卧在放羊人身边，放羊人搂着热乎乎的大绵羊，放羊人身上有了热气。放羊人后来对人家说：老刘的眼睛太可怕了，冷飕飕的，往人脚心里冷，往人指甲缝里冷，冰天雪地，把人全罩在厚厚的冰块里，人就跟蚂蚱一样。放羊人缩在草丛里一抖一抖，就像一只蚂蚱。

海力布叔叔就是在这个时候，走错了地窝子。首先，他的被窝没有那么热，他揭开被窝就像揭开了蒸笼，一股热气扑上来。海力布叔叔刚从野地里回来，野地里全是白花花的月光，月光上边也有一层迷迷蒙蒙的白气，不过月亮是冰凉的，跟被窝里的热气形成巨大的反差，也许是夜晚的朦胧加上睡眠的迷糊，有没有梦，就不知道了。海力布叔叔接着就摸到了一个滚烫的大活人，这个大活人以为是自己的丈夫下半夜回来了，就肆无忌惮地抱住丈夫，尴尬的场面就这么出现了。海力布叔叔绝对是清醒过来了，肯定吓傻了，呆了。近在咫尺的这个女人比他更呆傻，拉住被角，白晃晃的月光在地窝子的小窗户上打出手片大的亮光，就跟窗台卧着一只小白兔一样，谁都知道，月亮再怎么大再怎么圆，把月亮剥光了，月亮也就是一只小白兔，兔子是月亮的核，吃完果子总要吃到核的，兔子就是月亮的核。有女人的地窝子是不一样的，女人总要在窗台上放一些东西。王卫疆的母亲在地窝子的小窗台上放一面小圆镜。月光照着小圆镜，月亮就被剪碎了，月亮里的兔子就蹦出来了。凝固的空气被打破了，僵持的一对男女，朝窗户那边看一下，就看见了活蹦乱跳的兔子，他们受到启发，也开始蹦跳，方向不同罢了，女人往床角，男人往外。男人比兔子还快，远没有兔子那么灵巧，笨手笨脚，吭哧吭哧，跟一头熊一样，蹿到门外时，月光哗一下把他照亮了，女人看到的是一只大黑熊，大黑熊在门口跌倒了，连滚带爬，反而显出了人的样子，有手有脚，手忙脚乱。海力布叔叔在野地里蹲了一夜，肯定是在看月亮，从地窝子里蹿出来的那一刻，海力布叔叔的月亮就是镜子里的月亮了。那真是一块魔镜，成功地把女护士与月亮与眼前这个女人熔铸在一起，你就会明白，海力布蹲在月光地里有多么虔诚！

女人反而平静下来了。

女人躺下，被子拉到下巴底下，眼睛睁得大大的。兔子还卧在窗台上，兔子不跳了。兔子抱着小圆镜子，兔子那么知足。丈夫跟她见过两次面，第二次见面的时候拿出这个小圆镜子。也是在地窝子里，小圆镜子一闪一闪，地窝子里全是星星一样的光点子、白天里的星星，她就答应了这个男人。两天以后举行婚礼，简单得让人不可思议，两床被子合在一起，两个纸箱子，两个军挎包。新婚之夜她问丈夫的第一句话就是，这个镜子哪来的？丈夫就说从乌鲁木齐买的，她就问在乌鲁木齐什么地方？丈夫就说大十字百货商店，专门卖上海货。丈夫越谈越得意。

“我的运气太好了，指导员刚刚找我谈话，告诉我马上解决我的婚姻问题，我就捞到了去乌鲁木齐出差的机会，我就买到了上海产的镜子。”

“你咋知道给女人买镜子呢？”

“过大十字，好家伙，老远就闻到雪花膏的香气，我马上要有老婆了，我原打算买雪花膏的，等进了商店，好家伙，明晃晃的一大堆镜子，就像天上开了个窟窿，我的眼睛都照花了。我的钱只够买一样东西，我就买下了这个镜子。”

女人就把镜子放在窗台上，月亮被遮去了一个角。当时女人只觉得好看，还没看出月亮已经被小镜子剪成了兔子，也没想到月亮就是兔子的老窝。兔子不可能那么老实地待在窝里，兔子不可能那么久地被忽视，兔子就自己跑出来了，兔子一跳一蹦蹦到地窝子的窗台上蹦到女人的眼仁里，女人被吓出一身汗，兔子冻坏了，兔子就安静下来。女人听见丈夫的脚步声，这回绝对是丈夫，不会再搞错了。脚步声，推门的声音，粗重的呼吸，扒衣服的动作，跟剥自己身上的皮一样，发出吱啦吱啦的声音，一件一件丢在墙角，那里是放箱子的地方，衣服全丢在箱盖上，揭开被子，跟一个巨大的冰块一样带来了野外所有的凉气。手臂也是冰的，一双冰手在女人的身上游动，女人硬了那么一会，男人的呼吸是热的，喷到女人的后颈上，女人的后颈有一个很好看的肉涡。男人的呼吸越来越热，女人转过身把男人紧紧抱住，女人伸出双臂的动作幅度很大，她自己肯定吃了一惊，她的丈夫没有这么粗大的身躯，她的丈夫要瘦一些，又瘦又高。丈夫体察不到这种细微的变化。女人还有那么点小力气，女人不那么羞怯了，越来越主动了，越来越有劲了。半个时辰前发生的事情丈夫永远不会知道的，知道了又怎么样？妻子跟那个陌生人并没有做什么，他们之间没有故事，一直没有，读完这部小说你也读不到那种男女之间纠缠不清的故事，那仅仅是个误会。前边说了，在那个年代，老鼠洞一样的地窝子里，经常发生走错门，上错床的事情。如果该真发生什么的话，就是女人不再跟丈夫斗气了，女人心平气和了，心安理得地跟丈夫在地窝子里过日子了。女人还是要唠唠叨叨的，跟啄木鸟一样，跟画眉一样，跟麻雀一样，跟百灵鸟一样叽叽喳喳，只要女人高兴，她们发出任何声音都是鸟儿的声音；男人就跟一棵树一样，静静地听女人唠唠叨叨多嘴多舌，男人睡着了，女人还在唠叨，男人的呼噜声压不住女人的叨叨声，女人飞来飞去，忙出忙进。那可是个物质极端贫乏的年代，女人跟兔子一样从野地里弄来各种野菜，花样翻新地做出各种食物，晚饭还有菜汤。接着是月光。他们几乎不点灯，夜幕降临不久月亮就升上天空。乌尔禾的地貌太简单了，基本上是一个地槽，往大里说就是一个地峡，一泻千里的大戈壁在准噶尔盆地最低的盆底里裂开一道口子，传说中是大漠风刮出来的，因为乌尔禾紧挨着风城魔鬼城，各种奇形怪状的石头被风吹得呜呜怪叫，如鬼哭狼嚎。另一种说法比较贴近实际，有一条从西流到东的河流，几十公里长，密林夹岸，白杨居多，就叫白杨河，乌尔禾地峡至少有白杨河的大半功劳。住在地峡里的人，所看到的日月星辰全是从乌尔禾两边峭拔的石崖上升起的，日月星辰就具备了动物的形态。月亮从岩石上奔过来，卧在地窝子的窗台上，女人就让男人看窗台上的月亮。

“我把镜子搁那儿了。”

“不对么，那是月亮么。”

她光着身子跟狐狸一样嗖一下爬出被窝，一手撑在被子上，一手伸长从月亮里掏出小圆镜子。男人看到的还是白晃晃的月亮，女人不会把镜子放在黑暗里，女人稍稍把镜子侧一下，月亮就有了缺口，缺口处长出长短不齐的脸，还有脑袋，还有一双大耳朵，耳朵大得不成比例，跟身体一样大。

“哈！”男人乐了，“野兔！野兔么？”

女人把兔子装在镜子里，放到窗台上，再也不是月亮了，是一只白兔子。

“日能得很么，把野兔引到家里来了，还是个白的，野兔有白的吗？”

“野地里是黄的、灰的、蓝的，到家里就成白的啦。”

“日能得很么。”

男人怀里的女人光溜溜、白晃晃，又光又滑，跟羊脂玉一样，跟河鱼一样，男人不敢使劲搂，又不忍心松开手，男人的手就乱动弹，男人心里一亮，“这不就是一个兔嘛。”男人这么一想，女人就知道男人想什么了，女人就说：“在地窝子里做夫妻，可在地窝子里不能养娃娃。”男人骨头嘎叭响了一下，男人听这话听得太多了，为这话没少吵架，女人甚至不让男人动她。男人紧张起来，男人心里紧张，骨头缝缝里紧张，男人不吭气，鬼也不知道他的心思。男人心里静悄悄的，男人心里静悄悄的时候，他的女人也难想捉摸他的心思，女人就会产生错觉，女人就由着性子胡闹。女人要闹就让女人闹。男人忍着。男人的忍性还是比较大的。男人准备大忍的时候，女人压根就没有胡闹，女人说她不想在地窝子里养娃娃，不是旧账重提，而是轻描淡写的一个小小的过渡，女人眼睛亮晶晶的，女人告诉男人：“等他个十年八年，总是要盖房子的，啥时候脱土坯咱就啥时候要娃娃。土坯干透了，娃娃也怀上了；房子盖起了，娃娃生下了，不让咱住都不行。”女人越说越兴奋，女人哧溜又光身子蹿出被窝，趴到窗户上往外看，看了半天，又回来。男人闭上眼睛都能看见地窝子外边的情形，一排地窝子，一个离一个十来米，地窝子前后宽敞得不得了，后边种菜、前边栽树，树只有手指那么粗，树后边就是盖房子的地方。树在月光地里摇摇晃晃地动呢。男人就让女人叽叽喳喳，男人娶了女人，就等于给树上放了一只鸟儿，又跳又蹦还要胡叫，就让她叫。男人打起了呼噜，在呼噜声里女人还在叽叽喳喳，男人在梦中捂住女人的嘴巴，就像捉了一只鸟，鸟儿拚命挣扎，鸟儿的翅膀肉乎乎的，把男人的手弄得痒痒难忍，男人手一松就醒来了，男人手里真的捂着女人嘴巴，女人咬呢，女人一边咬一边喊叫：“把我捂死啦！把我捂死啦！”女人往窗户上一看，月亮不见了。兔子也不见了。天黑了一会儿，又麻麻亮起来。男人等着女人闹，女人没闹，女人知道马上要下地干活了。 女人趁着天还没亮透，女人趴在男人耳朵根悄悄地说：“月亮跑不了，兔子也跑不了。”男人心里笑：“天上就一个太阳一个月亮么，不是太阳出来就是月亮出来。至于兔子嘛，乌尔禾就是兔子，兔子就是乌尔禾。”

“你笑啥哩？”

“我莫笑啥。”

“你笑啦，我看见你笑啦。”

“莫有就莫有么，你要不信你检查么。”

女人在男人脸上摸，人笑起来脸上会起棱棱的。男人脸上光光的，再摸就是眉毛和胡子了。

“你把胡子刮了。”

“我又不是新女婿，收拾那么光堂弄啥呀。”

“你不是新女婿？咱俩结婚还不到一年你说你不是新女婿？”

“我是我是我是，日他妈，我不是谁是。”

上工号响了，两口子一起去出工。离他们最近的地窝子住着海力布叔叔，七八个单身汉住在一起。丈夫平时跟海力布叔叔没有交往，这个特殊的早晨，丈夫心血来潮路过这个集体宿舍时，“老刘老刘”地叫起来了。海力布是后来的称号，当时还叫老刘。老刘昨夜进错了门，钻错了被窝，还让女人热烈地拥抱了一下；老刘心里有鬼，平时牛皮哄哄的，听见女人丈夫的大嗓门，老刘浑身酥软，最后一个走出地窝子，那么壮的大汉，塌着腰吊着肩跟个大狗熊一样，不敢抬头，也不敢说话。钻出地窝子，他最不想见的一对鸟男女就站在跟前，海力布叔叔快要崩溃了。

“老刘，晚上没睡好，得是？”

海力布叔叔“啊啊”了两声，海力布叔叔的脑袋慢慢抬起来，脸上的疤痕因为充血显得很醒目，眼睛里有一层雾，跟盲人一样。海力布叔叔听见女人平静的声音：“抽烟解乏哩，把你的烟拿出来么。”海力布叔叔手上有了一支“天池”烟，海力布叔叔抽一口，烟雾就把脸罩住了，两个男人边走边抽烟，烟真是好东西，一下子拉近了两个男人的距离，也给海力布叔叔提供了思考的空间。他的担心是多余的，丈夫没有疑心，妻子也没有多心。跟“天池”烟一样抽到肚子里吐到空气里，风一吹，无踪无影。不在一起干活，海力布还要往前赶。海力布完全恢复过来了，静下来了，海力布就跟人家两口子打招呼。丈夫又丢给他一棵烟，女人笑得大大方方，笑容里透着一种静静的气息，跟水一样。海力布叔叔心里肯定很感动，外表看不出来。海力布叔叔自己都没有想到这种感动会持续那么久远。那仅仅是开始，从这个女人身上传达过来的温暖亲切的气息再也没有离开过海力布叔叔。

连队食堂的伙食太单调了。有老婆的男人很幸福，女人们总能从野地里弄来野菜，改善伙食。丈夫给老刘送上了香烟，接着就是吃的。不是每天都有。那个年代没有星期天，十天休息一次，有时半个月，甚至一个月。休息那天，妻子就大显身手，从食堂打来荤菜，妻子会扩大到满满一锅吃好几天。海力布叔叔有一个从朝鲜带回来的美国造的挺洋气的军用饭盆，既能打饭，也能当锅用。妻子给丈夫打过一次招呼，丈夫就记住了，每到休息日，丈夫就把海力布的军用饭盒提过来，装满再提回去。海力布叔叔想加餐，在地上点一堆火就可以了，军用饭盒烤得黑乎乎的，只有盖子上的草绿色漆皮是好的。

单身汉越来越少，也就两三年吧，集体宿舍成了海力布叔叔的单身宿舍。

2

王卫疆的降生之路相当漫长。

妻子刚刚听到盖房子的消息，同时也接到了让他们搬迁的通知。从乌尔禾小镇向西，每两三年搬迁一次。搬了三次，基本上到了乌尔禾绿洲的尽头，跟戈壁滩接在一起了。第二次接到搬迁通知，妻子到连部大闹一次，出出气罢了，到时候还得搬。差不多十年间，他们两口子一直住在地窝子。变化还是有的，地窝子宽敞了，顶上压的木头多了，纸箱变成木箱子了，有了桌子板凳。妻子二十六七岁了，丝毫没有放松对房子的渴望，她要是稍微松动一点，就能养一大堆娃娃。

丈夫不抱怨妻子，丈夫最大的气话就是“他娘的运气太差”，其中不排除人家对他们俩的挤兑。他从乌鲁木齐大十字商店购买上海产的小圆镜时就酿下了这壶苦酒。他压根就不知道他买回来了乌尔禾地区第一面上海产的精美的小圆镜。镜子大家都有，有女人的地方就有镜子。人家的镜子都是从沙湾、奎屯、乌苏、阿尔泰、克拉玛依买的，也不知怎么搞的，大多都是本地产品，最远也就是西安了。镜子又不是高科技，又不是金银首饰，商店里各地出产的镜子都有，可外出的都是男人，也不是随便哪个男人都能去。男人们总喜买便宜货，给人捎也是拣便宜的。说到天，还不是一面镜子嘛，王卫疆的父亲并没有处心积虑去买上海小圆镜。妻子问好几遍，他懵懵懂懂，妻子看重的就是这种缘分，跟这个男人一生一世的缘分，在偶然的机会里让小圆镜照进去了。

在丈夫的叙述中，他甚至没有打算买镜子，他连买东西的想法都没有，办完公事，在街上闲逛，逛到大十字，商店里的镜子一闪一闪，他就想起指导员刚刚给他说过的话，这批女同志中有一个做他老婆，离开乌尔禾前指导员讲的，女人们正往新疆赶，说不定已经到乌鲁木齐了。就在他看见镜子的一瞬间，那个陌生女人大概也有一种异样的感觉。

女人从来没有讲过，女人总有一些不愿意说的秘密。女人过乌鲁木齐的时候就意识到让她们到新疆来不仅仅是让她们“开拖拉机”，当“工人”，还有另一种巨大的使命。女人，严格地讲还是个姑娘，十七岁的大姑娘，从男同志的目光中一下子就意识到什么。应该说她是这群傻丫头中第一个惊觉起来的。表面上的喜庆、轻松只持续了一个月，就开始个别谈话，哭闹，丫头们都懵了，目瞪口呆，稀里糊涂进了新房，也就是新挖的地窝子，从大地窝子一个一个把男人们分出来，有了单个的家。这个表面不动声色的小丫头从乌鲁木齐就开始考虑自己的终身大事。踏上乌尔禾的土地，她的目光就落到属于她的这个男人身上。从嘉峪关开始，大漠风就猛烈地吹过来了，一直吹到准噶尔盆地深处，应该说她是第一个适应大漠的姑娘，她简直像个豪爽的蒙古姑娘或哈萨克姑娘。第一天上工，她就把坎土曼弄坏了，是不是故意的就不知道了，反正女人有的是办法。大家看到的仅仅是这对男女在路边不到一分钟的交谈。男人比女人想象的还要干脆，女人原以为男人会帮她修理坎土曼，而男人把自己的坎土曼往她手里一塞，好家伙，木把光溜溜的，坎土曼银光闪闪，女人显然受到了鼓励，女人说：“你找指导员了吗？”

“指导员找的我。”

“给你说了？”

“说了。”

“给我也说了。”

女人的冒险成功了，女人离开时说：“我叫张惠琴。”

男人立马去找指导员，指导员答应有他的老婆，具体是谁并没有确定，指导员还在做准备工作呢，也就是说指导员连这些女同志认都没认下。男人就说出了张惠琴，一口咬定指导员答应下的，他的老婆就是张惠琴。女同志从西安出发的时候，名单就从兵团全部分到各师团，直到连队领导手里。指导员直瞪眼睛。这个大头兵步步相逼：“我又不认识张惠琴，我又没看名单，我去乌鲁木齐出差的时候你亲口告诉我的，连长排长都在场呢。”指导员承认有他的份，是不是张惠琴，指导员还在犹豫，他的嗓门就大起来了：“你查么，你查一下，看有没有张惠琴这个人，没有就算了，我不要了，我打光棍呀，我学刘大壮呀。”刘大壮就是海力布叔叔，指导员在海力布叔叔的婚事上费尽了脑筋。指导员打开工作笔记本，果然有张惠琴，指导员就在张惠琴的名字旁边打个钩。指导员抓起帽子往头上一扣，得给人家做工作，时间紧任务重。那个年代，干工作都是乘胜追击，连续打歼灭仗，指导员直奔张惠琴。

张惠琴不说话，基本上是指导员在讲。指导员问她，她也要把话头引向指导员，指导员的话就显得有点多。指导员自己都觉察到了，就自觉地把话刹住，问张惠琴的态度，张惠琴说，让我考虑一下。这一下就是两天。第三天，张惠琴考虑好了，提出先见一下未来的丈夫。指导员就让他们在连部见了一面，都满意。指导员就放心了。

接着就是简单的婚礼，领导讲话，同志们吃瓜子吃糖。在这之前，已经挖好了地窝子，两人把铺盖往里一搬就算夫妻了。这个时候，有人发现了张惠琴的坎土曼是王拴堂的，王拴堂就是王卫疆的父亲。王拴堂的坎土曼已经用了好几年了，乌尔禾的泥土和沙子已经把坎土曼打磨得银光锃亮，轻巧无比，用起来很顺手。大家才想起那天早晨，女同志第一天下地的时候，这对狗男女在地头有过短暂的接触。另一个重大发现就是小圆镜子，大概是新房中最有现代化气息的物件，女人们都要往窗台上瞟一眼，小圆镜子里盛着亮晶晶的太阳，她们一下子感觉到这面镜子与她们的不同。女人都有镜子，在此之前，大家都彼此彼此，从现在开始，从这个小小的地窝子开始，差别出现了，只有女人们知道，新娘张惠琴除外。新娘太幸福了，新娘就容易失之大意，丝毫没有觉察到全连女同志内心的波澜。

男同志对镜子不感兴趣，但他们还是吃惊不小，王拴堂跟张惠琴太般配了，这个碎女子远奔新疆就是来投王拴堂的，让王拴堂这个狗识的给拴住了，拴在乌尔禾了。指导员有点恍然大悟的样子，离开新房时指导员对连长说："这个张惠琴呀是个有主意的人。"连长不知底细，高声赞扬指导员："这是你的功劳，全连的婚姻大事，就这桩最好，他奶奶的，太绝了，太妙了，我都羡慕死王拴堂了，我日他娘不当连长了，也想当一回王拴堂。"指导员不吭声，连长就不大声嚷嚷，连长以为指导员谦虚，连长乐呵呵的，好姻缘谁都高兴嘛。

平心而论，张惠琴的长相并不出众，太普通了，无论在老家山东，还是到西安转车，到乌鲁木齐听兵团领导讲话，到奎屯农七师师部等待分配，在女人堆里认出她是比较困难的，在大街上就更困难了。当然了，女同志嘛，健康开朗，有力气，勤快，这都是开荒种地的首要条件，也是张惠琴同志的强项。如果不是她跟王拴堂的婚姻，连队领导也很难记住她，广大人民群众也不会过分地注意她。

指导员总觉得张惠琴太有主意了，谈不上该生气还是不该生气，也不是不舒服，是一种怪怪的感觉，有点噎，有点堵，有点硬。遇上张惠琴的时候，张惠琴是很客气很礼貌的，指导员的心情就会复杂起来。

大家，尤其是女人们，耿耿于怀的是那面小镜子，她们看到的张惠琴总是那么精神，都是房子里放着宝贝镜子的缘故。这几种莫名其妙的力量很默契地不约而同地聚在一起，其结果就是王拴堂跟张惠琴老住不上房子，土坯房都住不上，他们两口子大概是乌尔禾地区在地窝子里住得最久的人。

王卫疆从懂事那天起就听母亲张惠琴讲地窝子，还有那面小圆镜，王卫疆实在看不出这面镜子有什么特别的地方。不就是个镜子嘛，攥在王卫疆手里也就是一块玻璃片，可以把阳光打到树阴里去，打到牛眼睛上。正在吃草的牛没法吃草了，牛感到太恐怖了。牛是认识太阳的，牛跟大地所有的动物一样崇敬天上的太阳，牛在太阳底下总是那么温顺，在树阴里牛可以稍微傲慢一下，头稍微扬起一点，可以平视世界了，王卫疆就用小镜子把太阳打过来。牛以为太阳掉下来了，眼睛都花了，看不见筐里的青草，牛就哞一声叫起来。张惠琴一把夺过小镜子。

“早知道这样子，就该把你养在地窝子里，跟耗子待在一起。”

王卫疆早就听人家说过了，他出生在地窝子里，跟他同龄的孩子都是房子里出生的。地窝子里出生的大都是五六十年代，都是他们的哥哥姐姐。王卫疆就在同龄人中矮了一大截，也是母亲张惠琴最伤心的地方。王卫疆一点也不伤心，王卫疆上中学了，王卫疆用物理课本上的光学知识开导母亲张惠琴：镜子能把阳光折射到地窝子里。张惠琴不懂什么叫折射，王卫疆就跑到地窝子里作示范。他们已经住上土坯房子好多年了，地窝子当菜窖用，地窝子里有一股土腥味，黑乎乎的，小窗口投进一束阳光，跟扎了一束金灿灿的谷穗一样。王卫疆把小镜子放在金光闪闪的谷穗中，慢慢旋转，地窝子里豁然一亮，谷穗长满了一地，张惠琴身上都是亮堂堂的。

张惠琴在地窝子里住过那么多年，从来都是对着窗台的小镜子梳妆打扮，从来不挪动镜子，每天都要擦一下镜子上的灰尘，也是一手摁住，一手擦，不挪镜子的位置。她简直把它当神像了，她在膜拜，在进行一种庄严的仪式，一点点亮光就够了，她很满足了。有一次她正在擦镜面上的灰尘，其实没有多少灰尘，一种习惯罢了，手摁上去的时候，镜子上的亮光就从手指缝里渗出来，手指的皮肉马上显出红润的颜色，手指都亮了。她当时就想，要是没有镜子，生活可太灰暗了，地窝子就成老鼠洞了。这个发现太重要了，她越发敬畏这个小镜子。当晚她就问丈夫怎么买的镜子？她已经问过好几遍了，她还想问。王拴堂尽量满足妻子的需要，王拴堂把乌鲁木齐描述得跟北京一样，把大十字描述得跟天安门一样，那个卖镜子的商店就是王府井大街了。女人还要问顶要命的一句话，你为啥要买这个？王拴堂已经是个婚龄快十年的大丈夫了，王拴堂不会实话实说，实际情况是他很偶然上了一趟商店，但他不能这么说呀，他告诉妻子：“这是专门给你买的，我够条件嘛，领导说了嘛，我就跑乌鲁木齐一趟。上海货最好嘛，啥好咱就买啥嘛，咱不能叫咱的女人吃亏嘛。”张惠琴最想听的就是这个。镜子在她心里的位置太重要了。

让她想不到的是儿子王卫疆能让镜子变出这么多花样，把太阳全搬进了地窝子，儿子一边转动镜子一边说：“老鼠洞里要是有这么一面镜子，老鼠也能把太阳搬进去，老鼠就不成老鼠了，就成老鼠精啦！”儿子王卫疆说话的语气神态动作跟父亲王拴堂一模一样，椽跟瓴，人跟种，谁的种像谁，到底是王拴堂的种。

张惠琴住不上房子，就气得大哭。张惠琴不会在外边哭的，张惠琴在人面前总是昂着头，越是艰难张惠琴越精神。回到家里就不行了，在丈夫跟前就忍不住了，就呜呜把嘴哭歪了。王拴堂就拿镜子说事儿，一提镜子，张惠琴的哭声就止住了。王拴堂告诉妻子：“你天天照镜子哩，你就没发现镜子的好处么？”妻子跟兔子一样耳朵竖得高高的，倾尽心力听丈夫给她灌洋米汤。丈夫王拴堂万分真诚地告诉妻子：“这狗日的上海镜子，把人照得人越活越年轻，人越活越精神，人越活越爱活。上个礼拜我去乌鲁木齐，顺路去了一趟大十字商店，服务员还是当年那个服务员，五十多岁了，跟个小伙子一样。我说同志呀，你顿顿吃人参得是？人家服务员就笑我没见识，人家就指着货架上的镜子，这么多宝贝围着我，我能老吗，我想老都老不成。人家告诉我，全世界最好的镜子在巴黎，巴黎女人最漂亮，美国苏联都比不上；巴黎下来就数上海了，你看咱乌尔禾的上海知青，跟画儿上下来的人一样。”一个月前来了一批上海知青，张惠琴是见过的。那时候张惠琴的耳朵已经远远不是兔子耳朵了，张惠琴的耳朵成了雷达，丈夫的一言一语一下子重要起来，丈夫声音小小的，跟说悄悄话一样，贴着张惠琴的耳朵根，告诉张惠琴：“跟你一搭来的女同志都变成碌碡了，变成麻袋了，变成水缸了，变成油老瓮了，你没变么。”丈夫的声音慢慢大起来，高声大气地告诉妻子：“你越活越年轻，越活越漂亮，你再住上一栋好房子，你还叫别人活不活！”丈夫说这话的时候，一字一顿，咬紧牙关，跟子弹一样一颗一颗射出来，击中了妻子的心窝窝。妻子再也不闹了，妻子彻底想通了。

想通了就好，咱就生娃娃。王卫疆就生在地窝子里。

妻子怀孕不久，边疆吃紧，各团场抽调人马到边境组建新团场，一字摆开。乌尔禾已经很偏远了，乌尔禾抽不出多少人马，顶多一个连队。也就是一个连吧，也不往边境线上开，往边境那边靠一点，不至于出现空白地带。乌尔禾到托里到和布科赛尔大草原之间有一片大荒漠，稀稀拉拉长些杂草，哈萨克人蒙古人转场的时候，在这里打个尖就匆匆离开了。那地方可以算是乌尔禾绿洲静静的后院，白杨河上源星星点点的泉水就是从那里渗出来的，在那里种庄稼是不可能的。动员大会开了好几次，自愿报名的人很少，赵排长和张老师不用动员，他们两口子总是冲到第一线。也不是赵排长有多么积极，是他老婆张老师总跟他拧着，他这辈子就别想安生。他们一家一直跟王拴堂张惠琴做邻居。组织上就把赵排长官升一级，到新组建的牧业连去当连长，牧业连几乎全是单身汉，有家室的就赵连长一个。张老师当不成老师了，牧业连没孩子，办不起学校，老师宁愿去当牧工。不可能让她当牧工嘛，就当她说气话，据说那里有牧区的马背小学，以张老师的教学水平当校长没有问题，张老师真的当了副校长。

王拴堂张惠琴也在牧业连的名单上，听到消息，张惠琴都晕了。她原以为把孩子生在地窝子里就已经很伤心了，现在要让她到荒漠上去住帐篷。也不是帐篷。团里派人专门盖了房子，石头砌的墙。那地方都是沙土和石头，起伏不定的小石冈上全是大大小小的石头，就地取材，打下石料，压上红柳笆子芨芨草笆子。据回来的人讲，那房子跟碉堡一样，炸弹都炸不塌。

奇怪的是名单里边没有海力布叔叔。大概是一种失忽，老光棍海力布不吭不哈，太容易让人遗忘了。另一种解释，海力布没有家室无牵无挂，力气大得顶一头牛，是少有的壮劳力，连里不想放海力布。海力布就这么给漏下了。海力布是自己报名去的，海力布的地窝子跟王拴堂家连在一起。王拴堂家有什么动静，会传到海力布的耳朵里。海力布听到女人的哭声，海力布就到连部去问连长去牧业连的人够不够。连长说人早都够了，没你的份儿。

“我要看名单。”

连长跳起来：“你以为你是团长，你是师长，你来指挥我，日他奶奶的。”

“你给不给？你不给我就走人。”

"你走吧，走远远的。"

海力布走到门口，撂下一句叫连长心惊肉跳的话："我不在团场干了，我当盲流去呀，新疆地方这么大，老子随便往哪个日狗湾里一躲就能养活自己。"

"你站住、站住、站住。"连长急了，赶紧从抽屉里取出本本子，摇得哗哗响，连长舍不得这个壮劳力。海力布大模大样翻开本本子，找到牧业连的名单。团部从各连抽调，别的连去的都是小伙子，他们连已经抽了赵排长张老师一家，加上王拴堂一家，都是拖家带口的。海力布跟个大首长一样，"你这屎连长当的，别的连队去单身汉，咱们连一去就是一家人。"海力布抓起一支笔，"老赵去升官呢，张老师拧麻花呢，王拴堂是我邻居，你们欺负到我邻居头上了，下一个就是我了。"海力布叔叔划掉王拴堂张惠琴，把自己的名字写上去。

"我一个顶俩，就这么定了，往上报，有问题我负责。"

"你负责，你个大头兵你指挥我来。"

"我指挥不成？"

"嗐——"连长把帽子一甩。

海力布把袖子一捋，"嗐（鞋）——嗐（鞋）在你脚上穿着呢，你嗐（鞋）啥哩？老子四八年的兵，打过胡宗南、打过美国佬，你鸡巴屎五三年的兵，你会拉枪栓吗？啊？你会吗？你也不数一数你长了几根屎毛！"

连长当下就蔫了，摆老资格的兵越来越少，也惹不起。"日他妈，就让你指挥上一次，过过瘾。"连长给自己点一根烟，给海力布嘴里塞上一根烟点上。

"去受罪哩，你以为去享福哩。"

"我愿意。"

海力布叔叔的地窝子成了连队的菜窖。

张惠琴的肚子大起来，整个人大了一圈，从地窝子里出来时小心翼翼。地窝子的出口很小，孕妇跟塞子一样挤出来，外边阳光充足，坐在阳光地里，张惠琴就显得格外醒目。地窝子的生育高峰期已经过去七八年了，地窝子里出生的孩子都上学了，在那种气氛里，任何一个从地窝子里钻出地面的孕妇就显得很不正常，就很引人注目。不要说人，连鸟儿都飞过来了。一只鹰盘来盘去，停在半空，鹰长长地呼啸了一声，张惠琴肚子里的小家伙就动了一下，热乎乎的感觉迅速传遍全身。要知道这样，还不如早早把孩子生了。地窝子也是人住的地方啊，也是生养孩子的地方啊。也就是在那一天，阳光非常充足张惠琴特别伤感的那一刻，一只灰蓝色野兔从干草丛里跳出来。已经是秋天最后的日子了，草丛稀稀拉拉，兔子窝就在草根底下，很好看的一个鸭蛋形洞口。灰蓝色的兔子刚生了孩子，张惠琴一眼就看出来了，这是一只兔妈妈，空气中有一股甜丝丝的奶香。怀孕的女人笨手笨脚，可鼻子耳朵不笨，对任何有关孩子的气味和声音特别敏感。

兔子也一样，兔子也认出来它前边的大腹便便的女人是怀了孩子的，兔子就放松了。她们属于同类，都需要阳光，兔子还有一点骄傲，兔子已经生在前边了，已经是名正言顺的妈妈了。据说生孩子是女人的鬼门关，兔子生孩子肯定要容易一些，从兔妈妈洋洋自得的神态来看，生孩子不像大家说的那么可怕。兔妈妈立起来，摇摇摆摆走了七八米，动物们高兴的时候就会立起来，牛马羊都直立疾走，张惠琴见过那兴奋的场面。兔子妈妈像个贵妇，摆完阔气后，很骄傲地躺在洞口边上，摊开身体，阳光跟一束绸缎一样拥在兔妈妈的肚子上。兔妈妈舒服了，肚子圆浑浑的，肚皮上的毛是白的，微风吹开柔软的细毛，露出粉嫩的乳头。

张惠琴直愣愣地看着兔妈妈，她那样子就像个大傻瓜，脖子伸那么长，那么贪婪，她的手不知不觉中抓住自己的胸口，她的嘴巴，她的眼睛充满强烈的向往和羡慕……

兔妈妈笑了，兔妈妈浑身打战。让人羡慕让人神往，让人全神贯注，比太阳还要受用，兔妈妈幸福得发抖，奶水足得不得了，超过以往任何时候。兔子回窝的时候，先跑了一圈，疾跑二十米，又回头看一下张惠琴，无比幸福地回到窝里喂自己的孩子去了。兔子窝很浅的，可张惠琴觉得兔妈妈一直钻到地心里去了，地皮胀鼓鼓软绵绵的，一起一伏，兔妈妈在往前蹿呢。

张惠琴每天都去看兔妈妈晒太阳。张惠琴把兔子的踪迹都找到了。细小的脚印和粪便，慢慢从大地显示出来，杂草、乱石、沙土、灌木都是障眼的迷雾，张惠琴一直跑到白杨河边的密林里，兔妈妈在那里有两个洞。兔妈妈把孩子生在离人类最近的地方，完全是为了躲开狼和狐狸，旷野里的大多数动物都能吃掉兔子，兔子只能吃植物。张惠琴把菜叶放在兔子出没的跑道上，离兔子窝有五六十米远，好像故意丢在那里的。兔妈妈还是认出来了，兔妈妈站起来，一对招风大耳前后耸动，那完全是骏马向骑手致意的动作，兔妈妈举起前爪，在鼻子下嗅一嗅，那意思是我闻到了你的气味。张惠琴身上的气味留在菜叶子上，兔妈妈闻到了。张惠琴嘴巴张得大大的，身上的毛孔都张得大大的，她的气味一浪连一浪散出去，兔妈妈怎么会闻不到呢？

晚上，张惠琴告诉丈夫王拴堂：兔妈妈生孩子了。

“你说啥，谁是兔妈妈？”

“养了孩子的兔就是兔妈妈。你说谁是兔妈妈？”

王拴堂听明白了：“我的老天爷，张惠琴怀了娃娃，兔娃都是妈妈，蚂蚁都是妈妈，长虫都是妈妈。我的老天爷，你有啥事你尽管说。”

“你不能光照顾我，兔你也要照顾哩。”

“兔又不是我老婆。”

“你说啥哩，你声音放大一点。”

“我没说啥，我啥也没说。”

王拴堂舍不得菜叶子，王拴堂就弄树叶子，杨树叶子、柳树叶子都是野兔爱吃的食物。王拴堂很快就喜欢上这个行当，野兔不怕他，野兔往他身上上哩，一直上到肩膀上，他跟一棵树一样，张开双臂让野兔满身跑，把张惠琴给怔住了。王拴堂说：“咋样？像不像我娃，我简直成了兔娃他爸。”王拴堂就练下了哄野兔上身的本领，张惠琴警告王拴堂：“你不许害兔。”“咱邻居我不害。”张惠琴认下的那窝兔一直与他们为邻，王拴堂不会害邻居的。王拴堂想解馋就到戈壁滩上，害那些杂毛兔，灰色的，褐色的，白色的，他都有法子捕捉到，他就是不抓灰蓝色的。他抓到兔不带回家，就地点火，烤熟，带回家。张惠琴吃得很香，专门吃后腿和脊背，很会吃，也很能吃。张惠琴大嚼大咽的时候，王拴堂在一边抽着烟，眯着眼心里说：“这就是女人，说她们复杂，比马蜂窝还复杂；说她们简单，简直就是长不大的娃娃。”

张惠琴肚子里的娃娃可是长大了。冬天第一场雪落下来，张惠琴从女人的鬼门关闯过去了。张惠琴要给孩子起名兔娃，王拴堂不答应。

“叫个狼都行，叫个兔娃长大成啥了。还要上学，还要成家立业，你以为娃娃是个要耍。”张惠琴嘴不硬了。王拴堂牛皮哄哄的，“老子是当兵的，屯垦戍边的，就叫王卫疆。”那个正吃奶的孩子竟然朝父亲笑了一下，“我娃认哩，这是个好名字。”

王卫疆与兔娃擦肩而过。兔子窝就在家门口。也说不上什么门口，红柳条子插个圈，架两根原木就算是围墙了，墙透着风，里边围着一个地窝子。王卫疆小小一点，从地窝子里摇摇晃晃走出来，野兔正好从草丛里跳出来。王卫疆长到七岁上学，就不跟野兔玩了。

赵连长和张老师又回来了。张老师成了王卫疆的老师。牧业连大多人回到原单位。牧场条件太艰苦。再艰苦，建起来的牧场不能撤。那儿还有几千只羊，还有马群。

海力布叔叔留在牧场。再也没有人知道他叫刘大壮了。

第二章 海力布叔叔

1

王卫疆刚刚学会走路，父亲就带他去牧场看海力布叔叔。那个满脸疤痕的壮汉把王卫疆吓坏了，王卫疆躲在父亲身后不敢出来，父亲硬撕着他的耳朵把他交给海力布。他跟小鸟一样就飞起来了，海力布跟丢皮球一样把他高高抛起来，接住，又抛起，他吓得哇哇大哭。后来他就不叫了，他刚止声，海力布就把他放到地上。海力布跟王拴堂讲条件："冬天你们养，春天就送到牧场，我养到秋天，你再接回去。"两个男人就这么说好了。父亲王拴堂一个人坐着牛车回去了。王卫疆带着哭腔跑上一个又一个矮矮的山冈，直到累趴下。海力布像提小羊一样把他提起来，架在脖子上，"孩子，看吧，看吧，那是你爸。"父亲王拴堂越来越小，小成一个黑点点，晃了几晃，一股风吹过去就吹没影了。

海力布叔叔架着王卫疆摇摇晃晃往回走，马在后边跟着，马打着响鼻，湿漉漉热烘烘带着腥味的气息传到海力布背上。王卫疆的小屁股粉粉地压在海力布的脖子上，马的长鬃飘过来，跟刷子一样，刷王卫疆的小屁股；王卫疆的小腿叉在海力布的胸前，海力布跟扳牛角一样扳着。海力布的脑袋毛茸茸的，王卫疆紧紧地抓着这个大脑袋，王卫疆不害怕了。王卫疆随着大幅度的摇晃，一会抓海力布的头发，一会儿抓海力布的耳朵，一会儿抓海力布的鼻子，嘴巴，眉毛，海力布咯咯笑着，用嘴巴咬住王卫疆的手指头，王卫疆浑身痒痒，王卫疆就笑了。海力布就像架了一只小动物，海力布不紧不慢走了好几个小时，他在享受孩子带给他的快乐。

房子跟山连在一起，老远看着就像从山上滚下来的大石头。石头砌的四四方方的小平房，房顶丢一些石板，长一些杂草，跟山坡没什么差别。门上挂着芨芨草编的帘子。海力布有一张大床，也是用石头砌的，铺了一米多厚的干羊粪，海力布把窗口的位置让给孩子，还铺了羊羔皮子。海力布把孩子轻轻放在羔皮上。

“你是我的小侄儿知道吗？”孩子应了一声。

“我比你爸稍微低那么一点点，你爸下来就是我，知道吗？”

孩子也答应了。海力布拍拍坚实的大床。

“这搭也是你的家。”

海力布吹了一声口哨，两只小羊羔挤进来，海力布摸摸孩子的脑袋：“你是我的巴郎子了，它们陪你玩。”海力布去做饭。孩子打了好几个喷嚏，房子里的羊粪味呛得孩子喘不过气来。两只小羊羔挤到孩子跟前，舔孩子的手，闻孩子的脚。孩子跪在床上，羊羔就跳上去，羊羔的脖子上、尾巴上粘着新鲜的羊粪蛋，孩子跟摘果子一样把羊粪蛋摘下来，孩子就跟小羊羔混熟了。小羊羔开始咩咩叫，脖子和身体都在发颤，孩子也抖着身体发出跟羊羔一样的叫声。羊圈里的大羊小羊全叫起来了，还有山那边的人家。孩子跳到窗口往外看，星星点点有不少石头房子，每栋房子后边都有羊圈，有骑着马的人影晃来晃去。孩子就忘了这是窗户，孩子就从窗户里钻出去了，两只羊羔也钻出去了。

孩子站在窗户外边很好奇地看这个大窗户，跟他们家的门那么大。他们家还在地窝子里，地窝子的窗户就砖块那么大，只能伸出孩子的小脑袋，只能钻进一只野兔。孩子的记忆中，野兔频频光顾他们家，野兔不走正门，走窗户。孩子又从窗户爬进去，从大门走出来，孩子绕着房子走了一圈。孩子实在想不出来住在房子里是什么感觉。那两只小羊羔好像知道孩子的心思，一前一后拥着孩子到山顶上去。孩子长大后见了好多山，比如阿尔泰山、天山、昆仑山，他就想笑，大地上竟然有这么矮的山，就像在地上随随便便丢了一些大石头。残缺不全的石头啊，有很大的缝隙，羊羔子可以钻过去，孩子也能钻过去，跟街巷一样，拐来拐去，石头上长着杂草和带刺的灌木，在脸上脖子上划来划去，孩子高举着双手护着脸，手腕上划出了血印子。孩子第一次受伤，竟然不疼，咬咬牙忍住了，孩子对自己的勇敢感到吃惊。矮矮的山冈也就二三百米高度，孩子和羊羔到了山顶，风在天上发出轰轰的嗡声，地面上纹丝不动，天上的云都被吹跑了，风吹不到云风就大声吼叫。孩子习惯了风的吼叫声，孩子看山脚下的房子。孩子看见房子前边的洼地里有野兔在跳，野兔从洞里钻出来，孩子就想起他们家的地窝子。孩子在山顶上找地洞，山顶上是找不到的。下山时在坡上找到许多小洞洞，拳头那么大的洞口，孩子连胳膊都伸进去了，孩子掏出一堆干草，上边有褐色的毛。孩子坐在石头上喘气，好像他从洞洞里钻出来似的。孩子慌慌张张回到房子里，拥上羊羔皮，不敢朝外边看。两只羊羔跟他待在一起。

海力布叔叔端着一盆手把羊肉走进来，肉汤上撒了一层剁碎的皮芽子，房子里热气腾腾。羊羔子到羊圈里吃奶去了。大人和孩子又啃骨头又喝汤，海力布还喝了酒，喝完，海力布拉上皮袄就呼呼大睡。孩子把骨头丢地上，骨头在地上光唧唧跳，大黑狗蹿过来，把孩子吓一跳。大黑狗看见骨头就高兴得呜呜直叫，尾巴跟旗子一样摇摆，骨头在狗嘴里嘎吱响。狗咬得很疯狂，很卖力，有一阵狗好像哭了，嚎叫着撕啊、啃啊，都在地上滚起来了。狗也太能吃了，骨头差不多都让它嚼碎了，地上留下一堆碎骨头渣子。狗兴奋得浑身发抖，嘴巴油汪汪发亮。

孩子没下车狗就把孩子认下了。海力布骑着马带着狗到山口迎接王拴堂和孩子。王拴堂认识黑狗。海力布就让黑狗好好认一下小主人。海力布撕着狗耳朵，用手掰开狗嘴巴，让孩子的手伸过去，让狗舔孩子颤抖的小手，还舔了孩子的脚，狗就把孩子认下了。狗没想到小主人给它这么多骨头，狗很感激地去舔小主人的脚。海力布叔叔突然坐起来，给狗下命令，去，去关上门。黑狗跟箭一样蹿出去，嘴巴咬住门板，吱扭扭，门板合上了，狗站起来，还用嘴巴插上门楔，狗从门槛下边的洞洞里钻出去。海力布咕咚一声倒床上，打起呼噜。海力布竟然在睡梦中让黑狗干活。孩子听见黑狗赶羊的声音，羊圈的门吱扭扭也关上了。还有马棚，黑狗在马棚外边叫了两声，估计不是给马听的，是给主人报平安。黑狗在窗户外边闪了一下，蹿上房顶，原来房顶的大木箱子就是狗窝，跟瞭望塔一样，狗就在房顶守夜。

孩子困了，孩子打着呵欠，眼泪都流下来了。孩子睡一会就醒了。草原上的月亮那么大，跟高车的大木轮子一样轧过来，爬上山顶，静静地照着窗户。孩子好像坐在车上，就是草原上那种大板车。长长的伸到天空的车辕，没有车厢，只有一张床那么大的车板子，孩子就躺在车板上，月亮就转动起来了。孩子睡着了，又醒来了，还是在车上的感觉，轻轻地摇晃着。后来他明白了，那是他在地窝子里住得太久，一下子到地面上睡觉就好像飘浮在地面上一样。

第二天，海力布叔叔就让孩子上了马背。大白马光溜溜的跟绸缎一样，大白马轻轻跑着，听着海力布的口哨声。孩子才一岁半，刚刚学会走路，就一下子从地窝子里跨到马背上，孩子好像长了翅膀。海力布叔叔告诉孩子，好好让马颠颠，骨头就硬啦，明年这时候就可以到山上去啦。

第二年初夏，孩子又来到草原。大白马驮着孩子上到山顶。那两只小羊羔已经长大了，它们待在羊群里，它们在山脚下，远远地望着山上的小骑手，咩咩地叫，孩子就喊起来了。两岁的孩子声音跟羊羔子差不多，清脆嘹亮，孩子自己都喜欢上自己的声音了，喊了一次又一次。比孩子的喊叫声更清脆的声音跟银铃一样在芨芨和针茅的草丛里响起来，孩子就不喊叫了，那是孩子第一次听百灵鸟唱歌。百灵鸟唱到高声时就从草丛里直直地冲向高空，百灵鸟看见了山上的白马和马背上的小骑手，百灵鸟就在空中划圈圈飞，边飞边唱。孩子都听傻了，静悄悄的，马也是静悄悄，这种安静的气氛大大地鼓励了百灵鸟，百灵鸟就使出它的绝活，突然在空中停住不动，足足有十几分钟，孩子眼睛里闪出一道道神光，在群山大漠和草原上，只有鹰可以在空中停顿，突然刹住，悬着不动，但鹰很少唱歌呀！百灵鸟可是真正的草原歌手。百灵鸟唱够了，像块石头一样垂直而下，稳稳地落入草丛。草浪轻轻晃动着，一切都消失了。

孩子五岁那年有了自己的两岁小马。海力布叔叔赶了七八十里路从托里县的蒙古人那里弄到的，完全凭着他跟牧人们的交情。海力布这个名字就是蒙古人给他起的，大家就叫开了，他原来的名字刘大壮永远地消失了。他们认为海力布来到草原是老天爷的意思。

海力布自踏上草原那天起，就能听懂动物的语言，连他自己都感到奇怪。牧场位于托里县跟和布科赛尔县的交界处，当地的蒙古人和哈萨克人都来参加牧场的典礼，唱歌跳舞，宰羊喝酒。刘大壮一点也没有意识到他在向过去告别，他已经进入临界点，他很容易就喝多了。他酒量大，可他从来不喝过头。他也不知道怎么回事就坏了这个好习惯，放纵了自己，喝得醉醺醺的。连长让他休息，他说没事没事，抢着酒喝。牧民们很高兴，喝到这分上，说明你心诚够朋友，连长就不好意思再劝了，由着他去喝。他又喝了大半天。边喝边啃羊骨头。有人给他一大碗羊肉汤，他也喝下去了，要是冒汗就好了。他体质好，跟牛一样，硬是不冒汗，额头发亮，又黑又亮，战争留给他的疤痕也亮起来啦，显得威武凶猛，太合乎蒙古人哈萨克人传统中的英雄形象了，一片喝彩声。这个家伙，身子摇晃，脚步不晃，脚跟很稳，那是战争年代留下的好功夫，白刃战拼刺刀，谁先倒下谁倒霉，再厉害的酒乱不了他的双脚。他的脚跟钉子一样牢牢地扎在地上。草原上出色的摔跤手才有这么好的功夫。他摇摇晃晃，双脚跟打夯一样，地皮都在动啊，他拍拍肚子。

“我喝好了，我睡觉去呀。”

他朝房子走去。不用管他让他去睡吧。他进房子一会儿又出来了，扛着枪，有人去夺枪，连长说：“他是老兵，他不敢乱打枪。”

“他醉了。”

“他脑子没乱，拿着枪就不会出来。”

赵连长打过仗，赵连长知道老兵跟枪是怎么回事，枪就是命啊，跟人是一体的，枪在人在。草原上狼很多，牧民都随身带着武器。刘大壮带着枪到野地去，牧民一点也不觉得奇怪，反而竖起大拇指，在牧民看来，一个人喝醉酒还能拿武器，那才是真正的男人，是男子汉大丈夫，是个壮士。刘大壮可能就壮在这个地方。

刘大壮不知不觉进入了草原世界。他走到山那边去，离房子不太远，他就躺下了，他躺在一块白色的大石头上，仰望着蓝天，面孔红扑扑的，脑袋冒出热气，鼻梁上渗出了汗，很少的几个汗粒，圆润饱满，挂在脸颊上就不动了。他大口大口地呼吸着。旷野弥漫着羊粪味和青草味的气息，跟中药一样，吸到肺里很舒服。他的眼睛就亮起来，嘴里有一股甜兮兮的味道。这就是在草原上喝酒的好处，酒的香味全出来了，不会是酒臭。连他也搞不清楚酒怎么会这么香呢，后来他才知道是羊肉的作用，羊肉是热性的，把酒的热量全化解了，提升了，酒就进入一种很高的境界。他躺在大石头上，心情好得不得了。他压根不知道大石头底下是蛇的宅子，一大群荒漠蝮蛇盘踞在那里。阳光很足，蛇就出来晒太阳。出来的是一条白色的小蛇，跟银链一样在草丛里一闪一闪。大蛇不会出来的，大蛇找阴凉的地方吸收天地的阴气。小蛇正在长身体，需要活动。晌午太阳正高，草原上空荡荡的，人畜都不会出来，小蛇就出来。人和蛇谁也没发现谁，相安无事。小蛇爬来爬去，草丛发抖，发出刷刷声，小蛇没有惊醒石头上的人，反而引来了天上的鹰。鹰抓小蛇跟抓小鸡一样，蛇又跟鸡不一样，大蛇是很厉害的，会奋力反击，有时会打败雄鹰，只要在鹰身上留下一道口子，蛇毒就会迅速蔓延，鹰就会坠落。据说被蛇击落的鹰是很惨的，很快就会化为尘土，再也没有转生的可能。因为蛇毒渗到鹰的骨头里了，牧人想用鹰骨做笛子或者做刀鞘的装饰品都不行，蛇毒散不了，只有泥土才能化开蛇毒。鹰对付蛇是很凶猛的。草原上常常会看到鹰与蛇拼死鏖战的场面。这只鹰很轻松地抓起小蛇，也不急于吃掉，大概要用这小蛇喂巢里的幼鹰。老鹰拎着小蛇慢慢地盘旋而上，小蛇吓坏了，很快就有了知觉，开始挣扎，发出求救的声音。蛇妈妈是听不见的，小蛇发出一阵一阵嗞嗞的叫声，大石头上面酣睡的这个家伙醒来了。不是小蛇叫醒的，他睡醒了。他看见了天上惊险的一幕，小白蛇悬在半空，无助而可怜，小白蛇大概让这个家伙想起了那个古老的戏剧《白蛇传》。客观地讲，这家伙醒了，酒没醒，手腕子发软。以他的枪法，击落疾飞的鹰都没问题，何况是一只傲慢的处于游戏状态的鹰，在低空缓缓地盘来盘去。 石头上的人已经把枪举起来，鹰还那么傲慢，鹰知道那是枪，可鹰同时也知道那支枪不怎么稳当，枪口晃来晃去，砰——子弹贴着老鹰肚皮呼啸而过，子弹挟带的气流狠狠地撞了老鹰一下，小蛇就落到地上。老鹰可不想挨第二枪，它已经感觉到猎手的枪法有多么厉害，那支枪要是不晃动，子弹绝对会穿透它那颗高傲的心脏。老鹰悄悄地飞走了。他看看地上的小蛇，说："快回到你妈身边去吧，不要再乱跑啦。"小白蛇竟然听明白了，漂亮的小脑袋一点一点点了好几下，转个圈溜到大石头底下。刘大壮还是刘大壮。刘大壮打个呵欠，坐在大石头上，抽了一根莫合烟。大石头上还有他的体温，又让太阳晒了一会儿，坐上去就不想起来了。他又躺下了。

他看着蓝天，天这么蓝，又蓝又高，天一下子又低了，快要压上地面了。准噶尔盆地太辽阔太遥远了，平坦坦地伸向四面八方，天就很容易低下来。飘来一堆又一堆白云，跟棉被一样盖在他身上，他又睡着了。

人们听见枪声就出来找他。他要是多站一会儿大家就会发现他，可他只站了一会，又躺下了。大家就得慢慢找，跟抓特务一样拨开草丛。大半天了，才找到大石头跟前，那是什么景象啊，有人吓得尖叫起来，大家全都挤过来了。大家看见一条银色大蛇盘在刘大壮身上，刘大壮抱着枪还在打呼噜，刘大壮睡出了一身的汗，烈酒加上太阳，又没有风，他一定很热，大蛇缠在身上他在梦中都觉得凉爽，蛇脑袋正对着他的脑袋，蛇在仔仔细细地认这个人。大家愣了那么片刻，赵连长就把枪掏出来了，哗啦啦子弹上膛，牧民中的蒙古老人拦住了赵连长。

"蛇在取他身上的气味，蛇会把他的气味带到大地所有的地方，动物们会记下来的，这个人很快就会成动物的朋友。他一定有恩于蛇，把蛇精都感动了。"

大家眼睁睁看着蛇精从他身上绽开落到地上，就像解开了一盘粗牛皮绳。蛇头高高扬起，不慌不忙地回到大石头底下，空气里还留着大蛇的嗞嗞声，跟电波一样，地皮麻丝丝的。蒙古人告诉汉人，汉族古代的英雄薛仁贵，年轻的时候，给东家干活，干累了，靠着墙睡觉，有人看见睡梦中的薛仁贵被蛇穿七窍。

赵连长说："不要胡说了，那是封建迷信。"

蒙古老人大声说："不是迷信，不是迷信，草原上有这种事情，传了几千年几百年的故事里也有这种事情。"那是个破除迷信的年代，赵连长得强调一下，但赵连长也不再作解释，让人把刘大壮叫醒。牧民们就开始叫他"海力布"了。海力布是蒙古族传说里的猎人。牧业连的人就笑，没打下老鹰，又没打掉蛇精，他算哪门子猎手？猎手是动物们的死敌，敢情跟动物交了朋友，也能算猎手？赵连长到底是领导："猎手最了解动物，叫他海力布是有道理的。"赵连长又跟蒙古老人站在了一起。刘大壮就这样成了海力布。

海力布醒来听人家讲大蛇如何盘绕他，都盘到他脖子上了，银白的大蛇，老远就像女人的胳膊，说实话，女人都没有这么搂过他呢。有人这么嘀咕，海力布脸红了。海力布脑子里马上闪出地窝子里张惠琴疯狂的样子，张惠琴已经搂住他脖子了，才发现不是丈夫赶紧松开手。海力布越听越迷糊，他拍打自己的脑袋，他经常做这种梦，刚才就梦见一条大蛇。梦中的大蛇别人怎么会知道呢？他又怎么成了海力布？人家就说跟动物有交情的人就叫海力布。海力布想想他跟牛马羊都不错，叫就叫吧，他以为大家跟他开玩笑呢，他笑笑没吭声。

在以后的几天里，刘大壮和海力布交叉出现，他都会应声。权当起了一个蒙古名字，用哈萨克语说叫什么呢？他觉得挺有意思的，好像比别人多了一样东西。有人就把玩笑开大了。

“老刘没老婆，多一个名字就不孤单了。”大家以为老刘会生气，老刘很严肃地告诉大家：“老刘孤单，海力布不孤单，海力布跟动物有交情，天上飞的，地上爬的，水里游的都是我的朋友。”

这一切都被他自己言中了。首先是牧场的牲畜，海力布懂它们的心思，牲畜不要说有病，就是细微的不舒服，都逃不过海力布的眼睛，牧场的畜医得听海力布指挥。海力布把牲畜的种种症状细细地讲给兽医听，兽医配药，很灵验。兽医告诉别人，这些症状是查不出来的，海力布懂兽语，牲畜可以直接跟他交谈。有些药兽医都不知道，海力布骑上马，出去好几天，总能在草原的旮旯里找到草药，有时是矿石，有时是四脚蛇、沙鸡跳鼠这些荒漠地带的小动物，都做了兽药。海力布顶得了半个兽医。牧场的蒙古族哈萨克族职工告诉大家，有经验的牧民都能给牲畜治几样病。兽医要常常请教海力布。 海力布不会打针，不懂技术上的事情，兽医就说：“这家伙要是到学校学上几年，还真能当兽医呢。”大家都当玩笑话，海力布都四十多岁了，胡子拉碴跟个半大老汉一样了，这话只能算是一种安慰吧。海力布该干什么还干什么。他是牧场最出色的牧工，牲畜都认识他。每个牧工牲畜都能认出来，但跟海力布要亲一些。后来牧场缩编，缩到最后，大家都回到白杨河去了，偌大一个牧场就留下海力布跟七八个蒙古族哈萨克族牧工，海力布跟牲畜那种亲密关系起了很大作用。这是后话。 牧场正热闹的时候，大家都看到牲畜给海力布带来多大的乐趣。牲畜被人类驯化都好几千年了，都是人类的好帮手，跟人类朝夕相处，多少通一点人性，大家都能理解海力布跟牲畜这种融洽的关系。到目前为止，海力布也觉得自己跟大家没什么两样，偶尔还能听到有人叫他老刘，他愣一下，马上就明白人家在喊他，那已经是一条小小的尾巴了，老刘这个称呼很快就消失了。

海力布根本没有想到他会听懂鸟儿的语言。草原到处都是鸟儿。牧场的石板屋后边有燕子，有麻雀，还有老鹰，再远一点，百灵鸟让人思绪万千。也可能太吵了，没有留意鸟儿们的叫声。海力布为了让羊群吃到好草，总是比别人跑得远，到人迹罕至的旷野深处找到羊群爱吃的针茅艾蒿。有时竟然是大片大片的菊花，黄菊、红菊跟云霞一样。有时是一大片一大片的开着紫色小花的野苜蓿，从地平线上起飞，鸟群一样飞翔着，欢叫着，他和他的羊都兴奋到极点，都站住不动了，扬着脑袋看着呼啸而来的花的海洋。谁都知道那是空气透明度好，远方的一只小蜜蜂都显得跟百灵鸟那么大。他和他的羊群开始蠕动。在云端上有闪闪发亮的眼睛。在悠长而轻盈的草原风中，有天籁之音。羊群进入鲜花丛中，羊群小心翼翼地凝望着摇曳的花蕾，花蕾下边的绿叶带着露珠一次次提醒羊群，羊群跟圣徒一样好像做完了祈祷，羊的嘴巴跟花融在一起，跟绿叶融在一起，跟沙土融在一起……羊总是吃到土里，沙石都不例外，沙里澄金一样找出最微小的一棵草，米粒那么大的草，是羊最喜欢吃的。这时候的牧人会从马背上滚下来，他在马背上颠得太久了。他的骑术很好，脚尖就能从马镫上撑起整个身体，屁股离开马鞍那么一点点，双腿弯曲着，弯得很放松，不是紧绷绷那种，那样子人家会耻笑的，整个身体随着马背摇晃，几乎跟马融为一体了，融进去很久很久了——草原的路太遥远了，太深长了，太辽阔了，太没边没际了，朝着地平线走，地平线就横卧在天尽头，都走到天上，到了云端上，云霞一样的花的世界，让牧人真假难辨，牧人常常往下栽，总是让马救起来。马脑子清楚着呢，马知道它在大地上奔驰，马借着主人的力量急转一下，侧一下身体，就跟主人拉平衡了，好像用脊背从空气里捞了一把，又把主人捞上来了，主人感觉到了。主人对马最高的奖赏就是哼一首赞歌，赞歌是一种专门留给骏马的歌，无论是词还是调，是主人揣摩着马的心理应和着马的蹄音顺着马的血液和心脏，从肺腑从喜庆两种音调里很低沉很浑厚地哼出来的。片刻间，牲畜的语言与人的语言融为一体从一个喉咙里发出来，形成纯一色的喉音……

呜——哇——滚烫的血啊，啊，哇哇。

滚烫的喉咙…哇…滚烫的血啊
滚烫的喉咙啊
啊……
我的马哟……

那一刻，马的力量在骑手的身上飞蹿着，无法摆脱，完完全全的一种陶醉！就这样来到放牧的地方，羊群吃草的地方也是羊群融入大地的地方，那巨大的力量所挟带的气浪连人带马都卷进去了，该赞美大地了，马的赞歌起了回应，喉音也好，胸音也好，都无法表达大地的情感，连想都不用想，骑手全身心地投进去了，骑手就从马背上滚下来，四仰八叉躺在草地上，任凭大地分享他。也不知道他躺了多久，力气又回到他身上。他坐起来，好像从大地的怀抱里重新诞生了一个人。他掏出两片纸，烟沫子都撒上了，又揉碎了，丢到草丛里，顺手揪一根牧草塞嘴里慢慢地嚼起来。远处是羊嚼草的声音，还有马嚼草的声音。草汁有些苦涩，但很清爽，很提神，五脏六腑很快就让草汁渗透了。

海力布。

有个声音在叫海力布。

他的右手在胸口揉一下，他确实是牧工海力布。

海力布就站起来了，海力布看见一群鸟儿从远方飞过来，那么远，海力布就听见鸟儿们唧唧喳喳地叫海力布，海力布，我看见海力布了，我也看见了。海力布摘下灰蓝色的宽边呢帽，朝鸟儿们招手。

鸟群越来越近，就像天空向他敞开了一扇大门，不停地敞开着。

鸟儿们全都停在海力布的头顶，鸟儿们说：

“山要崩了，要刮大风了，草原上的草都会被拔光的，你待在这里不要动，三天以后再回去。”

鸟儿们绕着海力布盘旋一圈就飞走了。

海力布不敢耽搁，急忙返回牧场，把灾难的消息告诉大家。大家都不相信。凭他怎么解释都没用。他跟赵连长大吵一通，骑上马到牧区去。

托里与和布科赛尔的牧民们相信这是真的，真有灾难。海力布刚到牧区时先碰到的是那个给他宽边呢帽子的蒙古族老人，就把听到的消息告诉老人。他原以为老人会喊大家逃命的，老人望他半天，小声说：

“你去告诉大家，大家不会相信，你就不要再坚持，你就可以回去了。”老人见他愣着，老人就告诉他草原上过去真有个能听懂鸟语的猎手海力布，传说中的海力布从鸟儿那里听到灾难的消息，就告诉了草原上所有的牧人，这种动物的秘密不能透露给人类，长生天早就把人类从自由的动物世界里给驱逐出去了，把人类给抛弃了。海力布救过鸟儿，鸟儿才告诉他这个天大的秘密，鸟儿同时也警告他，只有他可享有这个秘密自己逃生，要是他把秘密告诉其他人，他就会变成僵硬的石头失去生命。传说中的海力布无法让大家相信灾难，他把跟鸟儿交往的事情都抖出来了，大家眼睁睁看着他变成石头才相信他说的话，纷纷去逃难。海力布救了大家的命，大家就把海力布变成的白石头叫海力布石头。

“哈哈，我成了石头，这是抬举我哩。”

海力布不听老人的劝告，亲自去蒙古包喊大家逃命。灾难躲过去了，海力布没有变成石头。海力布也没有到那个蒙古老人那里去核实，因为他在蒙古人放牧的地方看到了石头堆起来的敖包，各种各样的石头都有，但每个敖包顶上都是一块白石头，人们会匍匐在地，叩头、再叩头，逃难途中也不敢怠慢。到哈萨克人放牧的地方，竟然有草原石人像，半截身躯，斜斜地插在大地上，宽阔的肩膀、昂然的头颅、深邃的眼睛，大地跟海洋一样，石人像侧着身子奋力向前，泅渡大海……一个男人像，一个女人像，相隔数百里，他们能相会吗？海力布从男人像前走过时心里一惊，也就过去了，等他在辉煌的草原落日里看见草原女人像时，他就从马背上栽下来了。他趴在地上，面孔蹭着沙石，慢慢往前爬，总算蹭到柔软的牧草了。他停留在离女人像二百米的地方，那个蒙古老人忠厚慈祥的目光在苍空里一闪一闪，太阳全落下去了，落下去了，地面是太阳的血，从海洋到溪流，太阳的满腔热忱全都退下去了……马啊，大白马太懂主人的心思了，大白马就在晚霞熄灭的那一瞬间，扑到主人跟前，轻轻地驮起主人轻轻地走起来，大白马迈动的是草原上罕见的碎步走马姿势，马鞍子稳得跟床一样。

2

王卫疆五岁那年看到了草原石人像。他已经是个相当不错的小骑手了，每年都要在牧场待半年。海力布叔叔从他的神情里看出来他多么想拥有一匹自己的马。海力布看不上牧场的马。海力布告诉孩子：蒙古人的马那才叫马。哈萨克人的马那才叫马，好像牧场的牧工们骑的是毛驴子。牧场主要是羊群，少量的牛，马都是牧工的坐骑，成不了群。马群才叫气魄。蒙古人哈萨克人的马群从牧场边上奔腾而过，人们全都从房子里出来了，孩子们跑到矮山的顶上，大声喊叫，喊着喊着就哑巴了，马蹄敲出大地的嗡嗡声太强烈了，马蹄踏起的烟尘高入云端，久久不散。孩子问海力布："为啥不放马？放羊有啥意思嘛？"海力布叔叔眼皮都不抬一下："牧场连羊都不想养了，谁还能指望马呀。"孩子都快窒息了，大铁壶在炉子上突突冒白汽，大人和孩子谁都不去动铁壶，水溢出来了吱吱乱叫，快要把炉子浇灭了。海力布把开水倒进盆子里，让孩子泡脚，热气全从铁壶里冒出来了。海力布告诉孩子："牧场撤了也没关系，咱们到托里县去，到和布科赛尔县去，去当牧民。牧区全是马，要多少有多少。"这个蓝图太诱人了。孩子洗完脚，跳到床上，在皮褥子上翻跟头，翻着翻着就不动了，就横着睡在皮褥子上。海力布把孩子摆顺，压上皮袍子。海力布攥着烟斗，羊骨头制作的长烟斗。

第二天，牧场的人差不多走光了。战争打不起来了，乌尔禾总场缺人手，就把牧业连撤了，留下几个牧工，连一个班都不到，都是少数民族牧工，海力布是唯一的汉人。海力布大清早就带上孩子到和布科赛尔去了，他不想让孩子看那种乱哄哄的搬家场面，跟打了败仗一样，婆娘娃娃乱七八糟的家什，吱吱乱叫的牛车，留下一栋栋空荡荡的房子。

海力布和孩子是第三天回来的。海力布和孩子赶上了草原的赛马大会，热闹了一天一夜。临走时，主人一声口哨，从马群里奔出一匹两岁的小红马，鞍子都是主人打好的，阿尔泰山的红桦木，镶着银子，新新的鞍鞯，还能闻到木料皮子和毡子新鲜的气息。"巴郎子，上去吧，飞吧。"蒙古人嘀咕这么一声，孩子很感激地望望大人，转身向小红马奔去。马侧着身子，前蹄刨着地，望着远方。孩子在离马不到两米的地方就蹦起来了，轻轻地燕子一样落在马背上，几乎没有重量，马就跑起来了。一路上都是孩子领先。孩子太兴奋了，跟真正的骑手一样，侧着身，一手抖着缰绳，一手垂在身后，鞭子在马屁股上晃着，好骑手是不抽马的，晃晃马鞭子就行了。原路返回，但孩子还是奔到了石人像跟前。男人像显然是绕过了，他们碰到了女人像。

太阳刚刚升起，天空和大地青苍苍，石人像也是青色岩石雕刻的，跟天空一样的深蓝色，蓝得发青，好像从天而降。孩子惊呆了。他们来的时候是从洼地里过去的，石人像在草原缓坡的上边，孩子一路遇山就翻，遇坡就上，青色的女人石像猛然出现在大地的高处，草原漫长的斜坡就跟天梯一样。孩子叫起来，妈妈，妈妈！孩子冲上去。海力布的脑子里闪出张惠琴的影子，张惠琴的额头跟石人像有几分像。孩子奔到跟前就不叫了，石人像比他妈妈年轻，那是个草原少女的雕像，肯定照着某一位真人凿出来的。十五六岁的青蓝色的草原少女，迎着朝霞，让五岁的孩子惊呆在马背上，马不停地站立、站立，孩子在拼命地长啊长啊，孩子多么想在这美妙的时刻长到十六岁啊。海力布是在孩子平静下来的时候赶上去的。“叔叔我能碰她吗？”海力布点点头。孩子跳下马背，孩子走到石像跟前，孩子跟石人像一样高，这个发现让孩子惊喜万分。孩子回头望海力布一眼，孩子抖得厉害，孩子伸出手，飞快地在石像的肩膀上碰一下，就像碰一团烈火一样，孩子碰一下，就退回来了。“叔叔，该你啦。”“这是上天送给你的，叔叔不能碰。”“她在野地里呀。”“她只等一个人，等回来了，别人就不能动了。”孩子哈哈笑起来：“我又不能看着她，谁搬走我都不知道。”“她在这个地方待了千年万年了，要搬的话早搬走了。”“有人碰过她吗？”“人们只能在马背上远远地看她，到她跟前就要爬着过去。”“我是跑过去的，叔叔。”“你不用怕，你莫事，你在马背上的时候就喊出了她的名字。”“我喊了吗？”“叔叔听见了嘛。”“她能听见吗？”“她笑了嘛。”石像的嘴角和眼睛果然带着一丝淡淡的微笑，朝霞把那笑容加重了一些，那笑容会随着霞光消失的，太阳高一点她就不笑了。“孩子，她听见你喊她，她才笑的。”“真的吗？怎么可能啊？她是石头啊！”“你喊出了她的名字，名字不是谁都能喊出来的。”“真的吗叔叔？”“和布科赛尔地方有林子有鹿，蒙古人用树林和鹿称呼这地方，这地方就有名有姓可以住下去了。”孩子把马头高高拉起，远方、遥远的远方，孩子看见了天山，那是石头跟天连在一起的地方，石头飞起来了，石头就到了天上，石头上天的地方就是天山了。海力布叔叔告诉孩子：“快长吧，长大了，你也就是一座山了。”“真有叫天的山吗？”“有嘛，天山嘛。”海力布调转马头，指着北方，“你的马就是蒙古人从阿尔泰山弄来的。蒙古人在那山上找到了金子，马蹄金啊，从蒙古大草原上跑来的骏马啊，都跑疯了，马蹄子就把金子给刨出来了。你说这世界哪有这么神奇的地方，蒙古人就叫开了，就用金子喊这座山，有这么好的名字，满山的石头都笑啊。你看见那笑容了吗？笑得多好啊，谁能笑成这样子呢，再好的人都留不住笑，石头能留住，把笑留在石头上，把好也留在石头上，天显灵啦，娃娃。”

回来的路上，慢腾腾地走着，孩子鼓了又鼓总算把气鼓圆了，腮帮子都鼓起来了，瓮声瓮气地告诉海力布：“我知道我喊了，可喊了啥我一点都不知道。”“那是你的心在喊，你心诚么，心诚得连自己都忘了，你是不是把自己都忘了？”“我啥都不知道了。”“对着哩，对着哩，心就要这么诚，心诚了，心就灵了。”“我都听不见，石头能听见？”“你的心灵了嘛，石头也就灵了嘛，外人是听不见的，就你俩能听见，心通着呢。”

好多年以后，王卫疆失去了心爱的女人，王卫疆就想起草原上的石人像，那个屹立在和布科赛尔草原上的灰蓝色的美丽少女，石头都被感化了，他的心还不诚吗？另一个声音，那是海布力粗壮的声音，跟打雷一样从天顶滚滚而来：“那块和布科赛尔的石头，已经到咱们牧场来了。”乌尔禾西边牧场全是白石头，不是山冈，是那些屹立在草丛里的可以供牧人歇息的石头，用海力布的话讲：白石头可是跟你白头到老的。那时，王卫疆已经二十五六岁了，王卫疆太需要那种厮守终身的女人了，王卫疆就在遥远的地方与空气里的海力布叔叔倾心交谈。海力布叔叔的声音跟电波一样从高高的蓝天上飘下来，海力布叔叔告诉王卫疆：青石头是许愿的，白石头是还愿的。王卫疆突然想起那些石人像都是青石所刻，草原上除了羊群是白的，要碰到一块白石头太难了，只戈壁滩才有白石头。王卫疆痛苦不堪的时候就到戈壁滩上去，如果不是海力布叔叔的声音，他就出不来了。这是后话。

3

牧场已经空了，留下的空房子全让羊住上了，好房子当马棚。剩下四五个人，也会慢慢走掉的，除海力布外都是小伙子，等他们有了老婆，就不一定留在这里了。

两年后，剩下海力布一个人，几千只羊，还有几匹马。来了一位连长，问海力布回不回去，想回去的话，就把羊卖掉。这些羊年年都要送走一批，又产下一批羊羔子，羊羔子很快长大了，跟潮水一样生生不息的生命啊。海力布叔叔头都不抬，他正剪羊毛呢，“想卖掉牧场？除非我死了。”连长好像不认识海力布了，走了几步回过头，好好地看这个古怪的家伙。连长带了一个通讯员，连长对通讯员说：“这家伙真的变成石头了，人家说海力布是石头我还不信。”“海力布是猎人。”“你个毛孩子你不懂，海力布字面意思是猎人，字背后的意思是石头。”“他就这么待下去啦？”“他要待下去，又没人逼他。”连长隐隐约约知道一点海力布的经历，连长就告诉通讯员：“这家伙从朝鲜战场上下来的，受过伤，脑袋里还留着一块弹片，不怎么正常。”连长对海力布的了解就这么多，连长不知道那个被美国飞机炸掉的女护士，连长就很难把羊群跟白衣天使联系起来。

连长回到家里。全家都吃了，都休息了，老父亲还在收拾抬把子，用麻绳扎，还不放心又用皮绳子扎，大概把手勒破了，用面面土抹哩。连长就到老人房子叫母亲去劝父亲，甭折腾啦，谁还用这破抬把子嘛，他想折腾我给他买拉拉车，地里有干不完的活。连长也只能在母亲跟前说说，在父亲面前哼都不敢哼一声。母亲说：老东西就那贱命，牛马命，闲不下，闲下就病，就发脾气使性子，跟毛驴子一样。给他手里塞上铁锨坎土曼抬把子，他就没脾气啦。

“我爸咋成了这样子？”

“你爸把力气都使在这上头啦，想丢都丢不开，跟剥身上的皮一样。”

母亲一边说话一边切甜菜叶子。母亲养了一大群鸡，两头猪，两只羊，还有一头牛，母亲的手不停地切草切菜叶。母亲数说老汉，母亲就没闲过。母亲在院子里忙活，父亲在外边忙活。

连长打了个呵欠，连长睡觉去了。妻子孩子睡得那么香，连长反而没瞌睡了，连长点一根天池烟抽起来。

母亲端上筐子到鸡圈里喂鸡去了，鸡咕咕咕叫，拍翅膀，叼菜叶子，菜叶子切成指头蛋那么大的小块块，拌上麸皮、米糠，鸡就以为主人给它们做的是美味佳肴。

父亲把抬把子搬到柴房里，把杂物堆上去，抬把子就像一张行军床，再烂的东西搁床上就叫人放心。父亲拍拍手。那双手全都裂开了，冬天就会渗出血。这么一双手，还爱摸孙女的嫩脸蛋，摸一下，孙女就疼得龇牙咧嘴。媳妇也是老军垦的女儿，媳妇安慰女儿："叫你爷摸，叫你爷摸，你爷摸你哩，又不是刀子扎你哩。"老汉这才发现他的手跟老虎爪子差不多，老汉就笑，老汉就用手背轻轻地碰一下孙女的脸蛋，手背还是有些糙，不过孩子可以忍住了。

连长是军垦第二代了，也就是地窝子里出生的那一代，已经用不上原始的农具了，有收割机拖拉机，再不行也有胶轮大车拉拉车呀，这都是解放手脚的好东西，父亲们算是长在土地里了。连长躺不住了，连长提上斧头到柴房找一块板子，到房子里用女儿的水彩笔在木板上写上一个张字，连长姓张。连长就出去了。连长老远看见父亲在林带边上修水渠，从大渠分出支渠，再分出毛渠，毛渠容易垮掉，父亲跟老太太补补丁一样，这儿铲一铲，那儿塞一塞。一只野兔从另一个洞洞里奔出来，显然是野兔的临时住处。野兔并不怕老人，野兔跑了五十来米，就停下了。老人摆摆手，野兔不走了，老人就拣些石头来塞，老人还掂了掂石头叫兔子看，老人把石头塞进去了。连长心里笑：野兔哪有那么笨啊，野兔会从石头旁边打洞洞的。要在往常，连长会用石头砸野兔的，连长小时候放过羊，可以飞石击鸟，击兔子是没问题的。连长看开了，连长眯着眼睛在林带里旁观父亲和野兔的游戏。父亲对他修筑的防线很满意，扛着铁锹昂然而去，也跟兔子一样，走了四五十步，回过头看了看兔子。老人走远了，野兔奔过去，几下就把石头刨出来了。野兔玩呢，兔子并不真心打洞洞，兔子的窝太多了，兔子只是证明一下自己，你塞的石头难不住我。兔子跃上水渠，连蹦带跳，很快就追上了老人，兔子太调皮了，竟然从老人的胯下蹿过去了。老人挥一下铁锹，铁锹挥那么高，在太阳底下一闪一闪就像伸向天空的一双大手。连长就想起小时候挨父亲的揍，父亲就这么高高扬着一只大手，跟赶鸟一样，嘴里发出令人无限恐怖的吼声，手扬高高的就是落不下去。那时候他吓坏了，他跟挨刀子一样拼命喊叫，他见过父亲打母亲的场面，用皮带抽，母亲尖声大叫，把房顶都要震下来了。但他父亲那双大手却始终没有落下来。他有多淘气呀，他发现自己的屁股只让一只手摁着，另一只手并没有落下来时，他拧过脑袋朝后看了一眼，他就看见了那么高高抬起的停在半空的大手，跟老鹰一样的父亲的手悬在空中就是不落下来。这只手打老婆，不打孩子，也不打兔子。狗日的兔子，早就窥破了父亲的心思，跑一跑，停一停，害得父亲高举着铁锹跑啊跑啊。父亲就跑不动了，拉着铁锹，在乡间又宽又直的大路上大口大口地喘气。父亲慢慢喘着。老家伙身体好着呢，跟兔子赛跑，差不多跑了二千多米。父亲有一个好心脏。

连长还是拐到了白杨河的北岸，穿过林带和农田，越过北干渠，很快就到了荒滩上。大戈壁到乌尔禾突然断裂，形成一道陡崖，从石崖到白杨河边的密林和农田，有一个过渡地带，很不规则的沙土地带，生长着梭梭红柳沙枣骆驼刺，其中有几处凹进去的地方比较宽敞，全是高大的沙枣树。克拉玛依的石油鬼子看上这一个好地方，长着沙枣树，南边白杨河，北边红石崖和大戈壁，地面全是平坦的砾石滩，建个办事处太惬意了，离独阿公路又不远，油田有的是钱。老团长硬是不给，老团长刚踏上乌尔禾的土地就看中这块地方，不种粮食，又是个风水宝地，就给军垦老兵作最后的归宿之地吧，已经有不少老兵躺在那里了。石油鬼子说了，愿出大价钱迁坟。老团长就是不同意。石油鬼子找到师部找到兵团司令部，都不行，宁肯不要那笔相当诱人的巨款。石油鬼子只能把若干机构建在乌尔禾镇上，公路穿镇而过，多方便哪，又繁荣了偏远的乌尔禾小镇。连长真正体会到了老团长的良苦用心。老兵们干不动的时候，就跟回家一样躺在幽静的沙枣林里，永生永世陪伴着庄稼地，春耕夏忙秋收冬藏离不开他们的眼睛。连长把写着张字的木牌子钉在一块空地上，正好是两棵沙枣树的中间，父亲母亲最终要在这里安身的。连长坐在沙枣林里抽了一根烟。

连长这个念头是在海力布叔叔那里萌发的。连长知道海力布已经离不开荒凉空旷的牧场了，海力布死了也不会离开那个地方，海力布会变成草原上的石头，连长就这么想着把烟抽完了。连长派人去牧场拉羊剪羊毛的时候，总是自己掏腰包买两瓶白酒，捎给海力布，还要吩咐人家，这是连里送的。连里没有这笔开支。有时是启明特曲，有时是五五大曲，过年的时候就是奎屯特曲伊犁特曲了。

4

孩子骑着马一个人回家，海力布叔叔说你自己走吧，小红马驮着孩子离开石头房子，跃上山冈，越过大片大片的芨芨草，裸露着沙石的浅草草地，接着是绿莹莹的骆驼刺，一直蔓延到白杨河的大片大片的骆驼刺，大概是准噶尔盆地最娇嫩的骆驼刺了，比芨芨草还要绿啊，纽扣一般闪闪发亮的圆叶子，刺是软的，跟鹿茸一样。孩子纵马到这里，孩子就感到神清气爽。

孤零零的矮山下有两棵老榆树，黑乎乎的就像电影里的坦克，一动不动地蹲在山脚。父亲王拴堂吆着牛车接送王卫疆的时候，要过这个地方，父亲把车赶过去，王卫疆跟兔子一样蹦到地上。老榆树底下有一个很大的泉眼，在一个石坑里，几个手指粗的泉眼拼在一起，跟蜂巢一样咕咕冒着清水。父子俩像牲畜一样趴在石坑边上饮水，整个面孔贴上去，嘴巴埋在水里，咕咕咕，水面冒出水泡，跟鱼一样。王卫疆在白杨河里玩水的时候就像一条鱼，在石坑里喝水就像小蝌蚪。父亲喝完看着孩子喝。父亲再把空水壶摁到泉里，咕咕响一阵子。 牛要饮半天。王卫疆忍不住问父亲："你为啥不骑马？""有牛哩嘛，有车哩嘛，一样嘛。""还是马好。""你个尿娃娃知道个狗屁。""马就是好嘛。""牛长犄角马咋不会长犄角？""马不长犄角马跑路哩，牛走哩，老牛拖车，慢的。""不坐牛车咋能知道马的好处哩。"王拴堂吆上牛车，一趟一趟接送王卫疆，榆树泉就是他们父子打尖的地方。

五岁的孩子和两岁的小马快要追上风了。人们看见马背上的王卫疆，他们的村庄位于农田和荒漠之间，是人烟开始的地方。王卫疆在人们的惊叹声中，策马而行，一直走到大门口，也就是柴门，红柳条扎的围墙。母亲张惠琴在院子里洗衣服，一匹大马冲到她跟前，惊得她魂飞魄散跳起来了。"儿子呀，哎呀呀。"张惠琴奔到房子里踢丈夫几脚，"你不接儿子，儿子自己回来啦。"王拴堂慢腾腾走出来："自己回来好嘛，儿子娃娃嘛，骑着大马，还怕狼吃了。"吃饭的时候王拴堂小声问儿子："说实话，你怕不怕？""怕啥？""狼叼你啊，狗儿子，狼多得很。""吓唬谁哩，种庄稼把人的胆都种没了，人家海力布叔叔一鞭子就把狼打软了，有一次连鞭子都没动，马后蹄子一撩，狼就跪下了，狼腰给踢断啦。”王卫疆放下饭碗，抡起皮鞭子，跟牧扬工人的鞭子不一样，柄是狼骨头，鞭梢有一个铁疙瘩。草原上的牧民都有这么一把马鞭子，鞭梢都是铅，海力布做的，就用铁。

两岁的小马在家里待了一个晚上，吃饱喝足了，儿子王卫疆附着马耳朵嘀咕了两句，小红马就回去了。张惠琴和王拴堂惊得说不出话。儿子告诉他们：“马认路呢，走上一次就行了。”

第二年春天刚过，小红马就来接小主人了。主人六岁了，马三岁了，不能再叫儿马了。三岁的红马出现时，王卫疆噢哟叫了一声，马的胸脯扩宽了，脖子长了，脑袋小而结实，蹄腕成了弓形，后臀圆浑浑的，跟大车轮子一样，毛色发亮，是那种深下去的光泽。王卫疆等不及了，当时就要上马走人，大人苦苦哀求，总算过了一夜。第二天，天不亮，星星还挂在树梢上，马蹄就跟暴雨一样掠过村庄和密林。那一天，母亲张惠琴什么都干不好，耳朵全是忽远忽近的马蹄声。王拴堂告诉妻子：“你没骑过马，骑上马就跟人长了翅膀一样。”

“遇上狼咋办？”

“我娃带刀子哩。”

王拴堂把蒙古刀插在马鞍上，儿子爬上马背就能看见。

“他是娃娃，他能耍刀子吗？”

“跟着海力布杀羊呢，海力布杀羊咱娃扳腿，扳着扳着自己就试着剥皮，狗识的手快得很，剥羊皮跟脱衣服一样，吱儿吱儿的。”

“他敢杀羊，他真的杀了羊？”

“他还跟着海力布杀牛呢。”

“他长大了，就成土匪啦？”

“胡想啥哩？你娃心善着哩，你娃刚会走路就跟兔娃耍哩，海力布的房子跟兔窝一样，野兔随出随进，跟兔娃耍大的娃娃想当土匪都当不了。”

儿子回来了，母亲彻底放心了。儿子捡到一只狼崽，大概是第一次单独行动，被猎手下的兽夹子夹住了，就拼命喊叫。王卫疆在几十里外听见哭声，赶过去。父亲送给他的蒙古刀有了用场，撬开兽夹子，刮掉伤口上的腐肉，敷上草药。草原上到处都是草药，揉碎就能用，用芨芨草扎好，抱在怀里，狼崽就安静了。在家里待了半年，春天刚过，马来送儿子，儿子抱上狼崽奔向草原。母亲在后边大喊："你要把它放掉，它要回到它妈妈的身边去。"母亲跟喂孩子似的把狼崽子喂养了半年，母亲还不停地叨叨它妈急坏了，它妈眼睛都哭瞎了吧。奇怪的是往年乌尔禾的冬天都有嘹亮悠扬的狼嚎，这个冬天安静极了，有狼蹿来蹿去，狼都很安静，不急不躁，也不叫。

王卫疆在榆树泉让狼崽喝了水，跟狼崽嘀咕几句，连他自己都不清楚，但狼崽能听懂。那时他是个孩子，全凭直感和本能，就把心里的想法传达给动物了。狼崽蹲在水边扬着脑袋不动，王卫疆上马，勒缰，马蹄子在空中蹬了几下，又咚咚踏地，王卫疆给狼崽挥手，狼崽就奔向无边无际的荒原。狼崽猛蹿五十米，又拧过脑袋看王卫疆一眼，那完全是野兔的习惯，野兔奔蹿要在四五十米的地方停一下，回头看一下。漫长的冬天，狼崽都是跟牛羊兔子待在一起，跟野兔待的时间要长一些，野兔就住在王卫疆家五十米远的草地里，跟邻居似的随出随进，狼崽就学到了兔子的习惯。

王卫疆把狼崽的事情讲给海力布叔叔，海力布不停地拍王卫疆的肩膀。两年以后，王卫疆和海力布在山谷里碰到这只狼，已经是一只高大威猛的成年狼了，跟王卫疆的目光相遇的一刹那，就认出了对方，就惊喜万状，不幸的是狼躺在地上，快要断气了。从谷底的血迹和兽毛来看，这里刚刚发生过一场血战，这只狼大概断后，掩护自己的家族撤退，它倒下的地方是谷地最险要的地段，只能过一人一马，它被咬得遍体鳞伤，血肉模糊，它看到救命恩人，凶狠的面孔一下子就不见，换上了悲壮和喜悦。王卫疆蹲在它跟前，摸它的脑门，它使尽最后的力气，偏过脸，用嘴巴夹住王卫疆的手，使劲晃了两下就像是在握手道别。据说狼是不流泪的，这只狼不知道是感激还是感动，它的泪一颗比一颗大，挂在睫毛上，一闪一闪。狼太难受了，抽风拟的抖。海力布拉起王卫疆："狼不会在人跟前断气的，其他狼在场都不行。"他们骑上马匆匆离开。绕过一座山，海力布说："你是孩子你不能去，我去料理后事。"海力布使劲在王卫疆肩膀上摁一下，王卫疆跟他的马就跟钉子一样钉在地上。海力布很快就回来了。好多年以后，王卫疆才明白海力布干什么去了，那时海力布已经离开人世，整理遗物时，王卫疆看到了海力布的两把刀子。海力布换过刀子，就是从山谷回来以后，又匆匆去了一趟和布科赛尔，带回来这把刀子。当时海力布还在自己脸上刮去一大片毛，让王卫疆看："这么快的刀子，跟风一样。"海力布刷刷几下把胡子也刮了。海力布把旧刀子放进木箱子里，放进去的时候，抽出来看一看，吹了两口说："巴特尔，巴特尔只能死一回。"说完就把刀子封上了。海力布在刀刃上涂了油。王卫疆用过这把刀，快得跟风一样，剥羊皮不是在剥，简直就像风在吹，一下子就把热乎乎的羊皮吹落了，这么好的刀子，为啥要换掉呢？海力布叔叔总是把刀子磨啊磨啊磨大半夜，王卫疆一觉醒来海力布还在磨刀子，海力布总是跟阐述真理一样阐述刀子的好处：记住啊，刀子要快，手要利索，牲畜就少受罪。

"不杀不行吗？"

"那咋成呢？吃啥呢？人不吃肉人就蔫啦，就成棉花啦。牲畜长大就是要让人吃掉，就像花要开一样，得让蜂螫一下，蜂刺就是花的马子。"王卫疆就喜欢上刀子了。王卫疆用海力布的刀子，用完就挂在墙上。王卫疆的刀子是父亲王拴堂买的。海力布从王卫疆的眼神里看得出来，小家伙太想要一把刀子了。小家伙带着父亲买的刀子回来时，海力布说："我把命可以送给你，刀子不能送给你。""你是个啬皮，你骗鬼呢。""巴郎子的刀子要阿塔送。"海力布跟草原粘在一起了，海力布会说蒙古话，也会说哈萨克话，阿塔是哈萨克族父亲的意思，海力布说："儿子娃娃，巴郎子，裤裆里带刀子呢，刀子哪来的？你的阿塔，你的父亲给的。我不能给你啊，我给你刀子算什么呢？"海力布遗憾得不得了，说不下去了，拍了王卫疆两下。

海力布宰羊的速度太快了，地地道道的蒙古人的方式，从胸膛上下刀，开膛破肚，呼一下扒下整张皮子，羊赤裸裸摊开在皮子上冒着热气，跟着火的湿木柴一样。海力布趁着热气三下两下，就把骨头剔掉了，骨架完好无损，刀子跟电光一样在筋骨血肉间闪了几下。海力布也会用回民的屠宰方式杀羊，从脖子上放血，剥皮、剔骨，一气呵成。王卫疆还记得他第一次到草原吃手把羊肉，他才一岁半，刚刚离开妈妈的奶头，刚刚啃干馕饼子，刚刚咽下拉条子揪片子，海力布用羊肋巴招待小客人。小客人吃得满嘴流油，两眼放光，可也吃得粗糙不堪，丢掉的骨头上还连着肉呢，海力布又捡起来啃。海力布的牙齿跟锉刀一样，啃过的骨头光光的，跟白石头一样，连骨髓都吸掉了，边吸边教王卫疆："这是好东西呀巴郎子，比你妈的奶水都好呢。"海力布用筷子把羊腿骨里的骨髓捅出来，让王卫疆吃，跟嫩豆腐一样，绵绵的，没什么味道。看海力布叔叔那诚恳的样子，王卫疆就吃掉了白蚯蚓一样的骨髓。以后吃肉的时候，海力布总是盯着王卫疆，好像啃骨头是一门精湛的手艺，师傅非得手把手教这个徒弟不可。小徒弟学得很认真，师傅不断地鼓励他："巴郎子的牙口，越啃牙越好。"王卫疆终于啃出了白光闪闪的骨头。好多年以后，王卫疆见到电镀板子时就想起他啃过的骨头。

屠宰的血腥场面让他发懵，小鸡鸡都缩进半截子，卵蛋全缩进去了。海力布用掏羊心的血手摸他的小脸蛋。

"不要怕嘛，血是热的。"

海力布叔叔的血手热乎乎的。海力布叔叔剥羊皮的时候，羊眼睛还睁着，望着海力布，海力布在羊的胸腔里掏几下，羊眼睛里就没有恐怖的神色了，羊好像被一种神秘的气氛感动了。海力布也被感动了，海力布有好几次跪下去了，全身心地投入到羊的身体里，一会儿用刀子，一会儿赤手相搏。用手的时候，刀子就咬在嘴里。王卫疆看得目瞪口呆。王卫疆看多了，就有了胆量帮海力布叔叔扳羊腿，海力布的动作就更快了。断了气的羊好像并没有死，羊眼睛睁着，有一种幸福的神态。海力布用带血的指头在王卫疆额头上抹一下，王卫疆就感觉到羊血的温暖，海力布自己的脸上抹了好几道血印子。海力布太喜欢羊了。

场部把宰好的羊拉回去过冬，王卫疆也被带走了。牧场剩下海力布和一群活羊，那些羊明年春天要产羔呢。海力布在漫长的冬天里让怀胎的母羊保住胎气。人们在路上要谈论半天海力布。海力布没有女人，海力布却把羊养得这么好，母羊又俊又肥，跟皇宫里的娘娘一样，跟贵妇人一样。海力布接羔的技术就更不用说了，成活率几乎是百分之百，这家伙手上有仙气，没有摸过女人，阳气充沛，不要说接羊羔子，接娃娃都没问题。

羊肉分到每家每户的第二天，就下雪了，有时是第三天第四天，绝超不过一个礼拜。不管有没有雪，气温是降下来了，从苍空、从大戈壁、从四面八方压过来了，呼吸都有点困难，鞋底都薄了，羊肉更鲜更嫩了，红艳艳的，寒冷让天地发灰发暗，只滋润了羊肉，跟红蜡烛一样，跟一团凝固的火焰一样。

王卫疆有了大人的气派。母亲张惠琴烧开一锅水，准备煮肉，儿子王卫疆告诉她：羊肉不能这么煮。“小屁孩滚一边去。”张惠琴不但不理儿子，还大喊王拴堂，“把你儿子带出去，他在这里捣乱。”儿子吼起来：“你才捣乱呢，你把羊肉糟蹋了。”张惠琴咦叫了一声，王拴堂也吓了一跳，狗儿子小脸涨得通红，把羊肉块抱在怀里，一抖一抖，跟一只小公鸡一样。王拴堂先软了：“儿子，你说咋煮就咋煮。”“咦——”张惠琴总算喊出声来了，“老娘养你这么大，老娘还不会养你了。”王拴堂贴着张惠琴的耳根：“让娃做一次主。”王卫疆指挥大人把开水舀干，倒上冷水，肉跟冷水一起煮，肉里的血慢慢渗出来了，肉鲜得就跟从羊身上割下来的一样，撇掉血沫子，香味就出来了，汤清清的，肉新鲜亮净。张惠琴就拧儿子的耳朵：“狗儿子狗儿子，我的狗儿子。”吃饭的时候，王卫疆还要来一句草原上的谚语：“杀生害命，骨头啃净。”王拴堂两口子你看我我看你，好像王卫疆不是他们的儿子了，成海力布的儿子了。张惠琴忍不住了：“叔叔喜欢你成这样子了。”“你还没见他喜欢羊的样子。”王拴堂的手指跟老瓜农弹西瓜一样在儿子脑袋上梆弹一下：“叔叔喜欢羊，把羊全杀了，煮着吃了。”“你只会种地你不懂。”“呵呵，狗儿子，我是你爸，我不懂。”“你光会挖大粪、戳牛狗子、扳牛犄角，你会骑马吗？你会给羊接羔吗？你会让羊痛痛快快舒舒服服挨刀子吗？你连肉都不会煮，开水煮肉，你以为你下面条哩，你以为你熬米汤哩，那是肉、肉，你懂不懂？”骑着高头大马驱赶着畜群疾风般游于群山大漠的牧人就是这么看蠕动在庄稼地里的农民。

王拴堂的手指头又在儿子脑瓜上梆了一下：“熟透啦，狗日的熟透啦。你爸光会务庄稼，你爸不知道肉是咋长出来的，你就给你爸多弄点肉，顿顿吃肉，行不行？”“我长大了让你顿顿吃。”父子俩击掌为誓。张惠琴拧丈夫：“你咋这么不要脸，跟屁大个娃娃打赌哩。”两口子会吃肉了，啃过骨头光光的，王拴堂笑。

“跟狗啃过的一样。”

海力布追赶盗贼时就说过这话。

草原上的盗贼偷牲畜不是一只两只，常常是赶走一大群，手段高明、熟悉牲畜的脾性、熟悉大漠绝境的秘密通道。海力布追了三天三夜，找到了盗贼逃跑的行踪，这在草原上叫打踪，是一种高深的功夫。根据牲畜的蹄印、粪便，一路寻下去。盗贼一路上灭迹，如果主人赶上来了，只能认输。这是草原上规矩。海力布遇上了另一条规矩，盗贼点火吃饭的地下留下一堆骨头，海力布捡起一根羊肋骨看一眼就明白了，就调转马头回去了。王卫疆在长满芨芨草的山口等海力布叔叔归来，海力布一人回来了，王卫疆跟个大人一样大声问："咱们的羊呢？"海力布从怀里掏出白亮的羊肋骨。

"跟狗啃过的一样，羊会喜欢他们的。"

哪有他说的那么轻松，公家财产是要赔偿的。场部来了两个人，跟海力布谈了一会儿，在本本上填字，海力布从木箱子里取出一个包包，解开，那是他的全部积蓄，还要从每月工资里扣，一直扣到海力布去世，还没扣完。好多年后王卫疆才体会到这些经济账目的代价。王卫疆当时还是个孩子，他所看到的就是海力布叔叔从木箱子里取钱，场部的两个人数钱，数完，海力布在本本上填字。场部的人是饭后走的，海力布用手抓羊肉招待他们，他们在自己的职权范围内给海力布以最大限度的照顾，海力布感激他们还喝了点酒。三个男人满脸通红，围坐在羊粪铺成的炕上，一边喝一边互相拍肩膀。场部的人埋怨海力布粗心大意。

"丢这么多羊，赔这么多钱，能娶两个老婆呀，老兄你真是的，回来算了，我给连里打个招呼，土坯房盖好了，给你留上几间，借上点钱，娶个老婆，就像个家了。你这是啥日子嘛，石头碉堡，一大群牲畜，加上这个巴郎子娃娃。"

海力布把王卫疆揽到怀里："有巴郎子呢，有羊羔子呢，挺好的家嘛。"

"巴郎子又不是你的，羊羔子是牲畜，又不是人。"

"它们跟人一样呢。"

"喝醉了，喝醉了，这家伙喝醉了。"

海力布憨憨地笑着，用手背不停地擦嘴巴。海力布的神态里有一种让人难以理解的东西，人家就以为海力布醉了，人家就告辞了。海力布一直把人家送到了长满芨芨草的山口，草绿色的 120 北京越野吉普跟蚂蚱一样一点点小下去，海力布还在招手。车里的人凭这一点也会认为这家伙真醉了，醉得这么厉害，送人送到大门口，再远一点送到大路口，哪有这么送人的？车跑，马也跑，纵马疾驰，一直到山口上了，有这么送人的吗？谁都明白，海力布欠了多大一笔债。娶老婆是没指望了。

第三章　放生羊

1

海力布从山口回来没进房子，直接到羊圈里去了，抱住羊羔子，抱半天才松开，一大群羊呢，挨个抱一遍。平时这些羊见了海力布都要咩咩叫，那种跳跃的水浪一样的欢叫声听得人心里暖洋洋的。羊们好像猜到了海力布的心事，海力布抱它们的时候，它们就有了跟海力布一样的心事，它们就叫不出来了，它们毛茸茸的小脑袋顶着海力布胡子拉碴的下巴，跟铁刷子一样蹭啊蹭啊，羊羔子的眼睛直直地望着地面，静静地跟一片海子一样。海力布的心就静下来了，海力布就站起来，拍拍手，自己骂自己。

“我这是干吗呀，把羊搞得这么沉重。”

海力布就把羊赶到地势开阔的台地上。春天已经过去了，青草泛绿，绿得发黑，还有星星点点的野花藏在草丛里。远方升起蓝色的雾霭，天空一点点倾斜下来，大地被天空盖住了，牧草唤起羊的记忆，牧草的絮叨声跟歌子一样越来越动听，羊们全都愣住了，全都抬起头，草叶的絮絮好像来自苍穹之顶，跟雨点一样落到地上，羊嘴巴碰一下冰凉的草叶，羊就咩咩叫起来。海力布长长松一口气。海力布可以睡觉了。海力布就枕着胳膊，望着蓝天，打起呼噜。天离地很近，一堆堆白云跟被子一样盖在海力布身上。

王卫疆骑着小马在草地上跑来跑去，台地平坦辽阔，都是矮草，王卫疆和小马很快变小了，跟羊羔子差不多了，都跑到海力布的梦里去了。

海力布的胸脯一起一伏，呼噜声跟茶炊一样在煮浓浓的砖茶。云朵把天空擦得干干净净，草地就更干净了，海力布的梦一点也不像梦，跟真的一样。海力布连眼睛都没眨一下就醒来了，他也没有意识到他美美地睡了一觉，白云就在头顶飘着跟风筝一样，白云很轻易地擦掉了梦境跟实境的界限。海力布再也不想那场灾难了。海力布眼前的羊群、草地、孩子才是最真实的。这都是他海力布的，他并没有损失什么。

海力布更珍惜那些羊羔子了，在海力布手上没有死过一只羊羔子，只要怀上，海力布就有办法让它们母子平安。母羊是那么信赖海力布，海力布走近羊群，羊群就踏实了，就有安全感。海力布把那些疲弱的羊羔抱到房子里。

“跟咱们一起住。”

王卫疆挨着羊羔子睡觉太兴奋了，老睡不着。月亮在窗外飘过来飘过去，月亮就跟一只小羊羔似的。草原的夜晚是很凉的，有炉子还是冷，幸好有一米多厚的干草粪，跟压了几十层毡一样，身子底下是温暖的，大地上的潮气、冷气被压得死死的。羊羔很安静，羊羔身上很快就热起来了，比人体热得快。王卫疆抱住羊羔，王卫疆也热起来了。夜空里的月亮也不飘来飘去乱晃荡了，月亮静下来了，月亮就有了光，月光从天空流下来，流到石头房子里，羊羔沐浴着月光，月光也有了温度。王卫疆光胳膊伸出去，月光跟白绸子一样，摸一下就浑身发抖，抖几下就不抖了，皮肤适应了。羊羔比人适应能力强多了，羊羔身上的细毛一点点渗进月光里，月光长毛了，月亮毛茸茸的，月亮一会儿是一只小羊，一会儿又成了白毛兔。王卫疆梦见自己身上也长毛了，王卫疆梦见他回到家里，他母亲张惠琴吓得尖声大叫：“妖怪！妖怪！”他父亲王拴堂拎着斧头奔过来，王拴堂把斧头都高高地举起来了，王拴堂哈一声乐了。

“狗儿子，披这么好的皮袄。”

“这不是皮袄，这是我的皮肤。”

王拴堂手里的斧头咣当落地上，张惠琴手里的盘子已经落过了，张惠琴下意识里还端着东西，张惠琴凭空又落了一次，差一点趴地上，好像手落到了地上。王卫疆在梦中嘿嘿地笑，他没想到自己这么一身白毛把大人吓成那样子。

尿把他憋醒了，迷迷糊糊，他到外边去尿尿。房子后边就是尿尿的地方，对着山坡，月亮就在山顶上卧着，矮矮的石头山冈。王卫疆揉揉眼睛，月亮卧在羽毛草丛里，草叶摇曳不定，真像一只白羊卧在那里。王卫疆就跌跌撞撞上去了，王卫疆张开双臂在草丛里找了半天，抱起一块白石头，王卫疆还真把石头抱起来了。梦中的孩子力气大得惊人，他很轻松地把那么大一块圆石头抱到被窝里，他在梦中以为石头是热的。沉睡的羊羔被冰凉的石头惊得叫了一声。海力布的一只毛茸茸的光胳膊伸到石头上，海力布在梦中哆嗦了一下。天亮了，石头热起来啦。无论是人还是羊都把石头挨得紧紧的。海力布醒得早，海力布一嚷嚷，王卫疆和羊羔们也醒来了。被窝里卧着圆圆的白石头，一头大一头小，像小狗也像小羊，海力布一口咬定：是来找羊羔的，石头修炼成这样子，都爬到炕上来了。

“它为啥不到羊圈里去？被窝里的羊羔是通神的。”

王卫疆迷迷糊糊还有点记忆，王卫疆告诉海力布是他搬进来的，海力布就说你再搬一次，你搬一次看看？王卫疆使出吃奶的劲，石头就是不动，他踹石头一脚，拍自己脑袋，他也糊涂了，以为是在梦中搬石头。王卫疆轻轻推一下窗户，窗户松松的，一下子就开了，别说爬进来一块石头，一只大狗熊都能爬进来。羊羔们很兴奋，从窗户里跳出去，摇摇晃晃往山坡上走，早晨的太阳软软和和像快要下崽的大母牛。牲畜们三三两两都到山上去了。边走边拉粪，牛粪、羊粪都很新鲜，潮烘烘的带着浓烈的腥味。海力布抱起白石头，抱到墙角轻轻放下来。石头嘛，让它睡在炕角。

跟他们住在一起的羊长得很快，秋天刚到就肥得不得了。王卫疆已经抱不动它们了。每年秋末都要宰一批羊。王卫疆哀求海力布叔叔不要杀这几只羊，让它们再活一年。

“行啊，你说了嘛，就让它们活下去吧。”

场部来人拉肉的前一天，海力布把这几只羊放生了。王卫疆才明白海力布为什么让它们跟人住在一起。

秋末宰羊的时候，另一批母羊怀孕了，完成使命的公羊们沉静大气，像威武的将军，昂首阔步，在高地上迎着越来越冷的北风，白毛翻卷，眯起来的羊眼睛特别有神，穿透了远方蓝色的地平线。地平线也是一道缝，天地相合的地方是谁的眼睛如此明亮？公羊肯定看到了生命的真相，那一刻，不需要头羊了，大家全被生命的亮光照耀着，随意地漫下高冈，走到石头房子前边的空地上。那一刻，海力布手里的刀子一下子变薄了，感觉不到了，成了一团轻盈的光，跟手电筒一样在漫长的隧道里小心翼翼地走着，穿过比黑暗更漫长的冬天。海力布情愿在冬天多待上一段时间，他每天夜里要去羊圈看看，墙上用石灰画了许多圆圈，他还是不放心，他提的不是手电是马灯，他拿着马灯，挟着干草，每个圈子里都要看一看。公羊很少了，都是壮实的种羊。母羊腹内已经有了动静，外表看不出来，羊身子没有什么变化，羊的呼吸热辣辣的，羊的眼睛水灵灵的透出一股子柔情，这是胎儿成形的讯号。海力布把金黄的簌簌抖动的干草撒在母羊跟前，母羊在夜晚吃草的声音清晰而遥远。夜太静了，兔子在奔跑，狐狸在山顶蹿来蹿去，土拨鼠开始咬草根，干河沟里沙土刷刷落下，只有石头一动不动，月光一遍遍地洗刷石头，白石头越洗越白，黑石头越洗越黑。

春天到了，繁忙的接羔工作开始了，海力布迎接一个又一个美好的生命。那些柔弱的羊羔子，海力布照例把它们带到房子里。海力布给上天许下誓言，让每一个胎儿安全落地，健康成长。到秋天最后的季节，海力布把它们带到旷野深处，羊多聪明啊，不需要解释，不需要道别，海力布在它们的背上轻轻拍一下，好像那背上安装了什么特殊机关，一下子被海力布打开了、启动了，羊们连叫都不叫，连头都不回，向远方奔去……

王卫疆问海力布：“它们去哪里？”

“它们回家。”

“它们会不会死掉？”

“会死掉的……　孩子啊，死不那么可怕，被杀掉、被狼吃掉、掉到山崖底下摔死，对它们并不重要。”海力布说不下去了，正好有鸟群飞过，一群又一群，忽高忽低，海力布一下子兴奋起来，“看见没有，羊跟鸟儿一样，放出去，它们就自由了。”……

除过王卫疆，没有人知道海力布放生的秘密。也不是什么秘密，草原古老的风俗里就有这种习惯。海力布把放生的羊算在暴风雪这些自然灾害上，两三只说得过去，有时候是五六只，七八只，最多的时候达到十只，海力布就算在自己账上了。他的欠账上又多了一笔。他眼角上的皱纹里多了一丝笑容。

王卫疆再也等不到五一节了，四月中旬，积雪还没有化开，刚刚有了一点春天的气息他就在家里待不住了。王拴堂两口子劝不住。王卫疆不知施了什么魔法，到河滩上去吹口哨，两根手指压住舌头发出尖利的啸音，悬崖上的老鹰都被惊动了，老鹰盘来盘去。有一只鹰听明白了，向白杨河的源头奔去。

第二天天刚亮，雪地里就响起马蹄声。王卫疆的小红马，快四岁了，应该是大马了，踏起团团雪雾，接小主人来了。

王卫疆下午就赶到牧场。

王卫疆见到了接羔的场面。 粉粉的一团嫩肉，冒着热气跟化开的铁水一样从母羊肚子里流出来，捧在海力布手上。海力布嘴里嘀哩咕噜地念什么咒啊，念叨一阵子，这团赤热的铁水就成形了，热气淡了一点，羔的脑袋身子四个蹄子全出来了，海力布可以松手了。王卫疆还是个孩子，王卫疆看到的竟然是一团混沌的生命在海力布手上变成小羊羔。王卫疆一直以为母羊肚子里流出的是一团生命的热流，跟岩浆一样，海力布给这团生命注入了神奇的力量。多年以后王卫疆上了中学，上了技校，交了女朋友，有了亲吻拥抱这些疯狂的青春冲动以后，他对海力布叔叔的神力都没有怀疑过。他补上了这一课。百分之百的成活率，这是海力布的底线，让人兴奋的是几乎没有太瘦弱的羔子，羊妈妈完全可以喂养。海力布还鸡蛋里挑骨头，挑出了两只羊。有的羊妈妈不怎么认孩子，母性意识还没有苏醒，就给海力布钻了空子，海力布用皮袍子一卷，两只刚刚出世的孤单单的小羊羔被揽进海力布怀里带走了。

羊妈妈是在一个礼拜后醒悟过来的，羊羔子已经蹦踏蹦跳可以爬到山顶上去了。一朵一朵小小的黄花不像是地上长出来的，跟天上落下来的一样，那么小啊，指甲盖那么大，小羊羔就追着吃这些小黄花。羊妈妈在山脚看得清清楚楚，出生六七天的小羊羔已经相当俊美了，完全可以看出母亲的影子来，瞎子都能凭身上的气味认出它们是母子关系。羊妈妈咩咩叫着，小羊羔没有反应。羊妈妈看见海力布挤了一桶奶提到房子里去了。海力布在被窝里用奶瓶喂养着羔子，羊妈妈在门口看了一会儿，就走开了。海力布就挤羊妈妈的奶，还让羊妈妈看着奶瓶子含在羊羔嘴里汩汩地响。羊妈妈放心地走开了。

奶瓶子到了王卫疆手里，王卫疆第一次给羊羔子喂奶，笨手笨脚，但羊羔子喜欢，羊羔子把王卫疆看成海力布的孩子，跟它们一样满脸稚嫩，羊羔子能看出来。王卫疆可以挤羊奶了。他成了海力布的好帮手。

到了秋天，海力布压根就没想到孩子跟羊混得那么熟。这也是海力布的一个失误，他忘了孩子的适应能力远远超过他。

孩子提前把羊放走了。

草原古老的传说里，放生也就是放走了你的命运，都是那些孤独的无依无靠的老人对上苍的最后希望，怎么能让一个孩子小小年纪做这种事情呢？善事不一定适合孩子去做呀。海力布一个人在旷野深处捶自己的脑袋。他跟王拴堂商量让孩子离开牧场，王拴堂以为孩子惹乱子了。海力布就把放生的事情说了，王拴堂就笑。

“放个羊算啥事情嘛，娃他妈怀娃娃的时候，就放野兔呢，野兔到我家是随出随进，娘母两个不知放生了多少兔子、刺猬，送上门的肉嘛，又活活放走了，放你两只羊你心疼了得是？我给你补上。”

“补你娘个腿，喝酒去。”

两个人坐在炕头喝干了一瓶子酒。海力布总算放心了。

2

海力布还是觉得不对劲。海力布走遍了草原，托里跟和布科赛尔都去了。他听到了数不清的阿肯弹唱和蒙古长调，拜访了年纪最大的草原老人，老人几乎都是一部草原百科全书，各种古老的传说可以讲述几个月。在这些古老的传说中也很少有孩子放生的故事。海力布的那点心事瞒不过老人。老人就问：“远方的客人，把你的心事说出来吧，搁心里会结冰的。”海力布就说了孩子放生的事情。老人并不怎么紧张，老人说：“孩子放的能走多远呢？”海力布紧张坏了，海力布都等不到后半句话了，海力布战战兢兢站起来，快要跪下了。老人不紧不慢地说：“孩子放的嘛，另一个孩子会收到的。”海力布扑通一声还是跪下了，老人家就笑：“当父亲的都这样。”

海力布是让两个哈萨克小伙子搀起来的。海力布摇摇晃晃爬上马背，海力布跟个醉汉一样。小伙子问老人家：“他这样子能走吗？”

“他睡着了。”

“让他回来吧。”

“骑马睡觉的地方不是帐篷，不是金草地，马鞍子是他最安稳的床。”

海力布太累了。草原上有一个习惯，累到极点的人，跟醉汉一样，要到马背上去信马由缰。梦是无边无际的，睡眠是无边无际的，这种悠闲的自由自在的没有目的的漫游是神赐予的，是神灵附体。那个哈萨克老人成了一个真正的智者，他轻声告诉小伙子们：“跟鸟儿一样，跟黄羊一样，跟鹿一样，跟野马一样，那是一种让人羡慕的生活。”

海力布就这样在马背上睡着了，走过一个又一个夜晚，走过一个又一个白昼。在沙漠边缘的一个人家找到了王卫疆放生的两只羊。

沙包围起来的孤单单的人家，两个上年纪的老人带着一个小女孩。小女孩没有父母，跟爷爷奶奶生活在一起。据说也不是亲爷爷亲奶奶，爷爷奶奶跟养小狗小猫一样养着这个女孩子。海力布骑马过去的时候，小丫头带着羊在沙包上遥望着远方。

在老爷爷老奶奶身边这些年，小丫头天天如此，把羊赶到洼地里吃草，她就爬到沙包上出神地望着远方。她太专注了，村子里的人叫她她都听不见，爷爷奶奶叫也听不见，大家就说：“她该不是瞎子吧？”她两眼茫然的样子真像个瞎子。从沙包上下来，她都要懵懂好半天，她会撞到野地里，撞也撞不坏。

小丫头另一个缺憾也跟眼睛有关，方向感极差。放羊的地方不能太远，离土房子稍远一点，她就迷失在沙包里，老爷爷老奶奶找半天才能找到她。找到她的时候，她跟小猫一样缩成一团，羊群把她围起来，也就五六只羊，两个老人养不起一群羊。她有一双漂亮的眼睛，亮亮的，有很长的睫毛，就是认不出路。老奶奶搂着这个小可怜，摸啊摸啊：“我死了以后你咋办呀。”老爷爷哈哈笑：“有这个小把戏，咱们谁也死不了。”

老爷爷死过好几回了，都没死成，最后一次人家把棺材都准备好了，就等他咽气了。有人送给老奶奶一个小丫头，怕老头子死后老奶奶一个人孤单，从很远的一个村子传来这么一个喜讯。老爷爷就像在荒漠里找到泉水一样，老爷爷的眼睛一下子就亮了，生命又回到他身上，手脚脖子腰背有了力气，一下子坐起来了，驾上牛车亲自去接这个小把戏。老爷爷活了三个年头了，都是这个小丫头在身边啊。老爷爷就把这句话挂在嘴边："有这个小把戏，咱们谁也死不了。"可小丫头那期待的眼神太可怕了，在爷爷奶奶与孙女中间缺了一个很大的环节，爸爸妈妈。老奶奶告诉小丫头："你的爸爸妈妈在外地工作，他们太累没有时间回来看你，可他们想着你。"

"真的想我吗？"

"咱们吃的用的都是他们捎回来的。"

小丫头嘴巴撇一撇不吭声了。小丫头精着呢，她知道家里吃的用的是从哪来的，老爷爷老奶奶那么老了，还要下地干活，地里长庄稼呀，小丫头是认识麦子玉米豆子的。老奶奶从小丫头忽闪的大眼睛里猜到了什么，老奶奶还不放弃，老奶奶指着草地上飞翔的百灵鸟说："这些鸟儿都是给你唱歌的，是你的爸爸妈妈派来的。"

"他们跟鸟儿没关系。"

"不能这样想啊孩子，人想人的时候是很苦的，你的爸爸妈妈不容易啊。"

不管老奶奶怎么说，小丫头就是不相信远方有她的亲人。老人很难受，孩子这么痴呆呆望着远方会把眼睛看瞎的。其实老人也不知道孩子的父母是谁，孩子已经在好多家里生活过，转了好几个村子了。一句话，她是个来路不明的孩子。这有啥关系呢？老人们不关心这个。新疆这地方，莫名其妙的人太多了，谁也不打听谁的底细。老人们孤单，有羊、有狗、有猫、有鸡，有几亩地、几十棵树，加上一个孩子，七老八十了，还奢望什么呢？老天爷已经很厚道了。他们唯一的希望就是孩子过得顺心。

小丫头眼巴巴看着远方，远方有什么呢？孩子不相信远方有亲人，可孩子还要去看，大概连孩子自己也搞不清楚远方有什么好东西。可孩子就是喜欢去看。要看就让她去看吧。老奶奶给孩子一顶草帽，孩子不要嫌遮光线。沙漠的孩子怕什么呢？她什么都不怕。有一天老奶奶在沙漠里找拣柴，捡到一颗骆驼粪蛋，又圆又光，紫黑色，跟宝玉一样，就一颗，躺在沙地上闪闪发亮，老奶奶把这个宝贝捧回家。老奶奶先不拿出来，老奶奶说："我知道你在等什么！"小丫头撇撇嘴，一点也不相信有人能猜出她的秘密。说老实话，她都不知道这个秘密是什么，别人怎么能知道呢？老奶奶一只干瘪瘪的手慢慢伸出来，慢慢放开，孩子啊——叫了一声。

"等的是骆驼吧。"

"真的有骆驼吗？"

"骆驼不在沙漠里待着还能去啊达呢？"

小丫头从老奶奶手里抓起骆驼粪蛋，对着太阳看啊看啊，小丫头的眼睛就亮了，弥漫在大眼睛里的雾霭消散了，眼睛一闪一闪的。小丫头的眼睛隐藏得太久了，老奶奶去邻村接她的时候，就发现了这个缺陷。村里的人也议论纷纷，谁都能看见那双飘着雾霭的大眼睛，还有发愣的怪习惯，人家甚至背着老爷爷老奶奶叫她小瞎子，目前为止还没有传到老人家的耳朵里。老爷爷老奶奶要是听到这个绰号非跟人家拼命不可，以老人家的倔脾气，说不定会搬出村子。老人家本来就住得偏，在村子西头的沙窝窝里，老人家真的要离开村庄到沙漠里去住，谁能忍心看到这个结果呢？有关小丫头的种种议论控制得相当好，再怎么传也传不到老人家耳朵里。老爷爷一辈子大咧咧的，老奶奶心细着呢。老奶奶从人家的眼神里猜都猜到了，老奶奶不想让老爷爷伤心，就把心事捂紧紧的，自己憋着。

老奶奶这辈子憋在心底的委屈有多少啊，都烂得没影儿了，连她自己都想不起来了。她常常在沙漠里捡柴火捡着捡着突然一身轻松，朗声大笑，种种迹象表明，又有一桩伤心的事被化开了，她的心一下子大起来，不笑都不行。她就像个疯婆子，笑得浑身发抖，把沙鸡都吵醒了，沙鸡从骆驼刺丛里蹿出来，四脚蛇从沙子底下蹿出来，最后出现的是百灵鸟中的佼佼者云雀，云雀在云头上卧着，突然从天而降，很嘹亮地在老奶奶的头顶上空高歌一曲，算是对老人家的祝贺吧。老人是喜欢沙漠的，说实在的，沙漠有沙漠的好处啊。直到有一天，老奶奶捡到了骆驼的粪蛋，老奶奶都不敢笑了，不能把骆驼粪蛋惊跑了，它要是钻到沙子里咋办？老奶奶颤颤巍巍，一点点靠近，再近一点，再近一点，老婆子一下子就变成了一只老鹰，不是用手是用整个身子把那颗粪蛋抓住了……从看到粪蛋的那一刻起，她就知道了孩子有救了。

小丫头的眼睛亮起来了，小丫头把粪蛋揣在怀里，站在沙包上，眼睛里的光芒一闪一闪，谁都相信骆驼会从沙漠出现的。

白骆驼过来了。不是骆驼是高大俊美的羊。丫头从来没有见过这么美丽的羊，跟牛犊那么大，简直是一匹小马，毛是卷的，两只弯弯的大角，脖子上好像围着一个大围脖，青色的双眼皮，那双漂亮的羊眼睛让人误认为是骆驼眼。

啊呀！小丫头心里不停地叫着，无声地叫着，远远超出她的期待，远远超出她的想象，这哪是羊啊，简直就是天上下来的神！小丫头带着大肥羊走出沙漠。村子里的人都跑出来看。小丫头的脑袋扬得高高的，跟传说中的公主一样。这只美丽的羊可是太大了，比丫头还要高。这是羊吗？有人见过这种羊，据说是兵团种羊场用了二十年时间培育的新品种，也只有兵团有这么好的羊，高大俊美，还能横越沙漠。种种迹象表明，美丽的大羊正是小丫头所期盼的，老奶奶一周前捡到了绿宝石一样的驼粪蛋，小丫头的眼瞳就亮起来了，小丫头就可以看得很远，远方美丽的大羊就穿过沙漠来到她的身边。事情就这么简单。

老奶奶可以放心地告诉小丫头："这回你该相信了吧。"

"相信什么呀？"

"你不是孤儿，你有爸爸妈妈，对不对？"

小丫头笑了，害羞了，低下了头。

"远方有亲人，沙漠里也有亲人。"

小丫头笑出声来了。小丫头叫起了爷爷奶奶。小丫头过上了正常人的生活。她的胸脯一下子宽敞了许多，眉毛也舒展开了，加上眼瞳里的神光，多俊的小丫头啊。其实她很丑的，除过那双充满期待的眼睛。

小丫头上了学，识了字，小丫头就给远方的亲人写信。一百里外的小镇上有邮电所，邮递员半个月来一次。小丫头等啊等啊。这回不一样了，她眼睛里有光了，她不用爬到沙包上去。她把羊赶到草地上，她到路边等邮递员叔叔。她也不寂寞了，她跟鸟儿一样在老榆树上蹿来蹿去。大漠边上的树歪歪扭扭，很少有站直的，有些树贴着地面长，风太大，把树扭成这样子，不要说孩子，小羊羔就能从树根跑到树梢，树梢一软羊羔子就哧溜下去了。两只美丽的大羊在林中草地上优雅得不得了，吃吃草，扬起脑袋再吃树叶。两只美丽的大羊给小丫头带来无穷的力量和信心。羊是不知道的。

邮递员半个月来一次。小丫头写好信，老爷爷去送，老爷爷送去的是信瓤子，信封是从村子里的小商店买的，老爷爷不识字可老爷爷并不愚昧，以他老人家的智慧他不会泄露小丫头的秘密。他把信交给邮递员给邮递员叮咛一下就行了。邮递员是个满脸大胡子的中年人，骑着马，在沙土路上疾驰，老远就能看见高高的尘土跟一面大旗飘扬在骏马的头顶。大胡子和他的邮包沾满了灰尘，跟个大土块一样，进村前要拍打好半天。骏马就干净多了，至少脑袋和长鬃一尘不染，尘土只能落到马背上。

小丫头的信件投到邮电所，信封上按老爷爷的吩咐，照着地图写。老爷爷在邮电所的墙壁上见过那张大地图，北京上海天津南京，什么地方都有。“迪化呢？”老爷爷民国时听人讲过新疆最大的衙门在迪化。邮电所只有两个人，一个所长，一个营业员，其他人都是跑邮路的。所长是个转业军人，所长告诉老爷爷：“迪化是清朝政府、国民党叫的，共产党的天下了，叫乌鲁木齐。”所长在地图上找出乌鲁木齐的位置，找出昌吉、呼图壁、玛拉斯、沙湾、奎屯、乌苏、伊犁、塔城博乐、克拉玛依、阿尔泰，在西部边境线跟前找出托里跟和布科赛尔。邮电所所在的小镇是找不到的。老爷爷生活的村庄就更没影儿了，所长还是给老人一个满意的答复：“准噶尔盆地的西北边缘，古尔班通古特沙漠的边上，大概就是这个位置。”

“哎哟哟，这就是我们村子啊，这么大的沙漠，占这么大一片片。”

老爷爷一下子兴奋起来了，那些鼎鼎有名的大城市只在地图上占一个小圆点，他们生活的沙漠有一只手那么大，老爷爷还真把手贴上去了，捂不住呢，老爷爷呵呵呵笑起来。所长和营业员也笑了。营业员是个姑娘。

“老爷爷你真有意思，北京也没有咱们新疆大。”

丫头的这封信就寄到北京去了。老爷爷笑呵呵地走了。

女营业员把信封写好，贴上八分钱邮票，盖上邮戳。

"所长，这信会退回来的。"

"你是秀才你给孩子写回信。"

"会露馅的。"

"孩子没有父母，你就照这个意思写。"

女营业员还没有结婚，连对象都没有，可她上过中学，读过不少书，她就照书和电影里的情节给孩子写回信，一会儿北京，一会儿上海，好像孩子的父母天南地北到处都有。到底是个未婚青年，收信的也是个孩子，就信以为真。后来女营业员让一个年轻军官娶走了，到阿尔泰去了，接替她的是个粗拉拉的汉子，所长一再叮咛，汉子知书达理，就是懒散，有一搭没一搭的，信件时断时续，更多的信件丢在柜子里，落满了尘土。

我们还是说刚开始寄信的时候吧，小丫头等到了远方的回信，北京的、上海的、天津的、武汉的也来了。小丫头真的回到了愿望可以变成现实的年代。小丫头还在期待着，就在这个时候，海力布叔叔从草原深处过来了。

这个被沙包围起来的村庄，有一面靠着绿洲。其实也是农田和草地混杂的地方，草原上的小路在草丛里潜伏着，草丛越来越浅，都成草皮了，薄薄的草皮跟刷了一层绿漆一样，经不住太阳的暴晒，就干裂了，脱落了，沙石彻底摆脱了，一下子就跃上大路，二丈多宽的坑坑洼洼的沙石大路，把沙漠边缘零零散散的村庄串起来。反正有的是沙子石头，沙石大路就很宽敞，不管是车还是马，跑起来总是尘土飞扬，就像统帅着一支大军。海力布叔叔就没有这么牛逼了，他是从草地上来的，他和他的马缓缓而行，静悄悄地一点声响都没有，缰绳松松的，可行家能看出来马走得有多么地道，纯粹的走马姿势，步伐细密整齐，跟攒动的草叶一样，跟满天繁星一样，真是好骑手压出来的好马啊。海力布叔叔如痴如醉，在马背上酣睡，就像歌手沉醉在自己的歌声里，他的嘴角挂着微笑，他的眼角渗出泪水，碰见他的人不由得肃然起敬，老人们发出由衷的赞叹："这是一个幸福的人。"这个幸福的人在羊的咩咩声里醒来了，他找到了王卫疆放生的两只羊。其实是羊先发现了他，他梦中的歌手正在唱蒙古长调，用沙哑低沉的喉音，用呼麦，用大悲大喜两种声调同时发音，发到极致的时候，美丽的羊加进来了。那么白的羊，羊的光芒一下子刺穿了海力布的梦幻，海力布身子一挺，就像刀子插进了后腰眼，他全身的血都凝固了，眼前真的有白羊在咩咩叫……

小丫头也被白羊的叫声唤醒了。小丫头在一棵斜斜的大榆树上跑来跑去，眼睛盯着大路，没有看见侧面缓缓而来的海力布。“你是谁？”小丫头在树顶上好奇地看着这个马背上的壮汉。壮汉从马背上下来，两只白羊就迎上去了，壮汉告诉小丫头：“我嘛，是它们的父亲。”

“你胡说，它们是我找到的，我从沙窝窝里找回来的。”

“这么说，我也就是你的父亲喽。”

“你胡说！”小丫头跟鸟儿一样蹦蹦跳跳，往树上爬，“你胡说，我的爸爸妈妈在北京、在上海、在天津、在武汉。”

“一个人只有一个爸爸，不可能有那么多啊。”

“哈哈你又胡说八道了？”小丫头一板一眼地告诉海力布，“我在八个村子里待过，这下你吃惊了吧，你该明白了吧！”

“那你就是一只飞来飞去的燕子了。”

“我是小丫头，我不是燕子。”

“你就是燕子嘛。”

“我是小丫头，人家都叫我小丫头。爷爷奶奶叫我小丫头，爸爸妈妈的信上也叫我小丫头。”

“真有人给你写信？”

“那你就等着瞧。”

邮递员来了，跟海力布一样骑着高头大马，小丫头跟燕子一样哧溜顺着树梢滑到地上，遗憾的是没有她的信。小丫头快要哭了，求邮递员叔叔给她作证：“你告诉这个家伙我有没有信。”邮递员叔叔很严肃地告诉海力布：“有呢，半个月前就有一封。”海力布哈哈一笑：“这有啥关系呢，白羊是真的吧。”白羊给海力布咩咩了两下。邮递员也笑了。“谁养的就给谁叫嘛，牲畜认人呢。”小丫头傻了，海力布眨眨眼睛：“咋样，我的小燕子？”“哈……”邮递员乐了，“小丫头真是一只燕子呢，飞来飞去的，总算有个安稳的家了，是不是燕子？没有爷爷奶奶你连待的地方都没有。”海力布说：“回家吧，看爷爷奶奶去。”白羊听懂了海力布的意思，先走，其他羊尾随其后。小丫头满脸狐疑，不再嚷嚷了，跟在羊后边，手里拖着长长的树枝。

海力布引起了人们的种种猜测，高大威猛像个传说中的壮汉，骑术精湛又像个蒙古骑手，脸上的疤痕让人想起强盗，想起旋风一样神出鬼没的盗马贼，这种人来无踪去无影，小丫头的父亲应该是这种模样。大家起了敬意。这个壮汉可是太壮了，是个强有力的男子汉，巴特尔。海力布还没开口，老奶奶就哎哟哟叫起来。

“尊敬的客人，欢迎你啊。”

海力布给老奶奶鞠了一躬。正喝着茶，老爷爷从地里回来了，身上还有土腥味。老爷爷一眼就看出来海力布是白羊的主人，白羊的眼神诉说了一切。海力布轻描淡写地提了一句放生，老爷爷老奶奶就明白了，老辈人懂这个。大慈大悲的大善人才会给牲畜放生，如果这个人幸运的话，会在远方碰到放生后的牲畜，那可真是天地间少有的善缘。另外一个秘密海力布不会说出来了，给白羊放生的是个孩子，说出来会把老人家吓坏的。小丫头问老爷爷：“他真是白羊的父亲？”老爷爷点点头，一点也不着急，小丫头急了，问海力布：“你要把羊带走吗？”

“我来看看，它们生活得这么好我干吗要带走？”

“天下的父母都这样子吗？丢下自己的孩子不管吗？”

“爷爷奶奶管得比爸爸妈妈好。”

小丫头嘴巴张了几下都没有喊出来她心中的怒气，海力布就说：“你好好想想，爷爷奶奶爸爸妈妈都养大了，养个小孙子还不容易吗？”爷爷奶奶开心地笑着。小丫头挨个看这些大人，小丫头已经看穿了大人们的鬼把戏，可小丫头绞尽脑汁也说不出来，海力布背着手，继续说下去：“我知道你想啥呢，别人家有爸爸妈妈呀，那是他们没有你这么好的爷爷奶奶。你告诉我爷爷奶奶好不好？”小丫头只有点头的分儿了。海力布笑了：“这才是好燕子。”老爷爷老奶奶恍然大悟，他们一直小丫头小丫头地叫着，这个称呼从一个村子叫到另一个村子，谁也想不到给小丫头起个名字。小丫头都上小学了，会写简单的信了，简便的乡村学校，也忽略了这个小把戏，大家都叫小丫头，她的老师同学都是村子里的，就很容易随了大流叫她小丫头。海力布叫出“燕子”的时候，老人家拍手叫好。

“燕子啊，你就是爷爷奶奶的燕子。”

海力布吃饱喝足，骑上马走了。一家人还有两只白羊在村口待了很久，直到地平线把海力布和他的马牵走。

那个叫燕子的小丫头还是觉得别扭。“他的模样太吓人了。”燕子说这句话的时候已经攀到斜斜的老榆树上去了。大片的榆树林，把瀚海一样的沙漠给挡住了。能挡住沙漠的也只有榆树了。风沙把榆树扭得奇形怪状，这些斜长的树也是孩子们的游乐场。老爷爷说：“他那样子啊就像这树，难看死了。”“对呀，对呀，那么粗糙，那么吓人，就是那棵，还有那棵。”燕子站在老榆树上，指着前后左右状如牛马的怪树，指着指着就笑起来了。

村子里的人再也不叫她小丫头了，都叫她燕子。第二天她跟伙伴们在榆树上玩的时候，她破天荒发了脾气，她从出生到现在一直是受气包，连她自己都吓一跳。别人弄坏了她的羊拐，她就双手叉腰，训斥人家，那个小孩跟她对骂，骂了两句就不出声了。那是她最得意的一天，她就想到树上去蹿一蹿，她平展双臂跟杂技演员一样在斜斜的榆树上跑过去跑过来，来回跑了三次。去年小镇上放电影，村子里的男女老少全都去了，跑了几十公里看《杂技英豪》，里边有走钢丝的节目，孩子们就在斜树上走钢丝，走不到一半身子一晃就赶紧往下跳。燕子走了三趟，燕子刚刚在吵架中占了上风，走钢丝又占上风，连恨她的小孩都欢呼起来了。

“她是燕子嘛，她有轻功。”

孩子们就想起那个给她带来“燕子”这个好名字的叔叔。燕子自己反而把那个强盗一样的叔叔给忘了，小朋友们从没听燕子提过这个人。燕子还有一桩心事。燕子给远方的爸爸妈妈写信。燕子已经很少收到信了，她还在写。

3

王卫疆迷上了接羔的工作，每年开春冰雪刚刚融化，红马就来接他。他不需要到白杨河边去吹哨，仅有的那么一次让海力布叔叔吃惊不小。海力布在母羊产羔的前夕，就把红马放出去了。不用给红马叮咛，红马知道小主人在什么地方。红马成熟了，摆脱了稚气，成了一匹真正的草原骏马，迈着碎步，蹄子一上一下，冰碴和积雪咔咔响着，还有阳光，阳光给冰冷的初春的大地镶上金边，马蹄跟剪刀一样把镀在冰雪上的阳光剪成了星星，形状各异的闪闪发亮的星星，在马蹄子底下攒动着，那将预示着大地上真正的鲜花快要来临了。

王卫疆成了海力布的好帮手。他亲手把柔弱的羊羔抱到房子里，盖上老羊皮，又返回羊圈。只有一只病弱的羊羔，其他羊羔都很健壮，母羊就不用说了，奶旺得跟泉水一样，不用人操心它也能把羊羔养大。操心的只有一个小羊羔，也不用海力布插手，王卫疆包揽了，挤奶、喂奶。

青草长到脚腕的时候，病歪歪的羊羔子摇摇晃晃可以起身了，草原的绿色光芒从山冈上映照到房子里。小羊羔钻出被窝。

小羊羔在窗户前望了两天，第三天它就钻出去了。羊羔蹦蹦跳跳到了山顶。山顶的草很小，指甲盖那么大，羊羔吃了第一口草。

旷野上飘落着海力布叔叔沙哑含糊的声音。那是一首草原古歌，羊和它的小主人王卫疆听了整整一个夏天，总算听懂了，歌子是这样的:

当金色的阿尔泰山
只有土丘那么大的时候，
当汹涌的布伦海
只有泉眼那么大的时候，
当天空的太阳，
只有星星那么大的时候，
当野鸭和天鹅，
只有手指蛋那么大的时候，
当威武的巴特尔
还只是个婴儿的时候，
羊羔子就开始吃草啦呀
驼羔子就开始闯荡戈壁沙漠啦呀！
啊呀呀呀，啊呀呀呀

草原上从来没有这么沙哑苍凉的歌子，风不大，轻轻地吹着，歌声就跟真正的沙子一样落到地上，在沙石堆里又嚅嚅了半天，一点点熄灭了。

羊都听懂了，羊仰着看天空，慢慢垂下头。羊已经很高很大了，长了一双大角，还有厚厚的绾了疙瘩的毛，垂到胸口的大围脖，全都垂到地上，在寻找那些无法消失的歌声。草星子跟沙子混在一起，草星子有歌声，沙子没有，羊就有希望找到草星子，一颗一颗全找出来了。天不亮羊就穿过草地到沙漠里去了，羊吃到的是什么样的草啊，星星全都暗下去了，羊吃到了沙漠里的星星。

王卫疆冷得发抖，王卫疆从马背上滚下来，奔到羊跟前，跟羊挤了一会儿，身上就有了热气。羊啊羊啊，你吃的是星星啊。羊竟然听懂了，羊看了他一眼。天从高处亮，地面黑乎乎，羊眼睛亮亮的，带着绒毛，好像在隧道的尽头那么遥远，猛一下就亮了。

羊要放生了，羊已经站在石板上，已经没有沙子了，全是石头，黑皮石头无边无际，不可能有草了，羊昂然走进大戈壁……王卫疆总是在秋天到草原深处去放生，这已经是第二只羊了。他原打算在老地方老时间放掉这只羊，羊自己选择了夏天最后的日子，羊自己选择了沙漠戈壁。羊已经走到一座矮山上了，跟贴在天空的一张剪纸一样，羊的一双漂亮的大角朝王卫疆晃动，就像在打旗语。王卫疆全明白了，王卫疆举起双臂，贴在头顶，做出一双大角的姿势，那一刻王卫疆就感觉到他真的会长出大角。两只大角晃了几下，羊走下山冈消失了。王卫疆骑上马回去了。

王卫疆不止一次地对海力布叔叔谈到这只了不起的羊。

“它能走出大戈壁吗？”

“你想它能出去它就能出去。”

王卫疆就从夏天想到秋天，草原都空了，王卫疆失神了。王卫疆又问海力布叔叔：“我以后能碰上它吗？”

“那就看你有没有这个想望。”

王卫疆不吭声了，心里有了想望嘴上就没声音了。

连王疆自己都没想到，最后一次放生的不是羊是他自己。他还深刻记得离开牧场时天气变阴了，旋风在空荡荡的草原上越旋越高，天被掏出一个大洞，那么大的洞，只要往天上看一眼，就会发晕，就会掉进那个可怕的无底洞，旋风还不住手，还在拼命地掏。这么掏下去天就真的空了。

他走上台地，海力布就不喊他了。海力布跟他同时看到台地上奔逃的野兔。老鹰在追兔，兔竟然放弃生长着灌木的低矮的山冈，奔到开阔的草地上，空荡荡毫无遮拦，雄鹰可以淋漓尽致地发挥它的威力，翅膀带着啸音一张一合，身子拉长跟利箭一样冲过来了，那双爪子可以把岩石抓碎。鹰兔相搏本来就是百年不遇的奇观。狡兔把猛禽诱到开阔地带，猛禽就看透了狡兔的鬼把戏，开阔台地的草丛里全是石头，高傲的鹰一下子就热血沸腾了，太有挑战性了。鹰加快速度，凌空而下，鹰知道它要干什么，鹰的雄性之力勃然而起。一切都在预料当中，鹰爪落下去的一刹那，狡兔装出害怕的样子，伏在草丛里瑟瑟发抖，鹰不会让这种假相所蒙蔽，鹰使出所有的力气狠狠地一抓。狡兔果然厉害，猛地翻身抱起一块石头，身在下，石在上，也就是说，兔子把石头塞到鹰的利爪之下，石头哗哗啦啦就碎了；兔子又跑起来，鹰差点栽在地上，翅膀在地上一闪，又蹿上高空，再次俯冲，又抓碎了；兔子又跑起来，鹰蹿上高空，再次俯冲，又抓碎了一块石头，简直成了鹰跟岩石的搏斗。鹰的怒气就上来了，因为最后一块石头没有碎裂，那是一块铁矿石，鹰爪快要裂了，一股锥心的疼痛，鹰发抖了，好几根羽毛都抖掉了，也只能是最后一搏了。高傲的鹰不能反反复复地去攻击啊。旋风虽然把天给掏空了，日月星辰并没有消失呀，鹰有点悲壮了，在阴沉沉的天空下，鹰再次遭到惨败。谁能想到兔子有这么一手呢？连海力布都在替兔子惋惜，王卫疆几乎是跪在地上观看这一幕。兔子到了绝境，那已经是台地的边上了，一面斜坡，几乎没有草，沙土裸露着，大地在这里袒开了她的胸膛，兔子逃到这里就不想再逃了，兔子已经感觉不到心脏的跳动了，它全身都在跳，连毛带肉都在跳，它的心脏早就蹦出来了，连它躲藏的地方都在突突跳。不断有碎石滚下去，好像在地震，兔子小小的心紧张到极点，它也就不躲藏了，它放弃了石头放弃了草丛，直接奔到斜坡裸露出来的沙土空地上，脑袋贴在地上，好像在闻土腥味，好像让干燥的土腥气息给迷醉了，好像找到了家，那么安逸地入睡了。海力布和王卫疆远远看见兔子半眯着眼睛，红宝石一样的眼睛被长长的睫毛遮住了，一脸安详，嘴巴上的那几根长须都不动了，整个躯体缩成一团，背弓成满月，圆浑浑的，脊椎快要折断了。这就是猛禽呼啸而下时候兔子的状态，随着猛禽的逼近，兔子越缩越小，都缩成小拇指头那么大，兔子是那么柔弱娇嫩。兔子已经回到胎儿状态了，兔子还在收缩它的生命，连手指都不见了，只剩下软乎乎发烫的手指蛋。王卫疆心里呀地叫了一下，王卫疆的世界就要被撕裂了，这回他看清了，他那十根手指头，确确实实十根手指头，手指蛋红红的软软的热乎乎的，都发胀了要充血了，血快要渗出来了，王卫疆已经窒息了，瞪大眼睛也听不到心跳了，手在发抖，每一根手指头都有一颗小小的心脏，在抖啊抖啊，跟兔子抖在一起了。猛禽最后一击落下来的时候，王卫疆跟兔子一样趴在地上，好像也在闻沙土的气息，脸贴着地面，双手紧紧抓着地，抓到的是干爽的沙土，他还能看见鹰和兔子。谁能想到兔子会来这么一手，连兔子也想不到它收缩成手指蛋这么小的时候还能萌发出求生的念头，猛禽离它不到一米了，猛禽挟带的劲风把沙土都卷起来了，兔子好像也被这种劲风吹翻了，兔子翻过来了，兔子还是圆圆的一团，后腿和背紧绷绷地弯在一起，完全的是月的样子，兔子原来就是月亮里的神物，古代的草原武士总是把弓拉成满月再放箭。那一刻，兔子有如神助，把它发达的后腿跟射箭一样射出去了，也不是什么百步穿杨的功夫，不到一寸，一寸之力咚的一下，击在鹰的心脏上。鹰都傻了，就在这种要命的时刻鹰都很清醒，鹰知道兔子的弹跳力量是两三丈，可以纵身跳下悬崖，也可以纵身一跃蹿上陡崖，两三丈的强力收缩到方寸之间，足以击碎一颗高傲的呼啸云天的心，当然也包括鹰自身凌空而下的力量。在这短促的一击之下，猛禽的身子就歪了，拐来拐去地飞上天空，几乎是垂直径上，不用说是受了致命伤，一颗破碎的心脏拼着最后一丝生机也要到高空去迎接死亡，蓝天就是鹰的墓地。

海力布叔叔和王卫疆在不同的地方站了起来，已经看不见兔子了。整个世界都变了，他竟然听见了鸟儿的叫声。大雁在天上说话，人字形的大雁往南迁徙，阴沉沉的天色也亮了一些。大雁们一边赶路一边商量在哪儿歇息，这都是大事，都是高声大气说出来的，还有嘀嘀咕咕的悄悄话，都是密友间的交谈。王卫疆以为耳朵出毛病，还用手揪了几下，确确实实是大雁的声音。好多年以后他还记得那美妙的瞬间，他的耳朵他的眼睛他整个的生命都被打开了，那么阴沉的天气没有太阳，两排大雁穿越天空，就像两束光柱从苍穹顶上照射下来，就像大雁灰蓝色的羽毛在抚摸他的脸。

4

他回到乌尔禾，他还想保留这种美好的感觉。他跟父母说话三心二意，心不在焉，急乎乎吃完饭，就到院子外边的荒草滩上去了。兔子窝还在。从荒草滩到河边的村子里，兔窝鸟窝多得不得了。这一窝兔子可是他们的老邻居了，走了一茬又长起来一茬。王卫疆已经长成半大小子了。母亲小声嘀咕：“都上中学了还跟个娃娃一样，越长越小啦。”父亲王拴堂吐一口痰：“他长八十岁还是咱们的娃娃。”

“我跟你说的不是一回事。”

母亲张惠琴活也不干了，伸长脖子看外边的儿子。儿子王卫疆蹲在草丛里，老远看像拉屎，张惠琴知道儿子在干啥呢，儿子逗野兔子呢。张惠琴想错了，儿子王卫疆一只手伸进土洞洞，一下子就找到了牧场的感觉，他好像摸到兔子的体温。其实土洞里冰冰的，野兔在白杨河边玩呢，天黑才回来。

王卫疆进村子的时候就感觉到耳朵好像被风吹落了，树上正落叶子呢，大群大群的鸟儿穿过密林，桦树杨树榆树还有老柳树，全留下了鸟儿的影子，可他再也不能像在牧场听大雁说话一样听这里鸟儿的语言了。就跟丢了一双耳朵一样，又有了一双唧唧喳喳聒噪不安的耳朵。他小心翼翼地攥了一下手，他要保持手上的感觉。他在兔窝里找到了这种感觉。母亲张惠琴喊他，他胡乱应了一声，他完全是出于本能。他压根就没理母亲。他离开野地，顺着兔子的脚印，进院子，进地窝子。他不声不响地收拾开了。从地窝子的门洞和小窗户里飘出一团团灰尘，好像里边在烧东西。母亲张惠琴也不喊叫了，打上水，提着盆子帮儿子收拾。

王拴堂在院子里修理铁锹，还有坎土曼，家里的杂活永远干不完，不想干就没活，眼睛一扫，全是活。大门得打上几个铁钉，羊圈鸡窝在过冬前得修一下。他一样一样修理，他就修到了板凳，他试了几下，板凳腿有点松动，他往窗台上一摸，斧子就到了手里。多灵巧的小斧头啊，跟一把小手枪一样，头乌亮乌亮，柄都磨成一块红铜了，那是酸枣木。他在白杨河北岸的地方上砍了一棵歪歪扭扭的野枣树，主干有碗那么粗，做了羊圈的门柱，羊再怎么蹭，也蹭不掉那层生铁一样的硬皮，枝杈全分配到镰刀到、坎土曼、铁锹上了，枝杈直直的，真是好材料，剩下的一节做了斧柄。砍柴火的大斧蹲在门后，小斧头跟猫一样卧在窗台上，也常常别在王拴堂的腰间，出出进进。王拴堂手里有大斧头有长把镰刀，但总会碰到大型农具解决不了的死疙瘩，王拴堂就往手心里吐一口唾沫，擦一擦，擦热，在腰间一摸，小斧子就出来了，没见他咋使劲，小斧子就深深地扎进死疙瘩里，王拴堂还念念有词说一句：

“不是我手狠，是你不听话，逼我逼的啊。”

王拴堂轻轻一扳，小斧头又出来了，死疙瘩全散成碎片。野地里有多少死疙瘩啊，跟淤血一样需要王拴堂和他的小斧头来化解，只有行家能看出来王拴堂使的力气有多么狠：手腕子轻轻一抖，脚后跟就发出一股神力，蹿上后腰、脊背打个漩涡，万马奔腾似的撒蹄子涌向手臂，过手腕这道大峡谷的时候，那双手就成了炮口，一缩一扬，就把小斧子射出去了。

农工基本都有一样得心应手的农具，或铁锹或坎土曼，大车班的就是鞭子，开拖拉机的就是扳手，管水闸的就是大管钳，肚子胀要干仗，也不会轻易拿出自己这把家伙，真使出看家的玩意，就不大声嚷嚷了，就往后缩了，腾场地呢，他最心爱的家伙摸到手了，他要把它放出去了。说老实话，最专横的团长、营长、小连长们碰到这种场面都要让步的。从师部团部大机关里下连队的干部没有这种经验，基层的连长指导员就会告诉他们，要善于观察，一年四季三百六十天，每个农工使农具都是有章法有门道的。话又说回来了，不是每个农工都有这种造化，农工自己都不知道，习惯了，下意识了，道行高的甚至成了一种本能，成了他内心的秘密，轻易不会流露的，喝酒吵架都是一种假象，从北京上海天津武汉来的知青，待了五六年，七八年，也没有进入这种神秘的世界。一般来说，把农具使到得心应手状态的农工都会得到各方面的尊重。

张惠琴很清楚地记得丈夫王拴堂给她发脾气。那也是他们夫妻间仅有的一次，没吵没闹，连张惠琴也不知道她咋就把这个死鬼给得罪了，这个死鬼腾站起来，跟狗熊一样气呼呼地走来走去，后来就摸到了那把小斧头。张惠琴吓坏了，张惠琴都要喊叫了。张惠琴张了张嘴，嘴巴里没有声音，她也就放弃了大喊大叫的打算。因为她发现丈夫没有用斧头对付老婆的意思，丈夫只是发脾气，丈夫仅仅出于习惯，从窗台上掂了一样得心应手的东西，丈夫根本意识不到手里抓的是什么！那把小斧子跟秤砣一样很快就把丈夫的怒火给压下去了。他们真的吵架的时候，丈夫反而不动家伙。她也不怕丈夫，由着性子跟丈夫闹，丈夫也没少揍过她，跟打小孩子一样把她摁到床沿上，在屁股上抽几掌，好像那不是自己老婆身上的肉，是一面牛皮大鼓，又是拳头又是巴掌，拍打出撼人心魄的音乐，反而让老婆更嚣张了。张惠琴见过多少夫妻打架的场面，用捅炉子的铁条子，用扫把，用洋镐把，挨过暴打的女人很少有怕丈夫的。这些丈夫也真是笨到家了。张惠琴直到现在也没弄明白丈夫伤心的理由，在以后的好多年里她总是回忆那可怕的一幕，前前后后她记得清清楚楚，没吵没闹，连拌嘴都没有，连一点征兆都没有，丈夫就伤心了，就发脾气了。张惠琴吓坏了，气都不敢出，当时她要大喊大叫丈夫真会劈了她，她真正体会出什么叫生气什么叫伤心，男人伤心是很可怕的。在以后的好多年里，张惠琴不止一次想问明白，话到嘴边，嘴里就没有声音了，试了几次都没有成功，她也就明白了那是男人的秘密，男人跟女人一样有他们的秘密。女人又害怕又好奇。

王拴堂基本上是一个平和的人，放水浇地，开拖拉机，让他干啥他干啥。后来让他去管水闸，扛着大管钳一直到白杨河的上游，南北大渠分岔的地方，也基本上到农田跟戈壁交界的地方了，他们家再也不能往西迁了。唯一的好处就是离牧场近了。那也只是个心理感觉，还有一百多里地呢。王拴堂站在大水闸上，常常望着荒漠发呆，儿子跟海力布好像近在眼前。他高兴了，他连烟都不抽，他一只手放嘴巴上哐哐哐咳嗽，另一只手就摸腰里的小斧头。他身体好着呢，他咳嗽是他太激动了，激动了就常咳嗽。有一年，新来的连长检查工作，脾气特大，看水闸的三个职工让他训了大半天，算是新官上任加把火立威信吧。新连长鸡蛋里挑骨头还真挑出了骨头，新连长发现了王拴堂腰间的小斧头，新连长就叫了起来："嗨嗨放水需要斧头吗？嗨嗨。"也是上天有眼，那天上工时张惠琴让丈夫回家的时候弄一捆柴火。家里不缺柴火，王拴堂是个勤快人，王拴堂听老婆下命令就犯嘀咕，上了大堤还嘀咕呢，还回头看一眼自己家的院子，干树枝堆得跟小山一样。女人总是莫名其妙，也许是心血来潮，要让柴火堆再高一点，在村里的娘儿们跟前就有自豪感了：瞧我家老头子多能干。女人是这样。男人呢，手脚勤一点，哪儿弄不来一捆柴火呢，他的小斧头就有用场了。新连长这么一吼叫，王拴堂就说："回家顺路打柴火嘛。"

"上班干私活呀。"

"给你说顺路嘛，沙包上有梭梭红柳很方便嘛。"

"你还有道理啊。"

"一捆柴火又不是一大车，三五分钟的事情嘛，撒一泡尿的工夫嘛。"

就这么应付过去了。据说新连长在老单位就是个二杆子二百五，专毁农工心爱的东西，要整谁就先整谁的心爱之物。男人们都有各种各样的烟嘴烟盒，装烟丝的，大多都是自己动手做，材料来自动物的骨头和树木的根爪，还有石头和金属做的，这个二百五二杆子以种种借口收缴上来，当着人家的面毁掉了。失去心爱之物的农工面如土色，沮丧得抬不起头，不值钱的，都是些小玩意，又不好发作。

王拴堂也有一个枣树疙瘩做的烟嘴，它显然不是王拴堂的心爱之物，王拴堂自己都不知道烟嘴重要还是小斧头重要，老婆绝对知道，以家庭主妇的口气叫他弄柴火，丈夫一般不会拒绝。丈夫果然带回一捆干梭梭，顺手把小斧头丢到窗台上，接住大缸子咕噜咕噜喝水。张惠琴问丈夫，新连长去水闸了？

"去了，还训我们了，还要动我的小斧头。日他娘的，他再啰嗦一句老子就把小斧头摔了。"

王拴堂瞥了一眼窗台上的小斧头，那样子好像要不是手里端着白色搪瓷缸子他马上就动手了。张惠琴一惊："自家的东西说扔就扔呀，你是地主资本家呀，你有万贯家财呀。"王拴堂张大嘴巴，好像不认识老婆了。这娘儿们，野兔刺猬闯到厨房里就跟回姥姥家一样，随吃随喝，瞧她多大方呀，满满一簸箕的洋芋片、白菜帮子，连腌的雪里蕻、黄萝卜都端出来了，有时候心血来潮晒一堆干馍馍片，好像他们家是个大仓库大食堂，她简直跟惯孩子一样娇惯着这些小家伙。瞧瞧，一把小斧头又不能吃又不能喝她心疼了。女人不讲道理呀。

在王卫疆的记忆中，那把小斧头一直蹲在窗台上。王卫疆还记得他刚刚学了历史课，回到家里给母亲张惠琴讲课堂上的趣事，讲马王堆发现的西汉古墓，陪葬品都是值钱的宝贝。

历史老师是上海知青，懂点考古，就讲了许多出土文物，竟然讲到斧头，有石头的有青铜的有铁的。王卫疆就异想天开地问母亲："爸爸死了我们陪什么？"母亲张惠琴给噎住了，愣了半天就训儿子："书把你念坏了，你咋有这怪想法？""不想陪算了，人都是要死的。"张惠琴望儿子半天，只能实话实说："咱们家没有值钱的东西，你爸喜欢斧头就陪斧头吧。"王卫疆把斧头都写成作文了，受到了老师的表扬，贴在墙报上，其中有些段落王卫疆至今还记着呢，大意是枣木制作的斧柄被爸爸的汗水渗透了、磨光了，跟一块铜一样沉甸甸的。老师在沉甸甸这个词下边划了圆圈，批了这样两句话：一语双关，既表达了对父亲的崇敬之情，又体现了劳动人民的本色。

王拴堂不知道他的小斧头有这么多含义。王拴堂越用越顺手，比哪样农具都好使，可以把他身上的力气酣畅淋漓地发挥到极致。有一天晚上，王拴堂遇到大雪迷了路，越走越远，走到戈壁滩上去了，积雪里全是石块，他一下就明白了，他的力气是有限的，他从来没有这么灰心过，他坐在雪地里抽了一根烟，他摸到腰间的小斧头，真像儿子作文里写的那样，斧头的柄让他的汗渗透了，都变成铜了。他不知道这篇作文刚好在白天被老师讲评过。父子间大概有某种神秘的感应力量。王拴堂的力气全都在斧头柄上，只要他摸一下，他身上的力气就活过来了，他眼睛也不发黑了，雪光很容易让人失去视觉。回家的路好像是斧头劈开的。他提着小斧头，越走身上越热。走到家门口，他轻轻拍一下门板，他的女人就在里边连呼带喊响起来了，房子就像一个巨大的乐器，一家之主的王拴堂敲打出悦耳的声音……

儿子不再满足于写一篇好作文，儿子从牧场回来后直接去了地窝子。老婆张惠琴忙出忙进，洒上清水，五颜六色的石子都显出来了。

王拴堂掂上小斧头到柴房去修理桌凳，打上楔子，这儿敲一敲，那儿钉一钉，桌凳全好了。王拴堂一手夹一个，进了地窝子。儿子已经把课本整理好了。儿子在收拾小油灯，粘轮胎用的铁皮胶水盒子做的油灯，灯捻子穿在轮胎的气阀里，比马灯要精致一些。还有一个炉子，用土坯垒的，烟道穿过墙壁，差不多是半面火墙了，里边烧的是木柴，是沙包里刨出来的干梭梭，火很硬。炉子上坐着大铁壶。雪轻轻地盖住地窝子，灯光和青烟喷射出来，地窝子热烘烘地卧在雪地里。

王拴堂半夜起来尿尿，就要在地窝子外边站一会儿。油灯打出的亮光洒在雪地上，就像卧了一只狐狸，烟囱里冒着烟，也冒着火星，就像一门大炮。王拴堂马上意识到小斧头不管用了，王拴堂回房子里躺了一会儿，天就亮了。

王拴堂从门后边取出大斧头，到院子里劈那几个树根，有杨树的、桦树的，还有榆树的，都是牛犊那么大的根块，在院子里晒了好些年了，都裂开了。 大斧子一闪一闪顺着裂缝扎进去，发出沉闷的咚咚声，跟打夯一样，树根结实着呢，照着一道缝慢慢劈吧，把一个人浑身的力气全打进去。还真打进去了，从树根中间爆发出一股力量，斧头扎进去一撬，树根轰一声就碎了。榆树的根费很大劲，还是劈开了。已经忙了一个礼拜了，木柴高高堆起来，新劈开的木柴跟黄铜一样亮闪闪，发出新鲜的气息，晚上就变成炮弹一块一块塞进炉子里，从烟囱里打出去……青蓝烟直直的，越升越高。乌尔禾大概是准噶尔盆地最低的地方，又陷在戈壁的地峡里，天空就显得很低，笔直的青烟很容易融入蓝天，跟青烟混在一起的火星升到一半就灭了。好像那些树根又活过来了，从地窝子里从炉子里拔地而起，直上蓝天……它们是树的时候都长不了这么高啊，它们化为火焰，化为青烟，一下子就上天了。鹰都飞不到这么高啊。树根烧了整整一个冬天。

王拴堂还记得白杨河的河道里有一排大树的根，戈壁大漠的季节河，比北方任何地方的季节河更短暂更凶猛，来自戈壁滩的大水跟马群一样呼啸而过，总要冲毁河岸，卷走两岸的林带，有时激流太紧，折掉树干，齐茬茬留下一排树根，跟砍了脑袋的壮士一样。冬天已经过去了，已经不烧炉子了，王拴堂扛着大斧头到河道里去了。田野已经绿起来了，洼地里冒出白汽团儿，密林也是绿中带黄。王拴堂走到河边时王拴堂就不好意思去砍那些树根了，树根全长出了嫩芽，跟娃娃的手指头一样，娇嫩中有一股罕见的力量……地窝子里的炉子昨天晚上烧掉了最后的木柴，王拴堂站在院子里看着带火星的青烟升得那么快、那么直、那么高，就像在春天里吐新芽一样……王拴堂就回来了。

第四章　黑眼睛

1

王卫疆考上中学了，中学在乌尔禾镇上，也就是一三七团中学。好几年前张老师一家搬到了团部所在地，赵排长从牧场回来就到团部当科长，张老师在团中学教书。张老师的两个儿子考上北京上海的大学，轰动一时，最小的女儿跟王卫疆在一个班。王卫疆报到那天，母亲张惠琴给张老师捎一大包东西，都是自家产的豆子、腌菜。王拴堂扛着儿子的行李。儿子要住校，虽然拥挤，但比地窝子好。办完手续，父子两个去张老师家。

张老师都认不出王卫疆了，张老师的小女儿压根就没见过王卫疆，她是张老师搬到乌尔禾镇以后出生的，对白杨河上游的老家没任何印象，只是礼节性地叫王拴堂叔叔，跟王卫疆只能点点头了。张老师家全是砖房子，院墙都是砖砌的，刷了蓝漆的铁皮门。院子里种着西红柿、大辣子、茄子、黄瓜、豆角，还有罕见的芍药玫瑰，有水龙头，有葡萄架，跟小花园一样。老赵在团部工作，能不回家就不回家。“不管他，咱们吃咱们的。”张老师的小女儿很快弄出一桌菜，还打开一瓶石河子产的小白杨酒，好好地款待老邻居。张老师告诉小女儿：“王叔叔是咱们的老邻居，那时候我们住地窝子。”张老师指一下王卫疆：“他就是地窝子里长大的。”小女儿都叫起来了：“真的吗？”弄得王卫疆饭都不敢吃了。张老师说：“你不要不好意思，兵团第一代孩子都是在地窝子里长大的，你是老资格了，跟老红军过长征一样。”张老师指一下小女儿，“王卫疆跟你是同学，可他的资历跟你哥是一样的，你要叫他哥哥，明白吗？”小女儿只有点头的份儿了。王拴堂笑呵呵的，张老师说了：“老王你自斟自饮吧，能喝多少就喝多少，不许见外。”王拴堂就把白酒全干了，王拴堂说：“张老师，我把儿子交给你了。”张老师说：“你两口子放心，我能把我的娃娃送进大学，我保证把你们的娃娃也送进大学。”王拴堂高高兴兴回去了。

张老师让王卫疆每周末来她家吃饭。王卫疆脸皮薄，第一个周末回家去了。第二个周末，张老师的小女儿把王卫疆叫到教室外边，郑重其事地告诉王卫疆：“叫你去吃饭，你怕啥呢，你还是个儿子娃娃。”王卫疆勉勉强强跟在人家后边，就像一头倔犟的驴。赵科长心情高兴也回家过周末了。赵科长每次回家都要在院子里接受张老师的热嘲冷讽：大首长回来啦，大首长光临寒舍啦。多了，都习惯了，赵科长一般情况下沉着脸不吱声，心情特别恶劣时也会反唇相讥，说出的冷言冷语很有杀伤力，张老师奋起反击，也只是势均力敌。这个周末，赵科长推开院门，准备迎接老婆的冷枪冷弹，院子里没人，房子里有欢声笑语。赵科长以为走错了门，环顾四周，恍若梦幻，他就像个特务，一一查看了厨房、柴房、菜园子、葡萄架，每样东西都是他动手做的，既真实又虚幻。女儿叫他，他张了张嘴竟然没喊出声，女儿的脑袋从房门伸出来喊他，他的样子一定很滑稽，他都不知道自己咋进去的，轻手轻脚跟太空人一样。老婆正跟一个小伙子又说又笑，其实都是老婆在说在笑，小伙子安安静静地坐在那里，脸上露出了笑容，看样子也刚刚适应这个地方。赵科长一下子就认出了王卫疆：“这不是老王的儿子嘛，咱们的老邻居嘛，哈，那时候还住地窝子，这孩子天天跟野兔玩。”赵科长总算笑了，老婆也笑眯眯的。吃饭时，老婆无意中还给老赵盛了一次饭，老赵都愣了一下。这是他们夫妻间破天荒第一次，彼此还有些不习惯。赵科长不敢有再多的奢望了，很满足了，他的军人意识在告诉他必须稳固阵地，他就高声大气地对王卫疆说：“叔叔跟你爸是战友，知道战友是什么吗？共生死的兄弟。叔叔的家就是你的家，你必须天天来吃饭。”女儿说：“一周一次他都不肯来，还要我去请，还那么封建，跟在人家屁股后边，保持那么大距离。”赵科长就来情绪了：“嗬嗬，王拴堂还有这么一个宝贝儿子，怕丫头片子，这可不成，虽然是我的女儿，你个大男人，你个儿子娃娃你不能怕她，怕女人咋成呢，这世界岂不乱套了。”赵科长逮住这么个机会尽情发挥，老婆在一边冷笑，暂且满足一下赵科长的心理。赵科长乘胜追击，继续发挥：“你是大哥你就把她当小妹妹，就跟你当年逗那些兔子一样。”“你才是兔子呢！”女儿愤怒了。张老师安慰女儿，也是无意中跟丈夫配合了一次：“你两个哥哥一个在北京，一个在上海，乌尔禾已经没有你的哥哥了。”“可他们在的时候也没有把我当野兔啊。”女儿都快要掉眼泪了。张老师把女儿搂在怀里：“谁说你是野兔啦，没有说你是野兔嘛。”“爸爸不是说我是兔子吗？”“兔子跟野兔是两码事。”赵科长赶快哄女儿，“爸爸说的是家兔，自己养的，不是野地跑的。”“我成什么啦，我成动物啦。”“大家喜欢你才小猫小狗小兔地叫你嘛。”女儿还撅着嘴。

女儿好几天不理王卫疆，王卫疆压根就不会哄女孩子，他只好远远躲着。到周末时小丫头绷不住了，把王卫疆叫出来。

“你真的跟兔子玩过？”

“地窝子比兔窝大一点嘛，你想嘛。”

“兔子好玩吗？”

“乌尔禾就是兔子窝。”

“把我当兔子，把整个乌尔禾都当兔子，你这不是胡说八道吗？”

王卫疆就认认真真地解释乌尔禾最原始的含义，王卫疆把蒙古语都说出来了，还说了哈萨克语。

“班上的同学都议论你放过羊，你真的放过羊？”

王卫疆的肤色比同龄人黑，又黑又亮又结实，浑身散发着浓烈的草原气息。

“他们还说你是二转子。”

“二转子不二转子我不知道，我吃的肉比他们多是真的，我是牧场长大的，是真的。”王卫疆不但不生气，还很自豪地笑了，露出白白的牙齿。张老师的小女儿还记得王卫疆在她家吃饭时啃骨头的样子，她总是啃不净骨头，张老师收拾残局。父亲赵科长就让女儿看人家王卫疆啃过的骨头，她当时就傻眼了，那骨头干净得，就跟砂轮打磨过的一样。

赵科长就训女儿：“把你撇到草原准会饿死，没有人给你肉吃。”她当时就在心里嘀咕：“跟狗啃过的一样。”今天又让她开了一次眼，王卫疆又啃骨头了，跟吹口琴一样一点一点慢慢地含在嘴里又是嘬又是吸又是吮，丢开的时候连一点油腻都没有了，白晃晃的，擦都擦不下一点油渍。她真的怀疑王卫疆是个蒙古人或者哈萨克人。王卫疆离开的时候，送到门口，她小声告诉这个浑小子：“你吃的每顿饭都是我做的你知道吗？”“知道。”“都是我盛的知道吗？”“知道。”“知道知道，我问你你知道本姑娘我叫什么？说不出来了吧，还是一个班的同学呢。我告诉你，你用心记，我叫赵晓梅，不是赵小妹，是赵晓梅。”赵晓梅就掩上门不见了，王卫疆在门外愣了一下。

班上不但有人议论王卫疆是二转子，还涉及海力布叔叔。海力布这个名字一听就是蒙古人，整个乌尔禾地区已经没有人知道海力布原来的名字了，连海力布的汉人身份都没有人知道了。王卫疆凭什么在牧场待那么长时间，牧场只剩下海力布一个人的时候，王卫疆都没有离开海力布。大家就猜测这两家的关系非同一般，简单的邻居关系是无法解释的。这些议论不会传到王卫疆耳朵里。赵晓梅也不想告诉王卫疆。

赵晓梅跟母亲张老师聊天的时候总是不经意地提到海力布叔叔。张老师完全忽略了这个十五六岁的高中生，张老师一直把她当孩子，当这个女孩子开始对母亲要心眼的时候，张老师一点防备都没有。女儿采取的是零敲碎打的方式，整整一个学期，女儿都倾心于这件事，总是在节假日，在母亲空闲的时候，这个小精灵也在刻意地为母亲创造这个空闲。给父母的印象，女儿一天天长大，越长越懂事，越长越勤快，越长越能体谅父母，尤其是母亲，真是母亲的小棉袄。母亲陶醉在女儿营造的氛围里，女儿跟唱歌一样娓娓动听跟母亲聊天。女儿已经对王卫疆与海力布叔叔的关系不感兴趣了，女儿的好奇心完全转移到她家与海力布叔叔的关系上。她家曾在牧场待过好几年，两个哥哥就出生在牧场。女儿从母亲点点滴滴的谈话中，迅速地破译海力布与母亲极为隐秘的关系。一个学期足够了，临近考试的时候，女儿基本上掌握了母亲在牧场的生活情况。

那时老赵跟张老师刚刚到牧场不久，老赵当上了牧场场长，相当于连长，张老师担任马背小学的副校长。张老师还是我行我素，处处跟丈夫老赵闹别扭，三天两头吵架，隔三岔五打在一起，彼此都有伤疤留在脸上。

时间不长，张老师又学了一招。草原人视草为命根子，草喂养牲畜，而牲畜又喂养人。草原女人发毒誓发毒咒时就跪在地上披头散发，拔青草发泄心中的怒火。张老师就用这招来对付丈夫老赵，老赵气得脸发白手发抖，望着奔向草地的老婆，望着老婆抓着青草向苍天起咒，老赵就栽倒在地。老赵倒了几次以后，也学乖了，碰上老婆发脾气，他就躲。老婆就得寸进尺，毫不相让，该干什么还干什么，只是可惜了那些青草地。牧场附近比较好的草地都被张老师毁坏过。那些蒙古族、哈萨克族牧工看不惯了，也忍不住了，就去警告张老师：不要再毁坏青草，长生天要发怒的。张老师哪听这个，张老师依然故我，他们只好劝赵场长管好自己的老婆。劝也白劝，老赵不是不管，老赵实在管不了。

有一天，两口子又闹起来了，打得很厉害，谁也没占便宜。老赵去团部开会，脸上有几道指甲印，带上通讯员、骑上马，垂头丧气，快马加鞭，恨不能奔到天上去。老婆一路狂奔，直扑最西边的青草地，那也是唯一一块没有被她毁坏的青草地，正对着海力布的羊圈，海力布就守在这里。女人刚拔一把青草，海力布就发作了，海力布跟捉小鸡一样把女人提起来。海力布的大白马奔过来，海力布把女人往马背上一扔，一鞭子抽在马屁股上，马就蹿成一股风，女人只能伏在马鞍上死死地攥住马绳。海力布骑上另一匹马，紧紧跟上。许多人都去了，大家好奇呀，不知道海力布要把场长的老婆带到什么地方！几十匹马跟在海力布后边。跑了整整一个上午，一百多公里地吧，已经到托里地界了，牧工放牧也到不了这里，可海力布肯定来过，海力布放牧都是一去四五天，甚至十天半个月。海力布把女人从马上放下来，海力布指着青草地告诉女人：你就在这里拔，记住这是最后一次！女人就开始拔了。多大的草地呀，谁也没有见过这么大一块青草地。大家都议论纷纷，海力布真会找地方，女人一辈子都拔不了这么多草。可真给老赵解决大问题了。大家就跟在女人后边，反正是最后一次了，大家也不生气，看女人能拔多少。在草地中间出现了一尊石人像，好像石人像在慢慢走过来，挺着两只大奶，胸脯那么饱满，圆浑浑的，青灰色女人像。大家都惊呆了，茫茫大草原要碰石人像就跟大海捞针一样。女人只顾埋头拔草，没有发现迎面而来的石人像。大家紧张到了极点，石人像已经到女人跟前了，女人还没有察觉，还在气恨恨地拔草，还在咒自己的丈夫，这个蠢女人一点也不知道石人像也是个女人。在草原古老的传说中，每一尊石人像都有一段刻骨铭心的爱情故事，很少有男性石人像，大多都是女性石人像，寄托着男人们难以实现的对女性的渴望。而这些屹立于荒野的女性石人像肯定是在苦苦等待自己的丈夫或情人，岁月模糊了她们的面孔，胸脯和双乳就成为最突出的女性特征，充满了大海一样汹涌澎湃的激情，她怎么能容忍对丈夫的咒诅！她听到的全是这个女人恶狠狠的毒誓和咒语，她就动手了……女人一下子被石人像扭住了，这可是一个女人对另一个女人的搏斗，她们全都充满激情。结果可想而知，赵场长的老婆我们的张老师很快就丧失了战斗力，一动不动跟石头一样。而那个石人像却活跃起来了，她的半截身子埋在地下，整个大地就跟着她一起动，大地波浪滚滚，一浪接一浪涌过来了。在石人像看来，这个被她擒住的女人缺少女人的柔情，大地的波涛就涌过来了，一浪接一浪涌到女人身上。波浪越涨越高，就像一万头黄牛在奔跑，就像一万匹骏马在长啸。海力布叔叔以及那些跟踪而来的几十个汉子全都跪下了，全都随着大地的波涛起伏着颠荡着。齐茬茬跪下的男人们看见石像举起双手，抚摸赵场长的老婆，这个硬邦邦的女人柔软起来了，从肩头到后背到腰间到两条长腿，还有胸脯和双乳，高高挺起来，跟石人像竞相媲美，饱满浑圆，就像滚滚波涛中的两条鱼。石人像的脸上露出满意的微笑，赵场长的老婆也有了笑容……人们扶起赵场长的老婆上马，护送她回家，那简直就像一支迎亲的队伍。有人唱起那支有名的《黑眼睛》：

我的黑黑的羊眼睛
我的生命属于你
让一切厌世的人们
做你忠实的情人！

据说这支古歌来自大地，是一个失恋的苦命的汉子，喝醉了酒躺在荒野上哼哼出来的，他躺的地方大概过于平坦，甚至有些凹陷，连他自己都以为是从大地的心脏里传出来的。这支护送女人的队伍可不像来的时候那么匆忙，他们走得慢慢腾腾，他们完全沉浸在歌声里，路途遥遥起伏不定，尤其是那些洼地，歌声就显得深沉而悲壮。

张老师给女儿赵晓梅述说这段经历时就情不自禁哼出了这首古歌，女儿一下子就记住了，这歌子有一种奇妙的力量。那正是流行歌曲刚兴起的时候，学生中流行邓丽君，赵晓梅家庭条件优越，两个哥哥在北京上海读名牌大学，她成为乌尔禾地区最早拥有单相录音机和邓丽君歌带的人，她的歌声让多少人入迷啊，所有的男生包括相当多的女生。有一天，赵晓梅突然不唱歌了，歌带送人了，赵晓梅安静下来了。她本来不是个文静的姑娘。有人说她陷入了爱情，她微微一笑，不作任何解释。有人甚至提到了王卫疆，她还是那么沉静，既不肯定也不否定，大家就说赵晓梅是蒙娜丽莎，已经进入永恒的神秘状态。只有赵晓梅自己清楚，母亲张老师唱出古歌《黑眼睛》时，她有多么震撼，她连跟着哼两句的勇气都没有了，她在用心默默地记那首古歌，一遍就记住了，就足够了，无论她的少女季节听过多么辉煌多么灿烂多么美妙的歌，记忆中有一首《黑眼睛》就足够了。

赵场长从团部开会回来，首先让他吃惊的是老婆不再那么硬邦邦了，老婆柔软起来了，当晚就让他尝到了甜头。接着就是那个离奇的传说。 共产党员、牧业连的一号首长赵场长是不会相信这个的，这不是封建迷信吗？赵场长陶醉在女人的种种好处里。几个月后，老婆的肚子大起来了，不让他近身了，他高兴啊，总算有成就感了。当然，赵场长的脑子也静下来了，开始思考起问题了，就暗藏玄机地跟海力布这个王八蛋谈过几次话。海力布坦荡无畏，有一帮牧工跟着，我跟你老婆没有猫腻。赵场长还是无法接受这个巨大的奇迹。赵场长就很严厉地惩罚海力布，无非就是最苦最累的工作，而且反复地折腾。海力布毫无怨言，海力布好像知道他会得到这种结局，总是那么心安理得任劳任怨。十个月后，赵场长有了儿子，过了满月，过了周岁，儿子越长越像赵场长，用土话讲，简直就是一个模子里倒出来的。种种猜测，包括痛苦不堪阴暗潮湿的猥琐心理，全让这个天使一样的孩子给清除掉了。到底是吃牛羊肉的草原汉子，赵场长亲自把海力布请到家里，弄一桌菜，打开伊犁特曲，跟亲兄弟一样喝了一通，五瓶白酒喝完了。

接着又有了第二个孩子，张老师的肚子又大起来了，又成了喜马拉雅山，又让赵场长体会了一次当父亲的喜悦。张老师的喜悦远远超过丈夫老赵，她做母亲相当晚了，她好像在补偿这种缺陷，巨大的母爱，应该从那个女性石人像开始，接通了古老大地的力量，她变得那么投入那么专注，进入一种忘我的境界。张老师对孩子的爱让人们吃惊，好像她是大地唯一的母亲。她再也不跟丈夫闹了，可也不跟丈夫亲热，冷言冷语、热嘲冷讽代替了过去的打骂，这对赵场长来说已经是很大的进步了。她对孩子那么好，再好也是他老赵的孩子，而且是两个，老赵很满足了，老婆嘴上逞能他就不吭声。张老师巨大的爱心波及了学生，张老师就成了最受欢迎的老师。张老师的业务水平突飞猛进，两个孩子那么争气，总是保持全校一二名的水平。赵场长开始相信那离奇的故事了，赵场长带上精干的民兵小队专门去大漠深处寻找传说中的石人像，小分队几次出击，总是大败而归。在那些古老的传说中，石人像是有生命的，是流动的，跟野马群一样来去无踪，神出鬼没。赵场长单独去过两次，也不行，请海力布也不行。赵场长明白了，有他在场，石人像就不会出现，海力布能找到石人像，因为海力布是个单身男人，海力布说了：“你有女人嘛，你的女人还得到了石人像的点化，你就把她当神敬着。”赵场长就彻底放弃了搜寻石人像的计划。

好多年以后，他的女儿赵晓梅就比父亲心细多了，她总觉得母亲张老师跟海力布叔叔之间有故事，她就问了她的母亲，母亲张老师就给她讲了海力布在朝鲜战场上的经历。也不知道是张老师的纵情发挥，还是另一种版本，跟王卫疆听到的有些出入，故事总是越传越离奇。在张老师这个版本里，海力布叔叔跟那个女护士已经有了相当的情意。据说海力布的部队打穿插时被美军打散了，海力布死里逃生，在敌后隐藏了半年之久，遍体鳞伤，奄奄一息，爬过封锁线就昏倒了，不知在医院躺了多久。他能活过来都是一个奇迹。医生都失去信心了，都放弃抢救了，棺材都准备好了，白布都盖上了，护士用酒擦净身体就可以装棺材了。这个小护士刚刚从护校毕业，走出校门就跨过鸭绿江来到前线，这是她接触到的第一具尸体，她就格外小心。医院这种地方，死人可是太正常太多了，都麻木了。这个小护士还比较嫩，心也软，就注定了海力布有生还的可能，因为小护士在他的伤口里竟然发现了青草。母亲张老师的这个版本里肯定有青草。都是碗口那么大的伤痕，淤血跟沙石泥土结在一起。那些大牌医生只检查心脏和呼吸，顾不上这些分布在大腿和躯体上的伤痕。小护士让这些巨大的伤痕给怔住了，手里的镊子发抖，但还是控制住了，她已经习惯了炮声，她也必须习惯死亡和伤口。她小心翼翼地擦拭伤口里的沙土草屑，她一下就发现了青青的嫩芽，她都叫起来了，她第一个反应就是这个人还有生命，她叫来了医生。医生开始抢救也是出于对战士的尊重，道理很简单，尸体上长树的都有呢，何况几棵青草。让医生吃惊的是这个尸体活过来了。医生告诉伤员："不是我的功劳，是她的。"伤员就看见了年轻的女护士，十八九岁的青春少女，洁白的大褂，还有淡淡的晨光，不是天使是什么？应该是观世音菩萨，更贴近中国士兵的习惯。海力布叔叔在病床上躺了半年多才恢复了健康，都是这个小护士在精心照顾他，直到他能下床走路。小护士扶着他到院子里，到山坡上，到那块白色的大石头跟前，那几棵青草被这个小护士移植在岩石的缝隙里，战火纷飞的年代，夹缝中才有生存的可能，青草可以放心地吸收阳光与水。海力布看到这几棵茂盛的青草感慨万千，"它们活得这么好。"海力布望着女护士的时候彼此的眼睛里默默流露出一种声音："我们要好好地活着，活到战争结束，我们要一直活下去！"女护士除过精心照顾伤员，就是照顾这几棵青草，每天都去给草浇水。当美国轰炸机出现时，女护士忙着疏散伤员，然后奔向那块生长着青草的白色岩石，然后就是命中率极高的炸弹，彻底地把她跟岩石跟青草从大地上抹掉了……

"我总算明白了狗日的海力布为什么那么愤怒，他就像老鹰抓小鸡一样把我按在马背上。"

"你真的碰到了石人像？"

"不是我碰到石人像，是石人像来抓我，一下子出现在我眼前。"

"是不是很硬？它可是石头。"

"软得跟棉花一样，简直是个活人。"

赵晓梅再也不用怀疑她的母亲了，她的目光自然而然投向了王卫疆。

2

那个年代自行车还是很稀罕的东西，据说奎屯克拉玛依都有私人摩托了，偶尔还能看见有人骑着铃木五十穿过乌尔禾小镇，朝阿尔泰狂奔。乌尔禾地区最牛皮的还是自行车，那都是干部家庭，还有第一批富起来的人。赵科长拥有一辆飞鸽自行车，上下班用，有这么一个好女儿，可以想象赵科长的自行车有多么漂亮，坐垫、扶手的套子，都是女儿编织的。女儿要使用这辆车子就很方便。女儿还要让王卫疆用，赵科长当然没脾气，可赵科长还是要叮咛一下。

“王卫疆啊，先慢慢学啊，不要急着上路啊。”

王卫疆在柳树街慢慢滑行几十米，就上去了，就飞起来了，转了几圈，就能运用自如。赵科长站在街上佩服得不得了。

“狗日的，老子半个月才敢骑，这小子眨眼就骑上了，到底是骑过马的，平衡感这么好！”

吃饭的时候，赵科长告诉王卫疆：“你天生学机械的，搞这个行业你肯定有出息。”赵晓梅翻白眼：“什么话嘛，他要考大学。”赵科长说：“你没看见他骑车子，一眨眼就上去了，他要学汽车呀，汽车就成他孙子了。”赵晓梅气呼呼站起来了：“就是搞汽车，也是设计汽车、造汽车。”赵晓梅拉上王卫疆就走。赵科长直瞪眼睛，张老师逮住机会就挖苦赵科长：“你一点也不了解我的宝贝女儿，她有伟大的志向。”“她的志向再伟大跟人家王卫疆开汽车有啥关系嘛。”“女人都希望自己心爱的男人有大的作为，而不是开汽车。”“哈哈！”老赵跳起来了，“小丫头片子还有什么心爱的男人。”“你哈哈个屁！你知道女人两个字怎么写？知道吗？傻了吧！在女人的问题上你还是一张白纸，你就给我老实一点。”赵科长不老实都不行，张老师已经是自治区的教学能手了，名气比团长政委还大，师长讲话的时候常常要提到张老师的名字，具体名字这里就不说了。

女儿赵晓梅坐过大哥二哥的车子，两个哥哥都是乌尔禾最早骑自行车的人，但他们的车技都不如王卫疆，赵晓梅坐上去就知道了。车子那么稳，在沙石路面上向白杨河上游奔去，是上坡路，长长的缓坡车子斜着走，又稳又快，谁能看出来这是个新手，骑上车子不到半个小时。

“骑马的人都能骑车子吗？”

“就像牛刀宰鸡。”

“你什么时候学会骑马？”

“一岁半。”

“这么说你刚会走路就能骑马了？”

“这在草原上很正常。”

“你妈就舍得把你送那么远的牧场？”

“牧场快没人了，海力布叔叔又没家，我正好去陪他。”

“那么小个孩子，不想妈妈？”

“牧场好玩呀，家里哪能跟牧场比。”

“真是个野小子，下个礼拜你到公路去兜风，往克拉玛依奔，我哥哥能骑到克拉玛依，你该明白他们为什么能考上名牌大学。”

见到王卫疆的母亲张惠琴，赵晓梅脑子里马上闪出海力布叔叔。她没见过海力布叔叔，可她对海力布叔叔身边的女人很感兴趣。她已经把母亲张老师排除掉了，凭着少女的敏感，她知道整个乌尔禾跟海力布叔叔有关系的应该是王卫疆的母亲张惠琴。这个普通的团场职工，被太阳晒得黑黑的，可又那么干净整洁，又饱满、又精神。赵晓梅脑子很快又闪出那个让海力布魂萦梦绕的白衣天使，那个女护士从头到脚都应该是洁白的，应该是很白的皮肤，浑身散发一团祥和的光芒，这光芒奇迹般地从王卫疆母亲张惠琴身上散发出来，而且是热辣辣的，带着田野和阳光的气息。赵晓梅相信女人生命中肯定有一种圣洁的光芒，只有在她们获得幸福，在她们心满意足的时候，才会释放出来。她的母亲张老师远远不如眼前这个女人。

母亲张惠琴对赵晓梅产生了极大的吸引力，赵晓梅差不多每个周末都要去王卫疆家。赵晓梅一点也不像在自己家里那样，唧唧喳喳，无拘无束，在王卫疆家里她一点声音都没有。张惠琴的性格比她母亲张老师还要开朗，可赵晓梅还是不声不响，她只想跟张惠琴待在一起，她相信女人都有敏锐的感觉，只要待在她身边，根本不需要说话，整个生命处于全息状态，她就需要这种状态。

王卫疆让她看了地窝子。从王卫疆生活过的地窝子里可以看见一百米以外那个已经废弃的海力布叔叔住过的地窝子。赵晓梅几乎不由自主地走出去，向海力布叔叔的地窝子走去，她简直成了一个刑侦专家，她从海力布叔叔那个地窝子向王卫疆家走过来，她还看了一下中间的一百多米宽的杂草丛生的空地。几十年过去了，空地边上添了几栋砖房以外没有多大变化，半人高的杂草、灌木，可以藏一群羊，当年那些星罗密布的地窝子如同迷魂阵。少女赵晓梅的想象力已经快要接近事实真相了，好奇心使她铤而走险来到张惠琴身边。她做梦都没想到这家人与野兔、刺猬处得这么好。她几乎跟野兔与刺猬同时来到张惠琴身边，张惠琴肯定先招待野兔和刺猬了，给它们喂食，还轻轻地拍打它们的后背，摸它们的耳朵。张惠琴很自然地把这种母性十足的动作转移到赵晓梅身上，她的后背，她的双臂都被抚摸到了，还有她的耳朵。

“你妈妈给你吃啥呢？你的皮肤这么好，是透明的。”

她点点头。

“嗯，跟麝香一样，这么香！”

赵晓梅一下子就崩溃了，那么多心机全都没了，完全归于自然了，就跟那些兔子和刺猬一样，随心所欲，想来就来，想走就走，包括那些草木，包括阳光和风全都跟这个女人融化在一起，根本分不清海力布和这个女人谁吸引了谁。他们绝对交往过，可这个女人如此坦然和善，让赵晓梅百思不得其解。少女赵晓梅脑子里全是那些爱情小说、爱情电影的模式，跟现实对不上号。她再也不胡思乱想了，一下子放松了，开始说话了，她发现她的声音那么好听，她说话的时候张惠琴就放下手里的活，静静地听着，跟个孩子一样。她的话越来越多。

母亲张惠琴不知道放生羊的故事，更不知道那个放生羊后边的姑娘，母亲张惠琴就把赵晓梅当做儿子最心爱的姑娘，母亲就用这种心理接待赵晓梅，就像对待亲女儿一样。母亲张惠琴最高兴的时候，连最隐秘的事情都说出来了，不完全是真相，母亲很策略地提到海力布叔叔，提到丈夫王拴堂从乌鲁木齐买的镜子。赵晓梅捧着镜子。小小的玻璃片支撑了女人的一生，还有镜子所映射的阳光和月光，还有神秘的拥抱。母亲如此坦诚，因为母亲这一切对儿子心爱的姑娘会产生美好的影响。事情发展的结局是赵晓梅跟王卫疆没有姻缘，即使那个时候赵晓梅也心存感激之情，常常回忆乌尔禾大地的最西端跟戈壁滩相交的地方，母亲张惠琴用大地的方式告诉少女赵晓梅那些美好的往事，女人总能从中汲取营养。

离开村庄的时候，赵晓梅美丽无比，站在分水闸的水坝上，望着戈壁滩上火球一样的落日，少女赵晓梅呜呜咽咽哭起来。她不让王卫疆上来，王卫疆就老老实实在堤坝下边待着。赵晓梅哭够了，下来了，就像刚刚沐浴了一番，慢慢走到王卫疆跟前，少女赵晓梅的眼瞳里毛茸茸长出一种东西，把王卫疆吓坏了。

“你病了？我送你上医院。”

往东是下坡路，车子越蹿越快，王卫疆连问两句，赵晓梅都不吭声。车子快到乌尔禾镇上了，赵晓梅捶了一下王卫疆。

“你这魔鬼！”

“好，我们去魔鬼城。”

在公路上跑一阵，继续往东就进了魔鬼城。那里应该是准噶尔盆地盆底，典型的雅丹地貌，奇形怪状，完全是一座史前动物陈列馆。据说这里几百万年前汪洋一片，后来海水退潮形成内陆大湖，所有的动物全来了，陆地越扩越大，湖水全干了，只剩下小小的白杨河，古海洋的气势一点不减，大风起落就把这里风蚀成奇形怪状的动物乐园，仿佛洪荒时代。

少女赵晓梅在这里体验到了地老天荒的爱情。他们背靠的正是一只大肥羊，王卫疆正要吻赵晓梅的时候，那只石羊活过来了。其实是白杨河边吹过来的一股微风，要是大风，魔鬼城就会鬼哭狼嚎，微风徐徐而来，就是美妙的歌声了。他们紧紧相依，他们身后的石头羊就活过来了，并且带来了歌唱爱情的《黑眼睛》。

我的黑黑的羊眼睛，
我的生命属于你；
让一切厌世的人们，
做你忠实的情人。

王卫疆从赵晓梅的眼睛里看到另一双眼睛，赵晓梅一惊：“你看见什么啦？”

“一个人的眼睛。”

“告诉我她是谁？”

“不知道，我只看见那是一双眼睛。”

“我的眼睛里有另一个人的眼睛？”

那只石羊已经走到他们对面了，歌声就是从羊嘴里传出来的。少女赵晓梅的爱情就这么结束了。跟梦幻一样，跟一场风一样。

这一点也不影响他们的学业。王卫疆和赵晓梅一直保持年级前五名的好成绩。王卫疆每个周末还去张老师家吃饭。赵晓梅还是对王卫疆那么好，让他骑上车子去公路上兜风。王卫疆一直兜到克拉玛依，比赵晓梅的两个哥哥快了一个多小时。王卫疆考上重点大学没问题。两个月后，成绩出来了，赵晓梅位居榜首，考上了内地的重点大学。王卫疆不伦不类，考上一所技工学校，还在农七师地盘上，在师部所在地奎屯。王拴堂两口子很满足了。张老师和赵晓梅鼓励王卫疆补习一年再考，一定要考上大学。张老师不停地给王拴堂两口子道歉：“我对不起老邻居，我一定要把王卫疆培养成大学生。”王拴堂、张惠琴告诉张老师：“这是娃的意思，娃骑上车子去了一趟克拉玛依，就迷上汽车啦，这辈子非弄汽车不成。我两口子种庄稼的，大字不识，儿子已经太有出息了，弄汽车了，多好的事情呀！”赵晓梅在王卫疆那里得到证实，王卫疆打心里喜欢汽车。“你真是个野孩子，都是海力布那个魔鬼把你给害了。”赵晓梅都哭了。

第五章　燕子

1

燕子来奎屯上学之前已经相当成熟了。首先，她不再相信那些信件。她从识字那天起就孜孜不倦地向外边投寄信件，在当地已经成为一个笑话。刚开始是佳话，大家都称赞小丫头聪明，能写这么多字。大漠深处的小村庄，祖祖辈辈就没几个识字的人。后来来了几批知识青年，北京的、上海的、天津的、武汉的，念报纸、写黑板报，村干部们惊奇得不得了，再后来这些知青全都飞走了，回到他们起飞的地方。燕子据说是知青的孩子，亲生父亲面临人生的重大选择和机遇，毫不犹豫地分手了，男的先走，女的一年后把燕子送给当地老乡也悄悄地走了。燕子的身世很快就从远方一点一点传过来。父母会写字，生的孩子肯定会写字。燕子的秘密就这样被破译了。燕子自己都觉得写字不是什么了不起的事情，燕子就不再把信放在心上。

燕子上到中学时，发现北京、上海、天津、武汉那么遥远，跟她一点关系都没有。人家怪声怪气地嘲笑她的时候，她就低下头，眼泪都快要出来了。燕子是不流眼泪的。燕子专门到镇邮电所去了一趟，她问那个快要退休的老所长："有我的信吗？"老所长认出了这个小丫头。

"你就是燕子。"

“我是燕子。”

“以前有你的信，这些年没有啦。”

“我不是这个意思。”

老所长摘下老花镜，一本正经的样子，像个县委干部。燕子声音越来越小：“我以前写的那些，没有发出去的信。”

“丫头，你在说梦话吧，装了信封，贴了邮票咋能发不出去呢？”

“根本到不了北京、上海，也到不了天津、武汉。”在那个简陋的小邮电所里，燕子失声痛哭。哭够了，老所长拧了热毛巾，燕子擦干眼睛，轻松多了。老所长告诉她：“回去看看邮戳嘛，不要听人家瞎叨叨嘛。”老所长六十五岁了，早过了退休年龄，没有人接替他，他就守着这个破旧的邮电所。他几乎是这个小镇的活历史。他一手导演了燕子的梦幻世界。连他自己也想不到他用什么手段能让信件到达内地的大城市，盖上那里的邮戳，又候鸟一般回到沙漠深处的小镇，把提前写好的回信装进去，重新封好。丫头从邮递员叔叔手里接到的可是货真价实的远方来信啊。

那些信就装在小皮箱里。小皮箱是亲生母亲留给她的。据说那个女知青在小皮箱里铺了毛衣毛裤，把婴儿放在里边，就失魂落魄地走了，赶最后一趟班车去了。不远处有一对夫妇在收土豆，他们很快就会收到地头，很快就会发现小皮箱和小皮箱里的婴儿。婴儿长大了，转了好多人家，女知青亲手织的毛衣毛裤都烂掉了，那个小皮箱好好的，总是跟着小女孩，沿着准噶尔盆地的西北角从一家转到另一家。那些淳朴的农民总是让洋气的小皮箱跟着孩子，就像蜗牛的壳，就像长在她身上一样，终于到了沙漠深处，再往前走就没有人家了。上了年纪的老夫妻让孩子有了永久的家园。她叫他们爷爷奶奶，从爸爸妈妈越过去了。她对那个小皮箱没有任何感觉。她把珍贵的信件装在里边，是因为她已经长高了，成大姑娘了，小皮箱里装不下几件衣服了。爷爷呢，七十多了，硬邦得跟石头一样，用沙漠边缘高大的榆树做了一个木箱子，板子有三寸厚，用斧背砸都嗡嗡的。那么结实的木箱子，刷了红漆，黑漆打边。她的衣服只能装一个角，她干脆把小皮箱也放进去，还是填不满。好多年以后她明白爷爷是个有心人，把箱子做那么大就是要在里边装小皮箱的。她快要忘掉这个小皮箱了。要不是信件，她真记不起小皮箱子。她打开木箱子，再打开小皮箱，那些信件用羊毛绳扎着，一下子就拎出来了。解都没有解，正好是冬天，炉子刚刚生起来，干硬的梭梭柴在炉膛里噼里啪啦喷射着大火，她就把那捆信塞进去了，把火焰给压住了，整整齐齐一沓子呢，躺在炉膛里，还有些冰冷的感觉，信皮上有上海某某区某某大街的字样，有邮戳。下边的信件也一样。她记不得了。她直瞪瞪看着炉子，她连那几个字都记不住了，她只想着自己太粗心大意，把火给压住了。她用铁钩子捅了几下，火焰就从四周渗上来了，信皮的几个角发黄、变黑，火焰升起来，把纸灰都带起来了，她夹起铁盖子堵上。她的脑子一下子就清晰了，她都听见了火焰和纸灰蹿进烟筒的轰轰声，接着是干梭梭的碎裂声。房子热起来了。

她趴在大木箱上做作业。她在写一篇作文，她写到了羊。她就停了那么一会儿。羊是忘不了的。那穿越戈壁走出沙漠的放生牧羊，有两只，全让她碰到了。她写的就是这两只羊。这是两只多出来的羊。家里养的羊是要卖掉的，村庄里的猪、鸡都是要卖掉的，只有过年的时候宰上一只。多出来的羊就可以在任何时候宰掉。第一只羊被杀的时候她很伤心，她躲远远的，还能听见爷爷磨刀子的声音，后来就听不见磨刀声了，估计羊快要叫起来了，她躲在芨芨草丛里，捂住耳朵。她长这么大又不是没吃过肉，可她从来没有见过宰杀的场面，她很好奇地松开一只耳朵，静悄悄的。她回去的时候羊已经变成了一堆肉，街坊邻里都来分享美味。爷爷刮一下她的鼻子："丫头，羊就是让我们吃的，长高长肥了，不吃才是罪过呢。"

"羊死了。"

"羊死不了，我们把它吃了，它就死不了，它命长着呢，它还会来，不信你等着。"

于是就出现了第二只羊。她在沙包上看见辽阔的戈壁滩上踽踽而行的孤零零的放生羊时，她一下子就相信了爷爷的话。她一动不动地待在沙包上，手里紧紧攥着羊拐，用锁阳汁染得红红的羊拐是所有大漠女孩的玩具。爷爷刚刚告诉她羊拐的秘密，那也是羊永生不死的秘密：每一个羊拐都是骏马的模样，连骏马都想不到自己最真实的形象会浓缩在羊的腿关节里。爷爷抖着山羊胡子越说越兴奋："羊是死不了的。"

"谁把马装进羊腿里的？"

“除过老天爷还能有谁？”爷爷的山羊胡子不动了，翘起来了，跟伸向云天的树梢一样。

“是谁给羊放生的？”

“那是一个好心眼的人。”

“被羊感动啦，肯定是这样子的。”

“不光光是羊，羊上面还有天呢，羊下边还有地呢。”

“地上的沙子也算吗？”

羊吃的都是沙石缝里的小草，连草根都吃掉了。

“沙石里的草都是好草，马想吃都吃不到。”

“为啥？”

“马的嘴巴太大，伸不进去。”

爷爷有点自以为是了。在她的印象中，马是个高傲的牲畜，是大牲畜，当地人把马叫做高脚牲畜，高大的马不管有多么饿，总是微微地垂下脑袋跟风一样掠过大地。已经长成姑娘的燕子不止一次从马掠过草地的姿势中萌发出少女的无限向往。她已经知道给羊放生的人了，她还故意问爷爷：“给羊放生的人，心眼那么好，肯定是个上年纪的人。”爷爷的胡子又抖起来啦，话都说不出来了，脑袋点啊点啊跟瞌睡虫一样。爷爷的头顶光秃秃的，亮晃晃的，跟戈壁滩一样，戈壁滩上的石子也是那么光那么亮，涂着一层漆皮，爷爷的秃顶比戈壁滩要强一点，四周长了些头发，灰扑扑的。爷爷从沙包中间走过来，走得那么慢，谁都知道沙地上是走不快的，骆驼都走不快，老远看着好像在原地踏步。这时候，爷爷的脑袋一闪一闪就像顶了一面镜子，比太阳还亮哪。燕子在沙包上都笑软了，都趴地上了，爷爷走过来时燕子快没气了。爷爷不知道他头顶上的镜子，爷爷膈窝里夹着一颗大西瓜，爷爷连瓜蔓都带过来了，好像抓了一个盗马贼，五花大绑上了沙包，爷爷给西瓜松绑，瓜蔓连着叶子绿油油摊开一大片，好像沙包成了瓜地。花皮西瓜圆溜溜的，快要撑破了，爷爷一拳下去，西瓜嘭一声成了两半，甜丝丝的凉气喷出来，散开，一人一把勺子，挖着吃。黑瓜子吐了一地。沙子很干净，黑瓜子很快就干了。爷爷牙齿不好，爷爷抽烟，燕子的嘴巴跟机关枪一样很快就让黑瓜子变成空壳，又躺在原来的地方。

那只放生羊秋天就长肥了，爷爷磨刀子，燕子端一盆清水，爷爷给磨石洒上水，看了看燕子，爷爷用眼神这样问燕子你怕不怕。燕子掏一捧水，浇到磨石上，燕子还把自己的手指在磨石上滑几下，接着是刀子，刀子在磨石上嗬嗬响起来，好像一个赶路的人在马背上咳嗽。据说去求爱的人随着目标的接近会不停地咳嗽。刀子激动吗？刀子稳稳地压在爷爷的手底下，贴着磨石大声咳嗽着，咳出那么稠的泥灰，刀刃却亮起来了，好像爷爷的手指裂开了，露出了手指骨。分不清是刀刃还是骨头。磨石上一片银光。燕子刚才放在磨石上的手就那么白。燕子就看见了羊。

一群羊在林带里吃树叶，秋天到了，树叶落下来了，一片一片又到了羊嘴里，都是黄灿灿的叶片儿，羊在吃金子呢。那只被宰杀的羊大概有预感。从沙包上回来的时候经过一片海子，别的羊静静地喝水，这只大肥羊喝了水，还到水边的苇子里走了一趟，苇叶儿跟刷子一样把羊身上的尘土刷掉了，跟天上飘落的白云一样，它的同伴就显得有点寒碜。它本来就高大壮美，这回显得更壮观了，跟个大美人一样缓缓地走在同伴的行列中，很高傲地看着前方。进了院门，那种遥远的目光就一下子越过了简陋的土坯房子，白杨树还有不远处的沙枣树，周围的一切都矮下去了。整个大漠都在缩小，不断地缩小，磨刀石，爷爷，还有爷爷手里的刀子都小成什么样子？多少年后，燕子还在回忆那个大漠秋天的下午，沙石尘土草木和村庄散发一种罕见的辉煌，这一切都来自于濒临死亡的羊。都来自于黑黑的羊眼睛。连太阳都失神了，傻了似的伸长脖子，太阳跟雁一样不停地伸脖子，因为天地间的一切都在缩小，大幅度地缩啊，太阳快缩成豌豆那么大了，快成微尘了。那一刻，燕子听见空气中有一个声音，很亲切地叫着燕子燕子……燕子不就是一只鸟吗？准噶尔盆地零零散散的小块绿洲上，黄泥小屋的缝隙就是燕子的安身之处……中亚腹地的土坯房子是没有屋檐的，光秃秃的，就像爷爷荒凉无比的头顶，燕子就是那一刻想起自己的身世。都是那双黑黑的羊眼睛告诉她的。羊轻轻地叫着燕子燕子。燕子的耳朵大起来了。又黑又亮的羊眼睛一下子凌空而起，跟星星一样，后来她知道那正是刀子进入羊心脏的一瞬间，羊的整个生命升上了天空，羊眼睛亮到了极限很猛烈地一闪，就凌空而起。一群燕子正匆匆穿过林带，散落到村庄的家家户户，其中最漂亮的燕子跟羊眼睛相遇了，都是那么黑那么亮。

那个在院子里仰望天空的十五岁的少女都看傻了，都忘记了自己就叫燕子啊。她把一切都忘了。爷爷已经把刀子收起来了，奶奶在招呼乡亲们分享鲜美的羊肉，村庄要热闹大半天。不停地有人喊燕子燕子。有人拍她的肩膀，拉她的手，她一点感觉都没有。有人就嘀咕起来。

“这丫头，眼眶子变高啦。”

“这丫头走神啦！”

“魂叫人勾走啦。”

这年秋天，燕子就到托里县城上中学去了。燕子放假的时候才回来。从燕子的神态上可以看出来，托里县城也被燕子远远地抛在了后边。燕子会落在什么地方呢？从托里到奎屯，一下子就把准噶尔盆地跨过去了，从盆地的西边到了最南缘，到天山脚下了。

燕子跟王卫疆注定要在一个学校里。他们是一年后认识的。燕子在财会班，王卫疆在汽车修理班。财会班有少量的男生，汽车修理班清一色全是男生。汽车修理班的男生要认识财会班的女生是比较困难的。如果能唱能跳能打架就另当别论了。王卫疆老实本分，修炼不出这种放之四海而皆准的真功夫。

2

王卫疆能到这个学校上学已经是好运气了。按规定不在团场招生，几十年的老规矩了。到了 1986 年，好运气突然降临团场子弟头上，破例招了十几个，都是高分，高出地方考生一百多分，星星点点跟葱花一样撒在上千人的学校里，晃悠几下就没影了。团场的学生基本上都是老实本分土气，也基本上都分到了远离工业文明的班级。不知怎么搞的，王卫疆到了汽车修理班。班主任都有点为难，乌尔禾团场的，农七师的西伯利亚嘛，还有那一身打扮，还是修理汽车。班主任找了一趟教务科，教务科也发现了这个重大的失误，可昨天刚刚报到州上，改专业很麻烦的，会给上级部门留下业务不精的印象，教务科长打哈哈就搪塞过去了。班主任刚工作，年轻认真也认死理，又争不过老科长。班主任无限同情地收下了王卫疆，班主任还特意给班长交代了一番。

汽车修理班的学生大多都是三运司的子弟，三运司全称新疆自治区第三运输公司，设在乌苏，掌控准噶尔盆地大大小小的交连线，往南直达昆仑山，往西就出了国门到中亚各国去了。三运司的孩子会走路的时候就钻父兄的驾驶室，上到中学基本上也是个好司机了。家长稍不留神，车子就让这帮浑小子开跑了。他们来学校纯粹是为了混个文凭，混个驾照，上岗证件什么的。一句话，王卫疆简直成了狼群里的羔羊。王卫疆搬进宿舍的一瞬间就强烈地感觉到这一点。大家身上都有一点油污，这是一种资格认证，是一种荣耀。王卫疆身上散出来的泥土味，甚至羊粪味，显得格外醒目。大家的笑容就有某种怪诞的成分。他的上铺同学无限怜悯地递给他一本小册子，跟画册一样，各种各样的汽车都有，都是世界名车。王卫疆感觉不到人家悯怜的目光，王卫疆小心翼翼地把图册放在铺上，不由自主地擦擦手，跟圣徒翻阅经书一样，眼睛闭一会儿，好像在祈祷，得到上天的启示，然后十分庄重地把图册捧到手上，细细地揣摩着。翻开第一页的时候，就好像置身于浩瀚的星空，王卫疆看到了无限遥远的宇宙。王卫疆的脖子伸得那么长，王卫疆的眼睛充满了世所罕见的惊讶。有人叫他他没有反应。对着他耳朵大喊他也没有反应。人家就拍他肩膀，他做噩梦似的猛抬头，他那么愤怒惊恐而无助，跟婴儿一样，柔弱到了极点。那个给他图册的同学都后悔了，伸手去抽图册，跟焊在王卫疆手上一样，抽不动，只好由着他。王卫疆翻到了第二页第三页，每一辆汽车都给他带来极大的刺激。

“他会不会发疯了？”

大家用眼神交换意见。有人从王卫疆的被褥上找到了几根羊毛。

“他是放羊的，羊碰到汽车就是这傻样子。”

他们谁也不知道王卫疆给羊放生的经历。那些放生羊离开羊群和主人以后总是要度过无限漫长的恐惧生涯。王卫疆在重复放生羊的经历。王卫疆啃了两个馒头，一直折腾到晚上，总算把图册翻完了，还给人家，自己往铺上一躺。下铺的空间很小，仰面对着上铺的床板，视野不到两米高，王卫疆双手交叉垫在脑后，王卫疆的眼神就一下子遥远起来了。王卫疆打起了呼噜，眼皮都合上了，那种神游天外的姿势没有变。汽车在梦中一辆接着一辆。

相当长一段时间，王卫疆都是全班同情的对象。理论课王卫疆上得很吃力，大本大本的汽车原理、结构图不断地刺激着他。第一学期王卫疆是在煎熬中度过的。其他同学也好不到哪里去，汽车修理专业说到底还是一门手艺，理论用处不大。大家等着实验课上露一手呢。实验课是专业课嘛。

专业课老师都是从大公司聘请的高级技师，都是响当当的人物。校长陪着人家到教室里，客气话讲一大筐，人家上讲台扫大家一眼，口气淡淡的："到车上去吧！"桌凳哗哗响动，大家跟上老师到操场去。十几辆教练车停在操场边上。老师姓刘，老师说："不要叫老师，叫师傅。"

刘师傅一句话就把师生关系调整成师徒关系，一下子把结构给变了。师徒如父子，三运司的子弟都懂这个，三运司的子弟也懂得刘师傅的最后一句话："师傅我呢，基本上是个粗人。"刘师傅咧嘴笑了一下，点上一根烟，刘师傅慢慢地抽烟呢。刘师傅故意给大家一个空当，大家一下子就紧张起来了。这句话简直像颗原子弹，三运司的子弟都明白师徒如父子，父可以打儿子，可以骂儿子，师傅说了嘛，"我是个粗人。"跟机械打交道的人手有多灵巧，刘师傅把烟吸完，一直吸到过滤嘴上，正宗的红雪莲烟，有板有眼地在刘师傅肚子里转一圈从容不迫地从刘师傅的鼻孔里列队而出，就像走出军营的士兵一样训练有素，烟柱子青湛湛的在空气里旋啊旋啊，有一股子力量含在里边，烟柱子从大圈圈旋成小圈圈，拧成一个个疙瘩，一点一点地飘远了，看不见了。空气里全是烟的香味。大家都看到了，眼睛睁得大大的。烟把落在地上，不用踩，冒了最后一丝青烟，头一歪自己就灭了，剩下光秃秃的一个过滤嘴海绵体。

刘师傅开始露他的绝活。这确实让学生们大开眼界。一般师傅在学业结束的时候才露出绝活，刘师傅自信得不得了，他相信他的绝活谁也学不到。他的绝活确实厉害，不到半个小时，十五辆教练车他全过了一遍，大半车子不到一分钟，光听发动机就能断定毛病出在哪里。打开盖子，摸出一根细细的红铜管子或者螺钉。学生围上去看清楚了，也听清楚了，刘师傅手到病除，发动机再也没有杂音了，一下子健康起来了，跟草地上的骏马一样有了一颗结实有力的心脏。刘师傅满脸鄙夷地敲敲汽车盖子，刘师傅用右手的中指啄木鸟一样梆梆了几下，意思是漆喷得不错，跟新车一样，不知底细的人走进校园会被操场上的十五辆新车给吓住，嗬多么气派的车队呀！刘师傅的手指轻轻一敲，其中十辆车就成了半成品，在市区可以跑几圈，到戈壁滩得趴下。有两辆车在操场转了几圈，发动机好着呢，底盘不稳，刘师傅懒得去车底下查看，就问谁是三运司的，一大片三运司的子弟齐声呼喊，“吆嗬，刘师傅高兴了，下去看看。”六个三运司的子弟趴到车底下，有四个白忙活，他们归队的时候，屁股上挨了刘师傅一脚，脸都白了，龇牙咧嘴好半天，出气很粗，好像麻袋压着。有两个还不错，找到了具体的部位，又束手无策，他们两个没有挨脚，刘师傅的手指在他们的额头上梆梆了两下，额头立马就鼓起两个圆疙瘩，跟发面团一样。刘师傅懒得理那两辆破车，还剩下三辆车，刘师傅早就看中了，这是最牛皮的一招，动都没动，眼角瞟一下，就断定这是好车，一点毛病都没有。一句话，不到半个小时，三下五除二，刘师傅就把我们学校引以为自豪的车队剔骨挑筋，大卸八块。

校长办公室正对着操场，校长端着茶缸子居高临下看完了整个过程，校长叫起来了:“这狗日的，这狗日的。”

刘师傅挑出来的三辆好车，货真价实，是当地驻军支援学校的，新崭崭的军车，换了牌子、刷了漆，刘师傅的眼睛扫一下就看出了名堂。刘师傅让学生上了三辆新车，大摇大摆出了校园，一直开到天山脚下，在独山子矿区转了一圈，回来的时候正好开饭。校长在大门口等着哩，校长还在骂刘师傅狗日的，刘师傅也不含糊，“我嘛，就是这个教法，学生先实习好车，再实习有毛病的车。”

校长就不嚷嚷了，拉着刘师傅去喝酒。学校有一个专门接待贵宾的小食堂。学生亲眼目睹了他们的师傅被校长拉到小食堂，学生们好像自己吃了小食堂，挨了打的学生也没脾气了。这狗日的刘师傅。可以想象折腾那些有毛病的车子时，学生有多可怜，刘师傅的手脚不闲着。有个学生家长碰到了，不但不生气，反而悄悄退回去，到校长办公室大加赞赏刘师傅，校长听得心惊肉跳，家长只好长话短说：“我的手艺就是当年我师傅揍出来的。”

半学期过去了，大家也都习惯了刘师傅的臭脾气，大家都挨过揍，程度不同罢了。渐渐地有人就不挨揍了，也可以说有那么几个学生脱颖而出了。刘师傅好像松了一口气，总算有人不挨揍了，师傅也不想打人呀，师傅是万不得已呀。这几个幸运儿当中就有王卫疆。大家很吃惊，连王卫疆自己也觉得不可思议。大家都被打晕了，大家只有一个想法，怎样逃脱师傅的拳脚。刘师傅身手不凡，拳脚如同老鹰，又快又狠，每一下都货真价实，毫不含糊。更让大家受不了的是这几个幸运儿继续缩小，只剩下王卫疆和班长两人。班长是正宗的司机世家，三运司子弟，从班长沮丧的样子来看，他快要撑不住了。班长并不怕挨揍。刘师傅已经停止打人了。刘师傅脸上有了笑容，有时还哼哼一些哈萨克民歌和蒙古民歌。可大家宁愿挨师傅的拳脚，也不愿看师傅这种旁若无人的神情。大家开始怀念师傅凶神恶煞的日子，有人要小聪明使小心眼惹师傅发火，妄想让师傅走回头路。刘师傅一点感觉都没有，刘师傅的注意力集中在自己的重大发现上。

“重大发现”这个话是从班长嘴里出来的。师傅身边只剩下班长和王卫疆的时候，班长很得意地告诉大家：“我们两个是师傅的重大发现。”班长还强调了一下：“这是师傅的原话。”班长没有骗大家，刘师傅说这话的时候，跟前有一大群人。其他专业的同学也来看热闹，好多老师也来观看刘师傅的好手艺。

刘师傅已经好多年没有给人传授这些绝活了，不是刘师傅不想传，没有得心应手的徒弟，再好的师傅也无能为力，也提不起精神，绝活就有萎缩的可能。大家得原谅刘师傅的坏脾气，刘师傅那双出色的手快要废掉了，都不由自主了，那双手就严厉起来了，就愤怒起来了。谁都能想到刘师傅展示绝活的情景，围观的人群里没有汽车修理班的学生。大家躺在宿舍里谁也不理谁，瞪大眼睛在回忆师傅揍自己的每一个细节，那一拳一脚全都包含着师傅的良苦用心啊，大家一下子理解了师傅的坏脾气。可再也没有这种机会了。唉叹声此起彼伏。王卫疆先进门，端上盆子去洗漱间。班长慢悠悠也进来了，班长跟王卫疆一样也是一身尘土，刚从汽车底下钻出来嘛，班长先不着急洗这一身尘土，好像那是一身金粉，班长慢悠悠地卷莫合烟抽。王卫疆洗了头洗了衣服都回来了，班长还在卷莫合烟。王卫疆提醒班长该去洗洗啦，班长笑笑不吭声。有人从床上坐起来：“班长累了。”班长哈哈一笑：“累啊，妈的累坏了，师傅说了嘛，他总算有了重大发现，师傅牛皮啊。”班长这种美好的感觉只保持了两个礼拜。谁也没想到刘师傅这么挑剔，这门课已经结业了，大家已经很幸运了，学校也是好多年没遇上这么好的师傅，师傅课外传艺完全是师傅自己的事情。大家都以为这门学业永远结束了，以后全靠自己了，千百年的老规矩嘛，师傅领进门，修行靠自己。王卫疆也以为学业到此为止。班长和他算是这一届汽车修理班的一个大大的句号。

两个礼拜以后，大家正在上自习，大家都记着那个下午，4点35分，有人看表了，那显然是一个大家无法忘记的时间，刘师傅把王卫疆一个人叫走了。刘师傅那么牛逼，刘师傅不可能亲自出马，大家看到的是一辆克拉玛依油田的美国进口油罐车，跟一栋楼房那么大，轰隆隆开过来了，停在教室前边，一个石油鬼子从驾驶室里钻出来，打听一个叫王卫疆的学生。王卫疆走过去的时候，石油鬼子又问了一句："你是刘师傅的学生？"得到证实后，石油鬼子脸上有了笑容，伸出手跟王卫疆握了又握："刘师傅让我们来找你。"石油鬼子的手一直没有松开，另一只手拍王卫疆的后背，到了驾驶楼跟前，跟卫兵护送将军一样还扶了王卫疆一把。大家都看着那个又高又大的驾驶楼，跟炮楼一样，王卫疆毫不含糊地钻进去了，满脸大胡子的石油鬼子也钻进去了，石油鬼子拉开一罐饮料递给王卫疆，接着车子前后一晃，拐个弯就离开了校园。

王卫疆是半夜三更回来的，送他的理所当然是那辆美国油罐车。王卫疆没让车子进校园，停在大门口，王卫疆拎着一大网篮的饮料罐头，咣啷咣啷响着走回宿舍。

从那天开始，王卫疆每个月都要出去那么几次，都是以刘师傅徒弟的身份去的。班长的荣誉保持在校园里。这是老规矩，师傅们轻易不让徒弟到社会上去露面。毕业的时候你只是某某学校某某专业的学生，就不是古老的师徒关系了。据王卫疆自己讲，他只见过师傅一次，是在独山子矿区的大路上，他在车底下干得正起劲，听见有人喊他，他只看见师傅的手在另一辆车子里晃动，他的整个身子在车子底下，他的头和脖子伸出去，就像汽车油箱旁边的一个大部件。师傅正急匆匆赶往前方，估计有大活路在等着，王卫疆只看见师傅那双毛茸茸的带着伤痕的手。多么奇妙的手！比一般男人的手要小一些，又比一般男人的手结实有力，敏捷得多。跟一只狡兔一样，跟猛兽一样。接触过那双手的人会留下终生的记忆。

据说刘师傅有许多浪漫的爱情故事。这些故事会不会发生在他的得意门生身上？已经有人这样开王卫疆的玩笑了。王卫疆什么都能忍，就是不能忍这方面的事情，王卫疆就大声反击，认为是对师傅的人身攻击，是不怀好意。大家都笑他大傻瓜，大家异口同声，这是对师傅的赞美。“傻瓜，师傅可不是唐僧，我们也不是猪八戒。”

另一种说法更玄乎，据说师傅刚出道的时候，有人就拉住师傅的手连连赞叹：“这么巧的一双手啊，不要说汽车了，孩子都能掏出来的，这简直是接生婆的手啊！”要在口里，这话没什么大不了的，新疆就这么奇怪，新疆的男人跟天下所有的男人一样热爱女人，可你要把男人比作女人非挨揍不可。刘师傅的那双巧手就狠狠地抽在那人脸上。刘师傅的手怎么抽走的，那人都没感觉，那人只觉得晴空霹雳一般腮帮上狠狠地烫了一下，就跟烧红的烙铁搁上去一样，腮帮子吱喽喽冒起来青烟，五个手指印就烫在上边了，跟古代刑徒刺字一样，留下了不可磨灭的印记。挨巴掌的这个人是刘师傅的师兄，那时候不是在学校，是在三运司的车队里，他们的师傅百里挑一挑出两个最有出息的年轻人，最年轻的这位更具有挑战性，很快就把师兄比下去了。师兄就失态了，再也忍不住了，就拉起师弟的手大发感慨，师弟那只愤怒的手可不是他所说的接生婆的手，师弟狠狠地在师兄脸上刮了一下，师兄就抱着脸蹲在地上跟柴油机一样撕心裂肺地号叫起来，跟机器打交道的人都把柴油机比作娘儿们，男人那个神圣的玩意儿理所当然就成了摇杆，摇杆插进去奋力搅动，柴油机就会吼起来。师弟就让师兄吼起来了。师兄吼得跟个娘儿们一样。好多年后，师弟主动认错，跟师兄和好了。师弟请师兄喝了酒。师弟有了一些阅历。师弟修好了多少车啊，严寒酷暑，燃烧的戈壁滩，师弟的那双巧手伸出去的一瞬间，瘫痪的汽车就遇到救星似的，闪射出道道神光，一下子就焕发出生机，汽车重新点火，在戈壁荒漠上狂奔起来。司机又紧张又兴奋。中亚腹地辽阔无比，空间比时间更有意义，司机都能修理车子，司机对付不了的毛病常常会带来灾难。可以想象司机有多么激动。司机驾上车子再也不停了，好像车子随时会熄火，坐在司机旁边的师傅跟长者一样不停地安慰惊恐万状的孩子一样的司机，司机忘记了一切，只记着他的车子。车子停好久了，司机都不让车子熄火，望着遥远的地平线，抽着莫合烟，司机们清醒后的第一句话就是："我会把他养大的，我会把他养大的。"司机们好像面对的不再是汽车，而是一个婴儿。这种情绪也感染了刘师傅，刘师傅再也不是一个修车师傅了，刘师傅真的成了一个接生婆，他那双巧手从大地深处掏出一个个新的生命，戈壁滩上一只蚊子都让人感到生命的可贵，一股旋风都让人兴奋不已，绝望的司机很容易把重新启动的车子当作刚刚落草的生命。

"哈哈我做爸爸啦。"

汉族的维吾尔族的哈萨克族的蒙古族的司机都用这种方式迎接他们的车子。刘师傅就想到了跟师兄的那场冲突。刘师傅就有了愧疚感。刘师傅就请师兄去喝酒，喝到兴头上，师兄就谦虚起来："歪打正着。歪打正着啊，哈哈哈哈。"也就是在这个时候，刘师傅才真正意识到他的手有多么神奇。

惊奇的事情不止这些。跟刘师傅修理车子的故事混杂在一起的是那些风流韵事。平心而论，刘师傅其貌不扬，家境一般，祖宗三代甚至七八代都是种田的，到了父亲这一代才有幸成为工人阶级一员，也是普普通通的修理工。刘师傅声名鹊起之前基本上属于找老婆比较困难的那一类男人。刘师傅也属于对自己的潜力毫无感觉的那类比较懵懂的男人。刘师傅结婚的时候，新娘子有点仙女下凡的委屈感。大家都有这种感觉。连他的亲人也不例外。可以说，在相当长一段时间里刘师傅是个规矩的男人，挣钱养家打发日子。脾气有点躁，那是在外边，在家里挺老实的。老婆就喜欢这一点。据说刘师傅结婚前也是这脾气，在同伴跟前爱争高低，在父母跟前一下子就温和起来。老婆那时候还是女朋友，跟刘师傅交往不到半年就发现了这一点，就动心了，就决意嫁给这个男人。刘师傅很满足啊。刘师傅还奢望什么呢？

据说刘师傅第一次外遇是在乌伊公路精河那一段，路边正好有一家饭馆，那地方离沙山子绿洲不太远，多多少少有几丛芨芨草，还有几棵高大的沙枣树。这种地方的饭馆老板不会刻意地讨好巴结司机，老板娘完全是自愿来帮忙的。司机在驾驶室里掌控离合器，车子不能熄火，刘师傅躺在车子底下，嘴里咬着钳子，手里攥着扳手，还要不停地换其他工具。老板娘大概旁观好半天了，就从饭馆里出来。饭馆里又没人吃饭，整个上午就来了司机和刘师傅两个人。老板娘蹲在车子跟前帮刘师傅传递工具，刘师傅连一声感谢话都没有，刘师傅太投入了。老板娘给他递上第一件工具时他还愣了一下，看了人家一眼，就理所当然地接过去，接着就是第二件，第三件，反反复复，用过这个换上那个，配合默契。车子修到最关键的时候了，司机都变成车子上的一个零件了，老板娘也深深地陷进去了。老板娘虽然是个已婚妇女，做了母亲，孩子都会走路了，老板娘也忘乎所以地蹲在刘师傅跟前，一点也不难为情。要知道那正是中亚腹地的七月天，空气着火了似的，石头都在冒烟，刘师傅只穿着裤衩，基本上是个赤条条的汉子。刘师傅早就习惯了这种生活，身上没有汗，跟坐过炼丹炉的孙悟空一样。老板娘下意识地用扳手在刘师傅胳膊上碰了一下，就像碰到了一块生铁坯子，硬邦邦的。更让人吃惊的是刘师傅的那双毛茸茸的手，在汽车的肚子里掏来掏去，总能掏出一个零件，用棉纱擦干净，又塞进去，拧紧，整个胳膊都进去了。最大的零件把老板娘吓了一跳，刘师傅整个胸部都贴上去了，好家伙，跟个小牛犊那么大的零件整块卸下来，抱在刘师傅的怀里，刘师傅兴奋得两眼放光，刘师傅连疼痛的感觉都没有了。要知道这是一辆刚刚驶出黑戈壁的车子，行程一千公里，每个部件都烫得要命，这么一个滚烫的大部件抱在怀里，皮肉吱吱响，好像是一张牛皮，刘师傅只顾自己高兴，全然不顾皮肉的疼痛。老板娘拿来干毛巾塞到刘师傅胸口，刘师傅正在兴头上，嫌毛巾碍事，就扒拉一边去了。老板娘又塞进去，刘师傅的一只老鹰爪子就叼住老板娘手狠狠一甩，老板娘嘴巴张得那么大，谁都知道，太大的嘴巴是喊不出疼的，老板娘好像吃了辣椒一样大口喘气。老板娘站起来连踢刘师傅五六脚，差点把脚都踢歪了，最后一脚用力太猛，也不知道踢到刘师傅哪个部位了，刘师傅全神贯注于怀抱里的汽车零件，整个身体变成了一张弓，那张弓嗡地一下把老板娘弹出去了，老板娘噔噔噔连退几点，扑通坐在地上，抬起脚丫子揉啊揉啊，揉了大半天，又凑过去。刘师傅在上螺丝，刘师傅的老鹰爪子这会儿变成了一只毛茸茸的松鼠在车子底盘蹿上蹿下，老板娘一定让那只松鼠给迷住了。刘师傅从车子底下出来的时候，老板娘就帮了刘师傅一把，刘师傅是抓着老板娘的胳膊嗨地一下钻出来的，刘师傅用的力气一点也不小，可刘师傅的手再也不是老鹰爪子了，刘师傅的小松鼠永远地留在老板娘的身上了。

老板娘下厨做饭好好地招待司机和修车师傅。司机开上车去沙山子拉货，两个小时后返回接刘师傅。老板到天山牧场买羊去了，两天后才回来。小饭馆就剩下老板娘和刘师傅两个人，刘师傅充分地利用了这美好的两小时。在此后的若干年里，刘师傅经常搭车去这个小饭馆，那个地方再也没有坏过车子，刘师傅只能匆匆而过。

类似老板娘这样的女人就渐渐多起来了，刘师傅那双巧手就有了更复杂的内容。据说刘师傅的手稍微碰一下女人，女人们就如同五雷轰顶晕在那里。据说不信邪的女人赴汤蹈火以身试法，全都销声匿迹没有下文了。她们比故事里的女人更能提高刘师傅的知名度。

当王卫疆成为刘师傅的高徒时，人们自然而然想到了王卫疆的那双手。绝活必有巧手。王卫疆和班长必须淘汰一个，班长就把这最后一幕记下了，就是王卫疆这双巧手。师傅身边只剩下他们两个。师傅让他们干，师傅抽烟喝酒。师傅考验他们的时候到了。这是学校最难修的几辆汽车。班长让王卫疆先上。王卫疆很快就把车修好了。班长是个细心人，班长这才发现王卫疆的手有一股魔力，特别是那些隐患，王卫疆跟掏动物内脏一样从汽车肚子里掏出那些热气腾腾的零件，谁能相信这些金属如同鲜肉呢？王卫疆跟所有的人都不一样，王卫疆先点火，让发动机突突响着，机器处于亢奋状态是很危险的，人钻在车子底下，车子跑起来人就惨了。王卫疆的举动引起了师傅的注意，刘师傅就过来了。刘师傅一声不吭，也不指点一下，刘师傅蹲在车子跟前，刘师傅就发现了王卫疆那双巧手。刘师傅不由自主地举起自己的手，看啊看啊，好像在看手上的刀伤。刘师傅跟人打架时曾攥住对方的刀刃跟拧螺丝一样把刀子拧下来，还有漫长的修车生涯中留下的各种伤疤，刘师傅已经记不清他修过的车子了，这个行业的高手关注的不再是车子，而是分布在天山南北的条条公路，穿过群山草原和大漠河流一样滚滚向前的朝天大道，总是让修车人魂不守舍。我们可以想象刘师傅走到王卫疆跟前时的心情，师徒如父子，刘师傅是个严厉的父亲。

“混蛋！不要命啦！”

王卫疆刚爬出来车子就动了，车轮把袖子都压住了，王卫疆咧嘴笑。刘师傅不依不饶。

“为什么不把火熄了？”

“那样子就找不到坏零件了。”

“大家都是熄了火修车，都修好了嘛。”

“嗐，那都是小毛病，这辆破车，快要报废了，不捅一刀子它就活不了。”

“你以为这是一匹马呀。”

“车子就是一匹马嘛，坐骑嘛。”王卫疆嘀嘀咕咕的满肚子的不服气。师傅告诉王卫疆：“狗日的，你记着，驾驶室里一定要有人，牲口可以用绳子绊住蹄子，汽车上不了绊索。”

“师傅你放过马？”

刘师傅说的全是海力布叔叔给马看病那一套，王卫疆满脸兴奋。刘师傅比他还兴奋，刘师傅像对亲儿子一样用力地压一下王卫疆的脑袋。

“狗日的，一看就知道是牧场长大的。狗日的，吃饭去吧。”

往饭堂走的路上，班长问王卫疆：“你不是一三七团的吗？你爸不是看水的吗？”王卫疆就告诉班长，他还有一个海力布叔叔。两个月前，当王卫疆脱颖而出把大家远远甩在后边的时候，就有人注意到农七师的西伯利亚一三七团，遥远的乌尔禾绿洲，跟一片树叶子一样从准噶尔盆地最隐秘的地方飘落到大家面前，大家都以为看清了叶子上的纹脉，连王卫疆父亲放水的大管钳都看到了，连王卫疆家跑出跑进的那几只野兔和刺猬大家都知道得清清楚楚，当然包括那个地窝子，王卫疆不但出生在地窝子里，一直到小学毕业，整个童年都在地窝子里度过的。谁也不会把地窝子跟汽车联系在一起。这太有想象力了。班长做梦都没有想到王卫疆还有一个海力布叔叔，还有大群大群的羊和骏马。不管怎么说，牲畜离汽车还是比较遥远的。大家不能不面对这个现实，师傅身边只剩下王卫疆一个人了。班长是最后的目击者，班长提供给大家的唯一信息就是：“这狗日的跟师傅一样长着一双接生婆的手。”

这双手不但修车子，还摸女人，女人心甘情愿地让人家摸。都是十七八岁的小伙子，跟女人有关的任何事情都能让大家浮想联翩。王卫疆浑然不觉，甚至有人抓起他的手左看右看，他都没有意识到他跟女人有什么关系，他以为人家看他的手相，生命线、财运线、婚姻线，名堂多啦。

3

燕子就是在这个时候走进他的生活。正好是冬天，大雪覆盖了准噶尔大地，道路被踩得又光又滑，跟镜子一样，稍不留神就是一跤，还要往前滑那么几十米，简直就像一个大溜冰场。从校门到教学楼有一条笔直的大道，也是一个缓坡。王卫疆在乌苏修好车子，人家把他送到校门口，快要上课了，王卫疆一路狂奔。燕子跟几个女同学在路边的塔松里打雪仗，燕子败逃了，从塔松下边突然蹦到大路上，王卫疆刹不住了，就撞上了。两个人惊恐万状，一起向下滑去，谁也不敢松手，互相抓着，越滑越快，五百米的斜坡，竟然没倒。大家在教室里目睹了这精彩的一幕，简直就像冰上芭蕾，两个魂飞魄散的家伙，眼看要撞到教学楼的台阶上了，燕子都尖叫起来了，王卫疆还能保持一点镇静，脚上用了点力，人就在教学楼前边旋转起来，大概有好几分钟，可以松开手了。燕子直喘气，王卫疆不停地说对不起，对不起。燕子挥挥手，燕子说不出话，燕子只能打手势。王卫疆有点懵懂，人家打手势好几下，他才明白了，才离开。

后来燕子问他："那天你干什么去了？"

"修车呀。"

"不会吧，明明是打架去了。"

王卫疆再怎么解释都没有用，燕子相信那双抓她的手绝对是从搏斗中过来的。

那绝对是一次惊艳，大家发现燕子原来是一个漂亮丫头。一眼能看出来的漂亮丫头太多了，燕子是那种需要发现的漂亮丫头，一眼两眼是看不出来的。刚开始也不是王卫疆，主动发起进攻的是其他男生，各班都有。那个唱歌唱得最好的吉他手，坐在燕子身边，如泣如诉地唱了"在那遥远的地方"，唱到了"我要变成一只小羊"，燕子就出神地站起来了，燕子就找王卫疆去了。

燕子并不知道她要找王卫疆，燕子出了校门往西走，吉他手骑着车子紧跟在后边不停地把她往车子上架。燕子跟得了梦游症一样，谁也拉不住，浑身是劲。吉他手只好尾随其后，一直到五公里路口。王卫疆正躺在车子底下忙乎着，司机在驾驶室里控制着离合器。燕子蹲在王卫疆跟前，给他递上扳手。王卫疆的注意力在车子上，王卫疆只顾往外伸手接家伙，有好几次抓到燕子手上了。燕子惊讶得站起来，手背在嘴上捂一下，又蹲下去，继续往王卫疆手里递工具。她的手继续让王卫疆抓着，王卫疆一点感觉都没有。燕子不再站起来，她习惯了王卫疆的动作，她的额头起了一团亮光。这是吉他手看到的，吉他手用那个年代最能打动女孩子的略带沙哑的男低音说："这些扳手钳子油腻腻的，你怎么能抓这些东西？"吉他手甚至拍了燕子一下，燕子太投入了，吉他手把吉他往背上一挎，骑上车子走开了，也是那个年代男孩子们流行的弯着腰直直搭上长腿一蹬，车子就跑起来了。

王卫疆跟燕子去吃薄皮包子，吃到一半，王卫疆说："你也来吃饭，这么远。""我请你的，神经病。""我刚发了财我请客嘛。"王卫疆买单。然后他们步行回家。那时候出租车刚刚兴起，一般人还不习惯打出租车，好几辆出租车奔到他们跟前，燕子望王卫疆一眼，王卫疆这个修车的高手，这个时候对车子一点感觉都没有。燕子叹口气，心想这个家伙大概没坐过出租车，这个家伙只对有毛病的车子感兴趣。燕子小声问王卫疆："你会修出租车吗？""出租车算什么？跟玩具一样。"说这话的时候，一辆出租车刚刚离开他们，好像出租车跟他王卫疆、跟这个世界没有关系一样。燕子故作恍然大悟的样子。

"噢，你是137团的。"

"对呀！"

"你是乌尔禾的。"

"对呀。"

"你是魔鬼城出来的。"

"我们那里还有白杨河，你就知道魔鬼城，那些奇形怪状的破石头有什么可看的。"

这家伙还不明白人家在挖苦他，在嘲讽他。燕子越来越骄横了，燕子有点居高临下的意思了。

"你去过月球吗？"

"什么意思？"

"没什么意思，逗你玩哩，你不是刚刚发了财吗？"

“这学期的生活费没问题了。”

“家里不管你吗？”

“二年级的时候我就不用家里一分钱了，我还给家里寄钱呢。”

“你交过女朋友吗？”

“没，没有，我们班没有女生。”

“学校里有呀，我不是女生吗？”

“你真会开玩笑。”

燕子都奇怪她有这么大耐心陪着这个家伙步行回校。

他们交往有大半年了，王卫疆也相信自己有把握了，王卫疆就带燕子去师傅家里。燕子什么都明白了。回来的路上，燕子就笑：“有什么师傅就有什么徒儿。”王卫疆满脸得意。燕子只好得寸进尺：“你那师母像个公主，你师傅呢，跟仆人一样。”

“人家是两口子。”

“新疆男人可不是这样。”

“你没见过师傅在公路上，跟船长一样，不要说车子，整条公路也都拉着走。”

“你说的是大戈壁吧。”

“当然是大戈壁了，再好的公路在戈壁滩跟小羊羔一样，得靠师傅这样的高手看护着。”

这是燕子第一次听王卫疆谈到小羊羔。燕子的眼睛眯起来，燕子就看见了天上卧着的云朵，很小的一朵白云，跟刚出生的羊羔一样，被太阳镀一圈金边，燕子身上的那一点骄横一下子就消失了。燕子已经做好准备要问王卫疆：给羊放生的少年是你吗？燕子把话咽回去了，燕子发现她站在大街上，车水马龙，满街的人群，“我怎么变成傻瓜了。”燕子自己嘲笑自己。毕竟是一座边陲小城，两条大街以外就是林带，就是团场的庄稼地了，城市的繁华是有限的。王卫疆买了两个雪糕，王卫疆已经进步了，知道给女孩子献殷勤了。

“谢谢你的雪糕，跟美味佳肴一样。”

“你挖苦我。”

“我是诚心的。”

燕子一脸天真，就像刚刚吐芽的小白杨，王卫疆反复打量，看不出任何破绽。王卫疆拉起燕子的手，摸一下凑到眼前看了又看，燕子笑吟吟的：“假的还是真的？”“我想起我们家乡乌尔禾的小白杨树，有的小白杨就这么高，羊羔那么高，羊都不忍心吃它的叶子。”

“你说羊不吃叶子？”

“吃呢，就是不吃小树上的叶子。”

“你说的是树苗吧。”

“唉，就是小树苗。”

林带越来越密，已经不是高大的杨树了，变成了黑乎乎矮墩墩的山丘一样的老榆树。公路被远远隔开，榆树也在变，开始出现歪脖子榆树，还有斜长着的，形状越来越怪诞。

天暗下来，树全都模糊成一堆一堆的，看不清树枝了，他们就在一堆一堆的黑影中间穿来穿去。燕子问他：“你还冷吗？”这句话有点暗示作用，王卫疆的全身很快就热起来。他看见燕子微微地笑，燕子说话了，燕子说：“你不冷，我可冷了。”燕子抓住他的手，他才知道他的手热得跟炉火一样，他就把燕子的小手抓起来，捂住，捂了好久，慢慢地揉搓。燕子的手软溜溜的连骨头都没有了，他又捉住燕子的另一只手如此这般的捂啊捂啊，燕子也热起来了，他能感觉到燕子的热，他也能看见燕子的脸和眼睛闪闪发亮。他身上有了更猛烈的火焰，他就捧起燕子的脸，燕子满脸的惊喜，要亲的话他早就亲了，他不明白他为什么要仔细地看那么一下，很短暂地一瞥，因为兴奋的燕子可是太好看了，好像这种好看比亲一下更有味道，他竟然抑制住身上的凶猛无比的力量，他就很仔细地静静地看了一下燕子的脸，他做梦都没想到他错过了这么绝妙的机会，他做梦都没有想到女人的脸说变就变，他的脸刚凑过去，燕子顺手就给一个耳光，一下子就把他打懵了。燕子跟一只狐狸一样，跳到一边去了：“你这坏小子，你知道你干了什么？”王卫疆跟石像一样愣在那里，燕子踢了他一脚，他鼻孔里有了气，出气很粗，跟跑了几百里的马一样，呼吸里还带着怒气。燕子比他更愤怒。

“你把我吓坏了，要不是天黑我一个人早就跑了。你听见了没有，你怎么不说话？”

“对不起，我我……”

“不要我啦，知道错了就好。”燕子打王卫疆一拳，“我害怕，你要把我送回去。”

两个人默默地赶路。天黑着黑着又亮起来了，那是天上的蓝光，天太蓝了，就把地面也照亮了，就像在梦境里行走。燕子轻手轻脚，猫着腰，不时地发出尖叫，有兔子蹿过去，有树叶的晃动，还有四脚蛇从脚面上掠过去。“王卫疆，你这坏小子，我再也不跟你出来了。”王卫疆连气都不敢出。燕子还摸了一下他的鼻子。

“你不许生气啊。”

“我没有生气。”

“我胆子小嚷嚷几下你要生气你就真是小人了。”

“我没有生气嘛。”

他们走上大路，车子多起来还有路灯。燕子拉着王卫疆的手，燕子一直拉着他的手，他心惊肉跳，说不准她什么时候发作起来。

“你不要害怕，我不会打你的。”

燕子使劲捏一下，松开手，校门口到了，燕子说我先进去了。王卫疆愣一下，燕子眨眼就不见了，王卫疆跟做梦一样。

王卫疆躺在床上半天睡不着，月亮出来了，在他跟前晃来晃去，他都听见自己的呼噜声了，他就是不明白月亮怎么溜进宿舍的。后来他听见了羊的咩咩声，他就放心地睡着了。

他专门在林带里等月亮上来，夜空蓝汪汪的跟大戈壁一样，月亮赤着双脚踏着碎石，月亮那么平静，跟观音娘娘一样，祥和端庄。要是那些放生羊活着，也有月亮这么大了。月亮越来越大，中亚腹地的大月亮，历经千辛万苦走到你跟前时，大半个天空都被她占据了，你见过那么大的月亮吗？月光跟浪花一样把蓝天逼到遥远的地方去了。王卫疆高高地举起双臂一下子把月亮捉住了，他的手指缝里渗出了牛奶一样的月光，他的手就泡在牛奶里。连续好几天他都在闻自己的手。

他们又见面了，他的手抖了一下，贴紧裤缝，燕子跟个鬼一样盯上了他的手：“你的手咋啦？”“没，没有啊。”“你偷东西啦？叫人家抓住啦？”“你胡说。”王卫疆被人家一激，就伸出了手。燕子抓住他的手，闻了闻：“你这坏小子，摸了不该摸的东西。”“你咋知道的？”王卫疆一下紧张起来。燕子一板眼地告诉他：“你心怀鬼胎，本姑娘一眼就看出来啦。”王卫疆声音小小的：“月亮嘛，月亮又不是谁家的私产。”燕子又变成了狐狸，又白又亮的小手一晃一晃跟银狐的尾巴一样，他们见面的地方在校园外边的林带里，因为是两个单位之间的过渡地带。林带不太规则，树长得高高低低，稀稀落落，好像到了荒郊野外。那真是狐狸出没的好地方，燕子自己都不知道她跟狐狸有多么相像，燕子一晃一晃凑到王卫疆跟前，模拟着王卫疆的声调，也是低低的，小小的，但语气里却透着不容置疑的决断："你抓到的不是月亮，是一只大肥羊。"

"我把它放了。"

王卫疆几乎是喊出来的，跟梦卡住了一样，王卫疆又喊了一声。

"我把它放了。"

"放了几只？"

已经不是燕子的声音了，空气在微微地颤动，跟冒气泡一样冒出这么一句让人心惊肉跳的话。王卫疆中了魔似的随声附和："两只，两只羊，都是我自己喂大的。"

"真的吗？""喂到秋天，我就把它们悄悄放走了。"

王卫疆说完了，王卫疆就放松了，什么也不怕了，大胆地迎着燕子的目光。燕子眯着眼看着王卫疆看了那么长时间，王卫疆沐浴在月光里，月光那么充足，跟打饱了的轮胎一样，稍碰一下会发出嘭嘭的响声，王卫疆怕什么呢？燕子眼睛的光芒忽远忽近，忽明忽暗，燕子终于还是笑起来了，笑起来的燕子你绝对看不清她眼睛里的波澜。

"知道我家在哪里？"

"不是在托里吗？"

"知道托里是啥地方吗？"

"你的家乡你自己说吧。"

"托里有镜子一样的湖水，天上的地上的全在镜子里照着呢，包括你放生的两只羊。"

王卫疆的声音又小起来了，"那是两只很肥很肥的大肥羊。"

"没有你说的那么肥，一路都是戈壁沙漠，膘都掉光了，瘦得不成样子。"

"你喂它们了吗？"

"我给它们喝了水，喂它们豆饼、油渣，还有玉米，装在小布袋子里，系在它们的脖子上，一大群羊呢，只给它们两个开小灶。别的羊饿得咩咩叫，它们俩走一路吃一路，吃完了粮食，草地也到了，跟大家一起吃草，不出一个月，它们就起膘了，就圆起来了，就像月亮落到了草丛里。”

“给羊放生可不是一般人能做得到的，那时我就猜想给羊放生的人一定骑着白马。”

“不对，是红马，海力布叔叔送给我的是红马。”

“海力布？海力布不是石头吗？你跟你叔叔一样是块石头，你还没开窍呢。你别老打岔。我的猜想没错，给羊放生的人骑的是大白马，他是一个奇男子，是传说中的草原英雄巴特尔，跟洪格尔一样勇猛，跟颜明一样俊美。牧场长大的坏小子，知道洪格尔是谁吗？”

王卫疆声音小小的：“江格尔手下第一号勇士。”

“颜明呢？”

“也是江格尔手下的勇士。”

“颜明可不是一般的勇士，他能赢得姑娘的芳心，他所向无敌，多少坚贞的妻子都按捺不住，身不由己，用干活和咒语来分散她们的注意力。你咋不吭声了，牧场里长大的坏小子，你就没想过跨上骏马到蓝天上去吗？去天上干什么？去找明月一样的公主呀。你这个坏小子，你还骑过马呢，我都替你那些马难受。”

“它们确实是我放出去的。”

“鬼才信呢，你在说梦话。”

王卫疆又睡不着觉了，月亮从天山深处一路狂奔，来到准噶尔大地，穿过林带的时候树叶发出一片喧响，把王卫疆的注意力引过去了。王卫疆看到的林带里的月亮确实是一位美丽的公主。王卫疆在牧场听过那些流传了千百年的故事，各个民族的都有，都是一个模式：穷小子穷到这种程度连马都是病歪歪的，穷小子历经艰难把马喂养成骏马，有了骏马的穷小子胆子就大起来了，不管是国王的公主，还是牧主老爷的女儿，只要是美女，穷小子就抓起来往马背上一摁，骏马就像长了翅膀，蹄子一扬，拔地而起，到天上去了。王卫疆的床嘎吱响，引起大家的不满，宿舍有七八个人呢，“王卫疆你不要睡宿舍了，你有女朋友，你找女朋友去。”王卫疆在大家的抗议下穿衣穿鞋，出去了，走到楼道还能听到宿舍里的家伙胡说八道：“有女朋友就是好啊，女朋友就是一座帐篷，可以在野地里过夜。”

王卫疆还真的在野地里过了一夜。王卫疆轻手轻脚到了林带里，扬起脑袋看树顶上的月亮，他还抱住树摇了摇，月亮跟果子一样落下来了，很容易让他给逮住了，把他吓得够呛，他抓住的是燕子又白又亮的小手。“是你呀！”“我不是公主吗？”燕子的两只手又白又亮，燕子的脸盘就更亮了，王卫疆把燕子的手抓死死的，他自己的手也就腾不出来了，他正急得没办法，燕子脸盘上的月亮就滚过来了，他亲了一下，就收不住了，从嘴巴里出去的不是舌头、牙齿、喉咙、心脏，而是整个人都出去了，被一股强大的力量给卷走了，那么长久，那么遥远，他一定用了很大的力气，就跟做梦一样，他好像又回到草原，迎接他的是光背马，好骑手是不用马鞍的，他们须抓住马鬃，他跑得越快就把马鬃抓得越紧。燕子叫起来了：“你抓我的手干啥呢？”

“我怕你打我。”

“我不会打你了，打一次就够了。”

“你骗我。”

“我真的不打你了。”王卫疆就放了燕子的手，燕子揉着手腕子，踢王卫疆，“这可不是打你，你把我抓疼了，我踢你几下我就不疼了。”

燕子踢到第六下燕子就累了，他们靠着树坐下来。月亮离开林带到戈壁滩上去了，月亮就蔫下去了，跟纸糊上去的一样。燕子靠着圆浑浑的白杨树，白杨树和燕子都那么丰满，王卫疆心里说：“燕子比月亮还要圆，真不可思议。”燕子拧过头问王卫疆：“你嘀咕啥呢？”“天快亮了。”“还早着呢。”月亮越来越远，天就黑下来了，天把黑暗降到地面，天的顶棚还是那么蓝。他们靠紧了一点，他们感受到的是彼此的体温。寒气逼人，燕子摸王卫疆的下巴，燕子跟说梦话一样贴着王卫疆的耳根，手指插进王卫疆的头发里。

“你这坏小子，你还有办法弄来这么好的貂皮，是阿尔泰的紫貂吧，据说阿尔泰的紫貂皮穿在女人身上，女人就能在冰天雪地里过夜。我们是在冰天雪地里过夜吗？”

“我们在一个大篷里。”

蓝色的夜空覆盖着准噶尔大地。两个人靠得更紧了，他们感觉到他们变得跟虫子一样。

"有一件大衣就好了。"

"我穿了毛衣。"

燕子把王卫疆的手放进来。

"很暖和是吧，这件毛衣我一直舍不得穿，我穿过两件毛衣了，都没穿这件毛衣，我一直把它压在小皮箱里。"

王卫疆的手暖和过来了，王卫疆就动了一下，王卫疆就看见了燕子眼睛里的亮光，燕子说："这是我妈给我织的。"

"你不是只有爷爷奶奶吗？"

"我有妈妈的，我没见过她，她离开我的时候一定很伤心，就亲手织了这件毛衣，又厚又暖和，我一直舍不得穿它，放在小皮箱子里。小皮箱也是妈妈留给我的。我妈妈肯定跟我一样怕冷，要不她咋能织这么厚的毛衣？宿舍的人都笑我，燕子你是不是要去翻冰大坂，你是不是要去北极圈。"

"你的毛衣是白的。"

"你这坏小子你不笨啊。"

"是从羊身上直接剪下来的羊毛，自己搓的毛线。哈，你妈妈真了不起，这么好的手艺可不是一年两年能学到手的。"

"我妈妈在草原上待了六年，她肯定给冻坏了，她就亲手织了这么厚的毛衣。我再也不恨她了。"

燕子小声哭起来，王卫疆就不敢乱动了，连气都不敢出。燕子哭了一会儿，燕子又说话了。

"我都搞不清楚她是哪一个城市来的，一个城市的女孩子来到荒野肯定把她冻坏了，她离开我的时候把她身上最值钱的东西全都留下了，你说是不是？"

"我们家只有木箱子，我们连都是木箱子，只有北京上海来的知青有皮箱子。听我爸讲皮箱子顶一栋房子呢，至少也是带火墙的砖房子，可不是我们家那种土坯房。"

"你这坏小子，你会讨好女孩子了。"

"我说的是实话。"

燕子让王卫疆的两只手都进来了，一只在胸口一只在后背。王卫疆整个胳膊都伸进毛衣里边，隔着衬衫呢，王卫疆还是感觉到好像抱了一只剥了皮的活羊。王卫疆心惊肉跳。

“你这坏小子又心怀鬼胎了。”

“我在想海力布叔叔的大皮袄子，我来奎屯报到的时候，海力布叔叔把他的大皮袄子送给我，说奎屯是个寒冷的地方，裹上大皮袄子，雪地里都能睡觉。我嫌它土气，没要。”

“你后悔了是不是？”

“我收下就好了。”

“有我这件毛衣呢。”

王卫疆的手已经到了燕子的脖颈上，燕子问他还冷不冷，王卫疆咬紧牙关，不说话，喷到燕子脸上的呼吸跟锅炉里的蒸汽一样，燕子摸一下王卫疆的耳朵，烫手呢。“你这坏小子你一点也不冷嘛。”燕子忽然感觉到王卫疆有点不对劲，燕子声音压低低的：“你可不许欺负我，听见了没有？”王卫疆点点头，那样子就像烈火中的英雄邱少云。王卫疆这么想的时候，太阳的火焰一下子从天山峡谷冲上来了，整个天山跟受惊的马群一样从大地深处呼啸着奔腾着。两个人跳起来，那一瞬间，他们才发现他们抱得很紧，指甲缝都合在一起了，都成了一个圆球了，一下子被太阳的利剑劈成两半，切开的时候还散着新鲜的芳香。燕子垂下眼皮，踢了王卫疆一脚。

“你这坏蛋，你是个大坏蛋。”

太阳呼啸着飞离地面，跃上天空，万道金光直直地喷射过来。王卫疆拿胳膊护住脑袋，另一只胳膊护燕子，就像躲一场火灾一样穿过林带，到路边的餐馆里吃早饭。热腾腾的奶茶，连喝两大碗，才开始啃馕。餐馆老板说：“库车来的吧，赶了一夜的路，都是冰大坂。”他们离开的时候，老板还在叨叨：“库车是个出美人的地方。”燕子拧一下王卫疆的耳朵。

有一天燕子告诉王卫疆那些信件，燕子吞吞吐吐结结巴巴，好像在说一件伤心的往事。王卫疆总算听明白了，王卫疆都叫起来了：“你这丫头，你太有想象力了。”王卫疆就告诉她漂流瓶的故事，那是外国人的习惯，富于想象的年轻人把信件装进瓶子，投入江河大海，希望有一天被人捞上来，两颗陌生的心灵就一下子沟通了。燕子冷冷地说：“我可不是在幻想，我跟一个小玩意一样从一家转到另一家，我都说不清我待过的地方了。”

“你不是有爷爷奶奶吗？”

“不错，不错，我是在沙漠深处被捞上来的，要不是爷爷奶奶我会一直漂游下去的。”

“爷爷奶奶肯定收到了你的信。”

“他们不识字。”

“可他们知道你的想法。”

“那我就告诉你，我在爷爷奶奶身边才开始写信的。”

“爷爷奶奶给你安定的生活，你才有这份好心情。”

“你说这是好心情？”

“往那么远的地方写信，写那么多信，肯定是伤心的事情。”

“你这坏小子，你在安慰我。”

“信里都写了些啥？”

“让我想想。”

那些烧掉的信件跟候鸟一样又飞回来了。先回来的是声音。她记得第一封信是用铅笔写的，她刚刚认了字，给爷爷奶奶背诵了课文，当天夜里，她就从床上爬起来，点亮蜡烛，是奶奶用羊油制作的土蜡烛，有手腕那么粗，捻子是用羊毛搓的绳子，土头土脑，照出的光亮都是油腻腻的。现在想起来，那封信有一大半是错别字，还有许多拼音。她有那么多话要说，她憋了那么久，直到她认了字，她就睡不着了，她就趴在小方桌上写起来。她给远方的爸爸妈妈写信。她压根儿没有见过亲生父母，从她后来了解的情况看，她刚出世，父亲就离开她们母女提前回口里了，她在母亲身边待了大半年，多少吃了一些母亲的奶，这大概是她跟亲生父母最微弱的联系了，她还能保留这么一点记忆，依仗的就是那半年的哺乳期，母亲与母亲的体温，一下子断了，又继上了。这就是写信给她的快乐。写完了，她也没看，轻轻放下铅笔，又回到被窝里。奶奶在做梦，奶奶跟捉一只小羊羔一样捉住浑身冰凉的她，奶奶一下子就成了一只老绵羊，把她揽进怀里。她还记得大清早起来，奶奶嚷嚷着让她把作业收好，奶奶不识字，把她写的信当成作业了，有大半张呢，歪歪扭扭的符号，大大小小，就像挤在山道上的羊群，乱哄哄的。她折这封信的时候，她耳朵里全是咩咩的叫声，她压根就没有意识到这些声音跟她有什么关系。后来她就把这封信发出去了，很快就有了第二封，第三封，她都没有意识到她写信的时候嘴里不停地嘀嘀咕咕。屋外黑乎乎的，大风从屋顶掠过，大风挟裹着沙尘和杂草，有时把树杈都抛过来了，跟一只大鸟一样咔嚓一下撞在黄泥小屋上，树杈拼命摇啊摇啊，快要把小泥屋搬到天上去了，小泥屋快要成鸟巢了，随时都有颠覆的危险，里边的小女孩伴着烛光在自言自语，她没想到大风会把她的声音刮走，多少年以后风又从天空的另一头吹回来了，重新唤起她的记忆。她烧掉的只是纸张和纸张上的字，她没法烧掉风和风中的声音。她的眼神一定很吓人。

“你这坏小子，你偷看我的信了。”

“咱们不是才认识吗？”

“不可能，怎么可能呢？”

“相爱的人都有似曾相识的感觉。”

“你想象过一个女孩，你肯定她就是我？唉，你这傻瓜。我也想象过我的勇士，那就不一定是你了。我这么说你会不会生气呢？你不生气就好，那时候我确确实实没有把心上人设想成某一个具体的人，就是在我捡到放生羊的时候，我都没有这么设想过。据说放生羊能给人带来幸福，我连续两次捡到了放生羊，我们那一带的人都这么说我，说我会得到幸福。”

燕子满脸幸福的样子。

这种美好的感觉不到一个礼拜，燕子又陷于苦恼之中。那段时间，他们的关系人人皆知，他们形影不离。他们有时吵嘴，吵得很厉害。燕子闹得最厉害的时候，就无所顾忌了，就说放生羊的故事是骗人的，那些话也是骗人的。王卫疆如五雷轰顶，愣那么一会儿，一下子就疯狂了，就冲上来抓住燕子的肩膀声音压得低低的，王卫疆根本不知道他在说什么，燕子听得明明白白，王卫疆在咬牙切齿地重复放生羊的故事。在王卫疆的故事里，燕子听到了许多鲜为人知的细节。乌尔禾西边的遥远的牧场，孤独的海力布叔叔成功地扮演过邮递员的角色，海力布叔叔把写信的小女孩的故事带回牧场，海力布叔叔告诉王卫疆放生羊变成永生羊了，放生羊走过的地方，有鲜花一样的姑娘，那个姑娘竟然会写信，写好的信就寄到四面八方。海力布叔叔高高地坐在马背上，用马鞭子指向东指向西指向北指向南，要知道在准噶尔盆地深处要辨清方向是很不容易的。“还有比我们更遥远的地方吗？”海力布叔叔大声地喊叫着，远方的回声在扩散，跟波浪一样，越过草原，越过大戈壁，很快就被空气淹没了。王卫疆还在地窝子的时候，连队里的知青们在传抄一首诗，知青们在小屋子里声情并茂地朗诵着，用的是标准的普通话，比自治区广播电台的播音员还要标准。这些北京上海武汉的知青总是嘲笑自治区广播电台的播音员，说人家的普通话带着一股子皮芽子味和羊肉串味，他们朗诵的这首诗都出自一位新疆土著诗人之手。王卫疆跟踪一只野兔，从地窝子里一直跟到林带，跟踪到知青点的小屋后面，王卫疆听到了字正腔圆的“地窝子”。王卫疆就蹲在芨芨草丛里，那一刻王卫疆感到自己成了一只野兔。野兔都有一双大耳朵，跟翅膀一样高高扬起，王卫疆的耳朵呼啦一下就把天空给遮住了，把整个村庄给遮住了。小屋子里的朗诵正在进行，诗的标题竟然是《信》，信是从地窝子里发出去的，多少年后王卫疆还记着这封《信》。王卫疆把它记在心里了，从来没有说出来，不是不想说，而是没有机会，另一个原因可能给忘了。燕子这个小冤家注定要激怒他，这么一激，他热血沸腾，怒不可遏，埋藏在记忆深处的《信》脱口而出。

你收到过许多远方来信。
可是从来没有像这样遥远。
它发自准噶尔边缘的一间地窝子。
大漠风正吹送纷扬的雪片……

王卫疆说完了，就丢下燕子埋头走开。

王卫疆好几天都不理燕子。

刘师傅的老婆把两个小冤家喊过去。刘师傅把王卫疆训了一顿，刘师傅就忙去了。刘师傅的老婆接着训。刘师傅的老婆跟燕子在厨房做饭。独家小院，王卫疆在院子里帮师傅劈柴火，刘师傅老婆的大嗓门从小厨房里传出来，左邻右舍都能听得见。这娘儿们是有名的高音喇叭，刘师傅就怯她这一手。王卫疆一边干活一边体会师傅的难处，他就是不明白，师傅这么牛皮的汉子何以受制于女人呢？平心而论，师傅长得太不起眼了，老婆高大白净，丰满泼辣能干，里里外外没得说。娘儿们的难听话一浪连着一浪，很快就听到了燕子的笑声，她终于笑了。王卫疆放下斧头长长出口气，猛地一下又抡起来，连续十几下就把牛犊那么大的树桩劈开了，彻底地散开了，也干透了，木片散了一大堆。王卫疆正在发呆，刘师傅的老婆就喊他进去，一大桌菜热气腾腾，最显眼的是那盆煮羊肉，还有花花绿绿十几个大盘子，大概是大盘鸡。刘师傅的老婆嗨喊一声："大老爷们，肚子胀着哪。"刘师傅的老婆就给燕子传授女人的秘密武器："收拾男人就是要骂，骂他个狗血喷头，让他狗日的肚子胀。男人嘛，肚子胀才能吃，能吃能睡才是汉子。"王卫疆的胃口就这样被打开了，他这么能吃，肯吃，他听见他的腑脏霍地一下又一下，就像裂开了一条大峡谷，大块的羊肉、大盘鸡都这么吃下去，还有米饭、馒头、拉条子。

王卫疆吃得大汗淋漓，都不能动了，跟个大狗熊一样憨憨地笑着。刘师傅老婆的大嗓门又嚷起来了："笑了，你还会笑啊，进门就带着一副死娃脸，不就是跟燕子吵了一架嘛，拉一副死娃脸给谁看呢？王卫疆我告诉你，你要拉死娃脸可以，可你不能拉给燕子看。你到西戈壁拉去，戈壁滩上还有四脚蛇呢，还有毛毛草呢，戈壁滩也不是死娃脸呀，活在这世界上，就没有拉死娃脸的地方。"王卫疆头一次听到"死娃脸"这个词，王卫疆的牙都龇起来，"我的脸真的那么难看？"

"难看得很，不是一点点，不要说对燕子，对任何人都不要吊那么难看的脸，对一块石头，一块木头都不行。活人嘛吊个死娃脸干脆不活了，死了算了。"

"你把我说成啥人了？"

"你有一口气老娘才这么说你，老娘看得起你。"

"我咋从来没听过这个、这个、这个死娃脸？"

"回了趟老家，从老家带来的，结实得很，灵验得很。"

刘师傅是四川人，干瘦，大家叫他瘦驴。老婆是陕西人，是个胖美人，大家还是喜欢用通俗的叫法叫她胖婆娘。有道是胖婆娘配瘦驴，天设地造的一双天仙配，黄金搭档。公司的人还是喜欢用更通俗的说法来戏谑这两口子："胖婆娘骑瘦驴，恰如其缝。"王卫疆脑子里闪出这个戏言，王卫疆忍不住吭一声笑了，这个辣婆娘也乐了，“燕子，好了，好了，你可以带回去了。”

他们刚走几步，这婆娘又喊开了:“就这么走啊。”这婆娘给燕子做了示范，燕子乐了，燕子一把抓住王卫疆的头发跟牵一只狗一样牵着王卫疆出了大门，穿过林带到了大街上，在人们的一片惊讶中，燕子松开手，王卫疆尾随其后。燕子那种得意!

燕子后来把这种美好的心情告诉王卫疆了，“我揪住你的头发牵着你，我才相信当年在大漠深处真的捡到了放生羊。”燕子说这话的时候，那么无助那么娇弱，很难把蛮横和胡闹跟她联系在一起。王卫疆知道燕子是无法学到刘师傅老婆那套本领的。有些东西是学不来的。燕子的生命里没有这股子力量。燕子就是燕子。燕子。王卫疆听见自己在心里小声喊了一下。燕子是听不到的。燕子还在津津有味地讲述她的放生羊。燕子相信放生羊，因为这是草原古老的风俗。燕子也相信放生羊是王卫疆喂养的。燕子终于相信了。王卫疆抓起燕子的手轻轻地拍着，那一刻燕子真的成了一个乖孩子，又说又笑，滔滔不绝，好几次挣脱王卫疆的怀抱，来回走动，一脚把石块踢飞，跳起来攀住老榆树的枝杈，花衬衣都露出来了，竟然还能在树杈上晃了那么几下，喘着气，又回到王卫疆跟前，一屁股坐在王卫疆腿上，王卫疆差点倒了。

他们毕业了，如愿以偿地留在了奎屯。王卫疆在汽车营上班，燕子分到市区一家企业当小会计。

4

最初的那几年，他们住单身宿舍，他们就梦想着有一间自己的屋子，哪怕是一间黄泥小屋。

“你真的羡慕土坯房子?”

“没有砖房的情况下，土坯房就是首选的目标。”

“没有窝，只能是地窝子了。”

“地窝子也是窝呀?”

“我们就住地窝子。”

他们真的在地窝子里住了一回。那是在郊外，农七师 131 团的地盘上，还残留着许多地窝子，农工们用来堆放杂物，当菜窖，好点的地窝子让孩子住，都是准备高考的中学生。他们待的那间地窝子已到荒野的边缘了，是种西瓜的农工当窝棚用的，地荒了，芦苇骆驼刺和芨芨草彻底动毁了瓜地，农工被迫后撤几百米，包括几片榆树林和杨树林。他们在郊外闲逛的时候发现了这个地窝子，里边已经住上了野兔。王卫疆把兔子赶走了。王卫疆第二天来的时候带了镰刀，割了芨芨草，晾在地窝子上，把周围收拾一下，又割了大片的芦苇，晾在地上。空气里全是草液的气息，苦涩而芳香。阳光跟蜜蜂一样大团大团地纷纷下来，全都聚集在割倒的芦苇和芨芨草上。王卫疆在抽一支天池牌香烟，王卫疆就像被太阳烤焦了，起火了。

三天后，王卫疆带燕子来到这里。干草已经铺到地窝子里了，里边的羊粪兔屎和蜘蛛网都不见了，干草的芳香那么浓烈。燕子的脸一下子就红了，跟火焰一样腾地一下。他们交往这几年，最厉害的也只是在林带里拥抱亲吻，然后大声喘气，跟树一起发抖。燕子咬住嘴唇:“好呀，你这坏小子，你真把我引到地窝子里来了，你要干什么？”王卫疆嘿嘿笑，不说话。“你吭声呀，你这坏小子你哑了？”王卫疆内心紧张，外表平静，稍有不慎就会前功尽弃。忽然一只百灵鸟落在地窝子的小窗口上，蹦跳着，鸣叫着。燕子轻手轻脚靠过去，燕子拎起裙子，撅着屁股跪在干草铺上，小窗口底下就是床铺，甚至是个土台子，铺上干草就是一张挺不错的床铺，燕子把干草压得吱吱响。小窗口上镶着玻璃，干草的吱吱声吓不走百灵鸟，百灵鸟的叫声却能传到地窝子里。郊野太安静了，树梢的摇动声都那么清晰。王卫疆他们班有个维吾尔族学生就唱过一首叫《百灵鸟》的歌曲，那是一首民歌，歌唱亘古不变的爱情，曲调忧伤令人心碎，在全校文艺晚会上表演过。也仅仅一次，小伙子唱得那么投入，唱到一半就泪流满面，好像他就是歌中所吟唱的燃烧着爱情的姑娘，为爱情而忧伤、而死亡。燕子听过这首歌，燕子把歌中的忧伤全剔除掉了，燕子跪在百灵鸟跟前，燕子给百灵鸟唱《百灵鸟》，燕子却唱出了一种忧伤的欢乐。鸟儿隔着玻璃都能感觉到这种欢乐，鸟儿的脑袋跟燕子的脑袋快要挤在一起了。燕子的身体弓成一个好看的圆，王卫疆在这个圆跟前站了很久，就像草原高车的轮子，轰隆隆响着，王卫疆跟在轮子后边。王卫疆第一次见到高车的时候就忍不住跟车轮子比高低，草原上的人们就告诉他：你已经长大了，你已经不是巴郎子了。那时，他还没有车轮高，他就问海力布叔叔这是为什么？海力布叔叔告诉他：敢跟车轮比高低的人是死不了的。“真的吗？”“草原上的传统，部落间打仗，总是杀掉战败一方的所有男子，以车轮为准，高过车轮者死，低于车轮的就留一条活命。”那时王卫疆总是蹲在大车轮子老远的地方，不管他长多高，从远处看，他都高不过车轮子。跪在窗前的燕子没有发现王卫疆的异常举动。王卫疆已经上来了，王卫疆已经不是孩子了，他已经高过那个车轮投射到天幕上的圆。百灵鸟显然受惊了，不动了，愣了那么片刻，地窝子里的干草响得那么厉害，歌声也没有了，百灵鸟就蹿到天上，又落下来，绕着地窝子一声连一声地唱着。百灵鸟唱累了，就到树丛里去了。

王卫疆和燕子出来的时候已经是第二天早晨了，百灵鸟飞到窗口叫醒了他们。燕子的脸红扑扑的，张了张嘴没有唱出声。百灵鸟好像知道她唱不出声，百灵鸟就自己唱起来了，百灵鸟连歌词都唱出来了。

百灵鸟啊，你不要叫了，
姑娘的心啊，够乱的了；
朝霞啊，你不要照了，
姑娘的脸啊，够红的了；
放羊的人啊，不要唱了，
你的心啊，姑娘早知道了；
太阳啊快出来，快出来吧，
姑娘的心啊，早就被你照亮了。

这已经不是维吾尔族那首哀伤的《百灵鸟》了，不是昨天燕子唱给百灵鸟的，是百灵鸟自己唱的。百灵鸟在树丛里过了一夜，百灵鸟就给燕子带来了它自己的歌声，燕子都叫起来了：“百灵鸟真的会唱啊，连词儿都有了。”王卫疆就告诉她：“百灵鸟也有情侣，它们也有约定。”

“它们就临时搭个窝？”

“鸟儿不在窝里过夜，它们在树枝上一个挨着一个就可以了。”

“它们搭窝干什么？”

“生孩子呀，窝里让孩子住。”

“你咋知道的？”

“我是地窝子里长大的，我比谁住的时间都长。”

“你就能听懂鸟语是不是？你这坏小子，你太可怕了。”

“你不是也听懂了百灵鸟的歌声吗？”

“情歌谁都懂的，傻瓜，这会儿我就听不懂了。”

百灵鸟在空中盘旋，忽上忽下，身子一侧就不见了，身子一横又从空气中冒出来，好像它们个个有隐身术。

“你这坏小子，你告诉我百灵鸟在说啥呢？”

“它们得到了爱情，就用哈萨克语唱歌。”

“真的吗？”

“它们刚才唱的就是哈萨克人的《百灵鸟》。”

“我明白了，它们失恋或者遭受爱情的折磨它们就唱维吾尔人的《百灵鸟》。”

“克孜巴郎子很聪明的嘛。”

“你当我是傻瓜！”

地窝子很快就让人给占了，成了羊圈，脏兮兮的羊在里边咩咩叫，王卫疆都忘记了索要地窝子：“嗨，你就这么放羊嘛，跟垃圾里跑出来的一样。”放羊的中年汉子告诉王卫疆：“明天就要宰掉了，弄那么干净，又不娶媳妇，皮一剥谁知道呢。”“地窝子是你的吗？”“朋友的，朋友在这里种过瓜，好像也住过吧，还铺了那么干净的草，我告诉他要关一群羊，他干吗弄这么干净？”“你打算待多久？”“我爱待多久就待多久。你又不是警察。”中年汉子看见了树林里穿花裙子的燕子，“羊还多着呢，供应好几个大宾馆，这里就是中转站，猴年马月没个准。”

王卫疆干瞪眼没办法，扭头往回头走。那汉子喊住他：“告诉你一个发财的消息，东戈壁搞开发区，连盲流都在那里盖房子，忙上十天半个月，整几间土坯房，公家就得赔偿你一栋好房子。”

天下哪有这么好的事情。晚饭后，王卫疆骑上车子去了一趟。东戈壁搞开发区一点不假，但土坯房子不是盖在开发区，而在公路两边的荒滩上，分不清谁是盲流谁是农工谁是市上的老住户，反正都是下苦的人，而且是有点背景的人。王卫疆去跟师傅商量，师傅说：“这是好事啊，我给你办。”师傅很快就办好了，必须有证明，证明你在那条大路边住了好多年了，这要有派出所城建局的手续，师傅全给他办齐了。当初他留在奎屯也是师傅托的关系，包括燕子的工作。师傅到底是师傅，师傅给他手续的时候让他一个人去拿，他就没叫燕子，下班后直接去师傅家里。在师傅家吃了饭，师徒两个抽烟，师傅咳嗽一下，满脸严肃："小王我给你说呀，你盖土坯房的事情不要给燕子说。你不要急，你不要瞎猜，这么给你说吧，燕子是个苦孩子，看见你这么下苦，会吓坏她的。”师傅的老婆直来直去："川耗子就是喜欢弯弯绕，我来告诉你，燕子是个心气很高的姑娘，是个怀着理想向往幸福的姑娘，你明白了吧。”

王卫疆在秘密状态下盖那栋土坯房子。都是晚上干，光着身子，打土坯，半夜回去，累得又黑又瘦。燕子以为他病了，他总能掩饰过去。他买了木料，砖是拆单位的废房子，马上要被推土机推掉了。割了芦苇扎了红柳笆子。起屋的时候，单位的几个年轻人去帮忙，大家都以为王卫疆是给团场的亲戚盖的土坯房。一切都很顺利。

半年后，王卫疆得到了两间砖房，他不要钱，人家就给他两间砖房，靠近郊区独阿公路的边上，有几排旧砖房。王卫疆带着燕子去看房子，燕子以为他说梦话。

“你这个坏小子，你要明白你是个小小的修理工，兜兜里才几个钢镚就烧得说梦话了。你以为房子是小羊羔，丢到野地里就能长成大肥羊。”

“你不是捡到过大肥羊吗？”

王卫疆一本正经，拉起燕子，往自行车后边一架，燕子就不敢动了。车子嗖嗖蹿起来，王卫疆不停地吆喝："坐好，坐好，噢，掉下去我不管。”燕子赶快抱紧王卫疆的后腰，燕子简直跟做梦一样。车子慢慢停在一排砖房跟前，燕子从车上下来，王卫疆打开门，拉亮电灯，燕子走到门口，燕子说："你这坏小子，你该不会拿别人的房子来哄我高兴吧。”

“我不能在地窝子里娶媳妇吧。”

“你已经在地窝子里哄过我一回了，我嫌地窝子了吗？你这坏小子，你可别忘了我跟你在地窝子里过了一夜。”

"干活吧，别站着。"

"我还是不相信，咱们毕业才几年，就有房子了？"

"干活吧，干完活再说。"

燕子一点准备都没有。王卫疆是有预谋的，带了旧工作服，带了废报纸。燕子总算进入状态了。燕子手巧着呢，燕子用报纸叠一个船形帽戴头上，就可以打扫房间了。凳子扫把水桶盆子都是从邻居那里借的，王卫疆还借来了斧子。他们的房子在边上，要跟别人家一样扎上围栏。王卫疆到荒滩去砍梭梭红柳。第二天来的时候，带了钉子和铁丝。一个礼拜后，篱笆扎起来了。

师傅一家子来过一回，带来几把椅子还有桌子。师傅的儿子带来一只狗。师傅很喜欢狗，老婆不喜欢狗。老婆不喜欢狗是有原因的。刚结婚那会儿，婆婆老不放心媳妇，媳妇太漂亮了，儿子常常不在家，婆婆就把自己的大黄狗送过来替儿子把守家门，婆婆还给人家说："有大黄狗看着，谁也别想打儿媳的坏主意。"话传到媳妇耳朵里，媳妇非把狗打死不可，刘师傅只好把狗还给母亲。婆媳好几年都不说话，后来关系缓和了，狗是不能进儿子家门了。刘师傅的儿子继承了老刘家爱狗的天性，也只能在奶奶家跟狗玩，不敢带回家。送王卫疆可以，王卫疆的房子快到郊外了，离公路那么近，又是边上的房子。刘师傅的老婆很大度，主动让儿子去奶奶家抱一只狗。老狗刚养了小狗。孩子嘴不严，燕子跟狗打得火热，狗都站直了，都给燕子抱拳作揖了，孩子就实话实说："狗是看你的。"燕子哈哈大笑，燕子不跟人说话，燕子跟狗说话："喂，燕子是有翅膀的，你有翅膀吗？噢，真可怜，你没有翅膀。燕子要飞你该怎么办呢？你就汪汪叫吧，哈哈哈哈。"刘师傅老婆说："臭男人总是不放心咱们女人，总是想把女人关起来，关得住吗？"狗已经跟燕子混熟了，狗扑到燕子怀里，舌头伸长长的，燕子一点也不怕。刘师傅老婆心里想"真是个疯丫头号，养一只老虎她都能收了"。燕子说："狗成我的好帮手了，我太喜欢狗了。"燕子把馍掰碎，丢到半空，狗就跳起来。大家离开的时候，把狗留下了，狗都要哭了。燕子抱起狗脑袋，贴着狗耳朵嘀咕半天，狗安静下来了。狗已经不认刘师傅的儿子了。

房子里有狗，房子就有主人了。

他们只要给狗留下吃的，可以好几天不去那里。忙了两个多月，自己动手，装修了房子，门窗刷了新漆，就是那个年代流行的天蓝色油漆，跟维吾尔人的房子一样。墙纸是燕子贴的。王卫疆在院子里挖了菜窖开了菜地。菜秧都是邻居送的，人家在这里住了好多年了，有些老住户都有孙子了。茄子辣子西红柿黄瓜豆角就长在院子里。他们给王卫疆和燕子介绍经验，到荒野上去找一块地方种上苜蓿，就可以养羊养鸡了。

不要说这些老邻居，连市中心那些机关干部，下班后都骑上车子到荒野上去开一片地种上菜。小城的居民家家有菜地。小城本来就是在团场的中心营建的，基本上保留了团场的习惯，人人都是种地的高手，种菜简直跟玩的一样，市长家据说也有一块菜园子。 王卫疆就夹在一群自行车当中从荒野上回来了。大群的自行车，都坦克一样的二八加重车，带着两个铁堂子，可以扎两个蛇皮袋，贴着车梁可以搁一把铁锹，老远看就不是自行车了，真正的一辆小坦克驶过来，露在外面的铁锹头亮光闪闪，沿公路进入市区，冲上大街，那种气势，让行人为之侧目，铃声响成一片，空气里很快就弥漫了蔬菜和青草的气息。坦克狂潮慢慢在分散，散成一小股一小股的分队，进入小巷，蹿入一个一个居民区，住楼房的全进了地下室。除过机关大院，一般居民区的楼房前边还有菜窖。大家可是太喜欢菜窖了，果子都在菜窖里放着。自行车和铁锹就进了地下室，住平房的就停在院子里。院子大着哪，院子里也种着菜，都是老人们的势力范围，青壮年是不屑于在院子里折腾的。家庭主妇们惦记着丈夫们驮回来的蛇皮袋，她们老远就闻到了蔬菜的新鲜气息，她们兴奋得不得了，手老在衣襟上擦啊擦啊，手净着呢。手红润润的很快就跟黄瓜萝卜大葱混一起。最让女人们心动的是春天的头茬苜蓿，憋了一个冬天的苜蓿，还带着雪花的清香呢，香味蹿入腑脏慢慢化开，绵腾腾的，就有牛奶和羊油的感觉了。女人们抓起头茬苜蓿总是眯上眼睛眯那么一会儿，那样子就像男人们美美地吸了一口香烟一样神圣得不得了。

王卫疆刚刚种上了苜蓿，王卫疆带回来一筐小菠菜，都是手片大的。菠菜长得快，几十天就能长大，也只有手那么大，再大就不新鲜了。燕子抓起小菠菜眼睛眯了一会儿，给王卫疆点上一支天池烟，那时候天池烟是王卫疆抽到的最好的烟了。王卫疆坐在小凳上，一口一口地抽着烟，跟神仙下凡一样。晚霞落在篱笆上就像一颗熟透的大南瓜。林带跟着了火似的，太阳变成老虎了，变成狮子了，吼叫着，抖着它那一身威风凛凛的长毛，公路上的车子全都哑巴了，轻手轻脚地赶路，跟一群兔子一样，兔子遇见老虎就乖得不得了，那些开往克拉玛依、独山子、伊犁、塔城、石河子、乌鲁木齐的车子全都是这样，悄悄地从太阳身边绕过去了。太阳在林带里要待多久呢？太阳还保持着老虎狮子的形象。老虎狮子已经不跳了，慢慢地在林带走着，树叶从猛兽耀眼的光芒里显露出来了，树枝也出来了，最后是树的身子，圆浑浑的高大笔直的钻天杨，一排一排全出来了。谁都知道那是太阳累了。王卫疆也累呀。从荒野上干活回来的人都这么累，脑袋沉沉的，昏昏的，跟晕了一样，坐在木凳上，喝着茶水，抽着烟，慢慢地解乏，慢慢地让身上的燥热散发出去。差不多歇过劲了，燕子端上了揪片子。燕子炒羊肉片的时候王卫疆就流口水了。后来他闻到了西红柿大辣子和皮芽子的香味，接着是土豆片嚓嚓嚓跟长了翅膀一样，飞起来落下去。土豆片不是切的，像在手上削的，对着小铁锅，刀子飞快，眨眼间就让拳头大的圆浑浑的土豆天女散花一般盛开在羊肉汤里。开始揪面片了，跟蛇一样盘在手上的软面条子被揪碎的那一瞬间，又搓一下，就变了，跟雪片一样落进汤里。咕嘟一会儿，最后下锅的是洗好的小菠菜，连火都不要，火门关上了，那么一烫小菠菜就熟了，绿油油颜色没变。这种时候，不由人一愣，吃得嘴脆生生一股甜味，菜根都在呢，小菠菜的根是粉红的，带点生，就有了甜味，叶子也是甜生生的。王卫疆看了燕子一眼，燕子正笑呢，燕子举一下碗，挑起一朵小菠菜，就没有切开，连撕都不用撕，全是整朵整朵的小菠菜，燕子把这一朵小菠菜放进王卫疆碗里，王卫疆就把它吃了。王卫疆吃了三大碗。燕子啥时吃饱的他都不知道。他吃得酣畅淋漓，吃出一头汗水，吃完了，碗一搁，燕子递过热毛巾，他擦把脸，从脸上擦到头上又转到脖子上。燕子眯着眼看他呢。

几天后，他们搬回了床。别人打家具，他们买了几块板子，刚够打一张沙发床。那时候流行沙发床，浙江木工打的，手艺很好。搬进房子的时候，燕子都傻了，空荡荡的房子除了师傅送他们的桌椅以外可以说是家徒四壁，头顶悬着一盏灯泡。沙发床一下子让空房子生动起来了。燕子跟孩子一样蹦跳到床上打了一个滚，坐起来，扳住脚丫子，又眯着眼仔细地看王卫疆。王卫疆已经习惯了，王卫疆就没当一回事，该干啥还干啥。燕子就告诉他："知道女人为什么眯着眼睛看人吗？"王卫疆马上停下手里的活，脖子伸长长的，耳朵都动起来了，燕子就笑："女人心里笑的时候啊，她的眼睛就眯起来了。你这坏小子，你跟兔子一样耳朵都动呢。""心里笑。"王卫疆吸口冷气，"心里笑，跟脸上笑不一样吗？"

"肯定不一样，你这傻瓜，你这坏小子，我心目中想象的男人差不多就是你现在这样子。"

"我现在这样子，咱们都好几年了，那前几年呢？"

"你在努力奋斗，你在万里长征，你在跋山涉水，你这大傻瓜。"燕子抱着膝盖，像个团政委在作报告，在开数千人的誓师动员大会，"同志哥，好好努力吧，你在接近目标，你还没有成为目标，你还有一段距离呢。"

"我操他姥姥，我都快要累死了。"

"哈哈，稍一表扬就退步了，啥时候变成了河南人了。"

农七师河南人居多，通行河南话，王卫疆在团中学显然河南化了，一着急就蹦出一句"操他姥姥"这么样的河南话。王卫疆一下子后悔了，我我我了半天，燕子笑嘻嘻的。

"我知道你说不了河南话，说不了就不要说，记住了。"

"记住了。"

"这才是好孩子。过来！"

王卫疆就过去了。燕子抱住王卫疆的脑袋，王卫疆没想到燕子变这么快，一点防备都没有，头发被燕子一把抓过去，贴在燕子的胸前小狗一样呜呜了两声。燕子跟哄小孩一样摸着王卫疆的脑袋："你这个大傻瓜，你真是个大傻瓜。"他们躺在床上，燕子松开手，燕子拍拍沙发床，床是用金丝绒包的，毛茸茸的，"我们再买一条毡，一条毛毯，就买伊犁毛纺厂出的。"王卫疆的手不停地动，王卫疆已经进入状态了，燕子不停地拨掉他的手，就像捉身上的虫子。光捉不行，一只手摸到敏感部位了，燕子的手就狠起来，啪啪几下，把王卫疆给打老实了。王卫疆鼓着嘴，他就是不明白，房子有了，床有了，还达不到地窝子的水准，地窝子那一夜刻在他脑子里了，他几乎还能听到干草的窸窣声，他还能闻到干草的香味，干草跟青草最大的区别就是干草的芳香是火辣辣的，热烘烘的，就更不用说燕子的体香了。燕子问他："想啥呢？这么认真，这么执著，眉疙瘩缩得这么紧，跟个哲学家似的。"王卫疆不敢抬头，王卫疆知道他的眼睛会把燕子吓坏的，他就不看燕子的脸，只要他可怕的目光不落到燕子脸了，燕子就没事儿。他就把目光落到燕子的胸脯，那地方热烘烘的跟炉子一样。燕子揪一下他的耳朵。

"想啥呢？"

"买一条毡，再买一条毯子。"

"毡和毯子。"

"羊毛的。"

"不是羊毛的还是狗毛的。"燕子的身子一抖一抖，王卫疆的声音大了起来："有驼毛的。""驼毛，哈哈哈，驼毛那么贵你想买驼毛。""你喜欢哪一样？""羊毛满可以啦。"燕子手一松，又在床上打个滚，坐起来，"你这坏小子我告诉你，咱们有房子有床了，可不是在野地里，你给我发誓。"

"发誓？"

"对！发誓！"

燕子真的成了一只燕子忽倏一闪，又回到床上，手里拿了一个金黄的油饼，就像捧了一朵向日葵。燕子掰下一小块，塞进王卫疆嘴里，王卫疆的一只手放在燕子的手心里。

"我又不是教徒。"

"可你必须虔诚，跟教徒一样严肃虔诚，你明白吗？明白就好，你应该这样起誓，任何时候我都不会欺负燕子。"

"任何时候我都不会欺负燕子。"

这个仪式太奇妙了，王卫疆马上对燕子有了一种神秘感。这还是燕子吗？咋看都是一只狐狸。晚霞正好落到窗户上，也给床上的燕子抹了一些，跪在床上的燕子显得就不真实了，头发跟火焰一样，脸也模糊了，只有眸子一闪一闪，跟星星一样。星星总是把太阳浇灭。这是草原上的说法。无边无际的草原上，当星星升上天幕时，太阳就燃尽了最后的热量，散落在草丛里，很快就熄火了，变成一堆一堆黑乎乎的灰烬，被晚风吹起，弥漫天地。人们总是把夜幕当成太阳的骨灰，布满天空的蓝色星辰应该是太阳的亡灵。那么月亮呢？人们把月亮当成太阳的一个美好的梦。中亚大漠上，月亮的形象太美好了，人们宁愿相信太阳的这个梦。

他们回去的时候月亮在林带上边飘着，就像一个红气球。

王卫疆买来毡。一个月后又买到了毯子。小厨房也盖起来了。跟邻居们一样，打土坯，自己砌。燕子也没有闲着，自己动手做桌布、做床单，他们梦想着有一对小沙发。燕子把沙发套都织好了。十天半个月就会添置一样东西。房子越来越生动。小狗都不好意思进屋了。跟小厨房挨在一起的是柴房，其实是用干树枝搭的一个棚子，小狗就住在棚子里，小狗很满足，舔了主人的脚和手，还汪汪了两声。燕子说："咱们就像鸟儿搭窝，又是泥巴又是草枝，连一根羽毛都有用处。"燕子说这话的时候累得浑身冒汗，满脸通红。

王卫疆的父亲来过一次，是搭连队的拉煤车来的，带来了一个门板。王卫疆下班回来的时候，父亲已经把门装上了，厨房和柴房中间有了真正的门，挂上锁，院子就完整了。父亲见到了燕子，问他们啥时候办事，早早把事儿办了，老人就不操心了。父亲王拴堂身板硬朗，刚刚冒出几根白发，就以老人自居了，也是第一次在儿子跟前卖老。母亲离不开家，母亲知道有个叫燕子的姑娘马上要嫁给儿子了，母亲捎来一块花布，是当年一位上海女知青送给母亲张惠琴的。"你妈说了，叫你做身裙子。"父亲王拴堂给儿子下命令，"狗儿子，你要负责，要把裙子弄好，要让燕子满意。"父亲待了三天，父亲走之前，燕子就把裙子做好，很时尚的连衣裙，燕子照了相，把相片交给父亲王拴堂。燕子还买了奎屯产的水蜜桃水果糖，两公斤袋装。

父亲刚走，燕子就把连衣裙换下来。王卫疆不答应，"穿着好好的，换了干啥吗？"

"好好的，好在哪里？"

"跟个上海姑娘一样，不像新疆人了。"

"嘴这么甜，你这坏小子，你马上要学坏了。"

"真的吗？"

"男人嘴不能太甜，太甜的嘴害人呢。你给我发誓。"

王卫疆又发了一次誓。

“对你都不能甜吗？”

“对谁都不能甜，甜嘴瞎心肠，你知道不知道？”

王卫疆频频点头。

“点一下就行了。”

王卫疆都不能动了。

“我这是为你好，你看你爸那么喜欢你，对你期望那么高，你千万不能学坏。”

“我又不是孩子。”王卫疆在心里嘀咕，燕子听不见。燕子还是问他：“你想啥呢？”

“女人是不是都这样？”

“咋样？”

“胆小，跟兔子一样。”

燕子就笑了：“你这傻瓜，你才明白啊，女人需要男人保护。”

王卫疆以为又要发誓了，王卫疆把发誓的词都想好了，腮巴子上邦响了一下，跟拔瓶塞一样，燕子已经跑开了，燕子边跑边捂住嘴笑，好像她的嘴巴安在王卫疆的脸上了。王卫疆摸一下脸颊，还真摸到了燕子的嘴巴，亲过的地方明显高出来了。女人太不可思议了。

父亲王拴堂来了一封信，父亲在信中告诉王卫疆燕子是个好姑娘，母亲张惠琴也表达了同样的意思，母亲特别叮咛王卫疆，一切准备好了以后，亲自去告诉海力布叔叔，“你一定要亲自去，告诉他你要结婚了，你找到了一个你喜欢的姑娘。”

“我也想去看看海力布叔叔，一个人守着大牧场，还成功地扮演过邮递员，他还能认出我来吗？我那时候还不到十岁，他长得太吓人了，跟传说中的江洋大盗一样。”

他们计算着明年春天回乌尔禾。要把一切准备好至少得一年。

5

已经是秋天了。企业越来越不景气，燕子只能拿到原来工资的一半，燕子就在外边自己找活干，给私人企业管管账，一月去两次，要跑好几个地方，燕子真成了一只飞来飞去的燕子了。人家还防备得很严，总担心燕子跟工商局有什么牵连，总是绕来绕去地套话，考验她，跟搞特务工作一样，又忙又紧张，还要提高警惕。王卫疆的公司稍好一点，还能发出工资。

王卫疆跟几个同事合计一下，在五公里路口开一个修理铺，下班的时候就揽点活。王卫疆这个新房离五公里最近，骑上车子十分钟就到。王卫疆晚上去的时候多。过往车辆多，总能揽到活。王卫疆的技术是修理铺最好的，大活就靠他了。王卫疆就忙起来了。有时候忙得吃不上饭，燕子就去送饭。有时候燕子都走不开，燕子要帮着王卫疆递工具。刘师傅好几次碰到燕子，刘师傅就告诉燕子："你两边跑忙坏了吧。""我都要晕过去了，我恨不能长上翅膀，飞来飞去。""忙了好啊，忙了有福气，说明你手艺好，有活干，最可怜的是没活干。"刚说这，一辆中巴车开过来把刘师傅接走了，独山子有活等着刘师傅。单位的小姐妹也很羡慕她，"小王手艺这么好，单位倒闭了他也有活干，有活干怕什么？"燕子怕什么呢？燕子长长出口气。

燕子把这个好消息告诉爷爷奶奶，她原打算结婚前跟王卫疆一起回托里去看爷爷奶奶。她已经按捺不住了，她写了信，把照片也装进去。她用的是挂号信，邮局的小伙子下了保证，挂号信就是那种无法丢失的信。她亲眼看着邮车开出院子，上了大街，向准噶尔盆地的西北角开去。燕子真是个燕子啊，燕子身不由己跟上去了。燕子骑的是那种二八加重自行车，奎屯家家户户都有这种载重量极大的自行车，一般都是男人骑的，团场的女人才骑这种"土坦克"，市区好多年前就流行女式二六自行车了。燕子和王卫疆只有一辆车子。燕子已经很满足了。燕子紧紧跟着绿色邮车，越跑越快，越跑越远，五公里都过了，已经是131团的条田了，大片大片的红柳和沙枣树都出现了，都能看见披着杂草的沙丘了。燕子把车子停下来。燕子想起好多年前她写的那些信，那么多信，从大漠深处，从骑马的邮递员，到骑自行车的邮递员一直到绿色邮车，那时她只见过马背上的邮递员，自行车和邮车要在托里县城才有，到了乌鲁木齐就是火车了。她的信就是这样被拉走的。她还记得在沙漠小镇那个只有两间房子的邮电所里，老所长给她讲述信件的传递程序，老所长甚至讲到了飞机，好多邮件是飞机拉走的。"想想吧孩子，你亲手写的信坐上飞机到天上去了。孩子你想想吧，这是多么叫人高兴的事情啊，我在邮政干了一辈子，我还没写过信呢。你不要不相信，我就是本地人，祖宗八代就在沙窝窝里放羊种庄稼，我的亲人都在沙窝窝里，我给谁写信去？谁又给我写信？用不着嘛，骑上马一会儿碰上了，想写也没法写，连那个念头都没有。孩子你太幸福了，你至少有那么多念头，那么多愿望。”老所长就唱起来了，用的是牧人的调子，那么悠长的调子，跟大漠风一样舒展而漫长，超过戈壁沙漠、绿洲、草原和群山，反复回环的只有两句唱词，就把准噶尔大地牢牢地给抓住了，跟马缰一样，燕子还记得老人唱出的沙哑而低沉的句子。

在那遥远山脉的坡上边盖着金色的寺庙；
在那火热的胸膛里边，埋藏着美好的愿望。

燕子美好的愿望被邮车拉走了，这可是一封能收到的信。

爷爷奶奶果然收到了燕子信，他们没有回信，他们来看燕子了，还要看这个叫王卫疆的坏小子。燕子在给爷爷奶奶的信中，一口一个坏小子，爷爷奶奶就知道燕子找到幸福了，美好的愿望要实现了，两位老人没打招呼就来了。千万不能用口里人的心态去想象遥远的中亚细亚，在大漠深处，百岁老人多得是，而且脸色红润，健步如飞。爷爷奶奶提个包，给邻居打个招呼就走了，连门都不用锁，掩上柴门，隔墙喊上几声，就走了。牛呀羊呀鸡呀，还有地里的庄稼全托付给邻居了。两位老人出现在他们面前时，可以想象他们有多么惊讶！眼睛都要飞出去了。更让他们吃惊的是，两位老人没花一分钱。老人拿上信拦住去小镇的毛驴车，再从小镇拦住去县城的手扶拖拉机，到县城压根就没想去长途汽车站，他们从沙石大路到柏油马路，他们就认柏油马路，他们就站在柏油马路上拦那些大卡车。130 这种低吨位的车子他们看不上，他们等到的第一辆车子就是拉蔬菜的 130，满满一车皮芽子，麻袋里装着，味道那么浓烈，老远就让人打喷嚏。小伙子脑袋伸出来问他们：“老人家去哪里？”

“奎屯，很远的地方。”

“咱们顺路嘛，上来吧。”

“你这车子，能去奎屯？”

“乌鲁木齐都去呢！伊犁都去呢！只有南疆去不了。上来吧老人家，有座位呢。”

“你这车子，哈哈，小伙子，跟毛驴车差不多。”

一辆克拉玛依石油局的美国进口油罐车停下来了。开油罐车的石油鬼子听了两句就明白了，这是两位了不起的老人。“老人家，我这车子你满意吗？噢，还差不多，差不多你们就上来吧。”

油罐车的驶驾室有一间房子那么大，还有空调呢，还有各种洋气的饮料，爷爷奶奶尽情地享用，下车时候给司机留下些西红柿和甜瓜。下车的地方是五公里路口，石油鬼子指着路口的小摩的说：“老人家，那电驴子两块钱就能把你们拉到市政府。”石油鬼子摆摆手开着巨大的油罐车到独山子去了。爷爷奶奶用不着坐小摩的，爷爷八十岁了，眼睛还是那么亮，跟老鹰一样。爷爷高大魁梧，腰板笔直，站在路口，四面打量，很快就发现了王卫疆的小铺子。王卫疆正躺在车子底下干活呢，爷爷从侧面就认出了王卫疆，爷爷手里有照片。爷爷就招呼奶奶：“咱们到家了。”爷爷奶奶走到修理铺跟前时，燕子骑着“土坦克”正好赶过来，燕子嘴张得大大的，饭盒差点从车子上掉下来，奶奶赶快把饭盒抓到手里，燕子还在大张嘴巴出气。爷爷笑眯眯地手里捏着信封，轻轻地晃着。

“爷爷告诉过你，你写的信会有用的，现在你明白了吗？”

燕子拼命点头。王卫疆跟傻了似的，躺在车底下看完了这一幕。燕子喊他，爷爷奶奶喊他，他才爬出来。奶奶抓住王卫疆的肩膀看了又看。

“这个坏小子，我们燕子刚认字那天就给你写信啦，你这坏小子，总算让我们燕子给找到了。”

爷爷捋着飘在胸前的长胡子说：“我跟你奶奶商量好了，再活二三十年。”燕子就叫起来：“你们会一直活下去的。”爷爷郑重其事：“到时候再说嘛，活多久我说了算，阎王爷是没办法的。”

爷爷奶奶带来的欢乐持续了很久，他们不敢想象海力布叔叔给他们带来的欢乐。燕子心细，燕子说：“明年吧，明年我们去看海力布叔叔，幸福要慢慢享用，海力布叔叔那份欢乐咱们结婚时再用。”

那真是个黄金季节，从八月到十一月底，秋天漫长而芳香，天蓝地阔，让人不由得站起来遥望天山，转过身再遥望准噶尔大地，草木一片金黄，日出日落，太阳就像一柄黄金大锤，打造出那么多精美的物件，连地上的蚂蚁都这么精巧，一队一队，队列整齐，从容不迫，钻进土洞洞里去了。钻到大地的心脏里去了，谁都知道重要的部件都很小，小小一点，跟铆钉一样上在地心里。

王卫疆躺的地方就有个蚂蚁窝，王卫疆给车子拧上螺丝，喘气，就看见了身边的蚂蚁，就把蚂蚁想象成精巧的铆钉了，王卫疆已经有职业病了。修车子修多了，看任何东西都能跟车子联系起来，都能想到发动机，想到小小的螺丝和铆钉，这些精巧的东西厉害着啦，松动一点点机器就不灵了，就要出事。王卫疆用草棒捅蚂蚁窝，燕子蹲他跟前他都不知道，燕子大喊一声："喂，你是孩子嘛，你学会捅蚂蚁窝啦。"

"这是发动机，好着呢。"

"你说啥呢？蚂蚁身上有发动机？"

"地底下有，蚂蚁修好的，蚂蚁太了不起了，把自己都上上了。"

"你有病啊，爷爷说他心脏好，你就说爷爷的发动机没问题，你脑子进水啦是不是？"

"我脑子好着呢，你知道我修好多少车子，出毛病的地方都在发动机上；爷爷的发动机这么好，跟小伙子一样，活一百岁没问题。"

燕子不嚷嚷了，燕子适应了王卫疆的职业病，王卫疆再胡说八道，她就不接话，由他说去。燕子听多了，燕子也有了好奇心。燕子就入迷了，就喜欢待在王卫疆跟前，干完活也不急着回去，在修理铺聊天。王卫疆干活的时候，她到处乱逛。五公里是个热闹地方，塔城、阿尔泰、克拉玛依、乌苏、独山子、农七师各团场的车辆都要经过这里，商店、饭馆、旅店，好几十家，来往的人也多。客观地讲，燕子不是爱乱逛的女人，她是被一群蚂蚁带走的。她已经从王卫疆那里学会观察蚂蚁了。

蚂蚁不是一群，蚂蚁是一队一队的，队列整齐，跟军队一样，从王卫疆身边的洞洞里鱼贯而出，燕子就跟过去了。一直穿过公路，到路那边，燕子往后看时，才发现蚂蚁和她刚刚从桥上下来，车辆走桥中间，行人走两边，两边是水泥台阶，比车道高出五十公分，蚂蚁就贴着台阶的角落往前赶。燕了尾随其后，人家以为她丢了钱，光线那么好，不会是钱，大概是扣子或者别针，这些小玩意也只有女人能上心去找。燕子跟着蚂蚁绕过几家旅馆，到了野地里，蚂蚁有那么多窝，全散开在草丛里，燕子再也没法跟踪了。散开的蚂蚁搬着一只死掉的甲甲虫，大概是它们的新食物。一颗草籽它们也不放过，大概是过冬的水果。又有一队蚂蚁从饭馆那边过来了，搬运的都是油饼碎渣，蚂蚁那么兴奋，它们搬来了一个食品仓库，都是糕点。燕子翻衣兜，翻出两颗水果糖，燕子拆糖纸拆一半又包起来，她给蚂蚁送的是两颗包装好的糖块，糖纸有用处，可以当装饰品，大概布置新房了。那么多蚂蚁涌过来，搬一座山一样把糖块搬到一个有大拇指那么大的洞洞里去了。燕子心里在叫："王卫疆你这坏小子，你早就发现了蚂蚁的秘密，你也不告诉我。"转念又一想，王卫疆干活就得躺地上，跟躺在床上一样一躺就是大半天，地上的灰尘甚至细小的裂缝他都知道，何况那么整齐的蚂蚁呢。燕子就迷上了蚂蚁。

燕子给王卫疆送饭的时候也给蚂蚁送来了好吃的，馍渣子菜的根茎就不用喂鸡了，包起来带给蚂蚁。蚂蚁很快就搬光了。燕子就提醒过路的人小心点，不要踩上蚂蚁。人家把她当神经病。有些人根本不理她，该怎么走还怎么走，总要踩死几只蚂蚁。更可恶的是那些心事重重的人，变本加厉，追打蚂蚁，连踩几脚甚至十几脚，简直是一场浩劫。燕子就跟人家吵，后来就不吵了，提心吊胆蹲在旁边，瞅着行人散乱的脚步。总算碰到抬起脚绕过去的，一回两回，每天都有那么两三回，燕子的目光就升上去，看到人家的腿、身体直到脸上，那人笑一下走开了。王卫疆问她有什么好事，偷着乐。燕子抿着嘴笑，不说话，王卫疆噢了一声："我知道了，一定是遇到好人了。"

"你让我遇到坏蛋呀。"

"遇到好人就好，我听见你跟人吵架，吵啥呢？我刚从车子底爬出来，你就把人家吵跑了，我就想还是我们燕子厉害。"

"我再也不想跟人吵架了"。

"有我呢，想吵就吵，遇到坏人你就喊，我能修理车子也能修理坏蛋。"

"没你事儿，我又不招惹坏蛋。"

再也听不到燕子的声音了。王卫疆在没活的时候去看燕子在干什么。燕子那么执著，那么投入，王卫疆嗨嗨喊两声，燕子没动静，王卫疆就退回去了。王卫疆顺着蚂蚁的行踪一直走到他修车的地方，他常年躺在地上，都拓出一个人印了，人印的右侧，就是蚂蚁窝，蚂蚁跟泉水一样源源不断地涌出来，穿过大桥，到路那边的荒野上去了。燕子就守在行人稠密的地方，跟一块警示牌一样，总能提醒那么几个人，轻轻抬起脚，绕过去，蚂蚁就有活路了。王卫疆点点头，燕子是看不见的。王卫疆还是觉得燕子会知道的，燕子就像无处不在的空气。王卫疆用力地吸气再用力地呼出去。

一辆车子怪声怪气地叫着开过来了，王卫疆爬到车子底下。王卫疆让人家服气的就是这一点，根本不需要问司机，从车子开过来的样子他就知道该揭车盖修发动机还是该爬到车子底下检查底盘。王卫疆总能准确地躺在蚂蚁窝跟前，脑袋离蚂蚁窝还不到两寸，蚂蚁嗖嗖的脚步声他都能听见。他就想起牧场的日子，他就想起在草地上嗖嗖飞蹿的快马。马和蚂蚁太让人不可思议了，都是那种快如疾风的嗖嗖声。有那么几次，王卫疆换工具的时候，手背碰到了蚂蚁，蚂蚁就从手背上越过去了，全身痒酥酥的，跟过电一样。他全身都僵了，他脸上发热，他想起他拥抱燕子的情景，就是这种麻醉了似的痒酥酥的感觉，电流穿过全身。他拉一下燕子的手都有这种感觉。现在，蚂蚁跟一支真正的大军一样浩浩荡荡地给他传播这种奇妙的感觉。女人太不可思议了，女人总能找到感受生命的方式。回家的路上，燕子问王卫疆："你碰蚂蚁啦？"王卫疆差点从车子上摔下来。

"干活的时候给我老实点，你手里拿的是铁家伙，稍不小心就会伤了蚂蚁。"

"我没有动啊，全从我手背上爬过去了，我跟邱少云一样纹丝不动。"

"谅你小子也不敢动。"

王卫疆放松了，王卫疆腾出一只手抓住燕子的手，燕子的手就在他的后腰上，燕子没有拒绝，燕子有劲儿呢。手指绞在一起马上就起了反应，那股麻麻的酥痒痒的感觉嗖嗖地蹿遍全身，很快形成了强大的电流，这种感觉保持了很久。他们没有去新房子。他把燕子送到单位，他返回自己的单位。他记得他们经过新房子的时候，车子慢下来，两人的手绞得更紧了，他们两人都伸长脖子看他们的新房子。燕子说："我们跟鸟儿一样，一根草一根树枝都要搬回家。""快了。"王卫疆使劲踏，车子就快起来。

"我没有逼你呀。"

"冬天我们就可以把厨房的东西办齐。"

"不要那么急，我又没有逼你。"

"我逼我自己。"

"你这坏小子，准备的时间越长，幸福的感觉就越长，我不想那么匆匆忙忙的。"

"你喜欢现在这样子？"

"现在这样子，我太喜欢了，我一辈子都会想念现在这个样子。"

连燕子都没想到她会说出这样的话。

第六章　刀子

1

修理铺的同事告诉王卫疆："叫燕子不要看蚂蚁了，蚂蚁有啥好看的。""她喜欢嘛。""再看就麻烦了。""碍着谁啦？"再问，人家就不说了。

王卫疆问燕子："有人惹你了？"

"谢谢你的关心，没有人敢惹我，我很开心。"

"是吗？给我说说。"

"你真想听？"

"我想分享一点点。"

"每天都有那么几个心肠好的人放蚂蚁一条生路，就像你和海力布叔叔当年给羊放生一样。"

"谢谢你燕子。"

"坏小子，这是你说的最忠诚的感谢话，我记住了。我还要告诉你，有一个补轮胎的小伙子，每天要从那里过十几次，每次都小心翼翼地跳过去。"

"你蹲在那里，那么认真那么执著，铁石心肠的人都让你感动了。"

"你这坏小子。"燕子的手钩住王卫疆的脑袋，盯着王卫疆的眼睛，把王卫疆给看毛了。王卫疆的脑袋一下子大了，燕子就在他的脸上亲一口，王卫疆要亲燕子，燕子猛一下挣脱了。

王卫疆专门在补轮胎的铺子转一圈，五公里只有一家补轮胎的铺子，老远就能看见红油漆刷的几个大字“陕西汽补”，据说老板是陕西人，这些小铺子什么地方人都有，有河南四川来打工的，也有本地的下岗工人。王卫疆走过去的时候，几个小伙子正在补轮胎，王卫疆看半天看不出来哪一个对蚂蚁有慈悲心肠，几个小伙子全都光着上身，满头大汗，面孔模糊，干活的人都这样。他爬在汽车底下也是这种可怕的样子。人家问他：“轮胎呢，在哪？我们去拿？”王卫疆摆摆手：“你们忙你们忙。”王卫疆走远了，听见有个小伙子对同伴说：“修汽车的。”王卫疆回过头，三个小伙子都在看他，脸上脏兮兮的都笑了，没有任何恶意。王卫疆听见说话那人是本地口音。

站修理铺的位置是看不见“陕西汽补”的，有二百多米远，隔了十几家店铺、广告牌、电线杆子，还有几十棵高大的杨树和老榆树，全都隔开了。

一辆车子开过来了，王卫疆开始干活。

燕子下午六点半下班，七点赶过来，十一点半天才黑，每天都有三四个小时守在蚂蚁身边。

王卫疆太忙了，很快就把“陕西汽补”的那个好心肠的小伙子给忘了。

燕子发现“陕西汽补”的几个小伙子都绕着蚂蚁走，肯定受那个叫朱瑞的小伙子的影响。朱瑞就是第一个被燕子提醒不再伤害蚂蚁的人。朱瑞问燕子干吗要这样，燕子就讲了放生羊的故事。朱瑞压根就不相信世界上有这种事情。

“羊不就是让人吃的嘛，羊自己都没意见，羊吃草吃得那么认真，那么仔细，为啥呢？就是为长出一身好肉，狼不吃掉，人就得吃掉，相比之下，还是让人吃了好。人吃了羊肉，噢哟，一下子就精神了。”

“你就这么爱吃羊肉？”

“谁不爱吃羊肉，离了羊肉人能活吗？老实给你说吧，我在这里干活就是为了能吃一盘拉条子，一天吃一盘就很幸福了。”

“一盘五块钱的拉条子？”

“四块，我们吃四块钱的，中午饭老板掏钱，不可能让我们吃五块钱的，面条可以加，羊肉太少啦。”

“你很想吃手把羊肉是不是？”

“我好几年都没有吃手把羊肉了。”

“夸张了吧。”

“我下岗了，能吃饱肚子就不错了。”

“如果你能吃到手把羊肉呢？”

“那可是天堂一样的生活。”

“我请你吃手把羊肉。”

“你不会开玩笑吧。”

“天堂就在那边，离你那么近。”

五公里有十几家饭馆，各种档次的都有，做手把羊肉的属于中上档次了，有维吾尔人开的，有哈萨克人开的，有汉人开的，蒙古人开的，还有回回开的。不管哪个民族开的，都是清一色的新疆风格，都是活羊：一群活羊圈在各家的后院子里，随杀随吃，赤条条一只刚剥皮的大肥羊血淋淋地挂在饭馆前边，全都显现玫瑰一样的红色。只是杀羊的方式略有不同；蒙古人开膛破肚，一下子掏出羊的心脏，从中间扒开，大开大合，惊心动魄；其他民族的屠宰方式基本上都是从咽喉开始，放血、剥皮；回族的手艺更娴熟，跟脱衣服一样吱啦吱啦，羊皮就摊开在地上。那里也是朱瑞的天堂。

“你把我当啥了？”

“请你进天堂你肯定是好人了。”

“天堂到处都有，不能说进就进，我又不是瞎子，不要说五公里，奎屯乌苏独山子做手把羊肉最好的师傅我都知道。”

“你跟踪调查了？”

“跟追星族一样，这些大师傅是我心目中的英雄，不是什么马拉多纳、费翔、谭咏麟，这些跟肚子没关系。”

“你这人太有意思了，你干吗不拜师学艺呢？”

“我原先是这么想的，我一个亲戚就是大师傅，据他说呀，他那行当对饭菜都没感觉了，又是红案又是白案，神秘感全没了。这还是次要的，更要命的，光那气味就够了，气味太有营养了，熏都熏饱了，你说这人长着嘴干吗呢？都让鼻子给吃饱了，嘴巴干吗呢？我刚懂事就让我这亲戚上了这一课。”

“那你太倒霉了。”

“你错了，我宁愿下苦力，下牛马力，这话咋说呢，我找不到词了，叫我想想。”朱瑞拍他那颗又结实又圆溜的大脑袋，就跟一架旧收音机一样拍几下就有声音了，朱瑞有声音了，“这话应该这么说，我宁愿生活在执迷不悟中，也不想弄清楚那些劳什子秘密，把秘密揭开有啥意思呢，一点意思都没有啦。你知道不知道，我不爱上学不爱看书就因为这个，学校和那些破书把什么都讲明白了，让我害怕，我干脆就不上学了，上完初中就进厂子上班了。你问哪个厂子？棉纺厂嘛，都快倒闭了，我是第一批下岗的，班长还想留我，我第一个报名出来了。发不出工资了，我干吗还赖在那里。”

“宁愿吃这一天一顿的拉条子？”

“你不要把我看那么可怜，早晨有奶茶饼子呢，晚上有揪片子呢，你以为我是叫花子呀。”

“你就这么心甘情愿地守在你的愿望跟前，不往前挪动一步？”

“我在五公里干活就为这个。五公里啥地方嘛，奎屯最西边了，咱们现在站的这个位置已经是乌苏地界了，乌苏牧场的大肥羊全在这里做交易，这里的羊肉是北疆最新鲜的。我亲眼看着我美好而庸俗的愿望，我干吗那么急匆匆地把愿望实现呢？”

“你的愿望一点也不庸俗，把庸俗两个字去掉。”

“对！对！你真是好同志，志同道合的好同志。”

“那你这一辈子都不吃手把羊肉了？”

“目前我这状况还不是吃手把羊肉的时候。”

“我来帮你都不行吗？”

“不行不行，我姐我哥帮我都不行。”

“换个方式咋样？到饭馆去干活，不是做饭，也不是跑堂，饭堂后边不是有羊圈吗？”

“让我当屠夫，你不是开玩笑吗？”

“你杀的是活羊，是生肉，不影响你的胃口，还能使你胃口大开，还能吃到羊身上最好的部位，那是屠夫的特权。你见过人家宰羊没有？

赤条条的大肥羊往架子上一挂，屠夫用刀子点一下，点到的那块就是屠夫的下酒菜。”

“我姐我哥都给我这么说过，都没有你说的这么好，你往下说，接着说，我快要动心了。”

“你现在离你的愿望不过十步之遥，你以为近在咫尺，其实这不是最好的位置，最佳距离应该在刀刃上，菜刀和屠刀是不一样的是不是？还有什么能比刀刃更薄更难逾越的东西呢，隔得最开又离得最近。”

“哈，我动心了！我心动了！”朱瑞在燕子肩膀上拍一下，又给燕子深深鞠躬，“你真是我的好大姐。”

第二天，对面的乌苏饭馆就多了一个伙计，专门宰羊，兼管拉水，要到五公里以外的水塔去拉水，是那种铁皮油桶改装的水车，小毛驴拉着，一天要跑五六趟，有时候是十几趟。

燕子很得意，讲给王卫疆听，王卫疆就笑，“连蚂蚁都不伤害的人去宰羊，你把唐僧变成鲁智深了。”“我看这人有佛性呢，叫他宰羊是羊的造化。”“这话我在哪里听过，叫我想想。”王卫疆轻轻地拍着自己的脑袋，他没有发现燕子的眼睛，燕子满眼的惊讶，燕子太吃惊了，都是男人，朱瑞的脑袋顶王卫疆两个脑袋，王卫疆的脑袋那么小，跟枣核一样，燕子差点笑出声。王卫疆的声音先响起来了：“你说的那个佛性，那个造化，是蒙古人对海力布叔叔说的。海力布叔叔每年要杀几百只羊，乌尔禾的羊全是他一个人杀的，大家吃他的羊，又觉得他太可怕了，快要把他当魔鬼了。蒙古人就告诉大家，海力布叔叔身上有佛性，那么多羊心甘情愿让他杀，那是羊的造化，羊知道的，羊很聪明，羊要受罪的话羊会哭的，羊会咩咩叫，羊会流眼泪。后来牧场只剩下海力布叔叔一个人了，养的羊一只都没减少，运回来的羊肉还是那么多。只有拉肉的人见识过海力布叔叔杀羊的场面，几百只羊一动不动卧在草地上，不叫也不流泪，眼睛亮亮的跟白天的星星一样。海力布叔叔不是杀它们，海力布叔叔跟羊配合默契，那时候我常常出现幻觉，好像刀子由羊掌握着，海力布叔叔只是个帮手。我问过海力布叔叔，他说他干到一半的时候就成羊的仆人了，你要见过海力布叔叔一眼你就能看出他的谦恭不是装出来的，他让羊给征服了。”

“这么说我干了一件大好事。”

“你别那么高兴，那是一个漫长的过程，刚开始羊要叫要流眼泪的。”

王卫疆说的没错，不用到饭馆去，过了公路就能听见羊的叫声，羊在哀号。燕子的脚迈不动了，好像走进了沼泽地。每家的饭馆后边都是这种哀号，天亮不久，又是个礼拜天，正是宰羊的时候。不可能让一个饭馆的屠宰伙计具有海力布叔叔那么高的道行。朱瑞呀朱瑞，你不是叫我大姐吗？大姐就告诉你，海力布叔叔才是你应该实现的愿望。燕子也知道，人的道行是修炼出来的，说出来反而影响心境。

中饭他们就上朱瑞干活的那家餐馆。生意很好，一只大肥羊已经用完了。老板就高声大喊：“朱瑞杀羊，哪一只肥杀哪一只。”顾客就笑：“不肥的羊呢？”

“把它喂肥么，喂不肥就不杀，就不让你吃。”

谁都能看见后边院子的草垛，高高一堆草，野地里就是草，勤快一点就能割到一大堆。羊群互相挤呢，谁也不想出来。有一只羊被朱瑞拉出来了，羊蹄子抓地抓得紧紧的，跟铁篦篦一样。燕子脸上有点发烧。顾客们边吃饭边往后边看，能看见朱瑞的半截身子和羊头羊脊背。很快就听见了羊叫唤，羊咩叫了一声，怪可怜的，带着颤抖，羊圈里的羊都叫起来了，在声援这只濒临死亡的羊。吃饭的大半是男人，男人们很兴奋，这也很正常，他们早都听惯了这种哀号，他们也听朱瑞对羊说的话，杀羊的人都说这样的话：“你生不为罪过，我生不为挨饿，原谅我们！”就听不见羊的哀号声了，滋啦啦羊皮就摊开了，一阵急跑，两个伙计抬着赤条条红艳艳的大肥羊绕出去，把大肥羊挂在前边的木架上，马上有客人去瓜分这只新鲜肥羊，指哪割哪，这已经是大师傅的工作了，顾客高兴啊。最好的那块肉，大师傅会告诉大家，这是留下来的，也就是给朱瑞吃的。朱瑞在后院喝茶呢。朱瑞故意不朝里边看，大家都能看见他。

又一个礼拜天，他们还上朱瑞的饭馆。这回王卫疆坐不住了，王卫疆出了大门，绕到后院。朱瑞认出王卫疆，朱瑞点点头，不大情愿地领着王卫疆到羊圈子里去。两个人都不说话，走进羊圈。大概有十几只羊，马上挤成一团。王卫疆在朱瑞肩膀上摁一下，跟定风珠一样把朱瑞定住。王卫疆嘴里发出小羊羔才会有的轻轻的叫声，跟说梦话一样，羊圈外边根本听不见，朱瑞听见了，朱瑞摸一下自己的耳朵，因为那声音是从耳朵里边出来的，不是平常那种由外到里的震动，可以肯定那些羊也一样，都被自己耳朵里的微弱至极的咩咩声给镇住了。王卫疆开始摸那只最肥的羊，王卫疆的嘴一直没闲着，一直贴到大肥羊的耳畔，大肥羊的目光变柔和了，王卫疆就牵着大肥羊往外走，其他羊没反应。朱瑞反应过来了，抱一捆草进来撒开，羊开始吃草。

操刀还是朱瑞，朱瑞动作很快羊想叫没来得及叫。羊浑身颤抖，刀子差点拔不出来了，朱瑞侧过身子，从伙计手里接过盆子，膝盖一顶，拔出刀子，血也出来了，染红了手，朱瑞在羊身上一抹，手又干净了。好屠夫整个过程是不沾血的，刀子上都没血。剥皮的时候，王卫疆假装帮朱瑞扒羊皮，那只握刀的手放在羊的膈窝里，那里滚烫得跟开水锅一样，朱瑞马上明白了，把自己的手放在那里，好像把铁块放进了炉火，铁块很快会化开的。王卫疆低声说道："再有五六次就没事了。"

半个月后，就听不到羊的哀号了。

他们去吃饭的时候，朱瑞来招待他们。朱瑞告诉王卫疆："羊还在流泪。"王卫疆笑而不答。朱瑞就说："不哭不叫才算真本事。"王卫疆光喝茶不应声。燕子就急了："你还要羊咋样嘛？"朱瑞就说："眼睛亮亮的，安详得很，跟水一样，跟菩萨一样。"燕子就在桌子底下踢王卫疆："你是女人吗，还这么矜持，小心我把你耳朵揪下跟揪树叶叶一样。"王卫疆就说："兄弟，你没放过羊么，现在去放羊，又不现实。""没有办不成的事。""痛快。"燕子拍了朱瑞一把，"这才是咱的好兄弟。"

朱瑞就把下牧场买羊的活揽过来了，还不用车拉，自己把羊吆回来，省了运费。老板当然高兴："兄弟，让你吃苦啦。"

"我见不得羊流眼泪，我亲自把它们吆回来，它们就把我认下了，就不淌眼泪了。"

"狗日的是个善人。"老板抽着烟，看着朱瑞的背影，"杀羊的善人，有意思，真他妈有意思。"

朱瑞拎个鞭子，带上现款到乌苏蒙古人的草原上买了一群羊，顺便也学会了蒙古人的屠宰方法。草原上的高手杀羊，羊不叫也不哭，正是他所期望的，那种安静祥和的光芒在羊眼睛里一闪一闪，跟刀刃上的光芒碰在一起时，蒙古人的刀就弯下去了。永恒的生命就是从天上投射下来的一束亮光，朱瑞和朱瑞的羊齐刷刷举头看天，天上没有太阳、没有云彩，是纯一色的蓝，跟青色草原没有任何区别了，人和羊继续赶路，也分不清是走在天上还是走在地上。天越来越低，天快要覆盖在地上，朱瑞和羊群在天地之间的那条窄缝里行走着，天弯下来了，朱瑞就摸一下蒙古人送他的弯刀。朱瑞出手大方，蒙古人就喜欢大方慷慨的男人，收了钱，点了羊，当下就把腰里的好刀送给他。他告诉蒙古人，下回还买你的羊，蒙古人就更高兴了。朱瑞和羊群很快就走出了草原。草原与庄稼地之间总有一段荒地，布满沙石杂草而且坑坑洼洼，朱瑞把羊一个一个抱起来，又抱上去，这段路三四公里，折腾了大半天，每只羊差不多抱了五六次，到五公里路口时，人与羊都难解难分了。

朱瑞用蒙古人的方式宰羊，把羊牵出来，牵到后院，按倒在地，当胸一刀划开，刀子就咬在嘴里，双手伸进羊的腑脏，一下子就把内脏拔出来了。朱瑞的动作很快，但还是没有止住羊眼睛里的泪水。朱瑞剥羊皮的动作已经不是滋啦滋啦脱衣服了，而是很庄严地在给羊穿衣服，红光闪闪的剥光皮的羊就像穿了一身红绸缎。大家再也听不到那种扯布一样的声音了，没有声音，一点都没有。朱瑞一丝不苟地工作着，不像弯腰蹲在那里，像跪在羊跟前，小心翼翼地侍候羊呢。

大家吃着饭小声说："他就像一个仆人，在侍候王爷呢。"乌鲁木齐来的那些人就用五星级饭店的高级领班来形容朱瑞。不管咋说，朱瑞杀羊是饭馆的一道好景致。老板高兴，老板把兴奋压在心里，老板脸板得平平的，老板说得很随意，老板说："这是个杀羊的善人，不是一般人。"大家频频点头，老板不失时机地又加一句，"人家修炼呢，道行深得很。"

2

燕子就动心了，燕子就跟上朱瑞去了。那是半个月以后，羊杀完了，老板把买羊的活交给朱瑞，郑重其事地宣布，以后买羊的事情朱瑞说了算。朱瑞揣上钱，提上鞭子就到乌苏草原上去了。朱瑞是在五公里的沙枣树后边碰到燕子的，把朱瑞吓了一跳。

“我步行呢，你跟上不方便。”

“我也步行，我又不让你背。”

他们拦了两次车，一次是拖拉机，到草原上就是牛车了，一个老头赶着，车轮吱吱扭扭，老头告诉他们：“这是天鹅的叫声。”天上真有一群天鹅向南飞去，老头说：“那是从阿尔泰北边来的，遇到海子就下来歇一宿。”

“乌苏有海子吗？”

“不少呢，不大，天鹅待一宿就走了，要是有赛里木湖那么大的海子，要待一个礼拜呢。我年轻的时候，骑上快马，两天两夜就赶到赛里木湖边，参加一年一度的那达慕大会。我还得过名次呢，不是唱歌，是摔跤。年轻人应该摔跤，人年轻的时候不摔跤可就太对不起长生天了。你们年轻，当然不明白了，那么一身好力气跟珠宝一样藏在你的骨头里，年轻力壮的时候真是黄金季节啊，我们蒙古人把阿尔泰山叫金山，不是因为阿尔泰有金子，阿尔泰的牧场好啊，牲畜和人在那个地方就像到了天堂一样。”

燕子用肘捅朱瑞：“听见没有，那才是天堂。”

老人告诉他们：“大地上只有一个天堂，《江格尔》里所唱的宝木巴圣地就是金色的阿尔泰，明白吗？金色的阿尔泰，难道还有例外？”

“这个傻小子的天堂是手把羊肉。”

老头想了半天，拍了朱瑞一把，“你的天堂很不错，长生天把生命的火焰投放到我们身上，我们就不能让火焰熄灭，我们就要把火烧得旺旺的，我们就需要羊肉，羊肉是好东西啊。”

燕子瞪大眼睛看着朱瑞看了好半天。

老头继续唠叨他的长生天：“长生天给我们生命，给我们力气，我们不能让它闲着，我们要好好地用它们。就说我年轻的时候吧，我每年都要去赛里木湖边摔跤，然后呢，就躺在草地上等候天鹅落下来。天鹅总是在早晨落到海子边，那地方也叫三台海子，天山把海子围起来，东边有一道达坂，太阳就从达坂上升起来，天鹅一群一群地从太阳里边飞出来，跟晨光一起落到海子上。等候天鹅的人不少呢，连帐篷都不要，就躺在草地上裹着羊皮袍子就可以了。从山坡上看下去，草丛里白晃晃的，一个又一个，都是穿羊皮袍子的年轻人。我还记得有一首歌叫《金色年华》，词儿我忘了，我只记得那调子。我想起来了，是一个哈萨克人弹奏的，弹着冬不拉，那曲子就叫《金色年华》。哈萨克人的传说里，天鹅做了放羊人的妻子，见到过天鹅的男人，再也不会把妻子叫老婆叫娘儿们了，就叫妻子。”

“老人家你的妻子是天鹅变的吗？”

“是一位哈萨克姑娘，哈萨克姑娘一枝花，我的哈萨克姑娘是长翅膀的，是可以飞的。我简直不相信我的眼睛，我是在黑黑的夜里，冻病了，都发烧了，我迷迷糊糊在黑夜里乱走，走到人家哈萨克人的帐篷跟前了，差一点没叫狗把我咬死，手还有脖子都咬烂了，我都昏过去了。我在帐篷里躺了三天三夜，侍候我的就是后来做了我妻子的哈萨克姑娘，她知道那天我要醒来，她穿上盛装，帽子上插了白色的猫头鹰羽毛，我迷迷糊糊睁开眼睛，我看到的是一只白天鹅呀。我用哈萨克语喊了一遍，接着用蒙古语用汉语，把我能用的语言全都用上了。她可真是个好姑娘啊，在他们家人回来之前她把猫头鹰和漂亮的礼服收起来。那没用的，她那光辉灿烂的样子永远留在我脑子里了。无论她再穿什么衣服，穿得多么朴素，她身上的光再也消失不掉了。”

“老人家，你怎么向她求爱的？”

“我告诉她，我已经到三台海子来了六次了，我在寻找我美好的愿望。长生天保佑我，让我在茫茫黑夜里找到了我的愿望。年轻人，你们很快就会见到我的愿望。”

都不说话了，大家都在想心思。心思就是美好的愿望。过了两个时辰，就看到了羊群、帐篷，还有几排平房。这是刚刚建起来的固定的牧村。老人孩子和女人留在房子里。老头一直把他们带到自己家的房子跟前，一位白发苍苍的老奶奶早就等在那里了，那就是老头美丽的愿望。老头走到老奶奶跟前低声交代什么，老奶奶的手就落到老头的身上，轻轻地掸掉灰尘，连头发里的草屑都一一拣出来，老头朝燕子和朱瑞望一眼，老奶奶就朝他们招手。老人家的羊不多，只能卖掉三只，又到邻居家买了十几只。朱瑞算是老客户了。他们的饭馆每年要从这里买走几百只肥羊。一定要宰一只大肥羊招待客人。主人用蒙古人的方式把羊宰了，主人掏出内脏，朱瑞就把手放进滚烫的腔子里，就像在炉火里化铁。燕子太好奇了，燕子凑上去，竟然把手也伸上去了，刚刚剥开皮的滚烫的羊看起来血淋淋，摸上去跟一团跳动的火焰一样，没有血，血在肉里边跳动，却流不出来。朱瑞告诉燕子："那是好把式，刀子用活了，羊不受罪。看见没用，刀子快得跟风一样嗖嗖就刮遍全身，血还是活的，肉还是活的，你看那眼睛。"燕子就看那羊眼睛，剥了皮掏了内脏的大肥羊静静地躺在地上，眼睛亮得跟宝石一样，整个天地都融化进去了，整个天地都是晶莹剔透的，都是吉祥平静的，还带着微笑。

"你到这里来就是为了暖手？"

"暖手，对，就是暖手。你这个词用得好，我一直想不出一个合适的词。"

"你最怕人家说你是来给手过瘾。"

"那是说屠夫的，不能这么说一个好把式。"

"你还不是一个好把式？你牛皮啥呢。"

"我怕你说过瘾，抽大烟才叫过瘾，打麻将才叫过瘾，咱这是暖手，就是你刚才说的暖手，好把式的秘密全在手上。"

"你老实说你还在啥地方暖过手？"

"除过年还能有其他地方？"

燕子鼻子里笑了两下。朱瑞就毛了："要笑你就好好笑，不要哼哼唧唧。"

"你管得太宽了，我爱笑就笑我想笑就笑。"燕子鼻腔里又哼哼了两下。朱瑞的鼻子都歪了，"你不要哼哼唧唧，你开怀大笑嘛。"燕子还是用鼻腔笑，朱瑞的脸都青了："小心我捏死你。"燕子又哼哼了两下。朱瑞光出气不说话。

他们离开村庄很远了还不说话。燕子说："谁让你不说实话？"

"我说的都是实话。"

"好好想想还有啥话没说。"

"暖手的地方么，在羊身上么，还能在人身上。"

"这就是你不老实的地方，你咋知道在羊身上暖手？"

"王卫疆教我的。"

"你胡说啥？"

"羊一个劲叫唤，羊越叫唤我越觉得自己是个罪犯，连个屠夫都算不上，王卫疆就给我示范了一下。我把手往里边一伸，我的妈的，软软的烫鲁鲁的，像水不像水，像油不像油，立马就浑身抖起来了，麻酥酥的，跟过电一样。”

“不要说了不要说了，我知道了。”燕子心里骂王卫疆你个狗日的。燕子就想起王卫疆的手，把她身上都摸遍了。燕子咬住嘴唇想心事，样子很害怕。

朱瑞声音轻轻的，“我说的都是实话，王卫疆是你老汉，你总不能怀疑你老汉么。”

“你说啥哩，谁是我老汉？我还没结婚呢，哪来的老汉？”

“你们两个不是不是……”

“咋咧？”

“我胡说哩，胡说哩。其实王卫疆厉害着呢，王卫疆在牧场待过，真是个好把式，我啥时候把王卫疆那一手学过来我也不枉活一场。”

“哈哈真有意思，王卫疆又成你的美好愿望了，你最初的愿望不是手把羊肉吗？”

“难道王卫疆不爱吃手把羊肉？吃得美得很嘛，我见过好几回，闭着睛眼吃呢，嘴里还支支呜呜唱呢，美着呢，活人就要活到这份上。”

“杀羊的时候不许羊叫唤，不许羊淌眼泪，还要羊笑眯眯的，你把羊当成啥了？”

“你当初不是喜欢这样子吗，你咋说变就变啦？”

“我说的不对？”

“你胡搅蛮缠么，你明明知道屠夫能把羊活活杀死，好把式能把羊杀活，杀羊的人也就超脱了，你明明知道么。”

“我不知道。”

“我跟你说，王卫疆眼睛瞎啦，找下你这么个货。”

“我就是不知道。”

“我回去就告诉王卫疆你是个啥人！”

“你说我是个啥人？”

“我告诉王卫疆你是个啥人，王卫疆立马就把你撇了。”

“我还是不知道。”

“你不要说这话，这话伤人呢。”

“不知道就是不知道。”

“我求你了。”

“哈哈，肚子胀了，肚子胀了爆炸么，你爆炸么。”

轰隆一声爆炸了，把朱瑞给炸没了，不见影儿了。朱瑞看见自己把燕子按倒在草地上，朱瑞恶狠狠地：“你这女人，你太不像话了，你睁开眼睛看看，看看我这手，我快成好把式了，你还这么说我。你不要闭眼睛，你睁开你的眼睛。”燕子眼睛闭得实实的，燕子就像躺在床上，草丛绵茸茸的，都是灰绿灰绿的野艾，燕子闭着眼睛跟睡着了一样，燕子不睁眼睛朱瑞一点办法都没有。“你咋就不看我这双手呢，你再不看我就想其他办法了。”朱瑞愣了半天，朱瑞的样子很可笑，朱瑞的脸都变形了。朱瑞一急之下就想出了办法，朱瑞就把他的手伸到燕子衣服底下，“燕子，对不起了，我暖手呀，我的手快要成功了，你不能见死不救。”燕子鼻子哼哼着燕子不吭声。朱瑞也不吭声了。朱瑞抽出手看了一下，朱瑞心里大声喊叫：“我的妈呀，我把燕子的皮剥开了吗？跟羊身上一样啊。”朱瑞赶紧把手伸进去，朱瑞的心里又喊了一声：“世界上还有这么好的女人，让你死去活来，比羊还美呀，该不是白天鹅吧。天鹅是给放羊人做妻子的。”朱瑞再看燕子时燕子的脸红得出血了，燕子大声出气，身体抖得那么厉害，好像要张开翅膀飞哩。朱瑞赶紧把手伸进去，朱瑞的手越伸越长，手都不够了，朱瑞都急了。朱瑞身上又伸出了一只手，好家伙，这只手跟老虎一样跟豹子一样跟一团火一样，一下子就冲到燕子身上，就不像老虎豹子了，像是电源的插座，往身上一插。肯定插到关键处了，燕子跟通上电一样，大喊一声，几乎坐起来，眼睛那么亮，把人能吓死。朱瑞都停下了，燕子的大眼睛还是那么亮，亮光没有刚才那么猛烈了，柔和下来了，手不停地摸朱瑞的脊背。

羊群在十几米外的地方吃草，耐心地待着。有时还朝洼地里看一看，羊群以为这两个人也在吃草，吃得那么欢势，把地都揭起了。羊好像很喜欢这种吃法，不停地朝那地方看，可又不过去，只是远远地看着，羡慕到了极点。羊高兴了也会咩咩叫，羊不叫，羊自己都没有发现它们的眼睛亮中带湿，湿润润的，跟水晶石一样。十几只羊差不多都把嘴巴贴在地上，不吃了，草叶一闪一闪跟羽毛一样轻轻地拂着羊嘴巴，羊跟做梦一样，羊有了飞翔的感觉，羊就看见洼地里的那两人也不吃草了，在飞呢，飞得那么快，那么猛，快要从地面摔出去了，就紧紧地抓着地面，抓住啥是啥，把草根都拔出来了。那是草原人发誓的方式，草原上的女人要诅咒一个人让上天来训罚时，就拔起牧草向苍天呼吁。这个熊熊燃烧的女人在诅咒谁呢？她的头发都乱了，她抓起草根，她抓起沙土，她抓起爬地松；爬地松就像拧在大地上的钢梁一样，女人把大地的钢都拔出来了，女人像哭不像哭，像笑不像笑，女人的眼瞳里一会儿是火焰一会儿是清水，清纯至极的海子里才有这样的水啊。羊从春天长到秋天，羊不停地转场，从阿尔泰山转到天山，从大漠腹地转到准噶尔盆地的边缘，让它们刻骨铭心的都是海子里的水啊，不论大小所有的海子都那么清澈，清澈到地心里去了。它们也见识过女人眼睛里燃起的爱情的火焰，能把水火融在一起的眼睛可是太少见了，那已经穿过地心把天空融进去了，远远超出了羊的想象力。十几只羊当中只有两三只健壮如虎的肥羊去过三台海子，也就是赛里木湖，草原人视为圣湖的赛里木湖，那是祝福生命的高山大海子，佩在天山最优美的地方，天鹅要在那里待整整一个礼拜，沐浴了天山之美然后才起飞。天鹅起飞的时候那些远道而来追求美好的愿望的男人和女人，眼瞳里就燃起爱情的火焰，从火焰深处又涌出清澈的海水。羊就这样看到了女人眼睛里的水，所有的羊都看到了，那些没有去过赛里木湖的羊看到的是天堂一样的圣湖赛里木，它们比去过的羊更满足更幸运。男人小声嘀咕了一句："哎呀，到天堂了。"女人轻叹一句："是圣湖赛里木。"

"你说啥？"

"赶车的老头说的，圣湖赛里木是天鹅落脚的地方。"

羊们还记得女人最激烈的时候，两条白腿在灰绿色的草丛里一闪一闪就像白天鹅的翅膀。

男人小声说："我尝到天鹅肉了。"女人就拧男人耳朵，女人就看见了缓坡上的羊。

"你看，你看那些羊。"

十几只羊全都泪光闪闪，这个叫朱瑞的男人喜出望外，连跌带爬扑过去，跪在羊跟前，抱住羊，一只一只地看，还用手小心翼翼地摸羊眼睛，摸到的瞳光都是滑腻腻的，跟油脂一样，跟他在女人身上摸到的一模一样。他举起他的手，他都忘了他是跪着的，这个叫燕子的女人走到他跟前，看他的手，又看羊眼睛。

“你激动成这样子了。”

“我能不激动吗？你知道羊眼睛为啥这么亮？羊眼睛亮到这种程度，就把刀刃上的光逼下去了，羊就不怕死了，羊就是活的，杀了它，它还是活的，肉拿走了，命在呢。”

“赶车的老头说的对，命是长生天投射到大地上的光。”

这个叫燕子的女人也忍不住抱住羊，摸着亲着，跪在地上了。

“你这臭男人，你可要对羊好哩，你一辈子都要对羊好，听见了没有。”

这一天朱瑞成了他梦想中的好把式。

3

朱瑞去羊圈叫羊出来，不像以前那样去抓，羊也不往后挤，羊安安静静的，吃草的，望天的，想心事的，该干啥还干啥。朱瑞嗨喊了一声，那只最肥的羊知道叫它呢，就走过来了。朱瑞前边走，大肥羊跟在后边，两个打算当帮手的伙计吃了一惊。

“朱瑞，你把羊日了？羊这么乖？”

“我把你姐日了，把你妹日了。”朱瑞硬得很，朱瑞晃一下刀子，“再胡说我捅了你，你想试试，你过来，过来，过来试试。”

“开玩笑，开玩笑，你当真了。”

“不许这么说羊，羊比天还大，狗日的这么说羊。”

两个伙计赶快溜了，溜到灶房里心还在乱跳：“狗日的叫羊日了，羊是他爷羊是他妈，羊是他老婆。”另一个赶紧捂上嘴：“少说一句，叫他听见他就过来了。”往外看一眼，没过来，互相看一眼，发誓不再胡说，还在嘴上按几下，按稳当了，就出来看朱瑞杀羊。

朱瑞走到院子中央，从磨石上捡起刀子。羊看见了刀子，弯弯的新月一样的蒙古刀，刀刃上的亮光迎着羊的目光，刀刃的亮光就垂下去了。刀刃是被吸过去的，跟河里的鱼一样，白鱼在河里蹿起来了，都能听见哗哗的水浪声。其实那是人的幻觉，刀子还没有进去呢。朱瑞好像给羊说悄悄话，好像给空气说话，空气里好像坐着他爸他爷，他八辈祖宗一直追溯到开天辟地的时候，人类最古老的初祖，快到天尽头了。朱瑞就对那么遥远的人祖小声说话呢，朱瑞说得很诚恳。

“你生不为罪过，我生不为挨饿，原谅我们！”

白鱼一样的刀子就一头扎进去，一股蓝幽幽的气息从羊的腑脏里冲出来，空气都成了蓝色的。朱瑞的手放进羊的腑腔，朱瑞感到他的手成了羊肺羊肝羊肾羊脾脏，每一样都这么清晰。羊心呢？他的手再巧也很难变成一颗心，他这么想的时候，他的心猛跳一下，跟鸟儿一样飞出去了，胸腔凉飕飕的，空荡荡的。但朱瑞不是原来的朱瑞了，朱瑞只慌了一下就镇静下来。两个伙计抬着羊出去了，羊皮摊在地上。朱瑞摸刀子时感觉到刀刃热乎乎的，刀刃被肉化开了，再也凉不下去了。好把式的刀子都是热的，趁热就把刀子收了。牛皮做的鞘，就像给热刀子穿了一件好皮袄，就像刀刃长了一层皮。朱瑞在刀的皮肤上摸一下，朱瑞的心静下来。朱瑞喝了一缸子茶。朱瑞也热起来了。朱瑞走出院子，手握成一个拳头，他心里一惊，这不是羊心嘛，他的手还在羊身上。

当天晚上他就见到了燕子，他先把手摸进去，伸到燕子胸口时他的手就握成了拳头。

“你弄啥哩？”

“我的手丢在羊身上了。”

“你说梦话哩。”

“我试了几回，我感到这不是我的手。”

“你想让我给你证实一下？”

朱瑞点点头。燕子就让他把手松开。

“我不敢，我不敢。”

“咋跟个孩子一样，瞎话，松开！”

“我手里攥着羊心。”

“我知道，听你大姐我的，松开。”

朱瑞的手硬邦邦的跟石头一样，跟铁块一样，燕子加上她的手，在朱瑞的手背上跟鹅毛一样轻轻地滑动。燕子的胸脯在下边烘着，朱瑞的手就一点一点化开了，跟蚯蚓一样一曲一弯。

“听大姐的，手动弹，使劲地动，摸，慢慢摸。”燕子声音都变了，“你这臭男人，你摸到啥了？”

“你的心跳哩。”

“你才知道。”

“你的心跳得这么厉害。”

燕子说不出话了。他们见面的地方在柴房里。燕子捡柴火准备做饭，朱瑞就闪进来了。朱瑞来的时候，王卫疆正躺在五公里路口修车呢。燕子一惊，还没等她开口，朱瑞的手就像一只被追打的狗，呜哇一声钻到衣服下边，一下子就到了胸口上……他们穿好衣服，又看朱瑞的手，好像刚才做的事情都是为这只手。燕子扳着朱瑞的手，一根指头挨着一根指头往过扳，扳过来，再扳过去，朱瑞的骨节叭叭响起来，燕子就放心了。

“好了，大姐把你救活了。”

“你把羊也救了。”

“算你娃聪明。”

朱瑞走了，直接从柴房走的。

燕子开始做饭。一边做一边发呆。日子比以前好多了，揪片子不是素的了，有一点点羊肉了。切羊肉的时候她听见王卫疆的脚步声，她知道这是幻觉。王卫疆骑自行车，她知道是朱瑞这狗日的赶路呢，朱瑞肯定走的是小路，走大路就有可能碰到王卫疆。燕子记得那条小路，在水渠边上，一边是林带，一边是庄稼地，朱瑞会不会碰到狼？燕子哆嗦了一下，刀刃就碰到手上，好家伙，手指好好的，刀刃只在皮肤上刮了一下，皮肤红红的亮亮的，是不是刀刃都会在一种亮光下退避呢？刀刃躲避什么呢？她知道朱瑞没什么危险，因为她听到了汽车的嗡嗡声，还有密集的车灯，把周围的密林、庄稼地、荒野照得亮亮的，狼不会到这里来的。饭馆的羊圈都是半人高的土坯墙，小孩子都能爬进去，狼都不敢去，羊是安全的，朱瑞就一定很安全。她长长出一口气。她可以放心地切肉了。肉先下锅，她开始切辣子切西红柿，最后是皮芽子。切皮芽子的时候她打起喷嚏，她知道王卫疆在想她，她手里的刀子就咚咚响起来，跟下白雨一样，跟剁肉一样，皮芽子都成细末子了，她还在剁，再剁就成水了，刀子咚一声咬在菜墩子上再也不动了。菜墩子把刀子吃了。燕子吃惊地看着树根做成的菜墩，这是王卫疆从果园里弄来的梨树根，燕子就说：“你咋弄个梨树根？”

“这是苹果梨，你闻。”

还真有一股清香味，混合着梨和苹果的味道。东果园有几十年的历史了，全垦区的果树都是从东果园栽培的。王卫疆是从熟人那里弄来的，一个大树根，分成几块，很好用，中间已经凹下去了。好多人家的菜墩要用一辈子。树根的最好，有点像工艺品。燕子看着看着心里就毛了，这个苹果梨的菜墩就像卧在地上的小羊羔，两块突出来的黑幽幽的节疤就像羊眼睛。燕子还犹豫什么呢？燕子拔下刀子，刀刃一横，就把切碎的皮芽子倒进锅里。锅都等急了，肉呀西红柿呀辣子呀都熟透了，咕咚咕咚的就等皮芽子提味呢。味儿就出来了。可以揪面片了。燕子的手很快。燕子听见王卫疆和王卫疆的自行车，还有小狗的汪汪。

王卫疆吃饭的时候，燕子就盯着王卫疆，王卫疆饿坏了，一碗接一碗往肚子里装。王卫疆吃完饭要抽烟的。早饭中饭都是穷对付，晚饭就吃得从容不迫，保质保量，烟也不是莫合烟，一定是香烟，厂子里生产的正牌子香烟。燕子给他定的规矩，不能太委屈自己。王卫疆每天晚饭后就美美地抽一支“天池”牌香烟。跟往常一样，王卫疆把烟咬在嘴上，找不见火，火在燕子手上，王卫疆很惊讶，烟差一点掉了。“我来我来。”燕子按住他，燕子把火递过来。两个人中间就飘起一团青烟。

“你坐远一点，呛你哩。”

“我不爱，你就想把我支开。”

“我怕呛着你。”

“大城市女人还抽烟呢。”

“那都是洋女人。”

“你嫌我土气。”

“你胡想啥哩。”

“你为啥老把我支开。”

“我干的都是脏活，油腻腻的。”

“这不是理由。”

“哎呀，我不知道该给你说啥！”

“说啥，说实话。”

“我说的都是实话。”

“骗人吧，有好几回都是女人把你从车底下拉出来的。”

“人家是司机的老婆，司机就在车跟前站着。”

“今天拉了儿回？”

“两回还是三回，我记不清了，长啥样子我都没看清。”

“好哇，你还想看清人家的样子。”

“我给你说不清，我不说了。”

“你心里有鬼，你不敢说。”

“哎呀我嘴都困了，舌头都硬了，咱回去，赶紧，明儿还要上班哩。”

“你回我不回。”

“你想住这？”

“这是我的家你想赶我走吗？”

“我明早儿来接你。”

王卫疆把狗牵过来，拴在屋门口，王卫疆推上车子走到大门口，燕子站在屋里燕子不动弹。王卫疆招招手：“关上门关上门。”

“你给我关。”

王卫疆就返回来。“我把你锁在里边，你晚上解手咋办？”

“你说咋办？你回来给我开门。”

“你难为我哩。”

“还不知道谁难谁呢。”

“你不打算让我走是不是？”

“你要走的，我又没赶你走。”

“早说嘛，哎呀！”

王卫疆就想动手动脚，燕子两下就把他打老实了。

“想把我支开，你能把我支开吗？”

“到床上了还说这话。”

王卫疆管不住自己了，就放开了，燕子也放开了。忙了好半天。王卫疆兴奋得不得了。

“啊呀，都一年多了。”

“你感想多得很。”

“地窝子里那一回，我就天天想，时时刻刻地想，啥时候能天天过这种日子。”

“我就这么容易让你得手呀？”

"嘿嘿，我今天得手了，跟做梦一样。"

王卫疆的手又不老实了，跟兔子一样蹿了一圈又一圈。燕子就问他："我身上起梭梭没有？"

"光光的，跟绸子一样，哪有什么梭梭？"

"说实话，到底有没有？"

"没有没有，来来，你自己摸，是不是像绸子？"

"我生气的时候有哩。"

"你生气的时候跟老虎一样，能把人吃了，二尿二百五才敢在那个时候伸出手。"

"你，你就不想当一回二尿二百五。"

"我是个正经人，我又不是二尿二百五。"

"你就是。"

"你难为我哩么，哄你高兴都来不及，还敢惹你生气？不是给自己找不痛快嘛。"

燕子轻轻叹口气："有时候也要惹女人生气哩。"

"嘿嘿，我才不上你的当。"

"我说的是实话。"

"你给我挖坑呢，上套呢，我不信。"

"你不信就算了。"

燕子不叹气了，燕子扳住王卫疆的肩膀，盯着王卫疆的眼睛："我生气的时候是不是很难看？"

"你啥时候都很好看，生气的时候，高兴的时候，都很好看，好看得很。"

燕子的眼睛就眯起来，眯得细细的，里边的光却更亮了，亮得让人害怕。

"燕子你咋了？"

燕子笑了，燕子一笑，眼泪就出来了。

"你不要哭么，你哭啥哩？"

"你不要把我支开，听见了没有？"

"为这事？不值得不值得。"

"你知道你把我支到哪里去了？"

“你还能到哪里去？还能跑出五公里？”

“我出了五公里。”

“公路那边是乌苏，乌苏在五公里外边。”

“我去牧场。”

“谁欺负你了？”

“你看我像被人欺负的人吗？”

“我想也就是。”

“我一路走一路想，乌苏的牧场跟海力布叔叔的牧场肯定是一样的。”

“乌尔禾那牧场比不上，乌尔禾牧场就剩下海力布叔叔一个人了，草也不好，都在石头缝里，能藏下兔子。乌苏那牧场、大草原么，跟天堂一样。”

“我还是想起了你，骑着大马，赶着羊群，腰里挂着刀子，草原勇士不就是这样子吗？有一天，放羊的少年发现了羊眼睛里的光芒，少年就想放走这只美丽的羊，他就把羊放走了。”

“乌苏草原那么大，肯定发生过这种事情。”

“你跟我一起去就好了。”

“真是个好姑娘。”

“我已经不是姑娘了。”

“说傻话了吧，把心交给我，你就永远是现在这个样子，二十年三十年，五十年都是这个样子。”

“你咋知道的？”

“地窝子那天晚上我就知道了，我放走的羊又回来了。”

“早就让人杀了，吃了。”

“你忘了，我是个好把式，我十四岁的时候就练出来了，海力布叔叔手把手教的。”

燕子的眼睛眯得细细的，快要闭上了，闪射出来的瞳光把整个脸都弄模糊了。王卫疆告诉她：“把羊放掉的人都知道羊是死不了的，拿走了肉，拿不走它的命，命是不变的，放羊的人放到这个份上，就到家了。”

“你为啥不让我到牧场去？”

“咱商量好的，明年回乌尔禾去看海力布叔叔。”

“我想到你待过的地方看看。”

“不急么急啥哩？”

“我想找回你过去的影子。”

“我就在你跟前么。”

“你的过去现在将来我都喜欢。”

“我就在你跟前么。”

“你的每一段生活我都喜欢。”

“不管哪一段，都在我这搭哩。”

“我老出现幻觉。”

“你太累了，你莫休息好。”

“有时候我会把别人看成你。”

“你太好了。”

“我是不是太傻。”

“你太好了。”

“我也不知道我是咋回事。”

燕子流出了眼泪，王卫疆拍着燕子的脊背。

“我给你说，你啥时候都这么好看。”

燕子的脑袋埋在王卫疆的怀里，燕子的肩膀一抖一抖，说出的话也是一抖一抖。

“你，你看不着我。”

“还用看吗？闭上眼睛都知道你的样子。”

“人家眼睛都哭红了，都成烂眼猴了，你还说人家好看，安的啥心嘛？”

“那你就甭哭了，眼睛哭烂得去看医生。”

燕子猛地一下抬起头，就跟鸟儿张开翅膀往天上飞一样，燕子扬起脑袋，眼睛睁得圆圆的：“你就没安好心，你就想把我往医院里送，奎屯刚刚开了美容院，你咋不提美容院哩。”

“去美容院做啥呀？”

“你不要装糊涂。”

“那是修理女人的地方？”

燕子的鼻子都歪了。

王卫疆拍一下脑袋："我单位的会计去过美容院，说是修指甲，指甲涩巴巴的，往光里打磨，磨得光光的，还上了指甲油，不就跟机器上润滑油一样吗？你的指甲又不涩。"王卫疆抓燕子的手。"你甭动我。"燕子的手飞了。"闭上眼睛都知道你的手，手心手背手指头手指甲包括指甲缝都是光光的红润润的，我还舍不得修呢，这么好的手，医生没法修。""手手，你就知道个手。""人全凭手呢，女人男人凭的就是一双手。"燕子的手攥成了拳头，骨关节叭叭响。王卫疆就说："好着呢好着呢。""好你奶个腿。"燕子想让骨节不响都不行，手指上的手腕上的骨节都在叭叭响。王卫疆就说："血气旺，骨头就响，美容院对你是多余的。"

"人家有办法的男人都想让他的女人去美容，你这狗东西，你连想都不想。"

"我肯定不想，我又不是苕子，好好的一个大活人，去修修补补的，算个啥事嘛？"

"修修补补，你说是修修补补？"

"我单位的会计修过么，我见过么，指甲不好，才修指甲，你啥都好好的，修啥哩吗？我整天在修哩，我还不知道这个修？有毛病有麻达才修哩。"王卫疆忽然一拍脑袋，"哈，我明白了，你在考验我哩，我咋跟个猪一样我才想起来你说的话，你提醒过我，说什么男人有时要惹女人生气哩，我不上你的当，我又不是二㞞二百五。"燕子的眼睛圆丢丢的，嘴张得大大的，眼睛一闪一闪放光哩，嘴里咕儿咕儿咽唾沫哩，燕子表情复杂得很，燕子的眼睛不眯起来都不行。王卫疆哈一下乐了："动心了动心了，这也是你说过的，女人动心的时候眼睛就眯起来了。"

"你是个魔鬼，乌尔禾来的魔鬼。"

"算你说对了，乌尔禾有兔子，也有魔鬼。"

"哼，你说吧，你把全世界的好东西都搬到乌尔禾去。"

王卫疆就告诉燕子："全世界的鬼都是孤魂野鬼，乌尔禾的鬼是有家的。"

"是不是还住着大房子？"

"房子算个啥？有街道呢，有城堡呢，奎屯都比不上，差不多顶一个乌鲁木齐。”

“牛皮大王你告诉我，乌尔禾的魔鬼住得那么好，它们住在里边干啥呢？”

“跟兔子玩呢。”

“咋玩呢？”

“风稍微一吹，吹拉弹奏就开始了。”

“吹拉弹奏，你以为开音乐会呢。”

“对么，对么，鬼吹号呢，吹唢呐弹琴敲锣打鼓呢，这是小鬼，小鬼鸣锣开道，大鬼就出来了，全都是高喉咙大嗓门，女鬼就连哭带嚎。全世界的兔子都出来了，兔子胆小，就满地乱跑就跑晕了，晕头转向的兔子不是越跑越远，反而跑到魔鬼跟前，越聚越多，魔鬼反而不下手，吃谁都不合适，干脆让人吃吧。这时候魔鬼才醒悟过来，不该到地上来，来到地上给人做好事了。最早住在乌尔禾的蒙古人连弓箭都不用，下个套子就能抓兔子，兔子又多又好，蒙古人跑遍了全世界，都没见过这么多这么好的兔子，他们就住下不走了，他们就把这块好地方叫乌尔禾。按他们的说法，乌尔禾的套子是长生天派魔鬼下的，兔子上套也是长生天的意思，兔子是心甘情愿的。兔子到了乌尔禾，不是上套，是上天堂。”

燕子不信也不行了，“你这坏小子，你一肚子的鬼，原来你是陪鬼长大的。”

起风了，风越吹越大，林带里的树吼叫着嗓子都哑了，风一下子挣脱了树木的羁绊，把天空都吹响了，把大地都穿透了，风的啸叫一下子到了屋里。燕子就抖起来了：“鬼不是住在城堡里吗，咋跑这儿来了？”

“这屋子空好长时间了，人气不旺，就容易招鬼。”

“你骗人，咱们待过的地窝子废了多少年了，里边多安静啊，多暖和啊。那么好的地窝子叫人给占了，咱们把它要回来，拿这栋房子去换。”

好多年以后，燕子才知道王卫疆打土坯托人找关系换到这栋砖房子。目前她不知道，她只知道王卫疆人缘好，面子大，在单位吃得开。

“你这坏小子，一肚子的鬼，我害怕鬼，我跟兔子一样，吓得到处乱跑，反而扑到魔鬼的怀抱。”

“乌尔禾的套子套野兔可不套女人啊。”

“啥意思？又想把我支开？”

“我想起了海力布叔叔，海力布叔叔没有女人。我小时候就听大人们说：有找不到女人的男人，没有找不到男人的女人。海力布叔叔没有女人，海力布叔叔就是乌尔禾找不到女人的男人，人家就说乌尔禾的套子套兔子不套女人。”

“他怎么过呀？”

“他过得挺好，他有大群的羊，还有马。”

“你们家让你去牧场是陪海力布叔叔的。”

“他把我当亲儿子。”

“你这坏小子，你有两个父亲，怪不得你运气这么好。”

“我运气好吗？”

“我一直不明白，大家的日子这么穷，一只肥羊值多少钱哪，求人办事，办大事才肯送人家一只大肥羊，竟然有人把羊喂肥肥的，又白白地放掉。海力布叔叔对你太好了，你放走的是他的羊，年终结算要从他的工资里扣的。”

“我给你说了嘛，海力布叔叔把我当亲儿子，他很支持我的。”

“我一定要看看这位海力布叔叔。”

“我给海力布叔叔发过誓，我找到心爱的姑娘就回去看他。”

“那时候你心里就有鬼了。”

“海力布叔叔让我发誓的，不然他不让我走。我来奎屯上学他给了我学费，让我坐在山顶上，高举着双手向苍天发誓：‘一定要带回来一位美丽的姑娘，否则就不要来见我。’他就这样对我说的，我发了誓，他才肯告诉我。他说，那些放走的羊会碰上一位美丽的姑娘，你一定要找到那姑娘，否则我们的羊就白白放走了。海力布叔叔就像对亲儿子一样，在我还不懂事的时候就让我放走了羊。”

风还在尖叫，燕子已经不害怕了。王卫疆响起了呼噜。燕子的眼睛睁得大大的，里边全是泪水，一闪一闪跟沙漠里的海子一样。

4

五公里不但有公路还有从天山上引来的雪水，沿着水泥大渠呼啸而下，脸盆大的石块落下去都能被激流卷走。燕子往水渠里放的不是大石头，是一只只纸叠的小船。

上班时她用办公室的废报纸叠船，一个新账本还没用，一大半让她叠成船了。主任就来训她："公家财产，你不要浪费。你又不是小孩，咱这也不是幼儿园。"燕子就红了脸，赶紧把纸船收起来。主任是个慈眉善眼的老太太，感觉自己把燕子说重了，就套近乎："废报纸可以用的。"燕子没吭声，老太太从柜子里取出旧账本，十几本捆在一起，老太太抽出最底下的一本，递给燕子。燕子不要，老太太说："账本只存十九年，这是十九年前的，该烧掉了。"燕子说："我玩呢，不是故意的。"老太太说："还生我气呀，账本纸质好，做玩具正合适。"燕子就笑了："我已经做够了。""明天呢，后天呢。"燕子就收下了。老太太就告诉燕子，她年轻的时候手可巧了，纸船纸飞机纸猫纸狗，纸老虎纸蜻蜓纸蝴蝶，叠什么像什么，"看见没有，我就比同龄人年轻。"燕子说："你也比同龄人漂亮。"

"丫头会说话。"

"你现在也可以叠嘛。"

"我以为我老了，看见你做这个，我不知怎么就冲你发火，其实是你提醒了我，我对我自己不满意，把火发你身上这是干吗呢。"

"你想做，又担心没有同谋。"

老太太就把报废的旧账本全拿出来了。老太太教燕子叠猎狗老虎蜻蜓蝴蝶，燕子很快就学会了。燕子多聪明，燕子的一双巧手叠出这么多飞禽走兽，燕子就叠出了一只大肥羊，羊角还带着螺旋，让老太太惊奇得不得了。老太太回忆她叠过羊没有，思索了半天，没有，没有任何迹象表明她曾经叠过羊。

"我把什么都叠出来，咋就没有叠羊呢？在新疆没有羊是不可想象的。"

老太太举着燕子叠出来的羊，不住地叹气。

“阿姨，现在叠出来嘛。”老太太的手巧着哪，眨眼就叠出一只大肥羊，几乎可以跟燕子的混淆。这回老太太手里举的是她自己的羊，她还在叹息，燕子就不明白了，老太太说：“什么时候叠出来那可不一样，二十岁跟五十岁相比，太不一样了。”她们叠出一大群羊，满桌子都是。最传神的是羊眼睛，是用小刀在纸脑袋上挖出来的，切口不齐，起了毛，好像长了长长的眼睫毛，很好看的一双毛毛眼，一老一少两个女人，稀罕得不得了。

“你这丫头，你咋想出这么个诀窍，你是羊变的？”

“我小时候放过羊。”

“我家是农村的，我也放过羊，我咋就把羊给忘了。”

“羊不是回来了嘛。”

“对对，回来了回来了。”

“放过的羊都会回来的。”

“你这话太有意思了，我得好好想一想。”

她们小心翼翼地把羊收起来。

“哈，羊还是花的。”

账本的纸质好，而且有红绿两种格子。还蓝墨水写成的字。

“绿的是草，红的蓝的是花么。”

“对呀，对呀，这些账本哪是做账的，是给咱俩预备下的。”老太太感慨万千，“我快退休了，我都是当奶奶的人，我才醒悟过来，你看你看。”老太太又看出了新东西，“我亲手写上的字，近看是草丛里的蓝花花，远看就成天上的星星了，星星是蓝的。”老太太那手漂亮的钢笔字娟秀大方，就跟她这个人一样。

“好多账本都烧了，毁了，那是我一辈子的心血。二十年前的，三十前年的，我刚上班时才十九岁，我第一本账还没做完就生下了老大，我的大丫头都三十多岁了，孩子都上幼儿园了。”

“这些羊正好送给幼儿园的小外孙么。”

“我真的没想到它们能回来，跟一场梦一样。”

“阿姨，这是好梦。”

老太太跟孩子一样笑了，她们小心翼翼地把羊收起来，就像赶羊进圈，“我没想到退休前又返老还童了。”老人太越来越像个孩子，眼睛里有光了。

叠这些纸玩具之前，燕子往水渠里放石头，她眼睁睁看着激流把石头卷走。石头在激流下边轰隆隆响，越响越远。据说那些石头会被带到大渠的下游，支渠的水闸就把它们拦住了，看水闸的农工把它们清理出来，加固堤坝，也可能扔到荒滩上，渠的左侧就是荒滩。石头只能是这种结果。燕子就毛了，不敢往水里丢石头了。燕子回到王卫疆身边，前言不搭后语。王卫疆修车呢，王卫疆没躺在车底下，王卫疆半截身子钻到车盖子里边检查发动机呢。王卫疆一边擦离合器，一边跟燕子说话。王卫疆说："你的离合器不灵了，你说话结结巴巴，你心里有鬼。"还没等燕子发火，王卫疆就钻出来了，朝司机大喊："好了。"离合器和发动机就响起来了，车子有气了，活过来了。王卫疆转过身来解决燕子的问题，那架势就像又接到了活儿，他有信心他能对付得了。他还真把燕子给治住了，他都没想到会这么容易，他几乎是若无其事。他告诉燕子："说你心里有鬼是言重了，你心里烦闷，你到师傅家去坐坐。"

"人家那么忙，哪有工夫陪我。"

"不是他们陪你，是你给他们帮忙，给小胖辅导辅导课做做手工。"

刘师傅的儿子小胖上幼儿园大班。燕子就给小胖辅导功课，幼儿园的作业有语文有算术还有手工，燕子做出的手工比小胖的老师还要好，小胖受到了表扬，得了小红花。燕子就把这种好心情带到单位来了，就有了纸船，连飞禽走兽都有了。

燕子以为她忘了那滚滚激流，她到五公里她心里就毛了。跨过水渠上的桥，才能到路口。她低着头，她只看路面，自行车扭了起来，幸亏是加重二八车子，结实耐用，没把燕子摔下来，燕子自己下来了，她推着车子走过去。她听见激流的哗哗声。呼啸而下的雪水带着一股风，把渠两边的尘土和杂物都卷起来了。燕子看见王卫疆的同时，也看见了朱瑞上班的那家饭馆，幸亏没看见朱瑞，她都喘不过气了。她走得很慢。她平常总是把车子骑到王卫疆跟前，她推着车子走，车子也没有声音，就一下子出现在王卫疆跟前，把王卫疆吓一跳。王卫疆往水渠边跑，燕子愣一下才知道王卫疆去洗手。王卫疆天天都去水渠边洗手，她知道呀，她心跳得太快了，她解一下领扣，那只是一个虚张声势的动作，根本就没解开。她听见哗哗的水浪声，她还听见水被撩起来，在手心手背手指间缠来缠去，然后到了脸上，脖子上，耳朵后边都是水，王卫疆把头发都弄湿了。“毛巾。”王卫疆大声吆喝。燕子拿着毛巾过去了。燕子问王卫疆干吗不用热水洗。

“我没那么娇气。”

“雪水渗骨头呢。”

“火气大，莫事。”

“莫事莫事，老了你就有事了。”

“你咋啦？你也在水渠里洗过嘛。”

“那是过去，现在不行。”

“雪水里有沙子呢，洗油污正好嘛。”

“要肥皂干啥嘛？要洗衣粉干啥嘛？”

修理铺有好几袋阿凡提洗衣粉，燕子给买的。王卫疆只好缴械投降。王卫疆开始吃饭。

燕子下午来的时候拎了一个铁皮壶，还有一个八磅热水瓶。修理铺就有两个热水瓶了，去饭馆灌几瓶开水是没问题的。燕子告诉王卫疆：一瓶是喝的一瓶是洗手的。“把开水兑到铁皮壶里。”王卫疆当场练习了一遍。燕子还是不放心，“你背过我往水渠跑我也没办法。”燕子越说疑心越大，“你不想活了你就往水渠边跑。”

“有那么严重吗？”

“掉下去就没命了。”

“我掉不下去嘛。”

“那么大的水，世界上哪有那么大的水？”

“水不深呀，还不到一米。”

“水紧呀，傻瓜。”

“那倒是真的，水是很紧，跟一群野马一样。”

“那么紧的水，淹死一个人算啥？就把人卷走了，跟卷树叶一样，无踪无影了。”

王卫疆手都抖起来了，“不要说了，我头皮都发麻了。”

燕子长长出一口气。燕子再次送饭来的时候，王卫疆用温水洗手洗脸，地上落了一片水花。王卫疆吃饭。燕子去打开水，到饭馆里去打。朱瑞干活的饭馆在路那边一直斜过去了，只能远远看见“天天来”几个字。燕子不用去“天天来”。路这边有好多家饭馆，燕子就到最近的这家“沙湾大盘鸡”打开水。只有两个顾客吃饭，炉头跟跑堂在聊天，燕子跟他们打个招呼进去打水，从大铁锅里用勺子舀着灌，咕噜噜咕噜噜就像一个壮汉捧着大碗喝稀饭。外边的说话声听得清清楚楚。炉头和伙计们在谈论朱瑞。她就把一勺子开水倒在地上。大铁锅里的开水冒起很小的气泡，热气也不大，燕子的手停在半空。外边的人照旧聊天，聊那个“天天来”的屠宰师傅，他们已经把朱瑞不当伙计看待了，他们叫他师傅，炉头才有资格叫师傅，屠宰手成为师傅要有一个漫长的过程。

“这小子，把羊杀得，羊迎着刀子往前走呢，羊看不见刀子那是一景，狗日的，绝啦！”炉头边说边拍大腿，“你这肉头，你要学人家呢。”炉头拿话砸自己的伙计，伙计不服气：“咱宰的是鸡又不是羊，改天咱也宰羊去呀。”

“宰鸡也有讲究呢，哪像你，狗日的活脱脱一个土匪，不是把鸡头砍掉就是拧断折断。鸡也是条命么，你就不会待它好一点。”

“不就是一只鸡么，剁碎吃呢，又不是上台领奖进新房当新郎。”

“你还嘴硬，你就不想想你老婆为啥跟人跑了？”炉头是个二掌柜，牛皮得很，炉头又朝另一个伙计开火，“还有你，你把那鸡毛拔得，皮都撕下啦，鸡爪子都掰断啦。”“大盘鸡”靠的是炉头的功夫，味道好，也剁得好，红案再好节疤太大他也无能为力。炉头就有话说，说得昂昂气状。燕子出去时候，被斥责的两个伙计垂着头瞅着地面，技不如人，这是没办法的事情。

燕子觉得她走得很稳当，还是有人朝她看，她越走越慢，她就看见“天天来”饭馆的大牌子，跟飞行员额头上的风镜一样悬在饭馆的门框上边，她就心里一惊，她还是把自己控制住了。她大模大样绕一圈往回走，她就是不明白她怎么能走到路这边来，公路上的车子这么多，喇叭一声接一声，她好像长了翅膀飞过去的，她怎么一点感觉都没有。她在桥头看见那队匆匆赶路的蚂蚁，有些蚂蚁已经长翅膀了，蚂蚁长翅膀不是为了飞翔，是为了往地下钻，钻也是一种飞翔。她的脚步很轻，她不会踩蚂蚁的，她跟着蚂蚁回到王卫疆身边。

王卫疆已经开始干活了，王卫疆的脑袋离蚂蚁窝有两指宽的距离，看上去好像蚂蚁钻进王卫疆的耳朵里了。燕子都不敢动了，幸好热水瓶没有掉地上。王卫疆干得起劲，燕子在他跟前站一会儿走开，他没感觉。燕子喊他，他只嗯嗯两声，他太忙了，他的注意力全在手上。

燕子就到水渠边上，把一块大石头放下去了。渠边没有多少石头了，燕子从草丛里搬过来，僵卧在草丛的石头死沉，燕子累出一身汗，胸脯顶着石块，好像跟人打架，怒气冲冲的样子吓死人了，幸亏跟前没人。她直挺挺地站在渠边上，手一松，石头扑通一声垂直落下，溅起的浪花有一丈多高，好像引爆了水底的炸弹，那么大声音，水渠底下很快发出轰隆隆的响声，就像驶过了一列火车，水泥大渠成铁路了，太有意思了。水渠无情地吞掉了石头，有多少石头都会死掉的，都是这种结局，这仅仅是一条水渠，要是一条河的话，早把她吞没了。她不敢想象河里的激流。她不死心。王卫疆用扳手在敲打汽车的部件，咣咣咣，全是刺耳的金属撞击声。这就提醒燕子，还有比石头厉害的东西呢。

燕子到修理铺去，跟猎犬一样，目光扫来扫去，马上就找到一块铁，也不知是汽车上的什么部件，有脸盆那么大，燕子试一下只能搬离地面，抱在怀里是不可能的。她弯下腰，胸脯贴上去都不行。她喘口气。她投下去多少石头啊，都是抱在怀里贴着胸脯，她的体温把石头都暖热了，可它们还是消失在滚滚激流中。燕子有的是办法，燕子用绳子把铁块套起来，铁块有孔，有环，很容易就上套了。燕子就像五十年代的军垦战士拉爬犁一样把巨大的铁拉到水渠边，燕子闭上眼睛，嘀嘀咕咕不知说了些什么。反正是最后一招了。燕子心一横，把铁块投进去，到底是铁，没有浪花，也没有夸张的爆炸声，而是嗡的一下，地震似的，好像远方在地动山摇。燕子满脸惊喜。燕子甚至产生想象力。她从电影里看到过这种镜头，海洋深处铁锚沉到水里，船就稳住了，海上的风暴和波涛一点办法都没有。燕子的眼睛眯得细细的，光芒四射的太阳都成了蓝天的锚，否则太阳会掉下来的。燕子还是听到了可怕的声音，燕子蹲下去，燕子听到了她最不愿听到的声音。铁块好像长出了爪子，死死地抓着渠底的水泥板，激流的力量拉着它往前移动，每移动一步铁块都要奋力抗争，但还是争不过源源不断的激流的力量。

燕子也在一点一点地往前挪动，脚步迈得那么小，过桥头时她看见了蚂蚁，黑黑的小点点，排成整整齐齐的一行，就像被磁铁吸过去的铁末子，蚂蚁可是太像碎铁末子了。铁块粉身碎骨以后就是这种样子。过了桥头，一直往前，燕子忽然看见朱瑞迎面走来，燕子再也忍不住了，胸中激起万丈波澜，她都听见她的心在大声呼喊，大概把朱瑞吓住了，朱瑞惊讶地看着她，惊若天人的样子，好像才认出燕子。燕子就不仅是胸中怒火了，燕子的脑袋也在激烈地爆炸，跟原子弹的蘑菇云一样。这也是她从电影里看来的，具体地讲是有关原子弹的纪录片，拔地而起的蘑菇云就像大脑里的左脑与右脑，被一股强力带到天上去了。燕子甚至还为朱瑞担心呢，你不该撞我的枪口呀！燕子憋坏了，燕子心一横，扣动了扳机。不但没有伤朱瑞的一根毫毛，朱瑞还在笑呢，是那种温和的微笑。后来朱瑞告诉她，她投向他的是嫣然一笑。朱瑞告诉她，他知道这个词，但读不出来，在小说里经常见到各种这样美丽的女性"嫣然一笑"，朱瑞在生活中还没有见识过呢。"他奶奶的，那一天，我才明白为什么有那么多英雄豪杰为女人拼死奋战，女人肯定对他们那样笑了，跟原子弹一样，一下就把男人击垮了。"朱瑞也用了一个原子弹。朱瑞还专门查了《新华词典》，连拼音都记下了，用树枝在雪地上写出"嫣然一笑"以及拼音。那时他们在乌苏乡下的村庄里，大雪覆盖了静静的准噶尔，朱瑞告诉燕子那个秋天的下午，"你就对着我笑了那么一下，我的头就大了。"

那个秋天的下午，燕子做梦都没想到，她恶狠狠地走过去以后，朱瑞这个臭男人能笑起来，她很快发现自己也笑起来了，她一直认为她是乐极生悲，她小声说："你这臭男人！"她掉头就走。

她不可能再往滚滚激流中投放石头或铁块了。怎么办？怎么办？她还陷在激流中难以自拔，这个臭男人活得那么轻松那么自在，还在笑呢。她快要崩溃了。小胖在喊她，她刹住车子，小胖很自豪地给小朋友们展示自己的秘密武器，燕子阿姨给我叠的帆船，还真有帆呢。老师只能叠出小舢板，没有帆就到不了大海。孩子们相信林带里的渠水流向了远方的大海。小胖就把帆船放进水里。燕子阿姨也过来了。小胖牛皮哄哄地问小伙伴："怎么样？阿姨给我叠的，跟原子弹一样，哈！"真正感动的是燕子自己，她那么有耐心，看着孩子们把大船小船全放进水里，她还告诉孩子们："小舢板也能到大海，有些勇敢的水手划着木筏子横渡太平洋呢。"孩子欢呼。燕子感动得流下眼泪。

第二天上班，燕子就在办公室里叠起帆船，尽管她告诉孩子们小舢板木筏子能横渡大洋，她还是给船装备了风帆。她的手这么巧，办公室的老太太都被感染了。两个女人很快成了同党。她们制造出了船，还制造出了飞禽走兽，连羊都有了，还要什么呢？

这是燕子最兴奋的一天，燕子可以轻松自如地蹲在水渠边上，把小纸船放进去。她走到水渠边时心跳得很厉害，她能控制住自己。她把饭盒递给王卫疆时，王卫疆都感受到她的快乐，王卫疆多看了她几眼，洗手时还在看呢。她洗了饭盒，打了开水，王卫疆开始干活，她可以放心地到水渠边去。

她看到滚滚激流还是一惊，这是一条从天山峡谷通下来的大渠，不是林带和田野上的分渠和毛渠，分渠和毛渠里的水都是潺潺流水，大渠依然保持着雪水的凶悍和野性，戈壁滩强化了这股力量。燕子在十几只纸船里挑半天，她蹲的那个地方在两簇发红的骆驼刺当中，像个港湾，停泊了那么多船，这种阵势让她有了依靠。她挑出最满意的一艘船，她对自己也很满意，她的心不再狂跳了，像训练有素的走马，稳稳地迈着碎步到了水渠边上。她的手也很争气，再也不抖了，纸船就放在手上，缓缓地贴近水面，她根本就不理睬滚滚激流所挟带的逼人的气势，她俯下身，她的头发从肩膀上垂下来，跟马鬃一样，她知道那是晨光染的，她还知道今天是礼拜天，她的帆船下水了。纸船在激流中跳跃着，摇摇晃晃，就像刚走路的孩子。燕子站起来，燕子很自信，燕子目送着纸船驶向下游，那白色的帆越来越远。她又放走第二艘，第三艘，纸船总是摇摇晃晃一段距离，一下子就稳住阵脚，驾驭着波涛驶向远方。她带来的十几只帆船，全都放走了，平平安安地去了远方。

燕子回来的时候跟变了一个人似的，王卫疆问她去了啥地方。“我不告诉你！”王卫疆连连追问，燕子就告诉他：“你想嘛，你想啥地方最好大姐就去啥地方。”五公里有什么好地方？王卫疆还用想嘛，王卫疆伸长脖子往远处看。那正是秋高气爽的时候，空气的透明度绝对超过几百公里，天山那么清晰，雪峰下边蓝幽幽的山体都能看得见，还有塔松羊群和马群。王卫疆看得那么认真，面带笑容皱着眉头，有那么一点淡淡的伤感。这正是燕子所稀罕的，燕子贴着他的耳朵小声说：“你把你大姐当成了一只鹰，鹰才有这么快的速度，一会儿平川一会儿山里。”

“不是没有这种可能。”王卫疆的声音也很小，还有那么一点黏糊，舌头好像被粘住了，燕子轻声嬉笑：“你发烧了，你说胡话了？”“胡话好呀，我还没说过胡话呢。”燕子的小手就在王卫疆的额头摸一下，没有想象的那么烫，而是热乎乎的，很正常的体温嘛。燕子就像个坏蛋，燕子要纵容一下王卫疆。“傻小子，不要光看山里，往戈壁滩上看看。”燕子就有点恶作剧了。戈壁是有区别的，在准噶尔腹地，戈壁滩是五彩石，跟波斯地毯一样，甚至会误以为宝石镶嵌在大地上；克拉玛依一带则是清一色的黑皮石头，也就是黑戈壁，大概跟石油有些关系，石头又黑又亮，令人恐惧；到盆地边缘，也似乎接近绿洲的地方，沙石混着土，长一些稀稀落落的汗毛一样的浅草，干巴巴的，干硬的荒漠土和沙石结成黑痂，跟蛤蟆一样，站在绿洲边上，看到的就是这些丑陋的蛤蟆地形。王卫疆还是看出了名堂，这种地方常常出现断裂的地峡，或者河沟，好几丈深，长短不一，几公里，几十公里，也有几十米长的干沟，沟底出现几棵、几十棵柳树，当地人叫做绵柳，娇嫩绵软，比细毛的绒都要软和纤细，那可真是干旱地带的奇观，人们常常用剥了皮的柳枝比喻情人的肌肤，靠整棵绵柳来想象心上人的形象。王卫疆声音小小的，几乎是在耳语：“绵柳，你真的是一棵绵柳。”燕子不能让他这么执著下去了，燕子要结束游戏了，燕子说：“你看到的是海市蜃楼。”“我又不是没有见过绵柳，我还亲手剥过柳条的皮，噢哟哟，剥了皮的柳条跟鱼一样，跳呢，游呢，劲儿大着呢。”燕子就把她的手指头塞到王卫疆的手心里，王卫疆就叫起来了：“噢，我的妈呀，这就是我剥过的绵柳？跟白鱼一样的绵柳，我知道你到啥地方去了。”王卫疆完全清醒了，王卫疆的手臂在空中划一道弧线，从远方拉到五公里，“远在天边，近在眼前，你去了水渠边。”燕子脑子嗡的一下，王卫疆乘胜追击：“海子里不会有这种鱼，这种鱼是从激流里出来的。”燕子老老实实地告诉王卫疆：“我洗手的时候一下子相信了那些放生羊还活着。”

“这是真的呀，我亲手放走的，你亲手接回家，难道还用怀疑吗？”

“每相信一次我都会兴奋好久。”

“好呀，好呀，只要你高兴，我们又放走了一回，是不是这样？”

“你这个坏蛋，这回是我放走的。”

王卫疆只顾高兴，没有细想燕子话里的意思。燕子确信她放走了羊。那些纸船上岸的地方就是青草地，燕子高兴，燕子就说：咱们今天不做饭了，吃馆子去。他们就到了“天天来”饭馆。

饭馆前边挂着刚宰杀的肥羊，他们要肋巴肉。顾客不多，就五六个人，可以听见炉头炒菜的声音。饭菜很快就上桌了。礼拜天吃饭，多少有点闲情逸致，他们吃得慢条斯理。他们没想到朱瑞会来倒茶水。燕子的脸腾地红了，她把茶碗举得很高，脸给遮住了。朱瑞跟王卫疆谈话，朱瑞问王卫疆生意咋样，王卫疆说就那样子，有时候多，有时候少。朱瑞就说他没说老实话，“还是找你的人多，你的那几个同行，人家司机过去一看不是要找的人，就把车开走了。”“也有开不走的，车动不了，他往哪儿走了？”“那是没办法，稍有点办法人家就另找地方。”燕子把空碗放在桌上：“给大姐倒上。”朱瑞乖乖地给燕子倒茶水，王卫疆就说：“还是我燕子厉害，一下就挫了你的锐气。”朱瑞就笑：“燕子，我的爷爷，燕子了不起呀，这世界上有几个燕子？就这一个么，我可不敢惹。”燕子冷着脸，不看朱瑞：“你又不是老板，连个炉头都不是，你凭啥看不起修车的？”

“大姐你误会了，我佩服都来不及呢，他的手艺比同行好多了，为啥自己不开个铺子？”

“设备都是大家凑的，我出的份子最少，多干活是应该的。”

“我老看见你一个人修车，大家都认为你是老板，你那些同行是伙计。”

“我是老板我就不干活了。”

“大家以为你王卫疆是老板，大家就说这个老板当得，管不住伙计嘛，都是他在干活。”

王卫疆笑笑不吭声。

燕子就警告王卫疆：“你少干一点。”

“明年再说吧。”

朱瑞就问他为啥要等明年，现在不行吗？现在就扯平，累坏身体划不来。

燕子说：“明年我们结婚。”

“噢——”朱瑞只噢了一半，脸上的肉就硬了。朱瑞赶快续上开水，给其他顾客上茶，又转过来，脸上平和多了。燕子望着窗外，朱瑞老觉着她的后脑勺在动，她的头发在暗处也有一种幽幽的光泽。朱瑞拉一条凳子坐在王卫疆对面，不知他从哪里弄来两个大葵花，刚从地里收来的，籽儿又大又满，他把最大的那个放到燕子跟前，燕子望着窗外一动不动。朱瑞把手里的葵花掰成两半，给王卫疆一半，朱瑞让王卫疆先吃，王卫疆很熟练地嗑葵花籽，朱瑞只嗑了两个，朱瑞说："从现在起，我就等你们俩的喜酒了。"燕子已经嗑开葵花籽了，一块葵花料壳儿蛾子一样飞落到朱瑞头发上，燕子喉咙里怪笑："你怎么等我们俩的喜酒？""从现在开始戒酒，一直到你们婚宴上开戒。"朱瑞问王卫疆："老兄你准备了多少酒？"王卫疆笑眯眯的，满脸幸福的样子："伊犁有酒厂奎屯也有酒厂，全新疆人都来喝我都不怕。"朱瑞凑到王卫疆跟前："我还要提前三天不吃饭，把肚子留下来，到时候好好吃一顿，把宴席全吃完吃光。"燕子手里的大葵花跟铜锣一样在朱瑞脑袋上晃了一下："你以为你是上威虎山上呀，吃百鸡宴呀，你是土匪吗你？"

"我好歹是你兄弟，你就这么偏你老汉？"

顾客们大笑。老板噙着烟走过来，说的话半真半假："这狗日的，杀羊杀出门道了，馋人呀。"朱瑞指一下王卫疆："他也杀过羊。"老板摇摇头："不像不像，我走遍了天山南北，独联体都跑遍了，我眼睛里还有点水，啥人我看不出来？这位兄弟你绝对没杀过羊。"王卫疆也半真半假："我见过人家杀羊，见得很多，就是没杀过羊。""就是嘛。"老板拍一下王卫疆的肩膀，"没杀过羊是你的优点，也是你的缺点，一个很大的缺点。听老哥给你说，你赶快补上这一课，要不你会吃大亏。"老板望着朱瑞："你看这狗日的，把个羊杀得，蒙古人的刀法，哈萨克人的刀法，回回的刀法都学来了，不得了哇，修炼到家了。"

离开饭馆，燕子就问王卫疆："你真的没杀过羊？"

"真的。"

"为啥会这样？"

"海力布叔叔杀嘛，杀好几百只羊，137 团的羊全是他杀的。"

"我就不信你没动过刀子？"

"我动刀子呀，我帮海力布叔叔剥羊皮。"

"那是人家杀过的羊，你就不会亲自杀一回？"

"我下不了手，我才放走了最好的羊。"

“我忘了，你是放羊的。”

“海力布叔叔很高兴，他喜欢我就是因为我放走了牧场最好的羊。”

“你太善良了。”

“海力布叔叔都被感动了，他出去了好长时间，我以为他迷路了，我打算回乌尔禾去求救，我都把马牵出来了，经过羊圈时，我看见那么多羊静静地看着我，那么多亮晶晶的羊眼睛，我就松开了缰绳。大红马，跟一轮太阳一样的大红马，喂到两岁时才送给我的，海力布叔叔，跟它的父亲一样，它也那么从容自静，一声不吭回到棚子里去了。我知道海力布叔叔不会出事，连天上的鸟儿都认识他，还有草原上的孤零零的石头见了他都显出人的模样。”

“这不成神了吗？”

“我亲眼所见呀，海力布叔叔躺在草丛里过夜，他把大皮袄子裹在身上，躺在石头上，第二天早晨，那块石头就变成了一个人。”

“有这种事？”

“多着呢，大大小小十几个呢，全是女人。”

“你说的是石头人吧。”

“你真聪明，就是石人像。大家就说海力布是有老婆的，十几个呢，大家就说，海力布你把老婆丢在野外就不怕过路人把她们拐走？你猜怎么样？海力布叔叔就让草原上那块石头变成了男人，好家伙，那是一块骆驼那么大的铁矿石，有人说是陨石，从天上掉下来的，在地上砸那么大一个坑，跟小盆地一样，地势全朝陨石的方向倾斜，海力布叔叔使的可不是什么魔法，他长年在野外放牧，他就很容易把他的魂魄留在陨石上，只要把他的愿望告诉陨石，铁石心肠的陨石也要被他感动的，海力布叔叔的形象就出现在陨石上，整个石头变成了人，一个草原男人。更让人惊奇的是那些女性石像全都把脑袋转过去，远远近近的女性石人像葵花一样全都面朝男性石人像，嘴巴和眼睛里有了笑容，那就不是石人像了。大家走过石人像的时候，远远下马，朝它们行礼，它们是有生命的，连牲畜都能感觉到。牛马羊驼走到那里眼睛就亮了，就跟走到水边一样。”

“你说的海力布叔叔太神了吧？”

“他懂鸟兽的语言。”

“这怎么可能呢？”

“他到牧场的第二天就让蛇给缠住了，跟套马杆上的皮绳一样把海力布叔叔给套住了。大家发现的时候，蛇又松开了海力布叔叔，一声不吭钻到石头底下，大家就说了海力布叔叔让蛇开了七窍，连石头都开窍了。”

“薛仁贵也让蛇开了七窍，薛仁贵就听不懂飞禽走兽的语言。”

“薛家父子又是征东又是征西，老往大漠里跑，中原地界太吵闹，到了大漠清静地方他才能听懂鸟禽的语言。”

“海力布叔叔超过薛仁贵了。”

“那是肯定的，薛仁贵让人家王宝钏苦守寒窑十八年。”

“你这坏小子你胡说啥呢，你说的是薛平贵。”

“不管是薛仁贵还是薛平贵，他们都比不上海力布叔叔，海力布叔叔没有伤害过女人。”

“你这坏小子，你就从海力布叔叔那里学到这个？唉，你这坏小子，真叫人没办法。”

“海力布叔叔不让我动刀子，剥羊皮可以，杀羊不行。”

“对你是好事还是坏事谁知道呢。”

“我是相信海力布叔叔的，后来我才知道他一路跟踪着我放掉的两只羊。我就问海力布叔叔你担心啥呢？他沉默了半天才告诉我，他怕羊变成石头。放生羊要经过戈壁沙漠才能进入草地，那都是骆驼走的路，放生羊不能自己累趴下，不能丧失信心，用海力布叔叔的话说，不能变成戈壁滩上的石头。”

燕子站起来了：“草原上也有石头呀？”

“草原上的石头都是有生命的，牧人们总是把草丛里的石头捡起来，堆成敖包。你不要认为蒙古人有敖包，草原上其他民族都有这种习惯，海力布叔叔绝对不是第一个，也不是最后一个做石人像的人。”

“有这么好的一个叔叔，我现在就想去见他。”

“明年吧，明年我们结婚就去见他。”

“我们现在就结婚。”

“好啊，好啊，我巴不得呢。”

“我不跟你开玩笑。”

“你知道的，还没有准备好呢。”

“你父母不是在地窝子成家的吗？”

“我可不能在地窝子里娶你。”

“我不在乎。”

“都到秋末了，可以回到乌尔禾，可去不了牧场，那里已经下雪了，路都封了。”

“那可真讨厌，我可等不及了。”

“再等等。”

“你让我当王宝钏呀？让我守寒窑呀？”

王卫疆被噎得翻白眼，手乱抖。

“逗你玩呢，你当真了，把锅当针呢，把神当兴呢。”

“有你这么玩的吗？一口一个王宝钏，一口一个寒窑。”

“这是我爷唱的戏，我爷就是会唱《寒窑》。能从头唱到尾，把我奶听得，每唱一次，我奶都要激动好长时间。据说老先人在大漠里住了十几代了，都不知道哪朝哪代离开中原的。我爷命中注定要带回这么一本戏，村里的人都能唱，我爷唱得最好。现在我明白了，我爷唱《寒窑》就是不让我奶白受煎熬。我爷最远走到镇上，连县城都不去。到奎屯来看咱们还是我奶陪着。我一口一个王宝钏，一口一个寒窑是我相信你，信任你。”

“你在鞭策我，鼓励我，期待我，警告我。”

“你明白就好，女人是不能伤害的。”

5

老板告诉朱瑞：“燕子不是个平凡人，我一眼能看出来。”饭馆里的伙计都是老板从人堆里一眼看出来的，用老板的话说：一个顶一个。炉头是炉头，跑堂的是跑堂的。朱瑞算是自报家门，老板拿眼角扫一下，就让他上班，啥时候都成。大家都知道朱瑞是补轮胎的，补轮胎之前是棉纺厂的挡车工，修机器的，跟做饭不搭边。老板就说：你们等着看。朱瑞很快就成了好把式，杀羊是好把式，去牧场买羊也是好把式，买回来的羊有啥说的。

老板跟着朱瑞去过一次牧场，牧人们对朱瑞又恨又喜欢，这个家伙跟牧人一样一眼能看到羊肚子里去。回来的路上，老板跟猎犬一样在草原的洼地里嗅来嗅去，老板就笑了："好小子，美得很么。"朱瑞脸就红了，朱瑞嘴上不饶人："困了，歇了一会儿。"

"有这么歇的？我看这艾蒿子草，压得平平的，跟擀下的毡一样，你把人家丫头擀成毡了对不对？"

"你再胡说我就不干了，我走呀。"朱瑞赶上羊撒腿就走，老板追上来，"开玩笑呢，你肚子胀，老哥也弄过这事。年轻的时候谁不弄这事谁就不是人，是个人就不能叫女人受委屈。"老板的腿有点瘸。老板就讲他的腿为什么要瘸。老板就告诉朱瑞，他年轻的时候走南闯北，那么高的天山跟一道墙一样，身子一侧就过去了。半夜三更，耳朵亮得不行，总能听到独守空房的女人们的叹息，只要是个人，就不能袖手旁观，就不能回避必须挺身而出。老板那时候多厉害，一个晚上要挺身而出三四回，太阳出来的时候老板累得腿都抬不起来了，趴在马背上回到家。

"我可以对老天爷发誓，我从来没有让一个女人哀怨过。有一天，我听不见女人哀怨声了，我马上就意识到我要老了，我的器官不灵了，并不是世界没有哀怨的女人了。 按理说这是身体亮红灯，可我的心还年轻着，我不甘心哪。我连马都不要，我一个人趁黑摸进村庄，在小巷子里跟贼一样。老天爷有眼，即使一个聋子，只要他靠近房子，就能听见里边的动静。老天爷呀，我对您老人家是尽职尽责的，我就翻到了墙那边，那墙真高呀，穷人的墙都是半人高，一丈多高的墙肯定有家底，摸到房子里。好家伙，那女人才叫富态呢，真是富贵人家的娘儿们，油水那么足，我都走不了了。我对老天爷尽了职责，对自己太不负责了，出去的时候马上忘记院墙高得跟一座山一样，跳下去就把脚崴了，狗叫起来我是一路狂奔呀。脚就这样毁了。心也收回来了，就在五公里开了这个饭馆。老弟呀，你把人家丫头从羊毛擀成毡，就不能撇下不管，那不人道。"

"我心里乱得很。"

"毡擀好了，就要躺上去美美地睡呢，要不然就落下尘土了，就叫虫子咬了，就松泡泡的跟棉絮一样了，你就忍心了？"

“人家就要结婚了，我一点办法都没有。”

“这跟结婚没关系。”

“啥？你说啥？”

“你不能让女人带着哀怨去结婚，你是个人就应该让女人欢欢乐乐去结婚，你这是对老天爷尽职责呢。白长这么大个个子。”

朱瑞就到后院磨刀子去了。朱瑞给磨石浇上水，连小板凳都不要，蜷缩在地上，听见刀子在石磨上霍霍响，看不见磨石和刀子，两只大手捂得严严的。老板对伙计们说：“狗日的打火镰呢。”伙计们不明白啥叫打火镰，老板就告诉他们：“磨出火来，不是火镰是啥？”伙计们噢一下，就看见朱瑞伸出手在盆子里掬一把清水浇上去，伙计们又糊涂了：“浇水呢，水火不相容么，怎能打出火？”老板已经不屑于回答这个小儿科问题了，伙计中间还是有聪明人，马上就反应过来了：“森林起火哩，树都是绿的，活的，长着长着就把火长出来了。”炉头也反应过来了：“对么，对么，凉水变成热水，变成开水，还变成热气上天呢，水变火呢。”有人嘘了一声：“我的爷爷，不是火，是电，电闪呢。”朱瑞的手再也捂不住了，白煞煞的电光从手指缝里闪射出来，朱瑞把这团电光举在手里瞧了瞧，还吹了一下，收在袋子里。确切地说是刀鞘。磨刀石松塌塌卧在地上，石头里的火全让朱瑞掏走了。朱瑞没走正门，从后门出去。大家互相看一眼：“带刀子出去没好事，那么快的一把刀子，跟雷电一样，寻事去呀。”老板制止了大家的胡思乱想：“他能寻啥事？他寻他自己呢。”“自己寻自己，哈，那还用寻吗？那不成梦游症了吗？”年轻人好奇心重，有两个小伙计就跟上出去了。老板说：“去开开眼，长长见识。”老板指一下剩下的伙计：“你几个就算了吧，二十七八、三十好几的人了，成家了立业了，女人给你们淬了火了，成了钢了，拿不住自己人家会笑话的。”大家就笑了，“就是就是，拿不住的话，就丢了魂了，到处找呀，找着还好，找不着麻烦就大了。”

朱瑞没走远，就让蚂蚁给拦住了。应该讲是他找到蚂蚁的，他老远看见蚂蚁，两只脚当下就不乱了，不拧麻花了，稳当了，身子也端了，腰也直了，轻轻走过去，跟上蚂蚁的队列。他又不是没见过蚂蚁，他对蚂蚁熟悉得很。他跟上蚂蚁过了桥，到路那边的荒野，过了十几个沙包，都是长着红柳和梭梭的固定沙包，蚂蚁窝就在沙包下边。蚂蚁全都进去了，他的手紧跟上，就堵住了蚂蚁窝，后边的蚂蚁连想都不用想就上他身上。当然从手开始，顺着胳膊。蚂蚁不乱跑。他能感觉到蚂蚁到肩膀到头上，他的头发又浓又密，蚂蚁很容易就钻进去了，蚂蚁好像到了原始森林，他的头就大了。他咬着牙，蚂蚁越聚越多，四面八方的蚂蚁全都来了，连红蚂蚁都来了。他听过红蚂蚁咬死人的传说。他不怎么怕死，就这么奇怪，就这么不可思议。长出白翅膀的蚂蚁也来了，它们就像天使，它们代表了天空一族。魂飞魄散的时候，人的精神可以上天入地，无处不在，自己根本不知道。上中学的时候他就听说塔城那里的百岁老人吃蚂蚁。蚂蚁让人长寿，蚂蚁就能救他。他眼睛里有了光，他看到的第一个形象就是燕子。燕子守着蚂蚁不让人踩，不让人伤害它们，很多人跟她吵、骂她神经病。从那天开始，他的生命就改变了，他一下子就洞开了，蚂蚁就很容易进去了。现在蚂蚁全到了他的头上。他可以松开手了。他脸上露出神秘的微笑，把偷看的两个伙计吓跑了。蚂蚁回到窝里。朱瑞也要回家了。

朱瑞进去的时候，两个伙计给大家讲得正起劲，朱瑞就大喊："燕子也是你们说的？她救了蚂蚁，也救了我，你们嚷嚷啥呢？我得救了，你们懂不懂？"两个伙计当然不懂了："我俩都看见了，蚂蚁快要把你咬死了。红蚂蚁都上去了，红蚂蚁有毒，毒都上身了，开始说胡话了。"两个伙计发抖。老板说："没那么严重。"

朱瑞鼻子一哼，到后院去了。

两个伙计还在喋喋不休，老板就笑："他没事，你们两个童子鸡还嫩着呢。"老板指着那些有家有室的伙计，"问问他们。"大家都笑："那是正常反应。""那是吃到了肉，你两个生瓜蛋没吃过肉。""啥，你说啥？我俩天天吃，羊肉牛肉，驴肉都吃哩。""吃你娘的奶去。""青春期还没过呢，没长大呢。""蛋儿没长结实呢。"几个无耻的老伙计摁住小伙计，在下边胡抓："不对么，长实了么，跟秤砣一样，四两压千斤呢，这狗日的是有一斤多。"老板下命令："放开放开，把娃放开。叔给你俩说，你俩长结实了，就是还没开窍呢，叫谁家的大嫂子给你俩上一课。"老板问这些有家室的老伙计："哪个帮忙？哪个帮忙？给解决一下。"大家低下头："老板欺负人哩。""找燕子去，燕子是个活菩萨，把朱瑞这个屠夫都引上天堂了。"两个小伙计听得目瞪口呆。老板见好就收："行咧行咧，师傅引进门，修行靠自己，点到为止，点到为止。"大家都笑。两个小伙计跟着一起笑。有老伙计用肋捅了一下小伙计："往后呢，多长个眼睛。"

他俩就看见朱瑞了。朱瑞到羊圈里去了，羊圈里只剩下三只羊了，那只最大的羊好像知道，轮到自己了，就主动走过来。朱瑞不急着走，朱瑞站在羊圈门口，打开一捆草撒在地上。刚割的牧草，还有些新鲜，花儿还没开。那两只羊吃得很香。马上要宰的羊一般不会再吃东西的。朱瑞把手里的草递给这个大肥羊，大肥羊一口咬住，慢慢地嚼着，草和叶子有节奏地晃动，羊不肯低下头，草也不落下一枝，全吃下去了。朱瑞希望羊多吃一点，羊吃完现成的，就不肯低下头吃脚下的草。

朱瑞就出去了，羊跟在他后边。到了后院，朱瑞拿一块白布蒙上羊眼睛，这个举动让人吃惊，与他们相邻的回民饭馆宰羊时用布蒙眼睛念经。羊一点也不吃惊，好像朱瑞在修饰打扮它呢。朱瑞把羊放倒在地上，用绳子扎住三条腿，用清水洗净嘴和蹄子。朱瑞就不吭声了。空气凝固了。朱瑞跟石头一样一动不动。风吹乱他的头发，阳光照着他的背，照着他的后脑勺。他好像在祷告，他又不是教徒。没听说过朱瑞皈依什么教啊。朱瑞这么虔诚。大概过了半个小时，够长的了。朱瑞身上的某种东西苏醒过来，从他的腰到背到脑袋可以看出一股力量在上升，一下子把朱瑞给提起来了，朱瑞刚起身，就迈出右腿，再迈出左腿，跪在地上。

"她要结婚了，我咋办呢？"

羊被捆着眼睛被蒙着，羊一动不动，可躺在地上的姿势跟睡熟了一样，羊脑袋就像从地上刻出来的一幅画像，从羊脑袋到脖子到整个身体一直到四肢很快就从地面活脱脱显示出来了，明白无误地告诉你，羊与大地同在，羊一直在这里。此时此刻，朱瑞连同那两个在窗户里边窥视的小伙计全都看在眼里，羊就像投射到地上的一束光，大白天，太阳当空，在太阳之外天空竟还有光照在地上。上天回应了大地，也回应了朱瑞。朱瑞总是把羊洗得干干净净的。离开草原的时候，朱瑞就在海子里洗去了羊身上的灰尘，朱瑞带回来的是一群白羊。朱瑞每天还要用清水刷洗。老板当然高兴。饭馆干净，羊圈也干净嘛。清水洗过的羊就有一种来自身体内部的光泽，站在暗处也是亮晃晃的。躺在地上，地上也是亮的。两个小伙计都看到了，那侧身躺着的白羊就像从地底下溢出的清水。朱瑞得到了满意的答复。朱瑞就解开了羊蹄子和羊眼睛，朱瑞解绳子和布带子的时候，两个伙计心里一惊，因为朱瑞的动作太奇怪了，好像给自己松了绑，羊是那么坦然，羊眼睛里闪射的是那种光芒，它在安慰朱瑞，好像受伤害受捆绑的是朱瑞。可不是朱瑞吗？朱瑞都跪下了，朱瑞是带着哭腔问该怎么办。心上人要结婚了他咋办呢？他们都听到了。朱瑞怕拿不住自己。两个小伙计真是开了眼。他们很兴奋，舔着嘴唇。朱瑞在羊脑袋上摸了一下，朱瑞就向饭馆里边走过来。两个小伙计蹲下，地上有一筐皮芽子，他们一人抓一个皮芽子剥掉上边那层跟包装纸一样结实的紫红色硬皮，皮芽子的肉就露出来了，味儿也出来了，两个小伙计打喷嚏，朱瑞从他们跟前经过，朱瑞也打了一个喷嚏。

朱瑞告诉老板：那只大肥羊我买下了。老板满口答应，不让他交现钱，工资里扣掉就行了。

“朋友结婚，送一只大肥羊是最好的礼物，他们会记你一辈子的。”

“谢谢老板。”

“嗬，还谢谢老板，谢大肥羊吧，你感谢它对，它才是我们要感谢的。”

朱瑞和羊一起离开饭馆，羊在前边，朱瑞在后边。

老板啧啧咂舌头：“看见了吧，这羊他妈神了，走后门打通关节都是扛着大肥羊晚上去敲门，看妹子就不用了。”“老板不对吧。”年长的伙计们都是过来人，他们都是扛着羊去见妹子的。他们就问老板扛过羊没有，老板就逐一认了，找工商税务派出所扛着大肥羊，找妹子也一样扛着。“显得咱心诚嘛。”老板又愤愤不平起来，“心，他妈的，真想一刀子剜出来当下酒菜。”

“吃下去还是心。”

朱瑞和羊一前一后走到桥上了。

连同小伙计有四五个都想去跟踪，老板说：“你们都是过来人，都是扛过大肥羊的，我看你们就算了。这两个小公鸡没开窍呢，还没扛过羊呢，眼睛里还没揉过沙子呢，叫他俩去。”两个小伙计就跑出去了。老伙计就说：“日他妈，这么好的电影看不成咧。”老板笑眯眯的：“知道是电影就好。”“还不让我们去。”“你几个一去，就不是电影了，就成黄色录像了。”老板伸出胳膊伸高高的，像要抓房梁说：“电影是个好东西呀。”老板爱看《追捕》爱看《叶塞尼亚》和《冷酷的心》，还能背大段大段的台词。老板就背开了，东一句西一句，最后落到《冷酷的心》上，魔鬼胡安和圣女莫尼卡，就出来了，还真把大家给迷住了，那个横行南美草原的走私贩子和美丽的少女莫尼卡都是大家喜欢的人物。老板声情并茂，进入角色了。

再看看那只羊吧，五公里就那么大一块地方，抬眼就能看见一只鸡一条狗，人就不用说了，可谁也没有这么仔细地看过一只羊。从乌苏牧场出来的这么一只羊，差不多高到人的肩膀，一身的疙瘩毛一卷一卷的波浪一样滚动着，头顶盘着弯弯的大角，螺旋形的，脖子跟胸脯连在一起跟隆起的山丘一样，它还有那么一双黑眼睛，青黛色的眼皮，谁都知道那首叫《黑眼睛》的情歌，传遍天山南北，传遍草原大漠和绿洲。此时此刻五公里寂静下来了，都看得清清楚楚，羊穿越公路的时候，车子全都哑了，从克拉玛依来的，从独山子来的，从乌鲁木齐来的，从伊犁来的，从遥远的库车来的，东西走向的乌伊公路和南北走向的独阿公路在此交汇，那么多车辆在羊穿越路口的时候全都成了玩具，声音还是有的，在很远的地方发出轻轻的响声，更显出天地的幽静。羊就从路口昂首而过，车子全停在二三十米以外，给羊留的空间很大，羊脑袋扬得很高，羊走上桥头，车子跟流水一样哗——动起来，也是轻手轻脚。羊到了路那边，一边是公路，一边是庄稼地，玉米全收了，只剩下秆秸，葵花也是光秃秃的，叶子发黄发黑，秆还是绿的。羊脑袋和羊身子一动不动，跟船一样缓缓滑行，羊蹄子好像在水下划动。

燕子也跟那些车子一样看见的时候喊不出声。

朱瑞不知是有意还是故意，离羊远远的，好像不是跟羊在一起。

燕子和王卫疆看到的是一只孤零零的羊。王卫疆刚放下饭碗擦嘴巴呢，王卫疆说：“谁家的羊跑丢了。”

“我们的羊。”

燕子说得那么肯定。燕子没动，王卫疆也没动。羊果然朝他们这边走来。朱瑞也过来了，朱瑞说：“送给你们的结婚礼物，收下吧。”燕子抱住羊脖子不停地摸羊脑袋。王卫疆说：“你行啊，把羊训练得跟人一样。”“我没训练它，它自己来的。”“它知道我们这里？”“它知道。”

燕子说，“它肯定知道，你摸它的胸口，它什么都知道。”王卫疆就笑了：“谢谢你。”朱瑞说：“你们能收下我就高兴。”王卫疆拿出烟，朱瑞一根他一根，点上火，他们就罩在烟雾里。这会儿没人修车。朱瑞说：“你们满意就好，我就带回去看着。”燕子不答应：“已经是我们的羊了，我要跟它在一起。”朱瑞就笑：“你这里没羊圈，不方便。”“我们有房子。”“那是你们的新房。”“它就住新房。”“新郎咋办呀？”“睡柴房去。”“开玩笑了吧，他手艺好汽车全认识他，他会被汽车救走的。”燕子就对王卫疆说：“你跟汽车过吧，我不跟你过了。”“你一个人怎么过？”“我哪是一个人？我有伴了。”燕子又抱住了羊脖子，又是摸羊眼睛又是摸羊胸脯，都摸羊角了，朱瑞和王卫疆互相看一眼，因为他们才认识到这是一只公羊，他们的表情就复杂起来。燕子是不知道的，她的小手在羊角上盘绕，羊角好像成了鹿角，那种长着八杈十二杈的大鹿角就是这种样子。

羊当然跟朱瑞回去了。新疆人的习惯，主人总是让尊贵的客人看活羊，客人满意后再宰杀。羊给朱瑞给足了面子，朱瑞回去的时候就跟羊并肩而行，还不停地抓羊角，他的手很大，手指又那么结实，从羊角上伸出来的时候，就跟鹿角一样了。燕子看见了，燕子同时也看到了鹿角，燕子就看她的手，手指太细了，两岁的小鹿，大概才长这么细的角。

老板对朱瑞说：“把刀子收起来。”“我又不杀人。”“杀人倒好了。”“啥意思嘛？”“我怕你毁了自个。”“你说我会自杀？”朱瑞笑，朱瑞的肩膀都抖起来了，“老板你喝酒了吧，胡言乱语！”老板就让朱瑞看他半残废的左脚：“老弟，看见了没有。”

“这不是跳墙摔的吗？”

“那是安慰我自己，悬崖峭壁我都跳过，墙算啥呢。那时候年轻啊，血热啊，扛着大肥羊没有办不成的事，不要以为娘儿们光喜欢咱们身上的好力气，她们同样喜欢大肥羊。你问我扛过多少大肥羊？上千吧，一个团有了。不管是求人办事还是找女人，那些羊都是从羊圈里硬拉出来的，扛到肩上还挣扎呢，它不顺着你，它宁愿就地被你宰了，也不愿意扛在肩上在黑夜里拐来拐去跟个贼一样。有一年，我在沙湾交了一个妹子，好了两年了，我想该给人家扛一只羊了，我就扛了一只。

我在羊群里一眼看中了它，就抓起来一挺身子扛在肩上，跟披了皮袄一样，我还愣了一下，羊脑袋伸长长的挺高高的，羊身子是顺的，我第一次遇到这么乖巧的羊。我走得很轻松，以前累啊，这么一比较太明显了，我就唱开了，就唱那首《黑眼睛》。过安集海的时候，我歇了一会儿，你没扛过羊你不知道扛羊走夜路的习惯，捆上羊腿，抽烟喘气。那天晚上，我没抽烟，也没捆羊腿，我把羊放在地上，我还在哼哼《黑眼睛》，月亮从天山顶过来了，羊眼睛又黑又亮，我就想我那妹子，我已经踏上沙湾地界了，我一下子有了力气，就扛起羊，迈开大步，大声唱起来《黑眼睛》。”

老板还真唱起来了：

我的黑黑的羊眼睛，
我的生命属于你。
让一切厌世的人们，
做你忠实的情人。

老板继续讲他的故事。

“我唱得太动情了，我一下子感受到羊的心在突突跳，贴着我的背在一下一下地跳。我从来没有感觉到另一颗心的跳动，连我自己的心跳我都没注意过，我老婆的，我交往过的女人们的心怎么跳我都没注意过，谁注意这个呀！我都停下来了，我不是累了，我听得更清楚了。我举头看天时，我日他妈，月亮是红的了，月亮在天上一下一下跟兔子一样跳呢，月亮跳成了一团火，月亮不就是一颗心吗？我敲开了我那妹子的门，我不急着进屋，在院子里我就让她摸羊胸脯，她一下子就摸到了羊心，她还抱住羊抱了一会儿。我们耍了一晚上，我以为我很开心。我走到半道我突然难受起来，我想起这个女人是别人的老婆，我们迟早要有个了结，我就受不了啦，我从来没有这么凄惶过，我就拿不住自己了。也该我出事，那天晚上月亮那么亮，日他妈，天快亮了，月亮还那么亮，从天山顶上跑过来的大月亮，还是红的，老在我跟前跳，我咋看月亮都像一颗心，那么大那么红那么亮的心，我就拔出刀子扎在脚上。我只有一种想法，把脚指头全砍了，不到沙湾了，不见那妹子了，再也不扛大肥羊了。”

那是老板扛的最后一只羊。老板开馆子找门路，送大肥羊都是雇人扛着。

“我不敢让羊上身上，它的心在我背上跳两下，我就拿不住自己了，在社会上混就得拿住自己。”

老板朝朱瑞脚上扫一眼，朱瑞说：“我没啥问题。”

“没问题就好，你这么自信，老哥我很高兴。”老板点上烟出去了。他们谈话的地方在后边羊圈里。

朱瑞精心喂养那只大肥羊。饭馆还有两只羊。朱瑞打算后天去乌苏买羊。谁也没想到短短的一天会发生那么大的事情。

听说一件事跟经历一件事区别太大了。老板离开以后，朱瑞就想：我要是扛着大肥羊去找燕子那会怎么样？朱瑞就走到羊跟前，朱瑞记得清清楚楚，他是要抓羊蹄子的，他把一切都想好了，明年燕子结婚的时候他就把羊扛过去。他要提前练习一下。没想到他一下子抓空了，他用的力气很大，他没抓住羊蹄子却把羊胸脯给抓住了，他摸到了羊的心脏，呼——呼——，一下是一下，手跟伸进热水里一样，整个人跟骑在马背上一样，他感觉到内心不是在跳，是在一起一伏，跟辽阔汹涌的波涛一样，根本不是老板说的那种跳动。也许老板是对的，朱瑞也是对的。朱瑞感觉到那股力量已经传递到他背上，涌到脖子上了，朱瑞的头一下子扬起来。在蓝天深处，太阳缓缓地傲慢地滚动着，跟海洋里的大鲸一样，这才是心脏！朱瑞的手抖了一下，他紧紧抓着这颗心脏。燕子！他咬牙切齿地叫着。燕子！燕子！燕子！他知道他完了，他眼睛发黑，他可不会唱《黑眼睛》。不会唱不要紧，好多人都不会唱，可好多人都会听，朱瑞把这首歌听下了，也记下了。他妈的，记得这么牢！一句！一句！全出来了。没人唱，也不会唱，歌还要出来，是歌，都得出来。黑眼睛就出来了。燕子！是你吗？燕子！确实是燕子，不是老板沙哑的声音，老板唱不了这么好。朱瑞是幸运的，朱瑞呼唤燕子，燕子没来，燕子的声音来了，这就够了，有燕子的声音就够了，燕子唱出来的《黑眼睛》才是真正的《黑眼睛》。唱吧，燕子，唱吧，啊——啊——，唱吧，燕子，我不会失去理智的，我完了，我毁了，我也能管住自己。我拿不住自己我怎么能听你唱歌呢？歌声响起的时候，朱瑞已经习惯了太阳的黑暗，他面带笑容，他再也不紧张了，他的手也松下来了，他并没有离开羊胸口，他不再那么死死地攥着跟抓救命稻草似的，他的手放松，羊的心就有了活力，不是那种野马奔腾拼命搏斗式的乱跳，心脏有了节奏，朱瑞和朱瑞的手也有了节奏，燕子的《黑眼睛》就一下子清晰了。燕子在唱，朱瑞也在默默地吟唱。

我的黑黑的羊眼睛，
我的生命属于你。
让一切厌世的人们，
做你忠实的情人。

两个小伙计吓坏了，他们咬着草根在论证："他是不是瞎了？""有点像，睁着眼睛流泪，瞎子就是这么哭的。""也没有声音。""有呢，嘴唇动呢，就像鬼念咒。""咱喊他一下。""喊你个鬼，把他喊灵醒，咱俩就成瞎子啦。""咋两眼睛好好的？""好个鬼，咱俩是一抹黑，要长见识要开窍。""啊呀，我都忘了，开窍，长见识。"他们不紧张了，他们的眼睛贴着窗户，无论朱瑞多么难受，流多少泪，他们都不会动心的。

太阳在朱瑞的眼睛上一闪一闪，太阳不能容忍这样一个睁眼瞎子，太阳就有义务把朱瑞的眼睛烘干。朱瑞的眼泪都不够用了，可眼睛上那层雾蒙蒙的胶质硬壳太阳是无能为力的，简直就像一副隐形眼镜。朱瑞不流泪了，朱瑞也不窃窃私语了，朱瑞耳朵里全是他自己的声音，嗯嗯囔囔把歌变成了词。那双离开羊胸脯的手可没闲着，在身上摸呢，摸到刀鞘，刀鞘就在后腰上，一下就摸到了，同时也发现刀鞘是空的。老板料到他会自残，老板就趁他不注意把刀子拔掉了，跟拔掉电源一样。朱瑞坐在地上，手绞在一起，可以看见他身上的邪劲有多么大，血全涌到手上了，他想放血，就得从手开始。没有刀子他就扳手指头，扳得嘎巴响。

两个小伙计互相看一眼。"他会不会把手指扳断？""不知道。""我把他喊醒来。""要喊你喊。"嘴张了几下没喊出来，啥都没喊出来，反而把舌头扭了。"你咋了？""呜呜。""叫你甭喊你偏要喊。"这一位突然也住了嘴，耳朵里全是手指头的嘎巴声，再也不是那种脆生生的声音了，是一种断裂的声音，接着是大声呻吟，跟挨刀子一样。两个伙计捂着嘴往外看，其实不用捂嘴，他们的嘴空荡荡的啥都没有，他们还捂着嘴，捂得那么紧，眼睛瞪得圆圆的。他们看见朱瑞在地上打滚，滚着滚着就不滚了，就固定在地上，好像地底下伸出一只手把朱瑞给抻住了，朱瑞蜷成一团，不停地蹬腿。“啊，鬼，鬼要把他拉下去了。”“白天不会有鬼。”“鬼只伸出一只手，鬼没出来。”“地底下有鬼的，鬼在地底下。”“他要是再滚一下就好了，就把鬼的手露在太阳底下了，鬼是不见太阳的，鬼的手也一样。”两个小伙计就这样互相瞪着眼睛，用眼睛交流。他们无能为力，他们的眼睛也交流不出新东西，他们的眼睛就回到窗外，他们就看见了那只大肥羊，一共有三只羊，那两只也从墙角走过来了，它们比大肥羊个头矮一点，它们一直冷眼旁观，现在它们也过来，跟大肥羊站在一起，无限怜悯地看着在地上颤抖的朱瑞。大肥羊跟同伴互相看了一会儿，交流了一会儿，大肥羊扬了一下脑袋，它得到同伴的支撑它就有必要这么昂一下头，那高傲的头就低下去，去贴朱瑞的脑袋，跟吃草一样，大肥羊的嘴巴衔住朱瑞乱蓬蓬的头发，衔了也舔了，一小撮一小撮地衔啊，舔啊，碰到太杂乱太毛糙的头发大肥羊还要嘬一会儿吮一会儿，就像喂小羊羔，就像喂养孩子。朱瑞一直是全身颤抖，现在朱瑞的头发不抖了，头发就这么奇妙，头发平整了顺溜了，朱瑞也就不抖动了。

两个小伙计也不抖动了，他们一直在抖他们不知道，他们现在知道了，他们现在也看见了对方的头发有多么毛糙有多么乱，额头上还有土。不知道什么时候他们撞了墙壁，他们一点感觉都没有。他们举起自己的手，一根指头挨一根指头仔细地检查，摇一摇，拔一拔，扭一扭都好着呢。朱瑞就把一根指头扳断了，朱瑞都疼成那样子还把手指头往地缝里塞，硬塞，塞不进去，硬塞当然塞不进去，给人的印象好像鬼拉他呢，其实不是，真的不是。两个小伙计又趴到窗户上往外看，他们猜得不错，羊可怜朱瑞，羊把朱瑞伤残的手指头噙在嘴里慢慢地嘬呢，朱瑞不抖了，也不呻吟了，朱瑞安静下来。俩小伙计也安静下来了。

两个小伙计坐在地上坐了半天，慢慢站起来，慢慢走出去。

老板咧着大嘴笑呢，“长见识啦。”“喜欢一个女人这么艰难。”老板肩膀一抖一抖地笑，没有声音，老板还能笑，还笑得这么好。“朱瑞受下这罪！”老板立马就不笑了，老板一板一眼地告诉小伙计：“那不叫受罪，娃娃你慢慢想去，明儿早晨就想明白啦。”两个小伙计一愣一愣的。年长的伙计说：“老板给你们灌洋米汤哩，学朱瑞，学朱瑞你们连女人毛都尝不上。”老板笑呵呵的：“你狗日的就知道个女人毛，再好的女人在你狗日的手里全都成鸡了，没毛都会长出毛。”老板掉头问两个小伙计：“想要好女人还是要瞎女人？”“肯定是好女人么。”“那老哥就告诉你俩，女人是个鬼，你要她漂亮她就漂亮，你要她丑她就丑啦。”两个小伙计眼睛睁圆圆的，老板说：“再不要跟踪朱瑞了。”两个小伙计嘴都张开了。老板说：“该自己动脑子了。”老伙计们怪笑：“再跟踪下去坏人家朱瑞的好事呢。”

开始干活了，两个小伙计手脚麻利，一点也不耽误动脑子。“朱瑞把手指都折断啦，朱瑞能有啥好事情？”“折断手指头就是好事情。”“问题就在这上头。”他们扬起头，往后院里看，看不见朱瑞也看不见羊，离窗户太远了，连后院的围墙都看不见。其实围墙比羊高不了多少，小孩都能爬进来。围墙外边的林带把野地隔开了，林带也不高，都是榆树，比房屋高出一点点露出一抹淡淡的树梢。从乌苏那边吹来的大风千百年来一直这么压着树梢，不能高出房子，那是破旧的土坯房。风对房子是很敬仰的，对树就不客气了。透过林带可以看见荒野上的草丛和草丛里的白石头。白石头一闪一闪，就像一双眼睛。“有水呢。”“有个泉眼。”“手指头那么大。”“羊眼睛那么大。”“哈，你狗日的会说话，就是羊眼睛，边上的泥都是青的。”“青泥都在水边。”

休息的时候，他们去林带那边看了石头。石头不少呢，全都卧在草丛里。草都黄了，抓在手里潮烘烘的，有点毛糙，跟马鬃一样，跟头发一样，因为他们在毛糙中看到了草的光辉，从手指缝里闪射出来，透着那么一股金黄。已经是金色秋天最后的日子了。“他妈的，咱俩都长成日驴的汉子了，这还是咱家乡呢。”“咱们的老子好像比咱们有出息。”他们的老子用石头盖房子垒院墙，就跟抱孩子一样。还有他们的爷爷，总是坐在村口的大石头上晒太阳，如果走出村子，到了野外，老人们就把皮袄铺在石头上，石头就成床了，呼呼大睡，有些老人就用这种方式离开人世，好像石头把他们扛走了。草原上的人们连手指蛋大的石头都要捡起来，堆成垛，成垛的石头就能接通神灵，就成了敖包，就要祭拜祈祷。俩小伙计的手停在石头上不动了，就好像那是一本圣书，他们跟虔诚的圣徒一样在默默祈誓。日月星辰跟鸟群一样掠过天空，风从东吹到西，从北吹到南，草木一律面朝蓝天，他们的老子，他们老子的老子都曾经历过这么一个短暂而辉煌的瞬间，肯定有过。他们举起手看了看什么都明白了。

他们回去经过后院。朱瑞靠墙坐着，手搭在羊脑袋上，望着天空，那根受伤的手指头正好贴着羊角，那么大的羊角好像从朱瑞的胳膊上长出来的，好像是朱瑞的手，手跟羊角结合得如此完美。两个小伙计看了一下自己的手，进去干活。

6

大群大群的鸟儿飞向天山以南，或者沿天山向东南飞去，都是从阿尔泰山，从北亚大草原上来的鸟儿，跟大河一样流过秋天的高空。天空越来越高，还满足不了拥挤的鸟群，天空继续辽阔着继续深下去。也只有这个时候，天空才能显示自己的容量，在辽阔和深邃的后边，连天空自己都想不到还有更辽阔更深邃的空间，还有另一番天地。天空不断地惊讶，又兴奋又好奇，如此这般已经有好多年了。鸟儿若干年是要换一茬的，一代又一代的鸟儿乐此不疲，把新鲜和惊奇带给天空，天空就不断地伸展，不断地辽阔，不断地深下去……天是有尽头的，蓝色的秋天蓝得发青发黑的时候，从天空深处就涌出秋天更辽阔更深沉的，完全不同的另一番气象，白雪一闪一闪……无论是飞禽走兽还是大地上的人，总是在秋天最深沉的时候，看见梦幻般的白雪，比闪电要快，倏地一闪，不由让人眼前一亮，又沉思在秋天的辉煌里。

燕子是在单位的小房子里看见那轻盈的亮光的，她忙了好几个钟头，做完账，拧开水杯，喝一口热茶，窗帘就哗一下起来了，她的目光就看到了窗外，她就看见一群天鹅啊啊叫着飞到天那边去了。那么多的天鹅飞走了，留在天空的影子还在盘旋。燕子以为是幻觉，就把眼睛眯细一点，目光就更遥远了，就看见了天山脚下涌动的畜群。牧人和牧畜到冬窝子去了，灰尘也遮掩不住羊群所固有的洁白，慢慢地变成白点子。燕子早都喝干了杯子，茶叶都吸到嘴里了，她还是喝，杯子空了，杯子都发出嗡嗡的声音，她的呼吸装进杯子里了。燕子放下杯子。

燕子取出她折叠的帆船，还有羊，全是公羊，全都长着弯弯的大角。燕子知道自己要做一件大事。燕子去找领导，请了假，领导签了字，笑了："去结婚吧？"燕子摇摇头。领导就糊涂了，不结婚这么高兴干吗呀？ 除了结婚还有什么事能让一个女人如此兴奋如此红润如此光彩照人？平心而论燕子是个相貌平平的姑娘，除过王卫疆和朱瑞，大家都不怎么注意她。领导就更不注意她了。领导就注意了这么一下，就暗暗吃惊，燕子也会漂亮的。领导进而总结了这么一点：只要是女人，总会在她生命的某一个时刻变得美丽起来。领导就想到自己的老婆，腰粗成了麻袋，脸黄得近乎泥土，脾气臭得让人望而却步，每天下班回家那段日子里，还有那么点点滴滴，隐藏在岁月河流深处的闪光点，跟鱼儿一样游过来了，把领导浑浊的小眼睛给擦亮了，也就亮了那么一会儿。领导的心情格外地好，在燕子离开半小时后，领导破天荒地提前回家。

燕子到银行取出全部积蓄。她在银行的门口站了一会儿。准噶尔边缘的小城市，站在哪个位置都能看见天山，那是跟天连在一起的大山。燕子！？她在心里喊了好几遍燕子。燕子你要飞过天山吗？那可是老鹰干的事情。那些转场的牧民赶着牧畜就很轻松地翻过天山了，燕子就下了台阶。燕子挎着一个很好看的麻布包，里边装着钱也装着她叠的帆船和大角羊。

她骑上车子很快就到了五公里。到了水渠边她才知道她不是来给王卫疆送饭的，她没有做饭，她还下意识地在包里翻一下，没有找到热乎乎的饭盒。她倒是把纸船纸羊翻出来了。就是在这个时候她也没有意识到马上要发生的事情。她先拿起的是纸船，三十多只呢，一只一只全下水了，激流滚滚，船在破浪前进。纸叠的大角羊就不再是纸的了，跟真正的羊一样，屹立在她的手心里，她不断地问自己："你能跟船一样吗？你能跟船一样吗？"她就把羊放进水里。被激滚卷走的羊是不会沉没的，又一只羊下水了。一只接一只，也是三十只羊，挺着大角的一群羊顺流而下……燕子在心里小声地说："王卫疆，白羊真的是你放出来的吗？"燕子反复地追问，问了好几遍以后燕子连自己都怀疑起来："这还用怀疑吗？燕子！”燕子就站起来了。

燕子沿着水渠，尽管心如火燎，可她走得并不很急，从外表上看她是从容不迫深思熟虑的。后来有人这样对王卫疆如实相告，大家看到燕子就像去上班，她挎着包呢，她一脸严肃，有一种罕见的端庄。她走到白羊跟前时，朱瑞也赶来了，如果朱瑞待在这里肯定会引起燕子的疑心和不快，这种时候任何一点失误都会改变事情发展的方向，燕子不管心里多么地波澜起伏，燕子说话的声音是极其冷静的。燕子问他：“你跑来干什么？”

“我要把它放了。”

“这是你送我的，是我的羊。”

“我从乌苏赶回一群羊，都是肥羊，不影响你结婚。”

朱瑞说话的时候那只受伤的手在羊犄角上，朱瑞手一松，羊就明白了朱瑞的意思，羊就迈着碎步走开了，朱瑞也走开了，燕子紧紧地跟在后边。后来燕子告诉王卫疆：“我捡羊，可从来没有放掉过一只羊，那种感觉太有意思了。”

天黑前他们到了乌苏，住在朱瑞亲戚家里。亲戚问他们下一步怎么打算，他们就告诉人家他们要把羊放掉。

“冬天快到了，羊会冻死的。”

“我们要陪它走一阵。”

亲戚种庄稼也养牲畜，家里几十只羊呢。亲戚说：“你们又不是草原上的人，放掉那么一只大肥羊，太可惜了。”他们就不吭声了，亲戚就笑，“你们把我当坏人了，我小时候听大人说过放生羊，我没亲眼见过，我不相信啊。”燕子说：“这回你信了吧。”亲戚是个憨厚的汉子，咧大嘴笑：“我去瞧瞧，你们的羊跟我的羊有啥不同。”亲戚提上马灯到羊圈里去了。大约有半小时的工夫，亲戚就回来了。

“你们那羊眼神不对劲。”

“不是羊眼睛吗？

“羊眼睛已经很温和了，这只羊，好家伙，那眼神就跟哈萨克女人帽子上的猫头鹰羽毛一样，轻轻地在你脸上扫一下你就完啦。这么一扫，再好的把式连刀子都拔不出来。”

“这羊是要放掉的。”

“也只能放生，谁敢杀它呀。”

燕子给羊喂草料时羊不停地往天上看，天蓝汪汪的，羊比人看得远，羊已经看到天空深处的雪花了，雪花已往下落呢。晚上，燕子就跟朱瑞住在一起。燕子这几天跟女主人住一个屋。燕子喂羊的时候，羊吃得那么多。燕子就把自己收拾了一下，一个人在房子里静静地坐了一会儿。经常她都要去帮女主人干活的。女主人在厨房里准备第二天的伙食，要干大半夜。燕子就到朱瑞的房子去了。朱瑞吃惊的样子让燕子很感动。整个过程燕子就显得主动一些。他们上床的时候，雪花就落下来了，准噶尔盆地刷的一下子全都白了。

早晨起来他们才发现了雪。燕子穿上衬衫拉开窗帘一个角，她就脸红了，她这时候才有了羞怯。其实离天亮还早，朱瑞睡得很熟，燕子一直睁着眼睛，眼睛里带着笑容。后来她就睡着了。睡得那么实在，跟石头一样，怎么醒来的都不知道，反正一下子就醒来了。

朱瑞连牙都没刷就到羊圈里去了，在一大群羊中间可以一眼看到他们的羊，有点鹤立鸡群的样子，高出一个头，比头羊还高，又肥又壮，但朱瑞知道自己的羊到年底都会瘦下去的，秋膘是有限的。朱瑞抱住羊，摸一遍，确实如此，厚厚的皮毛下边就是饱满而富有弹力的腰，都是乌苏草原秋天的功劳。我们上路吧。羊眼睛一亮，也是这个意思。朱瑞回去把这个意思对燕子说了，燕子心想：“这应该是王卫疆说的。”燕子发愣的样子让朱瑞吃惊：“我说错了吗？”

“不是不是，你这臭男人，你真的成了把式。”

“我早就是把式了，这还用怀疑吗？”

吃过早饭他们就上路。亲戚要找顺风车，他们不要；亲戚问他们到底去哪，他们也不知道。

“你们就跟着羊走？你们咋跟小孩一样。”

他们就笑，满脸幸福的样子。他们穿了亲戚的皮袄，反正他们不怕冷。亲戚摇摇头：“你们沿着公路走，趁早把羊放掉，它爱走哪走哪，你们早早回来。”

他们上了乌伊公路，羊跟他们一样守着公路，不到野地里去。羊还叫了一声，朱瑞好像听到了命令，就挥手拦车，还把车子给拦住了，是一辆从伊犁去乌鲁木齐的大卡车。司机的眼睛老往燕子身上瞅，燕子弯下腰问羊："是这辆车，这是去乌鲁木齐的。"羊好像认识字，车子上有"伊犁州××工贸公司"的字样，车头向东，喷着热气，一股不到乌鲁木齐绝不罢休的样子。司机就说："听人的还是听羊的，快上车吧。"他们先把羊举到车厢里，他们也往车厢里爬，司机脑袋伸出来："驾驶室有位子，坐驾驶室嘛。"他们坚持要跟羊在一起，车厢里有十几箱苹果，有几麻袋洋芽和皮芽子，还有大桶胡麻油，他们就坐在装皮芽子的麻袋上。司机还是不甘心："这位女同志就不用待上边了吧，下边有位子，下边暖和。"燕子抱着羊，燕子说："这是个大火炉，谢谢你师傅。"燕子朝司机笑，司机就缩进去了。车子过了沙湾，司机又盛情邀请燕子："你要感到冷，你就喊我。"燕子就笑："喊你你也听不见。"她以为司机会知难而退，谁知道司机还有这一手，咣啷把扳手丢进车厢："你要是冷你就敲驾驶室，我就是耳朵塞驴毛我也能听见。"燕子连说好好好，燕子拿起扳手举了举，司机又回去了，车子跑起来。朱瑞说："人家巴结你哩。"燕子说："谁知道咋回事，我一直是丑小鸭，从来没有人巴结我，恭维我。"

"不对吧，不要轻易否定人家的艰苦跋涉嘛。"

"就你和王卫疆两个大傻瓜，我老担心我要是丑下去咋办呢，恋爱中的女人都会漂亮那么一阵子，以后呢？以后该咋办呢？"

"你的漂亮不是一眼能看出来的，是要慢慢发现的。"

燕子的下巴朝车头翘翘："我可不要那种发现。"

"他等着你敲驾驶室呢。"

"真把我冻坏了我会敲的。"

朱瑞抱住燕子，燕子拨开他的手，把羊揽在怀里，燕子说："我有这么一个火炉子，我还怕冬天吗？司机真好玩，他就不该让羊上车，有羊在这，他就死心吧他。"

他们在二宫吃饭，加油，乌鲁木齐就从这里开始依山势铺开。二宫大多是旧房子，还有许多土坯房，又小又矮的砖房，车来车往，到处都是响声。司机已经不那么热情了，朱瑞叫了几个好菜，还要一盒"红雪莲"，司机当仁不让，能吃能喝。朱瑞结了账，司机问他们："你们走不走？我去西站可以进市区，这里是郊区。"他们谢了司机的好意。他们就留在二宫。

朱瑞在棉纺厂上班的时候来过乌鲁木齐，对二宫很熟悉，很容易找到了便宜安全的小房子，在一面山坡上，弯弯曲曲的小巷深处，跟进了地宫一样。羊对这里很满意，不是因为这里有山有水。乌鲁木齐本来就是一座山城，天山环绕，山间大河小河，有好几条。在大街上，羊看到了三层高的大饭店，也有五公里那样的小饭馆，羊已经不在乎那些小馆子了。朱瑞从巷子尽头的维吾尔人那里弄来一捆干草，羊吃得三心二意。朱瑞说："是不是病了？"燕子说："它的眼睛那么有神，好像吃了灵芝。"羊穿过小巷子的时候，碰到了几只同类，年龄相仿，可毛色大大逊色于它，它一下子就骄傲起来。当然，它的心思不是那些大饭店，主人是不知道的。燕子弄来清水，让羊喝了。羊喝水的时候，眼睛就到了水里，燕子的黑眼睛也落在水里，一下子就有四只黑眼睛了，跟水塘里的蝌蚪一样。燕子告诉朱瑞羊要出去。他们知道给羊放生的时候到了，他们有点恋恋不舍。燕子抱住羊脑袋："跟我们过一夜好吗？"羊脑袋微微扬起一点，目光就到了东天山最高的博格达雪峰，雪峰白光闪闪，跟天空连在一起，就像这座城市的灯塔。燕子小声说："它要爬那么高的山。"朱瑞说："那里有南山牧场，天山最好的牧场。"燕子说："就让它去吧。"羊就走了。羊好像来过这里，走出那么深的巷子，不用人领路。他们在后边跟着。羊从巷子里绕出去，直接到了大饭店。那是二宫最高级的饭店，蔬菜和肉都从外地拉运。这么一只大肥羊、活羊，人家就愿意出很高的价钱。燕子要报价，朱瑞拉她一下，朱瑞到底是奎屯长大的，来过乌鲁木齐，比燕子有经验，三言两语就把价抬上去了。羊也满意了，高高扬起了头，饭店的伙计们都叫起来了："这羊能听懂人话。"饭店经理也出来了。好家伙，1 200 块在当时可能是整个新疆最好的价格了，经理给朱瑞开票时说："简直就是买一匹马。"经理突然问朱瑞："你能喂这么肥一只羊，你杀它没问题吧。""也只能让我杀，别人杀不了它。"朱瑞杀羊的场面就不细说了，简直是一场精彩的表演，经理就让他留在饭店工作。

他们付了房租，可以放心地住下去。

朱瑞收拾屋前屋后清除垃圾，用石块补了后墙的缺口。燕子把屋里擦洗一遍。太阳落山的时候，房子有了新的气象，可以住人了，炉子也烧起来了，火墙热了，整个屋子也热起来。房东给的一桶煤可以烧到天亮。第二天他们买了一车煤，堆在院子里，院子全都满了，就像平地起一座山，连门都堵住了，要侧着身子出进。整整一个礼拜，他们总算安顿下来了。

朱瑞到那家大饭店去上班，人家让他剁肉块，有冰柜，几十只羊，几十头牛冻在里边，跟红宝石一样寒光闪闪，一把纯钢利斧，剔出的骨架跟屋梁一样，把领班震得一愣一愣的。人家不相信他是奎屯来的，人家背后议论他："农七师畜业连的。"整个奎屯垦区属于农七师，奎屯这座小城市在垦区的交通线上。朱瑞也不解释。斧子刀子他都能用，羊也好牛也好，到他手上，骨头是骨头肉是肉，整整齐齐的。有一天大厨师到后院里看究竟出了什么样的高人，大厨师是识货的，从刀斧的切痕上能看出些名堂。大厨师说："你干过红案吧。"朱瑞听不明白，大厨师就告诉他："就是把肉切成片，切碎。"朱瑞就到厨房当红案，给大厨师当下手。大厨师名正言顺的高人，朱瑞切出的肉片，人家在炒锅里大炒大闹装在盘子里还能保持原样，分毫不差。大厨师问他："你是牲畜变的吧，我没有骂你的意思，我是说呀，肉到你刀下，跟长在骨头上的没啥区别，都他妈活了。冻了几天几夜，杀好的肉嘛，切出来跟长出来一样，炒出来就更鲜了。我都不相信我的眼睛了，我看得出你杀那些活羊的时候是啥情景。"朱瑞口气淡淡的："一条命嘛，不遭罪就好。"

"你这手艺怕是传好几代了。"

"我是半路出家。"

"你遇上高人了，肯定遇上高人了，不问了不问了。"

朱瑞就想起燕子和放生羊。朱瑞心里热乎乎的。其实他干这份工作大家都不愿意干，全都是从冰柜里取出来的冻肉，干上两三年，活人也就废掉了。再好的绞肉机也不能把整块的牛羊肉吞下去。手工切的跟机器绞的差别太大。厨师肯定喜欢手工活，喜欢朱瑞这样的人打下手。老板更喜欢。有人私下给朱瑞讲红案的危害性，朱瑞听不明白，人家就不多说了。唯一的解释就是这小子下岗失业饥不择食，对工作条件的要求还不如一个盲流，口里来的河南人四川人都比这小子强，起码跟老板讲讲条件。大家很快发现了燕子。大家就不吭声了。朱瑞的话就多起来了。朱瑞也有累的时候，那肯定是他的手指冻僵了，失去了知觉，硬邦邦的，他自己瞧着都害怕。下班后，朱瑞不急着回家，要先把手弄暖和，热乎乎的，可再怎么热乎也是有伤痕的，跟干树皮一样，结一层黑痂。燕子又是哈气又是揉搓。

“换个工作吧，你的手要坏掉了。”

“我没那么娇气。”

朱瑞举起他的手，冬天的太阳透过窗户照进来，朱瑞的手涂了一层阳光，那些伤痕就消失了。朱瑞说：“手好着呢。”朱瑞的手到了燕子身上，他们缠绵了很长一段时间。燕子不停地从身上抓起朱瑞的手，那双手是很有劲的，一股一股的热血越涨越高，燕子就松开了那双手，彻底地松开了，跟山岩上起飞的鹰一样，跟脱了缰的野马一样，燕子在心里一遍一遍地告诉自己：“手好着呢！好着呢！”手确实好着呢。朱瑞在饭店以外又兼了两份工作，一家修车床一家补轮胎。修理工是他的老本行，他在棉纺厂就干的修理工，补轮胎的手艺还没丢掉，二宫有好几家补轮胎的，都没朱瑞的手艺好，太出乎朱瑞意料了。朱瑞以前来过乌鲁木齐，混不下去又回去了。仅仅过了两年，他就有了三份工作，他也只有三样手艺，如果他有一百样手艺他相信他能干一切工作。燕子就笑他没出息，下岗待业把他变成了惊弓之鸟。他们突然不说话了，他们心里明白，这都是那只放生羊给了他们生路。一夜无话。

第二天，燕子比平时早起两个多小时，天还黑着，外边有车子在跑，车灯时时掠过窗户。燕子做了早饭，细细地打扮自己，对着镜子，又重新打扮，天亮的时候，她总算满意了。朱瑞叫她吃饭，她也只吃了几口。朱瑞以为她要上街了，也就没多问。其实燕子心里很紧张，担心朱瑞乱问。朱瑞上班后，她在房子里待了一会儿。她恍惚又置身于王卫疆的身边，她出来这么久还是第一次想到王卫疆。王卫疆那间房子比这个房子好多了，两大间，还带个小院子，她怎么就不去住在那个宽敞的房子里呢？他们是住过的，跟孩子偷吃糖果一样，偶尔去那里欢乐一回，大多时间都是做饭，再送到五公里。她现在才明白，她多么喜欢住在自己的房子里，而不是单位宿舍。王卫疆真有点傻。燕子把她的毕业证上岗证检查一遍，就出去了。

燕子从朱瑞上班的大饭店门口经过，燕子一下子有了信心，燕子经过了朱瑞上班的修理厂和汽补作坊，这个时候，朱瑞应该在大饭店上班，这两个地方一个夜班一个是下午班。燕子从这个地方走过去，燕子还担心什么呢？燕子两天前就从报纸上挑选出几家单位去应聘，她答应了第二家，第一家也不错，她还是回绝了，没任何道理。燕子也明白她没道理，燕子一定要在两家中去选择，她干了好几年会计了，她的业务没问题，这是她在第一家单位得出的结论，她走出去的时候心里有一点愧疚，她对着空气说了声对不起。她在第二家单位应聘时，好像是回老单位，一点也不生分，已经有点反客为主的味道了，甚至告诉人家我是有单位的人，人家就笑着说："算兼职好了，这年头谁不兼职啊，一份工作养不了家的。"

燕子半个月后才告诉朱瑞，她找到了工作。这半个月，她早早做好饭，早早回家。朱瑞还是有所察觉，燕子神气十足，让他吃惊。那股子神气劲越来越足了。朱瑞好几次在呼叫："噢哟哟，我快睁不开眼睛了。"燕子原打算月底告诉他，燕子一次次看到朱瑞惊喜万状的样子，燕子的心理得到极大的满足，燕子就说出了自己的秘密。

燕子说了好多好多，那么多秘密！远远超出她的想象，好多年后她都感到惊奇，一个女人拥有的秘密跟她的魅力成正比。这些秘密连王卫疆都不知道，注定要讲给朱瑞。

7

那是一个全新的燕子。故事的框架没有变，一个被遗弃的孩子，几番转手，落在大漠深处的老人手里，终于活下来了。我们有理由相信这个故事里的燕子更真实更贴近实际。她的生身母亲，那个上海知青，倾其所有把婴儿裹了又裹，放在地头。地里干活的人没有女知青设想的那么快发现婴儿，那都是零零散散分布在沙包间的庄稼地，沙土混着土块，无论除草间苗还是松土，总是磕磕碰碰。置放婴儿的那片地里长着土豆，正是秋末收获季节，土豆叶子都败落了发黄发黑了，野兔沙狐忙出忙进，收土豆的两口子第二天才发现婴儿，已经气息奄奄了，更要命的是霜冻的威力，几乎毁掉婴儿的生命。

命算是救下来了，霜冻的痕迹留在婴儿脸上。到底是女知青，如果是当地妇女，她要遗弃孩子，她会把孩子遮得严严实实，只要给嘴和鼻子留下出气的地方就可以了。一句话，孩子满脸冻疮。长到两岁还长不出个人样，两口子失去了信心，送给另外一家。也只能往沙漠深处送，那里更偏远，更荒凉人烟更稀少，一棵草都显得很珍贵，一只猫一只狗，甚至沙地里乱蹿的四脚蛇都是人的好邻居。这个没有人样的女孩子转了好几家到这里得到了充分的尊重，她自己都能意识到这一点，她那一直扭曲的小脸蛋，开始有了生气，眼睛也活跃起来。

那时候她大概有五六岁吧。她是在春天，五月份的时候到托里县的沙漠里来的，星星点点的骆驼刺刚出新芽，沙丘一个连着一个，光光的，一小撮一小撮被风吹起的细沙跟冒起来的烟一样，骆驼刺长在沙丘底下，就容易让人看成一堆堆绿色篝火，大火围着灰烬一样的沙丘，沙丘是固定的，在春天的阳光下一闪一闪。孩子第一次感受自然的恩惠，那也是老爷爷老奶奶第一次带她到野外去。其实到这里才仅仅一个礼拜。她还记得老爷爷第一次见到她的情景，老爷爷把她抱起来，又举起来。

“哈哈，我有孙子啦。”

她一直被人家当女儿养着的，转过的这几家人都把她当女儿，这家人也一样，提醒老爷爷是女儿不是孙女，显然不满意老爷爷这么轻松地拔高自己。主人是个四十出头的农民，他可不想让这个七十多岁的老头子占辈分上的便宜。老爷爷完全是出自内心地喜欢孙女这个称呼，好像他有过儿子一样，他和老伴活了大半辈子，养了羊养了鸡养了牛养了骆驼就是没有子女，一下子拥有这么一个小家伙，他就抖起来啦，他就轻轻松松地把那些给孩子当过爹妈的人都收为义子，是个小丫头嘛，理所当然就是孙女。

“噢哟，我的小孙孙。”

老爷爷根本不理中年汉子的抗议和争辩，抱着孙女大步走出了院子，跨上牛车，不要吆喝，牛车就哗啦啦动起来。

确实不是什么好车子，浑身散了架的老牛车，嘎吱乱响，整个大地都在吱哩吱啦地响，春天了嘛，石头都在冒汽儿，那些枯草干树枝被嫩芽挤破了，在风中瑟瑟发抖，新芽也跟着抖，抖得不一样嘛。老爷爷的花白胡子差不多就是绿芽抖动的样子，老爷爷在路上亲了孩子好几次。刚开始孩子哆嗦，第二次孩子就适应了，也安静了。打出生以来，孩子就处在莫名其妙的紧张状态中，那场霜冻加上一次次的转手，那种紧张一直挂在孩子的脸上，老爷爷的胡子跟刷子一样一下子就把往日的一切抹平了，孩子真正地安静下来了。早早等在大门口的老奶奶，好像跟老爷爷约定好了似的，老远就叫孙子，我的乖孙子！老夫老妻了，肯定有一种默契。村里的大人小孩，牛羊和鸡都围着牛车，也都觉得老奶奶应该有这么一个孙子。老奶奶也有跟老爷爷不一样的地方，孩子一下子就感觉到他们之间的不同，老奶奶竟然用了漂亮这个词，老奶奶乖孙子乖孙子地叫着叫着，就叫出了多漂亮的孩子啊！老奶奶就说不出话了，她的手在说话，摸着孩子，上上下下哆哆嗦嗦地抚摸，最后缩小到孩子的头上。孩子的头发稀稀的，黄黄的，可奶奶手指的动作好像在抚摸绸缎，在抚摸牛犊羊羔，老奶奶的手在不断地告诉孩子：你多么漂亮啊，你是个乖孩子，你还是漂亮的孩子。孩子的眼泪就出来了。

在燕子的记忆中，那肯定是第一次流泪。再遥远一点，被生身母亲遗弃在野地里，被大漠秋天的霜冻冻僵的时候她都不曾哭过。被人收养，也不曾哭过。大人就说这丫头怪啊，怕是冻坏了，不会哭了。那个漫长的秋夜里她大概哭过头了。只有她自己知道她没有哭。当然也没有眼泪。眼瞳里的寒光肯定是有的。在以后被人不断收养的过程中，她受的委屈越来越多。她会走路了，她会帮大人干活了，村里的孩子就欺负她，叫她臭丫头。她一声不吭。她攥着拳头，死死地盯着对方，她的脸上挨了棍子、泥巴，还有石头，她不哭，她直直往对方跟前走，她那张脸啊，冻疮的痕疤还没有褪尽，又新添了石头和棍子的青伤，都裂开了口子，有淤血但不流血。咬着牙攥着拳头，一步一步向对方走过去，那也是个孩子，是村子里最顽皮的男孩子，男孩子再也举不起石头了，哇一声哭了，好像挨揍受欺负的是他。每到一个新地方，这种事情总要重复一遍。大概是第三家吧，燕子长高了一些，燕子听到的不再是臭丫头，而是丑丫头，也可能打开始就该叫她丑丫头，北方方言臭丑不分，再说燕子也没有这个意识，去分辨臭丑的不同，反正是骂她，她干吗那么冷静地去分析。现在不一样了，懂事了，不光是哭不哭，流泪不流泪的问题了，说老实话，挨打的事情反而少了，几乎没有了，可她一点也不轻松。那正是她意识到自己是女孩子的时候，“丑丫头”这个词跟子弹一样准确及时地打中了她。她一下子就沉默了。她破天荒照了镜子，镜子里照出来的确实是个丑丫头，满脸冻疮留下的疤痕，还有一股子怒气，还咬着嘴唇，头发又稀又黄还刺愣着。她很伤心，但她没有眼泪，没有哭！她那么难受。应该是她最难受的一天，挨打挨骂根本跟这种锥心的难受没法比。从这要命的一天开始，她变得更丑了。家里人都在议论这件事。这么丑的丫头怎么办啊。她听到了，她的眼睛就添了一层绝望的色彩。大家不敢看她，养父养母侧着脸跟她说话。一句话，家里对她失去了信心。她被转送的节奏也加快了。尽管她是个勤快的孩子，手脚麻利，能吃苦，可一想到这么丑的一个女孩子养在家里，家里人就喘不过气来。她一路下来，从托里县那些肥沃的绿洲地带往沙漠那边迁移。反正她都习惯了。大地上的绿色越来越少，村庄也小了，再也见不到热热闹闹的村镇了，都是静悄悄的幻觉一样的散落在沙包间的小村庄，几十户人家，甚至十几户，七八户人家，院子外边就连着沙漠。人烟稀少，土地和草木也少得可怜。可还是有人家住这里。燕子是属沙漠的，她并不是没见过沙漠，在沙漠边缘地带跟沙漠腹地是不一样的，沙丘一下子到脚底下了，燕子就是在这种气氛中被老爷爷接回家的。那些沙丘就像大火焚烧过的灰烬，荒凉而温暖。老奶奶用手抚摸她，在反复不断的抚摸中告诉她："你多么漂亮啊，你是个乖孩子，你还是漂亮的孩子。"她的眼泪出来了。

她的小肩膀一抖一抖，她的脑袋被老奶奶抱着，她的眼泪把老人家的胸口都弄湿了。她醒来的时候躺在土炕上，天不冷，有些凉飕飕，老人家为她裹了羊皮袍子，柔软光滑的羊毛拥在她的下巴底下，她睁开眼睛就感受到一卷卷波浪似的羊毛。太阳已经很高了，照在大地上的是纯金色的光芒，她从羊皮袍子里爬出来，就像刚刚出生一样。她站在地上还在看土炕上的羊皮袍子，她还伸手去摸了摸，里边热乎乎的，她的体温在里边，分毫不减。奶奶喊她吃饭，一大碗牛奶，上边有一层厚厚的黄油。她听奶奶叫她乖孙子，她就觉得她是有父母亲的。这是从来没有过的。老奶奶那么自信，这就是我的孙子！这是不能含糊的！这是不容置疑的！她就用筷子挑起金黄的奶皮，几下就吃掉了，她端起粗瓷大碗，咕噜咕噜一口气喝完了牛奶。她还吃了两个馍馍。好像长高了一大截。爷爷奶奶对视一下，那神情好像在说：咋样？是个漂亮的孩子吧！那顿早饭，她现在还记得清清楚楚，那是她梦醒后的第一顿饭，她不但记住了牛奶，她还记住羊皮袍子和纯金一样的阳光。

爷爷亲手宰了一只羊。秋天了嘛。羊从夏天开始长膘，长到秋天膘像雪花一样很厚了，很白了，有香味了，揪住耳朵你就知道大肥羊跟一座山一样，跟沉甸甸的金块一样，爷爷宰掉的就是这么好的一只羊。差不多全让她吃掉了。她并不是没吃过羊肉，可从来没有这么集中地吃过一只大肥羊，而且是精心料理过的。爷爷从沙漠里从草原上弄来各种草药，跟羊肉炖在一起。老人家决心从她受罪的第一天，也就是那场霜冻开始医治，羊肉加上草药，加上老奶奶的精心调理，她一天天壮实起来，底气也足了，脸色也红润了，冻疮留下的伤痕缩小了好多，更让她感动的是没有人叫她臭丫头了。也不像以前干那么累的活，家里有几只羊，她放羊就可以了。

走出村子就是沙包，羊在沙子里啃那些星星点点的草星子。她坐在沙包上，裹着大围巾，奶奶给她裹上的，这里的女人出外干活都是一块红围巾，把脑袋严严实实裹起来，只露出一双眼睛。奶奶告诉她："漂亮丫头嘛，你就该扎大红布！你走到哪里羊就跟到哪里，羊就能从沙子里吃到草，你千万不要离开羊啊！"老人家就把羊交给她，羊果然在沙子里吃到了草，羊吃一吃，还要抬头看她。羊看到的是一团火红的影子，羊就放心了。她走到羊跟前，她蹲地上仔细看，她把羊嘴巴掰开，羊也不反抗，羊脑袋贴在她怀里，任凭她的小手在嘴巴里掏啊掏。掏出来一截白生生的草根，跟虫子一样，跟蛇一样。她惊讶得大张嘴巴，她的手都张开了，虫子一样的草根在手心里动呢，草根也很惊讶，不等羊吃完，就钻到羊嘴里去了，钻到喉咙里去了，钻到脖子里钻到胸膛里钻到肚子里去了，她就这样看着羊咽了草根。

沙子底下全是草根。沙子和草全被羊吃掉了，大地消失了，天也消失了，天地间只有一个红头巾的小丫头。

好多年以后燕子知道那是沙漠里特有的海市蜃楼，跟镜子一样把她的梦想映照出来了。

她和她的羊回来了，村里的人都在看她，看着看着就小声议论起来："她这么神气！""嗬嗬，就是嘛，这么神气。""喂，丫头，你这么神气啊。""你有啥好事吗，你这么神气！"议论声越来越大。她不但神气，还有了笑容。"哈，她笑了。"她就这样回到了家里。

奶奶看见她的笑容，爷爷也看到了。他们不说，他们摸她的头发，一遍又一遍，跟梳子一样，很舒服地滑过她的额头，头顶一直到后脑勺，从爷爷奶奶的笑容里，她看到了自己的笑容。她不禁扪心自问："我从来没有笑过吗？"她的笑容如此陌生，人们有理由这么大声议论。也就是在这种时候，爷爷奶奶也没有说话，还是一个劲地抚摸她，笑呵呵地看着她，她心头的疑虑消散了。她相信她会笑，她就笑了。爷爷和奶奶那期望的眼神分明在问她："孩子，我们知道你遇到了好事，快快告诉我们吧。"她就仔细地描述她所见到的大漠奇观——爷爷奶奶一口咬定："那个漂亮女孩就是你。"

"女大十八变，孩子，你还要变。"

"还要变？"

"对呀，对呀。"

"我会变成啥样子呢？"

"漂亮啊，越变越漂亮。"

"爷爷，你声音小点。"

爷爷说话跟马叫一声，有一股子昂扬的气势，爷爷看见他的乖孙孙小猫一样缩在地上，爷爷就压低嗓门，跟说悄悄话一样对着她的耳朵告诉她："你会越变越漂亮的。"爷爷一下子明白了她的心思。爷爷给奶奶下了命令："这是咱们家的秘密，不能让外人知道。"爷爷闭上院门。院门是树枝扎的，院墙只有半人高，小孩都能跟进来，可有院墙跟没院墙是不一样的，闭上门跟门大开是不一样的。奶奶完全赞同爷爷的意见。奶奶平时可不是这样，院墙以内的事情她说了算，爷爷要多嘴，奶奶就跟爷爷吵，奶奶厉害着哪。除非爷爷摸中了奶奶的心思。奶奶比爷爷细心多了："不能让外人知道，咱们也不能说。"奶奶在饭桌上宣布重大决定："咱们家的秘密就得记在心里。"奶奶给每人的碗里舀上羊肉炖洋芋，开饭前大家先记住她的话。奶奶就像一个女王。有了秘密就跟有了信仰一样，不要说孩子，两个老人精神为之一振，眼瞳都能看见了，都亮了。

夜幕降临，没有星星没有月亮，天地严严实实地合在一起，风在沙漠上跟猫一样轻手轻脚在找吃的。风是抓不到老鼠的，连四脚蛇都抓不住，连沙丘上的沙子都抓不住，沙子从风的手指间簌簌落下来，风吃什么呢？风什么都吃不到，风老是这么蹿来蹿去，风就舔沙子，轻轻地舔着沙子。

燕子问奶奶："家里人都不能说吗？"

"愿望是不能说出来的。"

奶奶跟老绵羊一样护着她，有声音了，那么古老而悠长的声音，在很遥远的地方絮絮叨叨地说着。

"肯定有过这样的年代，愿望可以变成现实，那可太久远了，有多么远啊，大概人刚刚会走路吧？刚刚会吃东西吧？太阳跟果子似的挂在树梢上，太阳是不落的，就是那么一个年代！太阳一会儿变成果子一会儿变成鸟儿，反正太阳老待在树上。那时候人们的愿望很简单，男人只想吃饱肚子，女人只想漂亮一点，事情就这么简单。可到了后来，这些简单的事情就很难实现，成了人们的愿望。"

好多年以后燕子才知道奶奶是有阅历的女人，到过库伦，到过伊尔库茨克，到过海参崴和黑海。爷爷呢，一辈子也没有离开过沙漠，在奶奶之前也没有碰过任何女人。奶奶跟着驼队路过这个沙漠腹地的小村庄时，看见了白杨树底下的破破烂烂的小院，小院里的黄泥小屋还有那个粗壮的大汉。那么高的汉子，跟院子和房子一点也不相称，院子和房子就像他随身携带的箱子，随时都可以拎着走。只有那一排白杨树跟他是相称的，那么高的树，树冠跟白云混在一起，云朵就罩在树顶上，树把天空变成了一座宫殿，那个端着瓦盆大口大口吞咽羊肉炖土豆的汉子就是宫殿的主人，他嚼咽的羊肉有拳头那么大，跟羊肉炖在一起的洋芋全是圆的，鸡蛋那么大，切都不用切，他就这么吃啊，驼队里的俊俏女子看得脸红心跳，他一点感觉都没有。驼队离开村庄，在几十公里的没有人烟的地方，驼队发生了战争，结局是出人意料的。女人要留在这里了，女人的情人在械斗中丧命，折叠起来，装在红柳筐子里，架上驼背，由他兄弟带回中原老家，女人要留在这里过日子了。

在后来传说中，女人亲手宰了情人，情人的兄弟也挨了一刀，女人就这样了结了她动荡不安的生活。情人让她期望太久了，她把北半球都跑遍了，情人答应她这是最后一笔买卖，成交后就回老家，谁也没想到沙漠腹地有这么安静的一个小村庄，七八户人家的破破烂烂的小村庄，一排笔直高大的白杨树一个大嚼大咽的三十岁了还娶不到媳妇的壮汉让女人动心了。这哪儿是动心啊，简直是决堤，是洪水泛滥，一泻千里，不可收拾。直到情人丧命刀下，这股激流还在奔腾，还在喧啸，直扑几十公里外的安静的小村庄。

驼队里的骆驼和男人眼睁睁看着女人越过一个又一个沙丘，身上的血衣随风飘散，刀子跟白鱼一样钻进沙海倏忽几下不见了。沙子真的成了海，女人赤身裸体，在沙海里起伏出没，女人的皮肤是那种麦子的颜色，跟金黄的沙子那么接近，跟阳光也是接近的。女人快到村庄时女人身上竟然有了衣服，谁也没有注意她是怎么穿上去的，反正她是穿戴整齐走进村庄的。几十公里外的驼队的男人们看得清清楚楚，大漠难得的好天气，空气那么透明，血腥味很快就荡涤一空，那个挨了一刀的失去哥哥的汉子被大家死死地摁着，现在可以放开他了，他脑子静下来了，他们的老大只说了一句话：驼队本来就不该带女人。

女人回到她该去的地方了。你还要怎么样？驼队见过的沙漠可是太多了，多大的事情都可以让沙子过滤掉。女人也一样，女人的那些事情，两个沙包就对付过去了。

女人留在这里是有道理的。辽阔的中亚细亚大地，不问你的过去，只看你的现在，女人就相信她的现在。

那个长着白杨树的院子需要女人，那个破破烂烂的黄泥小屋需要女人，那个大嚼大咽的壮汉需要女人，女人理所当然地进去了。男人不在，男人下地干活去了，整个村庄没人知道几十公里外发生的事情，狗和猫都不知道，鸟儿都不知道。门虚掩着，这里的人家没有顶门的习惯，再说也没有锁子，女人轻轻一推就进去了。女人好像在这里生活了好多年了，一点也不生疏，绞水洗衣服，做饭。做饭时女人泪流满面。跟着驼队奔走这些年，大多时间是支着石头做饭，怎么简单就怎么来，碰到牧人的帐篷，她就热眼望着那些煮奶茶煮羊肉的女人，她是客人她插不上手，到了城镇，吃饭馆对她是一种折磨，饭馆里都是男人。她跟情人吵过闹过，后来就不吵了不闹了，该怎样还怎样。她改变不了什么。她突然站在锅台跟前操作，她就激动得不得了，她一边擦眼泪一边挥舞菜刀，点火拉风箱的时候她的脑子里闪出那个男人的影子，她也没有丝毫的胆怯与生疏，她相信她是他的女人了，她显然忘了她刚刚宰掉了一个男人。她有什么必要记那种事情呢？她见过大世面，她就有这种魄力，很果断地了结了一切。情人倒在她脚下时眼神那么复杂，好像一定要让她去猜，她的眼神反而单纯而坦荡，这就让这个濒临死亡的男人更迷惑不解了，一句话，情人至死都不明白，女人的心变得这么快，简直是迅雷不及掩耳之势，片刻间情势大变，另一个男人和另一种生活已经满满当当占据了女人的心，就这么简单。划了三根火柴，点燃的是麦草，有庄稼和土地的芳香，那顿饭竟然烧的全是麦草，冒出的炊烟那么青那么直，一直钻到蓝天的心窝子里去了。

男人以为走错了门，进来出去，又进来，以为天女下凡。一起过日子过了大半年了，才觉着面熟，才知道是驼队里的那个女人。男人告诉女人，那天是有兆头的，他扛着锄头下地百灵鸟一声不吭落在锄头上，赶都赶不走。他干活的时候，一锄头下去挖出一条蛇，蛇顺着犁沟到地头去了，老鹰旋下来，抓起蛇飞不到几十米，老鹰就叫起来，老鹰让蛇咬伤了，丢下蛇歪歪扭扭跟中弹的飞机一样滑向沙漠深处，那只鹰是活不了多久了。好多年以后，男人才知道，那正是女人新杀掉情人的时候。女人这样告诉丈夫：我不杀掉他他不会放过我，这是没办法的事情。丈夫没有见过世面，可丈夫一点也不笨，丈夫告诉妻子："我们给他修座坟，祭奠一下。"

丈夫在沙漠里跑了十几天，找到了鹰的尸体，埋在地头，算是那个男人的坟墓。

妻子说："就是回到家乡他也闲不住，那颗心野得厉害。"

丈夫说："其实你成全了他。"他们一边烧纸钱一边谈论那个死去的可怜的人。

"老天爷是借了我的手呀，他手上沾的血太多，跟他过了那么久我也得沾一点。"

"他应该早早娶了你，得搞一个仪式。"

"你懂这些？"

"男人都懂这个，我是个庄稼人，我跑的地方绝对没有一个牲口跑的地方多，可我懂这个。"

正如这个男人所言，在以后漫长的日子里，这个男人热爱土地，也热爱牲畜，他种的庄稼待在地里跑不掉，他养的牲畜到处乱跑，他根本不管，他告诉妻子："它们会回来的，它们认路呢，它们不想回来肯定是下决心不回来了，找也没用。"正如他所言，他那些跑丢的牲畜过个十天半个月全都回来了。也有不回来的，绝不是牲畜的错。再过十天半个月，会有一个外乡人来讨水喝，当地的风俗喝了水还要吃饭。客人离开时会留下一包东西。里边有足够的钱币，还有牲畜的骨头，羊拐什么的。客人如果是个穷人，会留一样贴身的物件，甚至是一块石头。在大漠深处，人迹罕至的地方，可以顺手牵羊解一时之急，缓过劲来，会沿着牲畜的踪迹追到主人家里，报答救命之恩的。光打踪这个本领就很了不起了。对主人来说，那是牲畜的造化。

妻子很快就适应了丈夫的这个古老而神圣的习惯。夫妻俩闹别扭的时候，妻子就忽然想起这个庄稼汉的厉害，因为妻子曾萌发过离家出走的念头，她毕竟有过颠沛流离的生涯，冒险的冲动时时会出现在脑子里，马啸鹰啼驼铃总会打破她平静的生活，她就开始收拾行李。女人出走的时候无非就是收拾一个小包袱，箱箱柜柜里到处是那些羊拐，纯一色的，朱砂染红的，还有用地精锁阳染的呢，还有牛的锁骨，镶上宝石、金子、银子，那都是飘游四海强悍无比的汉子们，以各种方式表达对丈夫由衷的敬意。她是认识过这些男人的，他们全都是后退着走出院子，他们跨上马时会让马发出悠扬的欢叫，那些徒步走出的汉子会在沙包那边唱起歌的。女人捡起羊拐和牛的锁骨，码在桌子上，整整齐齐，女人摸到了抹布，抹布和手动起来，她一下子成了一个勤快的女主人。她在房子里闪出闪进，房子就有了生气。还有院子。自从她踏进这个家门，羊增加了一倍，鸡也养起来了，菜也种起来了，还有果树，还有向日葵，房子后边的荒地就是果园和菜园子。还有地头坟墓。

第三年还是第四年，她上坟的时候，再也没有罪恶感了。她在坟头摆上瓜果肉菜，都是自家产的，也都是这个杀人不眨眼的老江湖生前一次次描述过的安静的田园生活。为什么要回老家呢？回到那个大家族，又重新开始家族内的争斗。躺在这个地方多好。丈夫所讲述的鹰肯定是他的归宿啊，至于那条蛇就不用多解释了。女人完全解脱了，轻松了，再也不想和丈夫闹别扭了。

女人在收养燕子以后，甚至产生这样一个奇怪的念头，这是她说胡话时说出来的，一直说到天亮，自己把自己说醒了。

孩子比她醒得更早，被一会儿搂紧一会儿松开，孩子吓坏了，还叫了几声，没用，奶奶的梦话滔滔不绝，孩子很快就被吸引住了。孩子听到了海参崴，库伦，伊尔库茨克，最后的落脚点是托里，孩子只知道托里，孩子充满了好奇心。奶奶的梦话断断续续，真真假假，孩子还是喜欢听的，孩子也习惯了奶奶的动作，有几次差点把她捂死。奶奶声泪俱下的时候，抱着她浑身发抖，孩子都要晕过去了。孩子忍着完全是出于好奇心，孩子也有了对策，掌握了奶奶发抖的规律，孩子的手就飞快地插到奶奶的胸口，孩子的脑袋就有了空隙，无论奶奶再怎么颤抖她都能呼吸。

这中间，爷爷醒来过一次，爷爷出去解手，爷爷对奶奶的胡闹一点也不干涉，爷爷只是过来摸摸孩子的脑袋，孩子的两只小手护着自己，爷爷就放心地出去了。门口蹿进一股凉风，还有大团大团的月光，跟牛奶一样稠乎乎的带着甜丝丝的香味四处流淌，也跟牛奶一样很快结了一层黄灿灿的奶皮。爷爷方便完了，爷爷身上涂满了牛奶一样的月光，就像披了一件名贵的大氅。爷爷躺下就睡，是那种呼呼大睡，爷爷身上的月光很快也结了奶皮，香喷喷的，黄灿灿的，跟一尊卧佛一样，爷爷睡得真香啊。估计爷爷不止一次地让奶奶这样折腾过，孩子来了以后，爷爷就解脱喽，爷爷可以睡安稳觉喽。爷爷也是有好奇心的，爷爷跟孩子单独相处的时候，老少两人就会交换情报，核心内容就是奶奶疯狂的梦话，如此精彩的故事，一套又一套，相比之下，孩子知道的要比爷爷多得多，爷爷就抱怨奶奶偏心。哪个奶奶不偏心孩子呢？他们收养的是孙女，不是女儿，隔代亲嘛，孩子是老天爷送给他们的宝贝。奶奶的心一下子就偏过去了，这是没办法的事情。

奶奶滔滔不绝地说啊说啊，奶奶使着劲地诉说啊，奶奶根本不知道她在说什么，连她自己都不知道的事情都抖出来了。燕子那时候就朦朦胧胧地感觉到人心的隐秘，人的那颗心呀装着许许多多自己都不知道的事情，更要命的是还有许许多多自己永远也不想知道的事情，会在特定的情况下骤然爆发，让你防不胜防。幸好是自己疼爱的孙女。

天光大亮，奶奶彻底地醒过来了，奶奶脸上的懊悔和沮丧也是很明显的。燕子那么懂事，燕子欲言又止，燕子马上就明白了，奶奶如果没有如此疯狂如此流畅的内心独白奶奶会憋死的。

奶奶带着燕子去沙包里刨梭梭柴时，燕子发现奶奶如此热爱大沙漠。祖孙两人已经到了沙漠腹地，连骆驼刺都没有了，几十年甚至几百年前这里生长过大片茂盛的梭梭。梭梭可以固沙，一簇梭梭总是跟大鸟似的用它的巨翼护着一个山丘似的沙包，沙包是动不了的。梭梭的根须绵延几公里汲取水分，水干了，几十公里甚至几百公里的地下全都干透了，梭梭的枝杈和叶片还能从空气里汲取水分，这样又可以活几十年甚至上百年。空气也干了，远方的风也干干的，梭梭也就干了。太阳的金箭把它射穿了，干透的梭梭全是万箭穿心的样子，就像古歌里反复咏唱的战死沙场的壮士一样，它的力气一下子消失了，它再也收拢不住沙了，那些堡垒一样坚固的沙丘一下子就散了架，绵软起来了，跟棉花一样了。绵软起来的沙子成了奔腾的大海，沙子淹没了梭梭。生活在大漠里的人们在几百年后从沙包里打捞出干梭梭当柴火烧。那可真是好柴火呀！它把太阳射在它身上的箭全都射出去了，你想想吧，跟诸葛亮草船借箭一样，它借了太阳几百年的利箭了，简直是一个火焰喷射器，轰轰隆隆呼啸着咆哮着怒吼着，就像地球张开大口在倾泻岩浆。

这都是燕子上学以后上地理时联想到的。她还清清楚楚记得奶奶点燃干梭梭烤野兔的情景。

在固定沙丘和流动沙丘的过渡地带，长着沙葱之类的植物，沙鸡野兔沙狐就生活在这地方。村里的人也把兽夹子设在这里，隔天去转转，总能抓到野味。奶奶跟大侠一样，从铁夹子上取下野兔顺手在野兔耳朵后边一劈，兔子就咽气了，动作快如闪电，又侧着身子，燕子压根就没看见。燕子牵着牛车，奶奶把野兔丢在车上，牛车晃晃悠悠，祖孙两个一会儿坐车，一会儿下来走走。太阳在头顶飘来飘去，跟大气球一样，太阳不怎么热，吹过沙漠的风温乎乎的。奶奶说，草原那边下白雨啦，风跟洗澡水一样，舒服极了。奶奶的脑袋里好像装了仪器，总是很准确地找到梭梭柴的位置，用铁篼篼刨啊刨啊，从沙丘里刨出一条沟，把整棵的梭梭拉出来，牛车也就满满当当了。用绳子扎紧。可以歇口气了。燕子把草料袋挂在牛脖子上，牛嘴巴就跟锯子锯木板一样响起来。奶奶收拢起地上的梭梭碎屑，点堆火烤野兔。野兔叉在梭梭树枝上，奶奶做个示范，交给燕子，燕子高兴坏了。吃了肉有了力气，奶奶的兴致就起来了，奶奶就大谈沙包的好处。燕子听着听着就明白了，奶奶喜欢托里水一样的沙包。奶奶流浪的日子里睡的是戈壁滩，走私贩子不会进沙漠的，沙漠留不住路标，戈壁滩就不同了，是固定不变的，走私贩子的秘密通道都在戈壁滩和荒山野岭。他们总是绕着沙漠走，万不得已，也是催促驻队快速穿越沙漠，绝不停留，沙漠容易成为走私贩子的葬身之地。还有一个更重要的原因，沙漠可以抹去一个人复杂的经历和内心的伤痛。

燕子还记得奶奶最后一次对她的折腾，谁也没想到那是最后一次，奶奶也没想到她的内心独白要结束了，她说得那么诚恳，那么透彻，看样子她要把心里话全说出来了。那也是她了断情缘的另一种说法。

最后一笔生意，大获成功，完全出乎大家意料，包括她。可以说是情人一个人的功劳。

大家都累了，她第一个喊累，她是女人嘛，她最有资格喊累，她的声音感染了大家，大家吃饭。在他们的宏伟计划中，这是最后一顿野餐了，吃完大家就散伙，回口里回故乡。也有留下来的，大半是本地人，肯定会留在天山脚下，散落到那些小岛似的绿洲上去。大家手里的钱足够过上安静的日子。花天酒地是谈不上的，过上小日子是没问题的。女人总是比男人心细，她还没意识到那美好的定居生活时，她就在竭尽全力准备这顿饭。

天知道她是从哪弄来的茶叶和牛奶。她后半夜就离开宿营地拼命往戈壁外边跑，她竟然找到了一个小村庄，被戈壁滩紧紧围起来的小块绿洲，一眼可以望穿的小绿洲挤着几十户人家。太阳刚刚升起，灰蒙蒙的尘雾跟布帘子一样笼罩着大地，上天保佑，她碰到的是一个年轻姑娘，人家也不怀疑她的身份，就卖给她牛奶和茶叶。她匆匆离开，走上石冈时，她回头看了一眼安静的土房子，稀稀落落的白杨树，走动的牛羊鸡还有衣着破烂下地干活的人。她马上要过上这种日子了。这就是她此行的目的。

宿营地在泉水边，她煮了奶茶。大家来本还要睡一两个时辰的，奶茶的香味把他们弄醒了，抽抽鼻子以为是做梦。她太投入了，她仿佛在厨房里操作，有人喊叫：“嗨，你在大宾馆招待弟兄们吗？”她就满口答应。人家喊什么她就答应什么，有人开她玩笑了，“哈，奶，哪来的奶？是你的奶吗？”“你想给我当儿子。”大家笑，情人也大笑。走私贩子骑的都是快马，都是不下崽不下奶的公马，大家笑够了，还是不明白奶是从哪来的。她也说不清了，她把牛奶兑进茶水，盛在碗里，她擦擦眼睛看了又看，阳光普照的千里戈壁，鬼知道从什么地方走出去竟然找到村庄找到牛奶和茶叶。确确实实是新鲜牛奶。奶茶已经喝到肚子里了，大家明白附近有村庄。走私贩子是晚上扎营的，天亮他们就非常警觉。他们从来不让女人单独行动，上天有眼，女人成功地弄来了这么好的奶茶，半个月没有喝到奶茶了，都是啃干馕，有时连水都喝不上。大家真心实意地赞美这顿奶茶，大家回忆起他们吃到的所有的好东西，俄国鱼子酱，伊尔库萨克的冰淇淋，在海参崴他们还吃到了鲸鱼肉，轮船那么大的鲸鱼，他们看到了，也吃到了，都不如这顿奶茶好，新鲜牛奶，湖南茯砖，闻到味儿就浑身打战。该她品尝奶茶了，大家静静地看她一口一口喝下去最后一碗奶茶。遥远的中亚细亚就是这种习惯，女人总是最后用餐，女人操持一切，侍候大家吃饱喝足，剩下的归她，剩多少她就吃多少，吃不到她也会装模作样舀一碗水喝。她不止一次喝水充饥，大家都知道。大家看她喝下满满一碗奶茶，大家比她还高兴。大家很快就要过上有女人有孩子的生活了。

他们的老大，也就是她的情人可不这么想，老大趁着奶茶的兴头，还要干一把，大家都愣住了。女人首先喊累。大家频频点头。老大绾起袖子，伸出毛茸茸的胳膊，要大家学他的样子，伸出胳膊试试，身上还有没有力气了？女人说：“那是留下过日子的。”老大笑：“过日子的力气还用留吗？是个男人就能过日子。”老大笑到这里不笑了，嗓子往上一吊一下子变成鹰的啸叫。

“咱们可不是一般男人啊，咱们是别着刀子走天下的，咱们是男人里的男人。”

老大把大家给煽起来了。有人嘀咕：“最后一回了，再也做不成那种男人了。”好像是告别演出，始终笼罩着悲壮的气势。大家很投入，每一道关节几乎是出神入化，完美无缺，大家不能不钦佩老大的眼光，钦佩中夹带着感激和感动。

老大的情绪特别好，不是一般的好，他开始留心城镇上的漂亮女人。在闯荡江湖的这些年里，他在情人之外沾过不少女人，他从来没有动过心，他的心始终在这个女人身上，这也是女人死心塌地跟随他的主要原因。情人知道他的风流韵事，也是抱着宽容的态度。定居的生活就近在眼前，他走过那些漂亮宅子时自然而然就留意大宅子里的女人，他的心就动起来了。平心而论，他的情人追随他走南闯北，闯荡的可不是口里的江湖，那都是跨越好几个国家的沙漠戈壁群山草原，情人变得粗犷暴烈，情人的一切都跟烈日和暴风雪连在一起。情人是意识不到的。只有在巨大的热力融化下，她才能袒露出女人的天性。要命的是在他们最后一次走私成功的时候，那也正是老大对别的女人起了邪念的时候，她一下子意识到自己的缺陷。他们经过一个巴扎，他们同时看到了正在挑选土耳其沙丽的少女，她是从他浑身的颤抖中把目光投过去的，她太熟悉这种坍塌般的一颤了。那一刻，她的指甲抓破了他的手腕子他都没有反应，男人血气贲张，散发出让人头晕目眩的芳香，比他的汗气更让女人迷醉。少女没有回头，甚至没有抬眼皮，血却涌到她脸上了，她的光芒超过了沙丽……她眼睛发黑，神情呆滞。他们匆匆离开巴扎，跟大家会合。

他们已经把货接到手了，穿越戈壁沙漠到另一块绿洲就算大功告成，可以说成功一大半了。没人注意她的神色。客观地讲，老大跟世界上所有的男人一样面对美人就会失态，仅仅那么一瞬间，老大就调整过来了。老大谈笑风生，他那颗颤抖过的心呢？女人背对着他，女人整个身体在窥探他，女人身体里那双又大又亮的眼睛快要失神了。女人沮丧憔悴，女人感到冷，感到前所未有的孤独，混在一群粗犷的男人当中，女人竟然能待下去？死心塌地待了那么多年。她现在这副模样，他们一定也以为她累了，她不是喊过累吗？睡一觉就没事了。他们就是这样想的。

他们进入沙漠，一路都是沙漠，结着黑痂的固定沙丘，丑陋干瘪的杂草，野兔狐狸四脚蛇。她神情漠然，她落在大家后边。不停地有人大声吆喝。她本能地挥挥鞭子，她胯下的枣红马就会赶上去。马好像懂她的心事，跟她一样落落寡欢。给她换过三次马，黄膘马、青骢马，刚骑上去龙腾虎跃，半个时辰就蔫下去了。她憋着气呢。终于有人来问她是不是病了？老大说：“她有啥病？她结实着呢。”她听见牙齿在嘴巴里铮铮响，跟铁器一样。他不知道她多么恨“结实”这个字眼，以前她喜欢人家说她结实，老大，也就是她的情人，一直用“结实”这个词，讨她欢心的时候，如狂如癫的时候，“结实”这个词常常让她灵魂出窍！常年在马背上折腾的女人能不结实吗？她需要他在巴扎上面对白嫩红润的少女时所用的那个词。他们不约而同把目光投过去的，他们不约而同感到万分惊讶，尽管各自的惊讶迥然不同，她还是喜欢他用那个词来骗她一下！假模假样应付一下也行啊！她绝望而紧张，她不知道他还会说什么，他下边的话肯定会毁了她，她会爆炸！一个女人濒临爆炸，那样子肯定很丑。大家都用同情的目光看着她。老大说：“她累了，累了……”谁也意识不到的轩然大波就这样平息了。

她确实累了，她躺在马队唯一的帐篷里睡过去了。她比谁都睡得死，她连梦都没有，她在死沉沉的睡眠中也是那么警觉，她听见老大在帐篷外的篝火边跟几个贴心兄弟说心里话。他们说到了良田、庄园、胶轮大车、长工、丫环、姨太太。走私贩子中的老大老二老三们可以过上有个丫环有姨太太的生活，一般弟兄也就是有家有室有自己的高角牲口就不错了。老大是胸有成竹的。老大的宏伟蓝图一幅一幅出现在辽阔的蓝天上。戈壁的夜空，月亮跟大车轮子一样承载着老大的梦想，还有熊熊燃烧的篝火，老大的脸膛被映照得神采奕奕。她透过帐篷把这一切全看到眼里，她手里的刀子一闪就在帐篷上划拉一道口子。她的目光就嗖嗖地蹿出去了。月亮、篝火，还有男人得意的脸！她差一点把自己杀了，她抓自己的胸口时把刀子也扎下去了，刀刃跟一块冰一样贴着内衣从乳房侧面扎到毡上，可指甲扎进胸肉里了。她跟受伤的母狼一样裹着皮袍子呜呜咽咽嚎了半夜，她的手不停地抓啊抓啊，她把毡都撕开了，她抓到了大地，所谓大地其实就是一泻千里的大戈壁，两块鹅卵石紧紧地攥在手心，跟天鹅蛋一样，她凭着多年穿越大漠的经验知道鹅卵石是天蓝色的，她跟着这个臭男人东奔西跑的时候，常常被云端上的呀呀飞行的天鹅迷惑好半天……此时此刻她才发现她离不开大漠……

他们开始争吵，吵得很凶，她显得那么蛮横，寸步不让。一句话，不离开大漠。

有人劝老大想开点，待在大漠没有什么不好，这兵荒马乱的世界只有大漠深处才是世外桃源哪，何况有这么好的女人相伴。大家用蓝天上的鹰来赞美老大的女人。

“嫂子是一只鹰啊，天地要大，养在宅子里会憋死的。”

老大也是铁了心要回老家，要置办家业。

“让她当阔太太嘛，阔太太的天地还不大嘛。”

连老大自己也不相信他回到口内置办了家业，心爱的女人会失去女人最宝贵的资本，老大赌咒发誓没用的，他越发誓女人越相信他做贼心虚有一个很大的阴谋。

他们就这样到了托里。

走私贩子见多识广，精通好几种民族语言，蒙古人告诉他们这里是托里，他们就心头一亮，好像真的让大海一样明净的湖水洗涤了一番，顿时神清气爽。

在托里县城交了货，取了款，这是他们出道以来做成的最大最顺手的一桩买卖，从俄罗斯转外蒙古再到新疆，利润大得让人不敢出气，每个人腰里粗了一圈，老大的威信空前高涨，尤其在他们散伙的时候大赢一把，这就意味着他们以后的生活有多么兴旺！谁也不知道老大的路走到了尽头。女人也不知道。女人在托里县城显得吃惊地平静，托里小城人口不多，谈不上繁华，汉人、蒙古人、哈萨克人都有，还有少量的白俄。老大一如既往地盯着漂亮女人看，她再也不生气了，她甚至心平气和地跟老大一起品评大街上的女人，她甚至嘲笑自己过于紧张，因为她发现她跟托里城里的女人站在一起也不算丑，有种强悍之美。有个白俄女人骑着骏马嗒嗒走过，那马老远对着她发出悠扬的嘶叫。白俄女人策马过来，邀请她试试英国良种马，这些白俄都是逃难的贵族，带着财宝也带着名贵的衣服和马。她上马的姿势可是太好看了，她策马行走的姿势更让人惊叹不已。好骑手并不纵马疾驰，而是让马走碎步，当地叫压走马，有翩翩起舞的味道。白俄女人不相信她是个汉族，白俄女人一口咬定她是吉尔吉斯人，或许是卡尔梅克人，俄罗斯人总是把柯尔克孜人叫吉尔吉斯人。她纠正了白俄女人的叫法，白俄女人就称她为白天鹅，天上的美人，地上很少见的。白俄女人笑起来的时候，那英格兰骏马也发出了悠扬的吹叫。她深情地望着老大。

“留在托里吧，镜子一样的地方啊。”

老大拍拍她的肩膀，她知道老大不会改变主意的，老大也不会让她留在这里。她甚至都想好了，明天就在他们离开托里县的时候跟老大一刀两断。

谁也说不清离开县城时她那么温顺，她都被自己的假象蒙遮了，直到托里沙漠深处的小村庄。金黄的沙漠，一切都是金黄的：牧草、庄稼、树木、土坯房子，人和牲畜，无不金光闪闪。他们在这里歇了一顿饭的工夫，一切都改变了，她的心沉在这里了，她甚至连将要生活的院落都挑选好了，她的牛她的羊她的鸡，其实她只看到她未来的丈夫跟两只羊和一头牛。她去讨水喝，男人连她看都不看，嘴里塞着一块洋芋，用筷子指指，她就到井边的小桶里舀了水。牛和羊也在井边饮水，她舀水的时候牛舔了她的手背，两只羊在舔她的脚，她心里啊呀一声，她感到她的手脚长出了根须，跟蛛网一样把整个院落给罩住了，包括那个老实巴交的农民。她死死地盯着那个农民看，那个农民吓坏了，头低下，瓦盆把面孔遮住大嚼大咽，填饱肚子才是最顶顶重要的大事。她的心就这样平静下来了，她走得那么从容舒缓，她耳朵里全是刷刷的飘落声，好像整个宇宙都在飘落，全都落下来了，整个秋天，辉煌的金色的秋天在这一天全都落下来了，一切都要有一个了结。她从来没有这么沉静大气，她把水递给老大，老大一定很惊讶，抬眼看她一下，好多年以后她都在想她要是再问老大一句："留下吧，留在这里我们一起过日子。"老大会答应，因为她从老大的眼睛里看到一种孩子气的东西，好像他跟前站的是一位姐姐或者母亲，可她是要在这金色沙漠里做女人的，在这里做女人很美很舒服，就这么简单！她没有多说一句话。她甚至看到老大喝完水之后有点失望。

离开村庄的时候，老大已经很沮丧了，没人劝他，没人说话，大家都焦躁不安，不知要发生什么事情。走了整整一上午，离开村庄很远了，到沙漠深处了，有红柳有梭梭，有百灵鸟在叫，百灵鸟竟然落到她手上。她看见一只百灵鸟在她头顶盘旋着叫，她就伸手去接还真的给接住了，她正想递给老大看，老大也是死期已到身不由己，老大看见百灵鸟就来气，就黑风罩脸破口大骂："你这丑婆娘，你接一只鸟儿你就白嫩了，你就苗条了。"她也不知道她手上的百灵鸟什么时候变成刀子，那刀子比闪电还快，即使老大这种血债累累的老江湖也没反应过来，刀子就准确无误地扎进心窝把整个心脏给扎碎了。大口的血吐出来，她的一只胳膊搂着老大的脑袋，另一只拿刀的手在老大的心口抚摸啊抚摸，那动作可真像是在跟自己的情人亲热。他们激情澎湃的时候不是常常这样吗？老大的眼睛瞪得那么大那么圆，眼瞳里的光烁亮耀眼，动人心魄，很快就暗下去了，暗下去了，就像宝石沉到水底，老大滑落在地上，老大全软了……那时间是很短的，大家全愣了。老大的弟弟最先喊叫起来，他喊叫着扑向女人，大家把他拉住了。女人谁也不理直挺挺向村庄走去，一身的血气，走到十几步的时候，手里的刀子跟鱼儿一样落到沙漠忽悠几下就不见了。女人背上有一个包袱，里边没有钱，全是她的衣服，女人对钱不感兴趣，女人死心塌地跟着老大那么多年真的对钱不感兴趣，女人喜欢的那几件衣服都是为老大打扮自己的，女人死心塌地要跟老大过日子的，女人等得太久了！……大家就这么劝老大的弟弟，也不劝了多久，还真把弟弟给劝住了……

好多年以后，女人老了，老得一塌糊涂，即使这种时候，她也要把自己的故事讲给孙女听。燕子听得浑身打战，燕子问奶奶："是不是他骂你丑婆娘伤了你的心？"

"他自己伤心。"

燕子就听不明白，奶奶就告诉燕子："百灵鸟都落在我手上了，我怎么会是个丑婆娘？他发现我喜欢上别的男人了，他就受不了啦。"

"你不该杀他呀！"

"你个小丫头你不懂，走私贩子都是杀人不眨眼的家伙，他要报复起来很吓人的。你爷爷哪是他的对手，我不把他办了，我就没好日子过。"

8

燕子长大以后燕子也就明白了奶奶的故事有许多夸张的成分，比如奶奶的美丽，是很值得怀疑的。一个常年奔于旷野的女人跟男人有多大区别呢？奶奶的美丽是在她过上定居生活以后才出现的。当然不排除奶奶对美丽的眷顾和向往。奶奶有那么强烈的愿望。所有的女人都是美丽动人的。

"你得学会延长这种美丽，你要相信它，你就会梦想成真。"

对奶奶来说，燕子就是她梦想成真的结果，就是她孜孜以求的报偿。在燕子出现的好多年前，奶奶就给村里人放出风，因为奶奶没有生养孩子，奶奶嫁给爷爷的时候不到三十岁，奶奶见过世面，肯吃苦，手又巧，大家很喜欢她，唯一不足就是没有孩子。从奶奶的身形来看，她完全是一个女性味十足的女人，高个儿，臀部饱满，用当地人的话讲："圆浑浑的跟马屁股一样，又圆又结实。"这种女人要生多少就能生多少，生不出孩子太不可思议了。风言风语传到奶奶耳朵里，奶奶做过艰辛的努力！吃药求神，当然包括爷爷大力积极的配合，一直到他们头发花白，蛛网一样的皱纹无情地罩在他们的脸上，他们不会有孩子了。爷爷首先放弃了。奶奶不会这么轻易地放弃。奶奶已经品尝过愿望成真的滋味了。她发誓要在大漠里有个家，大漠就满足了她的愿望；她发誓她是个美丽动人的女人，她就在长着白杨树养着牛羊和鸡的黄泥小屋子里一天一天美丽动人起来。自从她有了对孩子的向往和眷顾，一切全都变了，她把牲畜当自己的孩子，牛犊也好羊羔也好刚孵出来的小鸡也好，她那精心喂养的样子，让这些幼畜把她当成妈妈了。人们总是在野地里碰见她呵护四脚蛇和野兔，连冻伤的麻雀她都要揣进怀里让它们暖和，喂它们吃，粮食馍馍找到什么就喂什么，包括草籽，从鼠洞里掏出粮食，又把自家的粮食塞进鼠洞，跳鼠沙鼠都认下了这位仁慈的大妈。在沙丘上玩耍的跳鼠抖着毛茸茸的尾巴，嘴角的两根长胡子在微风中如翅膀般扇动，把奶奶给迷住了，就很容易产生幻觉，就很容易向上天祈求些什么。奶奶的愿望总是那么专一那么具体。"给我一只鸟吧！"奶奶拍拍自己的胸口，无限的苍穹马上有了回音："你会有的你会有的。""我要漂亮一点的。""肯定是这样，肯定是这样。""老天爷呀，我怎么相信你呢？"奶奶有点迫不及待了，老天爷也没有防备就咳嗽了一下，地上的沙子就扭动起来了，全是沙漠腹地的细沙，跟搓麻绳一样一股子一股子拧起来，奶奶抓在手里的就是一股又一股的沙绳，又粗又结实，把上天的意思全表达出来了，奶奶还有什么不满意的？奶奶可以向大家宣布她的心愿了。愿望是不能说出来的，除非是愿望实现的那一天。奶奶说得那么肯定，大家没理由不相信。奶奶已经成功地让村里的孩子们相信了她的怀抱，不管谁家的孩子她都要抱一抱，碰上就抱，那么一抱就把亲生母亲的怀抱比下去了。偏远地区的母亲们都很大气，绝不小肚鸡肠小心眼，她们认为奶奶的怀抱对孩子有好处，那么暖融融的母性十足的怀抱，抱了多少孩子啊，既然抱孩子也抱牲畜，人们亲眼所见金黄的牛犊银白的羊羔，毛茸茸的小鸡在她的怀抱里那么安逸那么满足，就是落下来的一片树叶，在她的怀里一下子都充满无限生机：叶脉跟血管一样鼓起来了，叶子好像到了春天！

燕子到来之前奶奶的怀抱已经相当温暖了。

奶奶还为燕子的美丽做了舆论准备。也不是什么复杂的工作，很简单的。大漠深处，亦农亦牧各民族混居的小村庄，有许多传说故事和歌谣，让奶奶最动心的是一首叫《波茹来》的蒙古族歌谣，讲的是一位孤儿由姐姐养大。姐姐含辛茹苦，日夜盼望小波茹来长大成人。歌里是这样唱的：

工艺精美的摇车
是咱爸爸制作的；
在长夜五更里时，
是咱妈妈起来喂你；
额达吉，阿达吉。
波茹来你别再哭泣；
妈妈还在呀！
钻天杨的小苗，
何时长成大树啊？
我心爱的小波茹来，
你何时长大成长？
额达吉，阿达吉，
波茹来你别再哭啦，
妈妈还在呀！

奶奶那么固执，她早早就认定燕子是个小可怜，比孤儿波茹来更凄惨，奶奶就是这么一个人，把什么都能想成真的。燕子的身世和经历就这么真实，就这么合乎奶奶的想象，更合乎歌谣《波茹来》。据说很少有人唱完歌谣《波茹来》，太悲惨了，太伤心了，哼哼两句就哽咽不止，哼不下去了，即使在万里荒原上孤零零一个人的时候，必须紧紧咬住舌头，不要再让这种曲调涌上喉咙。

人们还记得燕子来到村子里的情形，奶奶早早站在破旧的大门口，当爷爷的牛车拉着燕子招引着大群的妇女孩子走过来的时候，奶奶喊叫着喊叫着就把歌谣《波茹来》喊出来了。奶奶是带着喜悦的泪水喊叫的，人们听到了完整的歌谣《波茹来》，从蒙古人传到哈萨克人传到汉人传到维吾尔人，很难听到完整的歌谣《波茹来》，整段也听不到；必须饱含着巨大的喜悦、感激和敬仰，无限神往满怀希望，必须让眼泪变得滚烫！必须让胸膛和喉咙翻滚出岩浆！燕子缩在皮袍子底下，牛车嘎吱嘎吱摇来晃去，燕子不敢露出她的那张布满冻疮的脸，大家只能看见她黄巴巴的干草一样的头发。男孩子揭皮袍子，燕子死死地攥着，露出小腿和脊背，要看清燕子的真容可没那么容易。爷爷不答应，爷爷的鞭子往后一扬，叭一下在后轮上炸开，就没有人敢欺负燕子了。燕子听见奶奶的喊叫声，燕子头一次听蒙古人的歌谣《波茹来》，燕子就知道歌谣里唱的是自己，燕子就从皮袍子里钻出来了，那样子就像从地洞里钻出来的小旱獭。蒙古人把草原上最胆小的这种小动物叫哈拉，哈拉旱獭总是在田野无声安静和平中钻出地面，四下张望。从皮袍子底下钻出来的燕子也是四下张望，她一下子沐浴在奶奶的喊叫声里，带着热泪的连喊带叫的苍老的歌声，唱的就是这个小可怜。

你有工艺精美的摇车啊，波茹来。
你有奶茶你有羊肉汤饭啊，波茹来。
钻天杨是从大地的心脏里射出来的呀，
嫩苗一样的波茹来，
快快长吧快快长吧，漂亮俊美的波茹来……

奶奶擦着热泪走过来之前，燕子就迎着大家的目光站在板车上。奶奶摸着她脸上的冻疮，奶奶不停地喊着我的乖孙孙！老天爷多好啊，送给我这么漂亮这么俊样的乖孙孙！

燕子第一次听见赞美的声音……燕子很快就听到更多的传说故事和歌谣，都是赞美天鹅一样的美丽姑娘的。燕子开始相信她是美丽的。燕子有了自信。奶奶可以放心地告诉燕子那惊心动魄的经历，奶奶在接到燕子的当天下午就去了沙漠深处，在情人的坟上烧了纸，上了香，供了水果和肉，奶奶再也没有怨气了，奶奶心平气和地告诉这个躺在墓坑里的让她日夜不得安宁的死鬼："你不是骂我丑婆娘吗？你睁开你的尿眼看看，老天爷给了我多么漂亮的小孙女。告诉你，我有孙女了，跟天仙一样！你不要瞪我，你瞪老天爷去！"

奶奶可以在梦中讲出自己的秘密了。

燕子上小学那一年，脸上的疤痕全褪掉了，那完全是奶奶精心料理的结果，可奶奶归功于上苍，奶奶一边给燕子喂药，一边祈求上苍，一年又一年，奶奶就把自己做过的事情忘掉了，只记着头顶辽阔神秘的天空。奶奶用的药材太多了，草药，动物的油脂内脏各种器官，还有矿石，都是在燕子不知道的情况下加进食物的。有时燕子会被奶奶弄醒。奶奶总是在燕子熟睡的时候，用羊尾巴油搽燕子的脸蛋。奶奶有点走火入魔了，奶奶对光滑细腻的东西特别敏感，也特别偏心，总想着她的燕子。秋天，树叶子，果子都是金黄的，或者是红的；金叶金枝金果，红叶红枝红果，全都有一种罕见的亮光，奶奶就用这些果子来擦燕子的脸蛋。燕子不敢动，奶奶把她按得喘不过气来，奶奶不说话，奶奶只有动作，奶奶用动作告诉燕子，我要让我的燕子染上金果和红果的光芒。奶奶理所当然用到玉，据说是和田的羊脂玉，轻轻地擦磨燕子的脸蛋，连燕子也觉得效果特别好。奶奶到了不顾一切的程度，沙漠深处的流沙地带，如果没有大风，那些波浪一样的细沙就显得柔和光滑如同绸缎，这种景致让奶奶惊喜万状，燕子理所当然要在细沙中沐浴一番，虔诚的穆斯林在沙漠中做礼拜时常常用沙土小净，燕子就这么虔诚。也常常会在沙漠里找到泉水，那些隐藏在灌木或者草丛里的泉眼甘甜清澈，奶奶舍不得喝，奶奶首先想到的是她的燕子，必须让燕子得到泉水的灵气，至于草地上晶莹的露珠就更不用说了。

好多年以后燕子回忆小时候的景象，燕子就知道自己其实并不漂亮，那只是奶奶的一个心愿。

让奶奶放心的是燕子的冻伤全好了，不漂亮，可有一种光芒从脸盘上从眼睛里闪烁出来，奶奶很满足了。燕子长高了，奶奶就告诉她放生羊的故事，在奶奶的故事里，只有美丽的姑娘才能吸引远方的牧羊少年。

“那个傻小子会被远方美丽的姑娘迷住的。”

“他为啥送羊呢？不是牛、马和骆驼？”

“羊是献给神的。”

“喜欢一个人一定要求神吗？”

“神会保佑我们，还会让我们变得虔诚善良。羊是最好的选择。”

燕子就有了期待。从春天到秋天，牧草一下子黄起来了，草汁都是金黄金黄的。那些蒙古族老人常常攥着草叶悄声细语地向佛披露心曲：“佛爷呀，你赐给我们的不是牧草，是纯金！可以抄写经书啊。”据说古老的经卷都是喇嘛们蘸着金汁抄写的，是真正的黄金磨成粉末调成的汁液，喇嘛们祈誓后，一身庄严，一笔一笔地写下去。奶奶抚摸着金黄的牧草，嘴里叨叨着：“快了，快了。”那些高草快被收完的时候，燕子接到了来自远方的大肥羊。大家都看见那白点子一点一点从戈壁滩上边的蓝色空气里飘过来，大家看了整整一上午，那个白点子出现在燕子跟前咩儿一声变成了大肥羊……远方确实有一个牧羊少年。他所期待的姑娘肯定是美丽动人的。燕子，燕子，燕子你该相信了吧！燕子把头埋在奶奶怀里不停地发抖。燕子不知道奶奶比她抖得更厉害。

燕子好像听见奶奶又在说梦话了，那可是大白天呀，太阳跟一匹马一样越过栅栏和土墙跳到院子里来了，奶奶跟她就待在院子里，她们领着放生羊回家的时候，太阳就跟上来了。

太阳在沙漠里就开始追放生羊了。一只孤零零的放生羊，要穿越戈壁和沙漠，沿途会碰到许多狼。光天化日之下，狼不敢下手，太阳把狼都晒晕了，狼开始羡慕羊那身白毛，白色是不怕暴晒的，狼的一身褐毛还带着金红，跟火焰差不多，太阳一照就燃烧起来啦。狼又不是没有被暴晒过，狼又不是没有进过戈壁和沙漠，狼脑子再发晕也明白老天爷给羊的那身白毛有多么好！狼羡慕得不得了，狼都冒汗了，狼的骨头都软了。狼软在地上，太阳就从狼身上越过去了。太阳举着火把紧紧地跟在羊后边，太阳和羊在比试它们的火焰，太阳最炽热的时候所喷射的白色火光，也仅仅是羊的正常状态，太阳的热量是跟羊没法比的：谁都知道度过漫长的冬天要靠羊肉而不是太阳和炉火。这只被太阳晒趴下的狼开始回忆它吃过的羊，一只鲜美的羊应该具备这些特点：耳薄透亮如蚕虫，脂尾肥大如团扇，角小结实如板栗，肋骨纤细如竹筷。这只放生羊就是这个样子。这只放生羊简直就是活标本。太阳举着火把尾随其后，太阳连自己普照天地万物的使命都忘了，太阳给自己照出一点点光明，为的就是看清楚这只鲜美无比的放生羊。太阳是那么谦恭完全成了羊的臣仆，可它对狼是不客气的，那些闻讯赶来的狼全被晒趴下了，全都眯着眼回忆羊的种种好处。村庄出现的时候，太阳就情不自禁变成了一匹马，那完全是牧羊少年的心愿，当放生羊如他所愿找到美丽动人的姑娘时，应该有一匹马跟上去，那就等于告诉姑娘牧羊少年是个白马王子。也有可能找到的不是姑娘，是其他什么人，太阳只能变成一头牛了。

奶奶看见太阳变成一匹马奶奶就把这个喜讯告诉燕子，燕子以为奶奶说梦话，燕子太熟悉奶奶说梦话的样子了，奶奶的眼睛会放出奇异的光芒，整个人都罩在这团光里就像观音菩萨，目光炯炯有神，遥远而富有洞察力，不但看出了太阳的原型，连那些晒趴下的狼都逃不过奶奶的眼睛。奶奶越说越玄乎，奶奶告诉燕子，那些软在地上的狼都羡慕死羊了，奶奶并不知道狼快要咽气了，奶奶只对狼的眼睛感兴趣。鸟之将亡其鸣也哀，人之将亡其言也善，狼也一样，被死亡扼住喉咙的时候，狼眼睛再也狠不起来了，狼眼睛一下子有了羊眼睛的神采。狼就来劲了，狼兴奋得发抖，这么一抖，眼瞳里的羊的光芒就进入更高的境界，谁都知道，所有眼睛里最美丽的莫过于怀孕的母驼的眼睛了，还不能确定那只濒临死亡的狼是母狼，此时此刻，狼眼睛所流露出来的母性的目光却是真的。狼到底是狼，在生命之光即将熄灭的时候还要显示一下它的勇气和冒险精神，一句话，它不再满足于母性的慈爱与善良，它不失时机地趁着死亡的强力挺身一跃，一下子攫取了母骆驼才会有的那双美目……奶奶在她最酣畅最深沉的梦境中告诉燕子：那不是狼，是那个死鬼男人！那个双手沾满罪恶与血迹的走私贩子！“唉，他也真是一条汉子！快要咽气了，在他的眼睛里看到绵羊和善的目光，那绵羊一样的眼睛很快就变成了骆驼眼……这是老天爷的意思，老天爷宽恕他了。”

好多年以后燕子长大了，燕子有家了，有孩子了，住在城市的小房子里，常常回忆起奶奶的模样。有了孙女的奶奶才是真正的奶奶，雍容华贵，穿行于沙包草场与庄稼地之间，穿行于牛羊鸡犬之间，连她自己都意识不到她坐在沙包上就像一只老绵羊。在草滩上奔跑的乱喊乱叫的疯丫头燕子就是在夕阳西下的时候突然发现奶奶像一只老绵羊，燕子哈一声乐了，可燕子已经是个懂事的三年级学生了，燕子把她的发现埋在心里，手捂着嘴巴。她就看见奶奶头顶辉煌的落日和落日熔化了的云朵，那么多云朵涌进落日的圆洞里沸腾了，又奔出来了，全成了一匹匹烈马，马群之后是骆驼和牛最后是羊，羊是永恒不变的，是熔不掉的，白的进去白的出来……沙包上的奶奶白发飘飘，飘得那么好看，一团一团的，奶奶全身都白了。中亚腹地的女人最后都要变成老绵羊的……燕子是个懂事的孩子，燕子把她的发现埋在心里，燕子走到奶奶身边。

“奶奶你真好看。”

奶奶可不像其他老人那样抱怨自己的老态，奶奶毫不客气收下了孙女对她的赞美。

“奶奶有燕子，奶奶能不好看吗？想不好看都不行，老天爷不答应。”

奶奶身子一挺跪在沙包上朝天上举起手。

“老天爷呀，你啥时候亏待过我呀，我七十多岁了，快要干成一堆柴火了，你赐给我一个乖孙孙让我这个老太婆又兴旺起来啦。”

哈萨克人有一个古老的传统，长子总是把第一个孩子送给父母收养，这个孩子就跟生身父母成了兄弟姐妹，爷爷奶奶成为父母，以示生命之树常青。汉人没有这么美好的风俗，可奶奶有这么美好的机会，燕子成了她的乖孙孙。

燕子常常回忆起奶奶老年时的情景，奶奶越老越神气，基本上是一个艺术品了，也就是在这个时候奶奶离开人世的，也就把最美好的形象留给燕子了。

燕子在乌鲁木齐郊区的小房子里给朱瑞讲述奶奶的故事，也是燕子认为自己已经成为一个美丽动人的女人的时候。燕子有了自信。

朱瑞沉默了很久，朱瑞说：“我发现王卫疆很喜欢你的。”

“他不喜欢我我能跟他在一起吗？”

“我是说你在他跟前也很自信嘛。”

“等你这狗东西让我坐卧不宁的时候我才发现我在王卫疆跟前的自信是假装的，我可真蠢。”

第七章　永生羊

1

燕子出走的消息，王卫疆三天后才知道。有人看见燕子和朱瑞带着大肥羊朝乌苏去了，那人就去告诉王卫疆，那人走到修理铺跟前时王卫疆正遇到了倒霉事。

真是祸不单行，活该他倒霉。打昨天晚上，王卫疆就老出差错，简简单单的活儿，他老干不好，拖到第二天，也正是燕子出走的时候，他就更不顺利了。他心血来潮，当着司机的面要亲自驾车，司机不让，他就跟人家司机吵，司机只好让步，他也是昏了头了。其实车子修好了，他还疑神疑鬼，他也不知道最近他的疑心这么大，大家都笑他变成女人了。婆婆妈妈唠唠叨叨，他就这么心情极端恶劣地开动了车子。车子吼叫着跟马一样扬起蹄子朝水渠奔去，就是那条让燕子坐卧不宁的从天山大峡谷直插准噶尔盆地的水渠，燕子在这里放走了一艘艘纸船，还有一只只纸叠的大肥羊，此时此刻，那些纸船和纸羊全都出现在水面上，王卫疆脑子一热，就把车子开过去了。理所当然地轰隆一声，跟中弹的坦克一样，车子栽在水渠里，把王卫疆甩出去，在沙地上翻了几个滚。王卫疆擦破点皮肉，车子可就惨了。结果可想而知，责任全在王卫疆这边，赔偿下来基本上用尽了他的全部积蓄。还好，房子保下来了，还有那条狗。

王卫疆好久没到房子里去了，他老远看见黄狗汪汪叫，向主人问好，邻居家的孩子带着黄狗在林带里玩，黄狗老远听见主人的脚步后黄狗就欢叫起来。王卫疆好久没有听到欢乐的安慰声了，他的耳朵里塞满了吵架声和讨价还价声，跟冰碴子一样把耳膜都冻僵了，黄狗的欢叫融开了这些冰碴子。他听见邻居的孩子叫他叔叔，他摸摸孩子的大脑袋。黄狗舔他的脚，他就把黄狗抱在怀里，孩子嘀嘀咕咕告诉叔叔他每天给黄狗喂食，带黄狗玩，叔叔不在家的时候黄狗过得很好。叔叔好像听不见孩子说什么，叔叔好像怕冷，紧紧地抱着黄狗就像抱着火炉一样，黄狗在叔叔怀里呜呜叫着，挣扎着，孩子就大声喊道："你把阿黄捂死啦！"黄狗乱蓬蓬的脑袋猛一下从叔叔的怀里挣出来，满脸幸福的样子，也有抗议孩子乱喊乱叫的意思，明摆着，孩子打扰了它跟主人的亲昵气氛，孩子就生气了。

"狗东西，我不跟你玩了。"

孩子撇着嘴边走边踢石子，孩子都快要哭了。孩子的妈妈在自家门口等着孩子。妈妈以及所有的大人都知道燕子出走的事情。各种说法都有：有的就夸张了，歪曲了，添油加醋基本上成了离奇古怪的故事，版本很多，但王卫疆这个受害者形象是相同的。孩子不知道这些故事，孩子撇着嘴，妈妈哄他半天也哄不高兴，妈妈就抱怨黄狗没良心，孩子就有话说了，孩子把矛头直指王卫疆，还是叔叔呢！连声谢谢都没有，连听人家说话的兴趣都没有。妈妈就告诉孩子叔叔心情不好。

"他好着呢，你看嘛。"

孩子和孩子的妈妈都能看见蹲在林带里的王卫疆，王卫疆抱着黄狗，就像女人抱着孩子。妈妈只能告诉孩子："大人跟小孩子不一样，大人受了委屈就这个样子。"孩子开始吃惊了，孩子想过去妈妈不让。

王卫疆抱着黄狗过来了。妈妈跟王卫疆打招呼，王卫疆嘴里咕噜什么谁也听不见，当然是对邻居的问候。邻居知道要发生什么事情，邻居告诉孩子："你都上三年级了，你是个懂事的孩子了。"孩子使劲地点头。邻居告诉孩子："阿黄找你你不要不理它，知道吗？"孩子使劲地点头。时间不长黄狗就出来了，孩子迎上去，黄狗迟疑一下，一下子想起来刚才对这个小朋友的冷漠，黄狗在受良心的折磨，同时也需要小朋友的宽容和谅解。孩子一下子就看破了黄狗的心思，孩子一下子就长大成人了，孩子显得那么慷慨大度，微微笑着，摸一下狗耳朵，狗就放松了。孩子就把狗抱起来，另一只手从裤兜里摸出一截马肠子，差不多有乒乓球那么大，是孩子吃剩的，是孩子的父亲从伊犁带回来的宝贝，大人品尝一下，全都留给老人和孩子。孩子每天只能得到妈妈给他的一小截，孩子每次享用一点点，到天黑分三五次吃完。自从有了黄狗，孩子都要留出一部分与黄狗分享，有时是饼干，到了冬天就是马肠子了。可以想象黄狗见到马肠子有多么兴奋！孩子跟举着火把一样高高举着马肠子，黑乎乎的油腻腻的有一种蓝幽幽的光泽，有孩子啃过的牙印，香味在冷风中传得很远，狗鼻子都抽起来了，整个世界全是马肉的芳香，狗都快要疯掉了。狗彻底地摆脱了惶恐与不安，狗一下子变得自信豪勇，跟一张弓一样紧绷绷的，马肠子跟鸽子一样扑腾腾从孩子里手里飞出去，狗也腾空而起。一个漂亮的空中跟头，叼住了飞翔中的马肠子，轻轻地落在地上，不急于吞食，而是从容地轻盈地奔到林带的大树底下，避开冷风和众多的目光。黄狗叼着马肠子，就像在吹号，喉咙里呜呜响着，它还真吹响了音乐，就像衔着一个乐器，比如鹰笛，鹰的歌声之后，很快就有了骏马悠扬的嘶叫。狗耳朵一耸一耸，狗听得那么细心，狗听到的绝不是幻觉，狗听到了真正的天空的声音。狗也听到了草原的声音，狗笑眯眯的。可以用餐了，狗胃口大开，在美妙的音乐之后吃东西简直像个皇帝。

孩子就这样恢复了跟黄狗的友谊。孩子一直看着黄狗享用马肠子，孩子不打扰黄狗的幸福时光，孩子侧着身，一手叉腰，带着微笑，完全一副大人的模样，还回头朝妈妈点一下头，很稳重很大方地那么一点。女人一下子让孩子沉稳老练的目光给怔住了，这就更鼓励了孩子，孩子转过身继续观察那条小黄狗，在大人似的孩子跟前，黄狗可真是一条小狗。

王卫疆就没有这么幸运了。邻居家的女人肯定想到王卫疆有多么难受。王卫疆在房子里弄出很大的响声，也只能传到院子里，林带那边有风，有树梢的哗哗声，有快乐的孩子和小狗，房子里的响声传不到这里。邻居也不去劝，邻居也不让别人劝，大家也就散开了。邻居坐自己家房子里打一会毛线，估计王卫疆平静下来了，因为那边的响声平息了，静了好半天，邻居就到王卫疆的房子里去了。王卫疆跟一只死狗一样蜷缩在床上。有个实木方桌子，被斧子砍掉大半，靠墙那小半竟然没倒。刚才传到外边的响声就是斧头和桌子弄出来的，连劈带砍，白松木就变成一堆柴火。劈到一小半时愤怒的王卫疆泄气了，桌子靠墙的地方有一只纸叠的大肥羊，白晃晃的跟一道电光一样闪了一下，王卫疆就抡不动斧头了，王卫疆就往后退，上了床还退，已经不是退了，缩成一团，出气很粗。过了很久，有人进来跟他说话，他没反应，他望着人家，他眼睛里空荡荡的，邻居家的女人收拾房子忙这忙那他一点感觉都没有。房子开始有了温度，手脚慢慢地软和起来。房子越来越热，他鼻梁上有了汗珠，他长长出一口气，空荡荡的眼睛里出现一团火光，他心里一惊，他就看见跟火墙连在一起的炉子，用土坯砌成的炉子跟坦克一样轰隆隆响着，整个火墙整个房子都热起来了。邻居拿来了自家的煤，用院子里的干柴引火把火墙烧起来了，邻居就悄悄离开，让火陪着王卫疆。

新疆这地方，入了冬，火就是人类的救星。火在火墙里蹿来蹿去，跟一匹马一样，慢慢地让炉子和火墙给驯化了，可爱起来了，有人情味了，马本来就是通人性的动物。火变成马比马更像一匹马，三踢腾两踢腾就把王卫疆扶起来。王卫疆揉眼睛，揉了两下眼睛就亮了，就水了。大西北缺水，眼睛亮就说眼睛有水，山高土厚水深，也就含有眼光不俗，有见识的意思。这会儿，王卫疆的眼睛就亮到这种程度，眼睛有水，看东西就不一样，王卫疆再一次看见纸叠的大肥羊。王卫疆站到地上，来回走，从炉子到桌子，纸羊忽大忽小，伸了几次手，还是不动的好。让他惊奇的是他竟然能走动了，一个快死的人恍惚间就这么动起来了，太叫人不可思议了，就在他万分惊喜的时候，那只大肥羊咩咩叫起来，王卫疆眼泪就下来了。一个人眼中有水，再加上泪，王卫疆的眼瞳一下子大了好几倍，整个世界被他放大了，有的远了，有的近了。接近的当然是乌尔禾，是海力布叔叔是牧场的石头房子，灌木纵横的小山丘，一望无际的草滩，羊群跟白云一样从蓝天上飘下来，跟下大雪一样，一片一片落下来了，草原被白羊覆盖的时候草原就一下子宽阔了。戈壁滩呢？据说只有那些心地善良的牧人才会到戈壁滩去放羊，羊有一天会爱上戈壁上的石头，那可太要命了，白羊不会覆盖戈壁的，骆驼都没有这种本领，白羊走进戈壁究竟为了什么？王卫疆就这样把大肥羊捉在手里。确切地说是他伸出手，大肥羊自己走上去了，王卫疆的手展开着，扩大着，差不多是片辽阔的草原了，从乌尔禾开始，向四面八方，到了阿尔泰山，山里有更好的草原，到了天山，简直就是羊的天堂了，夏牧场一直有人间天堂的美誉。王卫疆知道燕子与朱瑞的行踪了。乌鲁木齐在蒙古语里不就是优美的牧场吗？王卫疆的手抖动着，成为一片辽阔的草原不抖动是不行的，传说中的息壤，就是一小块土，有了上天的灵气以后这一小块土就能呼吸了，能呼吸的东西就会变得辽阔宽广……大肥羊就是这样让他放生的，一共放了两次，从后来的情况来看，那两次都成功了，它们都成了永生羊。

纸叠的大肥羊在王卫疆的手心里颠荡后又回到桌子上。

桌子的另一大半变成柴火堆在桌子底下。王卫疆要做的事情很简单，打开炉子上的铁盖，把木柴一块一块放进去。他蹲在炉子跟前，一点也不敢马虎，一次一块，轻轻地放进去，就这么一丝不苟地放完了一堆柴火。邻居家的女人送来一大盆羊肉汤揪片子，有西红柿酱，大辣子和皮芽子在里边，汤饭的香味热气与女人的香味一下子弥漫了整个房间。王卫疆吃得满头大汗，王卫疆身上有了力气。邻居家的女人说了一句很有意思的话："你只要守着这房子，燕子就会回来。""真的吗？""燕子嘛，不回到房子还能回到哪里？"王卫疆没细想这句话。

刘师傅在林带那边的公路上等他，刘师傅坐在车上按喇叭，意思很明显，刘师傅给徒弟出气来了。刘师傅鄙视燕子，刘师傅就不爱到这房子来。邻居家的女人盯着王卫疆又说一句："你不知道燕子有多么喜欢这房子，你吃的饭都是燕子在这搭做熟的。"刘师傅的喇叭又吼起来。

到了车上，刘师傅也提到了房子："把这房子处理掉，住到市里边去。"刘师傅把新房子都看好了，吃完饭就去看新房子，据说是新楼房。上个世纪八九十年代奎屯市已经有住宅小区了。在刘师傅的设想中，只要王卫疆看上其中任何一套房子，就会东山再起。刘师傅答应给王卫疆借钱，刘师傅知道王卫疆赔了夫人又折兵。

"有了好房子还怕没好老婆，我操他奶奶的。"新疆人的习惯，房子跟女人是一个意思，相当内地农村人说的"我屋里头的"。刘师傅的老婆忙了半天，准备一桌菜。徒弟全都来了，打仗亲兄弟，上阵父子兵，满满一屋的壮汉，年龄不等，都是刘师傅出道以来收的高徒，给王卫疆壮胆来了，只有过年的时候才有这阵势。只要王卫疆一句话，立马就有人去乌鲁木齐让朱瑞生不如死。刘师傅不让他们出馊主意。

“不就一个女人嘛，今天不谈女人，谈房子，等会去看房子。”

看来刘师傅非让徒弟买下新房子不可，从后来发生的事情来看，不能说刘师傅没有远见。当然是先喝酒吃饭了，王卫疆是饭局的中心，王卫疆就喝多了。在大家的印象中王卫疆很能喝酒的，新疆男人嘛，越是心里有事越能喝，还醉不了，越喝越来劲，总是人把酒压住，再烈的酒，也死死地压在男人的肚子里，基本上跟套马杆套野马一个架势，还要把野马驯服了，最好是压成走马，在骑手的屁股底下翩翩起舞，那可真是人生的最高境界。刘师傅这辈子遇到这种事情太多了，早就修炼出来了。大家也都这么猜，具体内容就不清楚了。直到有一天，有个徒弟在果子沟芦草沟与饭馆老板娘发生生死恋，一句话，这个徒弟从死亡线上连爬带滚回来了，好几瓶伊犁特曲灌下去，跟没事人一样开着东风大卡车连夜赶回奎屯。车子狂奔而去的时候，人们惊呆了，只等着几公里远的悬崖下边轰隆一声巨响，有人甚至产生幻觉，都大喊好几次了，每次的喊叫全都消失在西天山的大峡谷里，久久回荡着。那正是明月出天山的时候，中亚细亚的月亮用我们当地人的话讲都是高车的车轮啊，把夜晚照得跟白天似的。人们所看到的车子跟蚂蚁一样贴着山梁向前攀援，渐渐地，天山山脉成了一条绵软的羊毛绳，只有新疆女人能搓出这么好的羊毛绳，绳子拉着车走呢，还有啥不放心的？过了“松树塘”就是辽阔平坦的准噶尔盆地了，比女人肚子还要柔软还要温暖的金色的准噶尔大地，车子跟虫子一样贴上去了，安安稳稳地回到那个叫奎屯的绿洲。刘师傅接到电话，领着大家早早等在五公里的路口，国产东风大卡车可真像一只绿蚂蚱，从天山和盆地交合的地方爬过来了，绿油油地生机勃勃地出现在大家面前。刘师傅看一眼就明白了，不用等徒弟出来，从车子的状态就会明白一切都过去了，那些要命的事情全让酒给化掉了，跟大片大片的荒漠一样全让车轮子抛后边去了。师兄师弟们围着他那个紧张啊，紧张半天才发现这小子跟没事人一样。刘师傅拿出师傅的威严咳嗽一下，声音低低的：“本来没事嘛，能有啥事呢？老刘的徒弟能有啥事呢？”刘师傅这牛皮劲把徒弟们说得一愣一愣的。大家很快发现，打那以后，每逢大事，刘师傅总是跟这小子嘀嘀咕咕，这小子显然把大家远远抛到后边去了，正跟那天早晨大家看到的绿蚂蚱一样的车子把大片大片的荒漠抛到后边一样。千万别小看那些贴在草木和地皮上的虫子。大家得重新打量这个世界了。大家挖空心思从这家伙嘴里套啊套啊，也只能明白一个大概，那就是这家伙得意了。

这回该王卫疆得意了，王卫疆蒙在鼓里，王卫疆是最小的徒弟嘛，王卫疆一点经验都没有，王卫疆以前很能喝酒的，这回却喝醉了。刘师傅也就小看了这个徒弟，大家也不把他当回事，只能同情这小师弟了。

王卫疆睡在刘师傅家的沙发上，大家在另一间房子里打牌，刘师傅老婆侍候这帮大老爷们，端茶倒水，还要照顾小房子里的王卫疆。喝醉酒的人即使不闹腾也睡不踏实。王卫疆没醉过酒，谁也不知道王卫疆醉后能折腾出什么花样。在座的这帮家伙基本上都在这里耍过酒疯，出过丑，甚至哇哇大吐，让刘师傅的漂亮老婆跟保姆一样打扫卫生，跟护士一样照顾他们。他们全都明白，他们的师傅怕老婆是假的，他们的师傅极大地满足了一个漂亮泼辣的女人那颗高傲的心，他们的师傅不动声色，也不动手，进了家门，就跟病人上了病床一样，又乖又听话，就这样，让女人既当皇帝又当臣仆。刘师傅进了家门基本上是个蔫人，浑身疲惫，跟玩累的孩子一样。出了家门你就想去吧，也只有中亚细亚的烈马苍狼雄鹰跟他相匹配了，天山南北交递线上的他的那些心旌摇荡的妹子们见识到的是另一个全新的刘师傅。徒弟们全知道，也刻意观察过，成功者甚少，也有画虎不成反类犬的例子，娶一个漂亮泼辣的媳妇，气焰嚣张难以驾驭，基本上成了一只猛虎，苦不堪言。刘师傅的老婆义不容辞地充当调解员的角色，甚至有人给她戴高帽子，冠之以书记政委的头衔，刘师傅的老婆基本上是一个顺杆往上猛蹿的主儿，比猴子还快，乐此不疲，获利最大的肯定是刘师傅了。老婆、情人、徒弟、徒弟的老婆，越发觉得刘师傅了不起。

王卫疆在小房子里呼呼大睡，刘师傅老婆进去好几次，插不上手，这个母性意识十分强烈的女人不照顾一下别人就浑身痒痒。王卫疆睡得太踏实了，蜷着身子，裹着毯子，只露一颗脑袋，毛茸茸一脸安详而且呼吸均匀，就像一只沉睡在春天温暖的湿土里的蛹一样，一点破绽都没有。刘师傅的老婆就不进去了，重点放在打牌的这个大房子里，刘师傅就说："不要老待这边呀，那边去看看。"

"好着哩好着哩，莫事莫事。"

"莫事莫事，莫事才是大事呢。"

刘师傅放下牌，去看王卫疆，大家都过去了。让人吃惊的是房子没有醉酒后的异味，而是微微的酒香。刘师傅的老经验遇到了新问题，老婆说："有房子的人才能睡这么踏实。"刘师傅说："他那房子是空的。"老婆说："空房子也是房子。"刘师傅就笑："我徒弟又不是流浪汉，啥时候缺过房子？"刘师傅跟大领导一样目光炯炯扫过众徒弟，问他们："你们说王卫疆缺房子吗？"徒弟们当然不敢吭声了。老婆说："王卫疆就出生在地窝子里。"刘师傅就告诉老婆："地窝子是我们新疆人最好的房子，是人类最早的房子，我就出生在地窝子里，我缺女人吗？"大家吓坏了，这么多年来，刘师傅的妹子们跟韭菜一样换了一茬又一茬，就瞒着老婆一个人，祸从口出，刘师傅不打自招啊，徒弟们又惊又喜，等着看好戏！空气凝固了那么片刻，根本没有出现大家下意识中所期待的轩然大波或夫妻大战，刘师傅的老婆不但不生气，反而面露娇态，仿佛回到少女时代，含情脉脉地瞥刘师傅一眼，到厨房去了，步子都轻快了，跟燕子穿林似的。刘师傅又狠狠地赢了一把，徒弟们实在想象不出师傅用了什么高招和迷魂药点化出这么一个好老婆。大家看师傅的眼神全都变了。师傅低头喝茶一副洞若观火的样子。只有那个经过生死离别的高徒心里明白：师傅让王卫疆给难住了。到底是师傅的好徒弟，王卫疆醒来后，他硬是把王卫疆给发动起来了，就跟他们给车子点火一样。其他人全不当一回事，他完全有资格教训大家。

"你们懂个鸟，地窝子是房子吗？那是师傅降老婆，你们是驴耳朵吗？"

大家就前呼后拥给王卫疆看房子去了。王卫疆当然在人群当中。王卫疆也看得很认真，查看房子的墙角，盘问建筑面积与实际面积，摸一摸敲一敲，还试了各种设置，比女人试衣服还细心。那位高徒瞅空去公用电话亭给师傅报信，喜讯，王卫疆要房子了，那意思是等于说王卫疆另找女人了，那个小贱人燕子跟王卫疆没关系了。电话那头师傅让老婆听着呢，老婆直嚷嚷："咋会这样子嘛，咋会这样子嘛。"女人的心是相通的，她实在撇不下燕子，好像有燕子的房子才是房子。那是平房！这个高徒确实有师傅的真传，当时就在心里冷笑：楼房，是不会让燕子搭窝的。燕子这种贱鸟倾其一生都在小平房里蹿来蹿去，最喜欢的还是那些土里土气的泥屋子。

王卫疆是喜欢新房子的，两室一厅六十平方米的楼房在那个年代已经相当不错了，基本上是年轻人的一个梦，那是对城镇居民讲的，团场子弟连这梦都没有。王卫疆还要怎么样呢？人家问他的时候，他连说好好好，好得不得了。人家就笑："目前为止，这是奎屯地区最好的房子啦。"人家用了一个"奎屯地区"，也是充分照顾了团场子弟的背景。奎屯市就东西两条大街，奎屯地区就把整个农七师包括进去了，东排子一下野地，炮台大拐小拐以及遥远的，有西伯利亚之称的乌尔禾盆地。师兄们意味深长地提醒王卫疆："你这小子是奎屯第一批住楼房的。狗日的，羡慕死你了。"要没燕子这档事，大家就不是羡慕了，就是嫉妒了。

刘师傅还是有点不放心，连连追问那位高徒，基本上无懈可击。王卫疆回乌尔禾看望父母，走的时候高高兴兴。这么多人关心他，他能不高兴吗？刘师傅原打算要叮咛的几句话就没说出口，事后刘师傅后悔不迭，直拍大腿。从后来的事情来看，刘师傅的那些话根本起不了任何作用。刘师傅只考虑到地窝子和父母的因素，基本上忽略了牧场的海力布叔叔。这也不能怪刘师傅考虑问题不周全，人们所理解的乌尔禾一般不包括那个偏远的牧场，乌尔禾已经很偏远了，偏远中的偏远也就超出人们的视野，何况那个牧场基本上是海力布叔叔一个人的牧场。

2

王卫疆好久没有回乌尔禾了。看望了父母，理所当然要去牧场看海力布叔叔。

那正是开春的时候，草芽刚刚冒出来，星星点点散落在沙缝里，一闪一闪。海力布叔叔把羊赶到洼地里，那地方青草能埋住脚跟。海力布叔叔在洼地上边弄一块大石头。牧羊犬先认出小主人王卫疆，又是欢叫又是蹦跳，几次爬到王卫疆肩膀上，海力布叔叔抬头喊了一声，又埋头干活，干活的人都这样，必须把提起来的力气用完。海力布叔叔很执著，王卫疆只能看到他宽阔的背跟磨盘似的屁股，手里的铁器发出阵阵尖叫，火星四射，都是炽白炽白的，跟电焊一样。王卫疆坐在石头上看坡下洼地里羊群吃草，也看那些荒野上的石头，都是拳头大的石头，大多都包一层黑皮，牧草长到夏秋也仅仅埋住这些小石头，就是常人说的高不过一拃的浅草，很适合放羊。要碰到一个板凳大的石头，牧人会奔过去坐一会的。那些大石头都是白晃晃的，远看就像一只只活羊。据说那些饿晕了的苍狼常常误以为是羊，扑上去，咬出一团火星，牙齿全碎了，狼也高兴，把碎牙和血咽到肚子里，绕白石三圈，发晕的脑袋总算清醒了，它还能奔跑还能拼杀，狼就向前蹿去。据说这种啃过石头的狼跟压出来的走马是一样的，是那种合乎音律的翩翩起舞的步子。草原上的大石头总是让狼肃然起敬。

海力布叔叔不像是在凿石头，好像从大地的腹中接生一个婴儿。海力布叔叔累坏了，手都举不起来了，那些铁器咣啷啷落到地上，海力布叔叔也躺在地上了。海力布叔叔仰躺在草坡的那个瞬间，王卫疆的视野一下子就开阔起来了。要知道准噶尔大地的平坦开阔是无数沙丘石冈和矮山组成的，稍稍有那么一点起伏，这样可以让你的目光有节奏地延伸跳跃，跟骏马一样不断地跃起，又沉下去，再展开，如此回环盘旋。一句话，中亚大地，即使贴着地面穿行也有一种雄鹰翱翔的感觉。

此时此刻，海力布叔叔就这么酣畅淋漓地往大地上一躺，辽阔的空间全给王卫疆打开了，整个天地袒露出的白石头被海力布叔叔凿成了一个少女，白鱼一样出现在大地的滚滚波涛里。我们应该理解王卫疆的那种震撼，因为那石雕的少女惟肖惟妙地再现了燕子的一切。比燕子更逼真，燕子本人也会吃惊的，她做梦也想不到她会如此美妙，天地间总有这么一种超出本人想象的比本人更真实的形象！白色的少女石人像！海力布叔叔选取的角度可以说无懈可击，那块白石头在精心加工以后依然与大地浑然一体，仿佛大地的自然延伸，非人力所能及，海力布叔叔仅仅帮了大地一把，顺势一推，白石头就活了。海力布叔叔歇过劲来啦，海力布叔叔在王卫疆的后脑勺上猛击一掌。

“嗨，你这傻小子，你想变成石头吗？”

王卫疆就像一尊雕像，直杵杵硬邦邦站在那里，海力布叔叔拍第三掌的时候，他才清醒过来，还是一副没睡醒的样子，好像说梦话。

“燕子没来过乌尔禾呀。”

“有没有燕子这个人？”

“有哇有哇。”

“有就成，就说明不是我胡编乱造的。”

吃饭的时候王卫疆问海力布叔叔：“你没见过燕子呀？”

“你爸你妈见过嘛，他们告诉我他们的狗儿子找到了一个叫燕子的姑娘。不用他们描述，我就知道燕子应该是一个漂亮的姑娘。你不要瞪眼睛，你听我给你讲，你见到的燕子是长成大姑娘的燕子，大姑娘都是漂亮的，可她们是小姑娘的时候就没这么漂亮了。我见过不漂亮的燕子，你还记得有一年我去托里寻找放生羊的经历吗？你这傻小子，放生羊只是一个传说，没人干过这样的傻事。日子这么艰难，一只大肥羊可以让一家人度过冬天啊。在传说和歌谣里可以放掉一只大肥羊，你这个傻小子，比我的亲儿子还要乖的傻小子呀，真的放走了一只大肥羊。接着又放走了第二只。连里要追查我的责任的。现在你长大了我可以告诉你叔叔我背过两个处分。我本该回场部的，人家怀疑我用大肥羊交了女人。我也不申诉。我喜欢这种处分。我喜欢人家这么瞎猜。许多人都是夜里扛着大肥羊去领导家或者去相好的女人家里，我当然愿意后一种说法了。可我还是要去考察一下放生羊的下落，我一直怀疑流传在草原上的有关放生羊的种种说法。我走遍了准噶尔的所有草原，没有找到放生羊，连影子都没有。我亲眼看见你这个傻小子从羊圈后边的小山上放走的，我太麻痹大意啦。我放开缰绳，打算在芨芨草墩那边截住放生羊，结果扑了空，把自己都搞丢了。我就拐进了大戈壁，走了整整半个月，终于看见了新鲜羊粪，跟珍珠玛瑙一样，我捧在手上，我挑了两颗揣在怀里，我完全放下心了。我打踪的本领又奇迹般地恢复了。打踪是牧人的基本功，我太慌乱就功力全失，安下心来，这种奇妙的功夫就全回来了。羊的蹄印跟天上的星星一样越来越清晰，很快就换上了太阳，又变成星星月亮，它们交替出现直到托里。放生羊让一个小姑娘捡到了，也可以说放生羊是专门找这个小姑娘的。那小姑娘可真丑啊，我敢肯定她是天底下最丑的小姑娘，满头满脸的冻疮，黄巴巴一点点稀稀落落的头发可以让人看出她是个小姑娘，我敢肯定只有牲畜不讨厌她。那个时候，她是看不见我的，她眼睛里只有放生羊，她自己的羊都受到了冷落，她紧紧抱着放生羊。我跟她说话，她就像在梦中，她把她的名字都告诉我了，可我看得很清楚，她把发生的这一切都当成了梦幻。”

海力布叔叔问王卫疆：“跟你那位燕子姑娘比较一下，哪个更美？你可不能告诉我，两个都美。”

王卫疆无言以对。海力布叔叔拍拍王卫疆的肩膀：“答不出来就对了。”王卫疆还是忍不住追问海力布叔叔：“你并没有见过长成大姑娘的燕子呀？”海力布叔叔喝掉铜碗里的奶茶，抹抹嘴巴，扬头看天上，正好有一队天鹅呀呀叫着向阿尔泰草原飞去。

“傻小子，看见了吧。大叔我没见过长成大姑娘的燕子，可大叔我年年都在看天鹅。白的、黑的，每年两次，它们全都认识我。从我头顶飞过去的时候都要叫上几声。”

王卫疆在牧场时候，海力布叔叔不怎么搭理天鹅；倒是王卫疆这个小屁孩见到天鹅就大呼小叫，差点从马背上栽下来。海力布叔叔对天鹅发生兴趣是王卫疆离开牧场去乌尔禾团中学上学以后的事情。海力布不会大呼小叫的，海力布跟草原上传说的独眼巨人一样，可以看见几十公里以外的东西。这并不是刻意夸张，在人烟稀少、飞鸟不惊的地方，空气那么透明，可以一直看到大地的心窝窝里去，可以一直看到天空幽暗的深处，几乎没有什么可以隐藏的，整个世界清晰可见，完全袒露出来了。百灵鸟也好，天鹅也好，全都跟花朵一样一下子盛开在蓝色的空气里。可以猜想，海力布叔叔第一次发现这种奇迹时有多么惊讶！他大概醉醺醺地、歪歪扭扭地趴在马背上，信马由缰，脑袋埋在浓密的、有点粗糙的马鬃里，更多的马鬃飘进空气里，跟灿烂的阳光一样越飘越远。可以肯定地说，是马鬃的光芒迷住了远方的天鹅，天鹅改道了。它们有固定的航线，它们飞过的地方总是分布着大大小小的海子。荒漠深处突然出现的一团金色的亮光使它们误以为大地上有了一双崭新而明亮的眼睛。好多年以后，王卫疆读到俄罗斯作家的一本书，书中把湖泊写成大地的眼睛。海力布叔叔压根都没想到他和他的马会变成大地的眼睛，把大队的天鹅吸引过来了。跟往年匆匆飞过的天鹅不同，这一次，天鹅跟潮水一样铺天盖地，而又那么从容优雅，那么迟缓，跟云朵一样，一边飞着一边叫着。可以想象出天鹅的嗓音，尤其是母天鹅的声音，湿漉漉的，跟草丛里烁亮的清泉一样，在荒原辽阔厚实的胸膛上泉水总显示出罕见的神采，一下子就把醉酒的海力布叔叔给唤醒了。不是睁开双眼四处瞭望的那种苏醒，是从他内心深处豁然闪出的一道亮光，在他本人完全不知道的情况下同他的乘马一起醒来了。马总是比人敏捷，马的长鬃垂落下去，马的眼睫毛也垂落下去，马变得那么温顺，步伐轻盈如同舞蹈，海力布叔叔可以把马背当床睡了。好多年以后，海力布叔叔告诉王卫疆，他是在梦中见到天鹅的，那时王卫疆已经备受情感折磨，听海力布叔叔讲天鹅就如同天方夜谭。那一刻，风和日丽，可给王卫疆的感觉如同黑夜，太阳就像一堆篝火，太阳所有的功能一下子简化成一个，那就是取暖。王卫疆烤前胸的时候，后背是凉的；烤后背的时候，前胸又凉起来了。海力布叔叔就开始重复草原上那个流传了千百年的传说。王卫疆记得不错的话，应该是哈萨克人的民间故事。

在那个故事里，哈萨克人的祖先是个放羊的穷小子，老实得不得了。春夏秋冬总能找到最好的牧场，再糟糕的羊在他手里很快就会起膘，肥得跟月亮一样。喂出这么好的羊，到头来，小伙子还是那么穷，能吃饱肚子就不错了。穿得破破烂烂，睡的地方嘛，只有大地知道，草丛、沙丘、岩石就是他的白毡，他出生以后就没有在帐篷里睡过，天空就是他的帐篷；除过身体，他一无所有。可以想象，他赶着羊群走在大地上的样子。有一天，小伙子在海子边看见一群天鹅。那大概是人类见到的第一批天鹅，只有老天爷知道这么漂亮的天鹅生活在什么地方。小伙子都看傻了。从他放羊的那天起，他每天就要把羊群赶到海子边去饮水，还要让羊群去洗一洗。清水洗过的羊啊，就跟天上的白云一样了。好像那不是巴依老爷的羊，是他自己的羊。只有羊知道小伙子待它有多么好。羊看见水面上的天鹅时才明白小伙子的良苦用心。干净整洁的羊跟天鹅有什么区别呢？小伙子从十三岁就开始放羊，刚开始他跟大家一样让羊吃饱喝足就行了，羊又不是公主，不是天仙。可大地上偏偏生活着天仙一样的女人，让男人们去发疯、发狂，产生了许多歌谣。小伙子很快就学到了草原所有的情歌，可他这么一个穷小子唱得再好有什么用呢？他还是有办法的。就在他学到情歌的那年春天，他忽然发现他的羊群灰不拉叽的，到了海子边，羊光知道喝水。小伙子沉默了，丢下鞭子，奔过去，抱起一只羊羔精心地刷洗。沐浴后的羊羔跟一轮明月一样让所有的羊刮目相看。羊是多么灵巧的动物啊。它们纷纷下水，让水浪冲去尘土和草屑，再转移到海子的另一边，慢慢地喝水。从那时起，羊就有了沐浴的习惯。遇到灾年，草场减少吃不饱，羊也要跟着小伙子历尽千难万险寻找海子。有这么一天，天鹅从天而降，飘落在清澈的水面上，羊群全都惊呆了。不管是人还是牲畜，看到自己的梦想变成现实的时候，都会震惊的。

在哈萨克人的传说里，天鹅最初除过飞翔和唱歌外，是不会起舞的。当大地上的湖泊成为眼睛的时候，天鹅在遥远的天空马上就感觉到了。因为大地上出现了沐浴后的生命，它们的光彩让湖泊也变得深不可测。那一天，草原人开始用大海来称呼湖泊。天鹅就不能不光临大地了。天鹅往大地沉落的时候，它的高贵和美丽却在不断地上升，巨大的反差让天鹅失去了平衡，天鹅顺势盘旋起来，如此回环往复，落到水面。牧人和羊群赶过来了，那大概是天鹅见过的大地上最美丽的羊群了。天鹅明白了它们匆匆飞往大地的原因。天鹅要明白的事情太多，一下子聚在一起，巨大的反差再次冲击它。它们一下子从水面跃起，翩翩起舞。它们越来越意识到这是一种崭新的、美妙无比的力量，远远超过飞翔和歌唱。在久久不息的群舞中，渐渐有了差别，那最年轻、最美丽的天鹅脱颖而出，成为领舞，简直跟中了魔一样。谁都知道，飞翔和歌唱是可以控制的，而舞蹈却会失控，这只刚刚成为领舞的小天鹅很快就把舞蹈推上高潮……那正是开天辟地的黄金时代，生命随时随刻都在出现奇迹，舞蹈的高潮，所有的天鹅仿佛刚刚获得了生命一样。那一刻，它们才真正明白它们是一群天鹅，它们是天地间的舞者，也就在那一刻，领舞的小天鹅踏着水浪朝岸上走去。与此同时，小天鹅的身体也在发生奇妙的变化，天鹅的两条腿在变长，天鹅美丽的翅膀变成双臂。上岸的时候，天鹅已经变成天仙一样的姑娘了……姑娘来到人间是给放羊的穷小子做妻子的。那一天，小伙子成为所有哈萨克人的父亲，白天鹅成为哈萨克人的母亲。哈萨克就是白天鹅，就是美丽无比的意思。

这个古老的传说，王卫疆听过不知多少遍了，哈萨克人在讲，蒙古人在讲，汉人也在讲，讲了也就讲了，只有王卫疆在遭受命运的打击之后，故事才变得回味无穷。

最初的那个故事很简单，两句话就可以讲完，大意是，这个放羊的穷小子娶不到老婆，天鹅就给他当了老婆。另一个版本讲的是一位哈萨克将军，受了重伤，天鹅从天而降，救了将军的命，产生了感情，就变成女人，用一生来照顾这个勇敢的男人。

王卫疆宁肯相信前者，而且补充了许多细节。在王卫疆的想象里，他离开海力布叔叔以后，海力布叔叔消沉了很长时间。毕竟是一个破破烂烂谁也不想待的牧场，好草场都在当地老百姓那里。兵团的牧场仅仅长些草，高不过脚面的浅草嘛。醉酒的海力布是用整个生命呼唤天鹅的。与其说是海力布苏醒，还不如说是海力布的梦想唤醒了天鹅们古老的记忆。它们的祖先创造了一个伟大的民族，它们就有能力重新回到大地。

据说海力布叔叔在朝鲜战场受的伤很不一般，炸弹震坏了他的脑子。有人说得更玄乎，说他脑袋里至今保存着一块弹片，跟半导体收音机一样，可以接受各种信号。王卫疆问过海力布叔叔。海力布叔叔笑一笑，猜去吧！一个事实就是，海力布的脑子时好时坏。坏的时候跟个醉汉一样，好的时候，记忆力好得出奇，而且还能感染别人。现在受他感染的是那些高傲美丽的天鹅，最动情的当然是母天鹅了，歌声圆润嘹亮，舞姿婆娑朦胧。它们不可能重复祖先的故事。它们看得清清楚楚，是一个爬在马背上的醉汉和他的马，马也是那种罕见的翩翩起舞的姿势。其实这并不是一匹走马，走马要经过严格刻苦的训练。这匹马完全应和了主人的梦想，很自然地成了一匹出色的走马，它的鬃毛不再高高飘扬，可鬃毛依然那么光亮，见过骏马的人肯定知道马身上的光是那种有些粗糙的质感很强的金属般的光，一下子把主人生命中最隐秘的东西袒露在阳光下边。天鹅们看到的就不再是传说中的眼睛一样的湖泊了，而是人畜共为一体的生命之光——光在中亚腹地意味着一种很高的生命境界。那一刻，天地间全都静下来了，歌也好，舞也好，全都沉浸在各自的内心世界里。天鹅又回归到天地之初，缓缓地飞着，内心的音乐在盘旋，它们的翅膀并不盘旋，一点也不影响它们贴近大地，贴近那个沉睡在马背上的人，那个把马背当成毡房的人，那个孤独而坦然的人，那个在梦中歌声不断的人。据说最初的天鹅跟所有的飞禽没有什么两样，那就是飞翔，飞着飞着啼叫几声。天鹅就是这种样子，跟少女一样羞怯而热烈。

海力布叔叔在梦中滚下马背，一种神秘的力量操纵着他，他奔向草丛里的白石头，他跪在地上，跟圣徒一样膜拜白石头。那一刻，天鹅们全停在空中，天鹅们亲眼看着大地上的白石头在男人的膜拜中有了生命。

海力布叔叔见过草原上的石人像，海力布叔叔就动手刻了一座石人像。据说每一座石人像都有一段刻骨铭心的爱情故事。据说草原上的人们总是用马头琴、用冬不拉、用歌曲吟唱伟大的爱情，可他们的生命也常常会碰撞出远远为人类所难以征服的撼天动地的爱情，比血更热，比心跳更猛烈！按草原人的说法，石头是大地的骨头，这种骨子的情感就一定要用石头来记录。石人像就是这么产生的。那是一种无法言说的表达。男性石人像肯定是女人所为，女性石人像要多一些，让海力布叔叔动心的当然是女性石人像。迄今为止，那些石人像都是青石，跟苍天一样的颜色，暗示他们的情感难以在大地上生存，只能在天上存在。海力布叔叔别出心裁，那一刻正如人们所议论的，他脑子里的美国弹片发挥了作用，一下子接收了天空所有的信号和能量。其实，他手里只有一把吃肉用的小刀，他的手已经发生了奇妙的变化，跟钢一样了，小刀子就有了钻石般的硬度。阳光照耀着，白色的火花跟星星一样，忽悠一闪，转瞬即逝。天鹅们一直停在天空，一动不动地看着大地。白石头远远望去就像一群天鹅。海力布叔叔选择白石头是有道理的，白石头也会被误以为是丢失的羊羔子，羊可是草原的生命啊，这个男人把生命给了石头。一天一夜。夜晚更壮观，凿出的火星跟篝火一样，石头燃烧起来了，海力布好像在炼一炉钢，夜空里的天鹅跟星星一样，直到太阳起来，石头变成了天仙一样的女人。

海力布打磨出来的石人像做工精细。方圆几百里，有几十尊栩栩如生的石人像，其中还有男人像。海力布把自己也刻出来了。用草原人的说法，海力布到天上去了，可海力布还活在大地上。看到石人像的牧民再见到海力布时，常常惊得目瞪口呆，海力布哈哈大笑。从种种迹象看海力布叔叔的病根子给除掉了，完全归功于这种疯狂的行动，也归功于改变航线的天鹅。连海力布叔叔自己也没想到他最出色的手艺不是给他自己。他听到王卫疆找到那个叫燕子的姑娘时，他就知道他要做些什么了，他甚至都选好了石料，青石和白石，其实是两块鸡蛋大小的鹅卵石，他设计好了，他相信这是一桩美满的婚姻，把燕子刻成石像，让王卫疆随身带着，跟神像一样，跟护身符一样。像海力布这样的男人很容易把女人理想化。当他看到王卫疆独自出现在远方的山口时，他什么都明白了。他叹口气，把青石和白石丢在羊圈里，到山上去了。所谓山也就是二三百米高的石冈，他的眼睛跟鹰一样，嗖嗖几下就在石人像的前方发现了一块半人高的白石头，在草丛里闪闪发亮，像一只白羊在啃青草。春天了，草都是青草啊。幸好他有天鹅相伴。天鹅进入他的生活快十年了吧，他就照着天鹅的形象打造这块石头。他还给王卫疆讲述那个老掉牙的哈萨克人的故事，白天鹅的故事好多年前他就给王卫疆讲过不下百遍。他看见王卫疆心不在焉，他知道那是男人的一种假象，这个傻小子再也不是孩子了，长大了，成男子汉了，可以任意地加工改写那些流传了千百年的老故事。他看见王卫疆流下了眼泪，王卫疆带着哭腔，王卫疆又变成了一个无助的孩子。王卫疆在父母跟前都控制住了，可海力布叔叔把燕子活活地刻在石头上，王卫疆就忍不住了。

“我跟她，都五六年了，说完就完了。”

“这么好的姑娘，跟天鹅一样的姑娘，给了你五六年的美好的时光，你还有啥不满足的。”

“现在想起来，五六年的时光就那么一眨眼的工夫。”

“好时光都这样子，跟闪电一样。”

“你站着说话不嫌腰疼。”

“时间变长就麻烦啦，娃娃。”

“我想把时间变长。”

“你变么，你本事大你就变。”

海力布叔叔开始抽烟，不搭理王卫疆。王卫疆蹲在地上，抱着头，龇牙咧嘴，好像挨了一枪。

“一眨眼的工夫么，我实在想不出好在哪里？你说说到底好在哪里？”

海力布叔叔一门心思抽着莫合烟，眼睛眯得细细的，鼻孔里冒出的青烟跟虫子一样在空气里蜿蜒而上，空气裂开一条缝，一直裂到天顶，把王卫疆都看傻了，王卫疆就不再大声嚷嚷了。王卫疆蹲在海力布跟前，蹲了好半天，王卫疆吸了口冷气。

“你有过那么短的好时光？”

“你想嘛，你好好地想嘛。”

海力布又点上一支粗壮的莫合烟，海力布的手就没闲过，两绺纸条跟绳子一样合在一起，就像手上多长了一根大拇指。他很快就把这根大拇指噙在嘴里，鼻孔冒起青烟，青烟跟蚕儿一样啃着空气里的那道缝，缝隙越来越深，海力布的声音从那缝隙里边飘出来。

“你不要以为你的海力布叔叔一辈子那么倒霉，没有好时光，一眨眼工夫的好时光都没有。”

“我不是这个意思。”

“你最好不要是这个意思，你娃心里要是这个意思，你就不要把我叫叔，不能随随便便让人把我海力布叫叔。”

“我确实不是这个意思，真的。”

海力布盯着王卫疆的眼睛，盯来好半天，还抓住王卫疆的手捏了几下，王卫疆的虎口都被捏疼了。海力布没有发现什么破绽。

“狗子没有精痂，娃是个好娃。叔就实话告诉你娃，叔的好时光前后不到三秒钟。”

“这么快！”

“你坐哈（下），你坐哈（下），你不要走来走去的，听叔慢慢给你说。那时候，整个乌尔禾全是地窝子，黑嘛咕咚，晚上出来尿尿，回去时就走差了，进了别人的地窝子。好家伙，还是个女的，光溜溜的，还抱了一下，不对劲，就闪开了，跟秋天草原上的闪电一样。那真是个好女人啊，光闪电，莫打雷，莫下雨，把你叔吓日塌咧。她要是喊叫一下，你叔就完全地完了。你叔我蹲在野地里，蹲了半晚夕，跟野兔一样抖啊。你叔我上过战场，挨过刀挨过枪挨过炸弹，都没有哆嗦一下。”

“这就是你的好时光？把你吓成这样子？”

“还不好吗，娃娃？还要咋好咧？你说，你说，世界还有这么好的女人吗？莫喊叫，莫闹，第二天第三天，也莫闹，平平静静的，跟海子里的水一样。你娃该明白了吧，为啥要把湖叫海子。人也好牲畜也好，飞禽走兽也好，看见海子就变乖了，就没脾气了，就想跪下来磕头，就想五体投地趴在地上，紧紧地趴在地上，跟甲甲虫一样。”

“那个女人是谁？”

王卫疆问这句话的时候连气都没有了，身上的血都流光了，身体都空了，他竟然还有力气问这么一句话。

海力布叔叔吐出一口烟，烟团不走鼻孔，直接从嘴巴里出来了，把海力布和王卫疆全都罩住了，没有经过鼻腔过滤的烟团几乎是滚滚浓烟，海力布的声音从浓烟里飘出来就弱了许多。

“她莫闹嘛，就不知道她是谁。”

烟团越来越浓，声音越来越弱，好像一个快咽气的人在说话。

“那时你还没出生，你不知道乌尔禾最初的样子，到处是地窝子，家家都一样，就是野兔，就是狼和狗都分不清。黑嘛咕咚的晚上，就乱摸哩，摸到哪算哪。”

海力布咳嗽一下，声音也亮了。

“就是知道人家是谁又能咋样？难道要我去做牲口？多好的女人啊，不吭不哈，啥事都莫发生一样。我可记着呢，忘不了么。我细算了一下，前后不到三秒钟，刚好是扔手榴弹的时间。你娃没打过仗你娃不知道，弦一拉，一二三，第三下就要扔出去，不然的话就会在手里爆炸。那真是个好女人，比闪电还快，绝对没超过三秒钟。”王卫疆理解海力布反复强调的三秒钟，王卫疆已经有过跟燕子相处的经验了。

当天下午，王卫疆就看到了草原上空蓝色的闪电。他计算了一下，每一次都是刷刷两下，两秒钟！如果是第三秒呢？王卫疆知道那将是轰隆隆的雷声，然后是暴雨，天地间顷刻成为白茫茫一片，成为水世界。也就是这个西北以至中亚腹地各族人民常用的说法：白雨。

倾泻到王卫疆身上的是辽阔草原嗖嗖的风。云朵疾驰而过，比马还要快，闪电紧追不放，有好几次，闪电劈在王卫疆头上，王卫疆顿觉浑身冰凉，被刀劈开大概就是这种感觉。更猛烈的风又把他拼成一个整体，让他见识更壮观的场面。闪电一下子插进大地的心窝子里了，大地的胸膛被劈开了，火红的岩浆沸腾着，冒着紫烟，向远方奔腾而去。闪电还在劈着，一次一次，大地到底有几颗心脏？王卫疆快要喊起来了，王卫疆的心快要蹦出来了。每蹦一下，他的眼瞳就要闪出一道亮光，好像在跟闪电争高低。王卫疆没想到自己有这么强的好胜心，王卫疆很兴奋，王卫疆就解开衣服，露出胸口，王卫疆就听到他的心脏跟鼓一样发出那么久远的声音……草原人的赛马会上，一千只牛皮大鼓同时擂起来，就像一颗巨大的心脏在跳动，据说那个最终将获胜的骑手在鼓声响起来的时候，听到的是一个鼓声，那就意味着，骑手的心跟鼓声跟骏马的心跳合为一体了，很快将演化为暴雨般的马蹄声。那一刻，骑手就变成了飕飕的风。据说飕飕的风是一支最古老的草原歌曲，那曲子不是唱出来的，也不是任何乐器可以演奏的，是骏马和骑手的心脏跳动在一个节奏上的时候，从大地深处，从苍穹之顶发出的天籁之音。那是骑手的一个梦，听到天籁之音的那一刻，骑手和骏马就明白，他们的生命是一个了，他们共享一个心脏，不分彼此，天地间只有风才有这种速度，从东刮到西，从南刮到北，从天刮到地。据说真正的草原骑手一口气可以从大兴安岭跑到乌拉尔山，转个圈子翻过高加索山，翻过喜马拉雅山，从世界屋脊帕米尔高原直插天山，抵达静静的准噶尔，那基本上是大气环流在地球上的运动路线。骑手与骏马的友谊要高于歌手们所吟唱的爱情。草原女人是知道这个秘密的，这不是可以教的，她们长成大姑娘她们就会奋不顾身地寻找最出色的骑手。她们的马上功夫一点也不比男人差。她们中的佼佼者也能跑出风一样的速度，那就是跟心爱的男人与骏马一起倾听天籁之音《飕飕的风》。在骑手与骏马的铁一样的友谊中间加入女人火热的心，最早的草原勇士突厥就是铁的意思，契丹也是铁，女真进一步号之以金，蒙古人崛起以后也用黄金来称呼成吉思汗家族，即黄金家族。据说女人火热的心所化开的金属就是草原最尊贵的上品。据说追上风的那些草原女人会跟魔鬼缠身一样去爱那个男人，此时此刻那个男人正沉浸在天籁之音《飕飕的风》里，女人会扬起鞭子，鞭子比棉花还要软，比天鹅的羽毛还要轻，比林中的风还要清爽，此时此刻男人对女人的任何感受任何印象都是刻骨铭心的。

“女人的好啊，是说不清的。”

“不到三秒钟的好让你这么感动？”

“我在这里追上了风，明白吗，傻小子！”

“我当然明白，你喂那么多羊，喂得那么好，就是为了让那个女人吃到肥羊肉。”

“乌尔禾的人都吃了啊，又不是她一个。”

“这就是你狡猾的地方，那么多的羊，反正漏不了那个女人。”

海力布叔叔笑了，苍苍的白发，乱蓬蓬的胡须，核桃皮一样的皱纹，全让笑容给填满了。黄金色的波浪一样的笑容，从眼睛从嘴巴从鼻子两翼，沿着深深的皱纹，一下子涌上额头，涌到头顶，头发全让笑容的波涛淹没了，乱抖啊。

3

王卫疆回到家里的第一件事就是到地窝子里去。王卫疆每次回家都要去地窝子的。他没发现这一次引起了母亲张惠琴的注意。地窝子里干干净净的，以前的土炕很整齐地放着粮食口袋，都是豆子蔬菜种子这些比较珍贵的东西。那个小窗户上的玻璃年代久远，裂了一条缝，用纸条粘上了，反而像一幅图画，贴了暗花一样。外层蒙了灰尘，还有泥点子，并不妨碍视线。王卫疆就很容易地看到了一百公尺以外的海力布叔叔住过的已经废弃不用的地窝子，热血一下子涌上他的脖子、涌上他的脑袋，他的眼前就出现了在牧场上看到的闪电劈开大地、岩浆沸腾奔涌的景象。很快他就冷静下来了。他的脚脖子被刺猬扎得难受。

刺猬和野兔把海力布经过的地窝子当成家了，他们还要捍卫老主人的利益，它们就奔过来攻击王卫疆。王卫疆不知道这些刺猬是从他家厨房里来的，母亲张惠琴刚刚喂了这些刺猬。不管怎么说，刺猬跟针灸一样扎得王卫疆直吸冷气。王卫疆不得不逗逗这些小家伙，王卫疆在牧场待过，知道怎么跟动物打交道。王卫疆站着不动，让刺猬扎脚脖子，王卫疆把手伸过去，手里握着芝麻，还有胡麻籽。刺猬哪受过这种诱惑，很快就跟王卫疆亲热起来。王卫疆也太小看这些刺猬了，它们吃个肚儿圆，但绝不出卖张惠琴，它们离开王卫疆以后，从厨房门口经过也没往里面看，直接回到海力布的地窝子。其中两只刺猬去了另外两家，分头走，各走各的。王卫疆发现，海力布住过的地窝子周围有四五家人，相距都是一百公尺左右，都建了平房，围了院子，海力布活动的范围就大了，远远超出了王卫疆的想象。

吃饭的时候，王卫疆跟父亲喝了点酒，王卫疆借着酒劲问父亲王栓堂："听说当年住地窝子的时候，总有人走错门，你有过这种奇遇吗？"母亲张惠琴正在上菜，差点把盘子扣在王卫疆的脑袋上。父亲王栓堂咳嗽一声，告诉儿子王卫疆："有嘛，咋能没有？多喝了两杯，黑嘛咕咚，走到柳树街去了，进了人家地窝子还以为是寥廓天地，掏出家伙就尿哇。"结果可想而知，王栓堂挨了一铁锹把子，差点把腿打折。

"还有一回，也是晚上，他娘的，一直走到艾湖村，快到魔鬼城了，那可是乌尔禾最东边的一家人。进了人家地窝子倒下就睡，睡到大天亮，让尿憋醒了，那家人比我睡得还死。满满一家人，我扭头就走。"

"你咋走这么远？"

"我跟你张叔叔值夜班，看水闸，你刚生下一个月嘛，家里忙嘛，老张就让我晚来几个小时。我晚来了一会儿，老张太累，睡着了。这个老张，坐在大渠边睡，就落到水里，冲到下游才找到尸体，也是乌尔禾的最东边了。我就这么让鬼魂牵着，到下游去了一回，老张也就安心啦。"

王卫疆第一次听父亲讲这些经历，听得头皮发麻。母亲张惠琴瞅着这个傻儿子，一边给儿子夹菜添饭，一边心里说："傻小子，你想问出什么，你就问吧。"

王卫疆骑上自行车，往乌尔禾下游跑，都跑到魔鬼城了，站在奇形怪状的白垩期动物群中，俯瞰整个乌尔禾峡谷，这块不到一万人口的小小的绿洲。海力布完全有可能走进任何一家地窝子，何况当初只有千号人马，任何一个女人都有可能，给海力布带来短暂而美好的时光。唉！这个海力布，一个人喂那么多羊，每年冬天，乌尔禾每一家就能分到一只大肥羊。

4

王卫疆知道有一天他会碰到朱瑞，让他吃惊的是朱瑞身边并没有燕子。他们在奎屯的带街上相遇，朱瑞主动走过来，微微笑着："老兄，要打要罚都随你。"干卫疆拍一下朱瑞的肩膀，王卫疆前边走，朱端后边跟着。往西走，方向不对嘛。当地小伙子解决纠纷的方式都是往东走，去东戈壁，用拳头或用刀子几分钟解决问题，干净利落，地道的新疆风格。朱瑞问了两次："不去东戈壁？"王卫疆不吭声朱瑞就不好意思再问了。

五公里越来越近，两人都出气很粗，都停在林带边，远远地望着那个车来车往一片繁忙的十字路口。谁也没有勇气再到五公里路口去了。穿过林带，也就是奎屯市区最西边的一排平房了。王卫疆相信燕子会出现在这栋房子里的，王卫疆把什么都想好了，把燕子和朱瑞叫过来，吃上一顿饭，他们留下来，他王卫疆退出去。他这点意思怎么能瞒过朱瑞呢？朱瑞问他，"你图什么呀？"

"见上一面嘛，待上一会儿嘛。"

"你就图这个？一顿饭的工夫？"

"一顿饭的工夫也是美好的时光呀，你要美好一辈子，我只能图这么一会儿。"

朱瑞就告诉王卫疆，燕子已经离开他了，他又是一个人了。

"这怎么可能呢？我在大街上见到你就感觉到燕子在你身边。"

"因为燕子是我带走的，我是罪魁祸首，你老惦记着我，我能给全世界说清楚就是没法给你说清楚。你现在还相信燕子在我身边吗？"

"我深信不疑。"

小桌上有一包花生一包蚕豆、一碟凉肉、两瓶五五大曲，就是五公里往北五五新镇产的大众化白酒，算是奎屯的土特产吧。王卫疆喝一口酒嚼一颗蚕豆，花生和凉肉基本没动。朱瑞光喝酒不动筷子。朱瑞的脸就红得厉害。王卫疆劝朱瑞："吃点吃点，干喝伤人呢。"

"你不想伤我就应该相信我。"

"我要不相信你我就不把你带到房子里。"

"那你还说燕子在我身边，你瓤我哩，讽刺我哩，看我的笑话哩。"

"我不是这个意思。"

"不是这个意思是哪个意思？你说是哪个意思？"

"兄弟啊你就不想想，我们喜欢过的女人，这一辈子会离开我们吗？哪怕她跟我们待过一会儿，快得跟闪电一样！"

朱瑞呼地站起来了，拎着酒瓶子跟一个号兵吹喇叭一样扬脖子嘟嘟嘟把酒瓶吹得如此嘹亮，额头上的汗就出来了。可一点醉态也没有，来回走了好几圈，走到王卫疆跟前盯着王卫疆眼睛盯了好半天。

“精辟啊精辟！老兄你咋这么精辟，你他娘的跟哲学家一样了嘛！”

“我认识燕子比你早。”

“还能早到哪里去嘛，不就是技工学校同学三年嘛。”

“我俩小时候就认识。”

“吹牛皮了嘛，一个在乌尔禾，一个在托里。”

“放生羊你该听过嘛？”

朱瑞就愣住了。

“乌尔禾西边有个牧场你知道吗？”

“到托里有个大戈壁呀。”

“穿过大戈壁的羊才叫放生羊。”

“我服了你了。”

“服了就好，就把这盘子肉咥了。”

有好多人在外边偷看，大家都知道王卫疆朱瑞与燕子的事情，怕他们打起来，就在窗户外边待着，一有情况就往里冲。听了半天，啥事也没有，就剩下邻居两口子和孩子和狗。邻居家的男人就告诉老婆：“两个二尿吃冷菜非吃出病不可，快煮上些羊肉。”邻居家的女人就炖了一锅羊肉，端过去。王卫疆正给朱瑞讲放生羊，羊肉就上来了。朱瑞又是一惊，佩服得不得了。“羊肉咋就这么好呢，好得叫人说都说不出来了。”邻居家女人就说：“快吃快吃，知道羊肉好就快吃多吃。”羊肉可是太及时了，把酒劲全给解了。肉汤也喝了。满屋子的羊肉香味。好多年以后，他们想起这盆羊肉，就情不自禁地咂嘴点头，当时他们给人家连道谢的话都不说一句，好像应该如此，理应如此，好像这盆羊肉是燕子做好送过来的。显然是酒的作用，虽然没有醉，想入非非浮想联翩的可能还是有的。邻居不会计较的，帮忙帮到底，谁会计较这些呢？

还真要感谢那盆羊肉，把两个狗东西吃好了，吃精神了，朱瑞就给王卫疆仔细讲了他和燕子在乌鲁木齐的事情。确切讲不是他跟燕子，而是燕子跟另外一个男人的故事。他跟燕子的故事王卫疆全知道，奎屯西郊五公里的人全都知道。当然不包括燕子对自己过去的描述，这是王卫疆所不知道的，基本上与海力布叔叔对燕子的印象相吻合。王卫疆还是喜欢听的。我们可以想象故事最有吸引力的地方快要出现了。朱瑞的声音都变了，王卫疆都认不出他了，这是朱瑞的声音吗？王卫疆坐起来，王卫疆趿上鞋，倒了两杯水，自己喝了，也让朱瑞喝了，还是不对劲，客观地讲是一股神秘的力量借用了朱瑞的嘴巴在讲述与自己毫不相干的故事，让人听起来如此的客观公正不带任何感情色彩。

在这个陌生人的声音里，把燕子与朱瑞的分手归结为女人在婚礼前夕的矛盾与慌乱是有那么一点点道理的。

他们的生活安定下来了，朱瑞在三个单位上班，有两个是兼职的，朱瑞满足得不得了。朱瑞下岗五六年了，想想当年的朱瑞有多狼狈，安身立命的单位在奎屯棉纺厂，棉纺厂与南方一家私营企业合并，肯定要裁人，朱瑞第一批被裁掉了。朱瑞走出厂门的时候告诉新上岗的门卫："这个厂子完了，完掉了。"新门卫冷笑道："是你完了，不是厂子完了，你搞清楚。"

"我被裁了。"

"你知道裁了就好。"

"厂子被骗了。"门卫就愣了。朱瑞就告诉门卫："我就是被摘掉的睾丸。"

这颗血淋淋的睾丸凭着机修工的手艺进了烟厂，竟然会鼓捣那些新设备。好日子刚过了两天，烟厂与山东将军集团合并，朱瑞这颗睾丸又血淋淋地被摘掉了。后边的事情就不细讲了，朱瑞又进了奎屯酒厂；酒厂倒闭，进了奎屯机械厂；机械厂倒闭，他走哪哪垮掉。他就不再嚷嚷自己是什么鸡巴睾丸了，混到这分上还谈什么造血功能。他在奎屯西郊五公里的"陕西汽补"小作坊给来来往往的汽车补轮胎的时候，已经是个老实本分的人了，没脾气了。他做梦都没有想到他会在乌鲁木齐扎下根，他又不是没来过乌鲁木齐，混不下去又回去了。现在又回来了。

二宫这个位置相当于五公里在奎屯的位置，已经相当不错了。朱瑞是个大忙人了，挣钱不多，只要不闲着，有活干，朱瑞是个容易满足的人。何况身边还有个燕子。

燕子的工作也稳定下来了，燕子开始考虑把工作关系转过来，她是有会计证书的，她显然比朱瑞的境况好。她原来就有稳定的工作嘛。让她安心的最大理由就是她越来越漂亮了。她回过一次奎屯，单位人快要认不出她了。乌鲁木齐到底是个大地方，啧啧啧，把人出落成这样子，女大十八变，燕子好像还是个小姑娘。大家一口咬定燕子还会变的。有个老大姐跟巫婆似的扫大家一眼："你们发现没有，燕子的脸盘还没有定型，还有很大的可塑性。"年轻姑娘就嚷起来了："燕子已经漂亮成这样子，还要漂亮下去，让我们这些人活不活啊！"大家就认定燕子有什么秘密。燕子笑而不答。也有人认为燕子整容了，大地方的美容院，好家伙，都是照着电影明星的样子重新塑造你的形象。燕子就问大家："你看我像哪个明星？"还真把大家给问住了，大家仔细看燕子时发现燕子跟哪个明星也不搭边，这正是燕子所希望的。燕子给大家留下她在乌鲁木齐的地址：二宫。有人就怪怪地笑，燕子没发现。大家都知道燕子与王卫疆的事情，也都知道燕子与朱瑞的事情。

二宫的另一个叫法是二工。据说是清朝的时候一支越南人政治避难，被朝廷安置在乌鲁木齐西郊开垦荒地，工程量极大，就按工段定地方，就这么一工、二工、三工排列下去。二工大概是当时最繁华的地方，许多工段最后都废弃了，二工一直顽强地繁衍了下来。不知从什么时候开始，有人把二工改为二宫。燕子和朱瑞倾向于二宫，宫是宫殿的意思，意味着繁华典雅庄严，相当于北京、上海一样。新疆人就有这种习惯，有许多叫西湖的地方。杭州的西湖太美了，新疆人就把家乡最美的那一块地方叫西湖。据说越南人定居的地方最初叫安南工，扎下根了，一代又一代完全被大地融化了，成了真正的新疆人了，他们自己就把安南工称为二宫。其实大街上二宫二工到处都是，朱瑞就问人家为什么不统一一下，用一个地名？人家就告诉他：二工容易找工作嘛，你不是一来就找到工作了吗？

"我找工作都找怕了，不想找了，只想照着一个工作干到老，照着一个灶眼烧下去。"

"你安稳了还有人没安稳嘛。"

朱瑞就告诉燕子："管它呢，咱就认二宫，跟住宫殿一样。有女人，戈壁滩也能变成宫殿。那真是好时光啊！"

燕子从奎屯回来以后，就不那么乐观了，她虽然没有发现人家脸上怪怪的神情，可她还是意识到二宫所暗示的复杂含义。她开始催朱瑞了，加快步伐向婚礼进军，她比朱瑞更热心。婚期很快就定下来了，最关键的房子问题解决了，他们租到了砖房，完全可以跟奎屯西郊的那栋房子相媲美。收拾房子的时候燕子就自然想起奎屯那栋房子。也只在她脑子里闪了那么一下。很快搬进了几件家具，那个年代流行的沙发床他们都有了，还有真正的沙发，只能坐两个人的小沙发、小茶几、几个小板凳可以弥补这些不足。墙纸窗帘都是燕子亲手做的。燕子忙出忙进，那样子就像春天穿过大漠飞入绿洲到屋檐下搭巢的燕子。衔泥夹枝，细心打理，婚礼前一个月做完了很多的活，漂亮的新房静悄悄的，燕子可以松一口气了。

刚开始她每天都去新房，拉开窗帘，放进阳光。后来她发现阳光完全可以透过窗帘照进房间，朦朦胧胧，如梦如幻，她就不再拉窗帘了。她甚至不去新房了。她坐在他们最初租的那间土房子里想象他们的新房。一个月后，她就从这栋旧房子里嫁过去了。她不想打破新房的安静。她什么都不想了，女人不就盼着这一天吗？她已经牢牢地把这一天握在手心里了。她就笑了。她上班的时候会笑起来，她在街上走的时候也会笑起来，当然不是那种出声的笑，是她的心在笑。这一切朱瑞全都看在眼里。

朱瑞回忆这一段的生活时朱瑞已经不像是朱瑞了，我们说过是另一个陌生人借朱瑞的口在讲述那段往事。那个声音告诉王卫疆：女人在这个时候有多么美！王卫疆太熟悉了，王卫疆尽量显得很大度，可他还是感受到了被闪电劈成两半的巨大的冰凉。在王卫疆的漫长的一生中，总是出现这种闪电击身的现象，没有声音，没有任何预兆，哪怕带来雷声，可只有闪电，没有雷，更没有雨，中亚大漠那种暴烈的豪雨，没有，连一点雨星也没有，巨大的冰凉完全来自王卫疆自己。从骨头缝里、从血液深处跟一条大鲸鱼一样一下子冲出来了，他完全消失了，连影子都没有了，你简直不能相信世界上有王卫疆这个人。只能等那大鲸鱼似的冰柱子化开了，有那么一点点温度了，你才会发现王卫疆还在。王卫疆听人家讲那个曾经在他生活里出现过的美妙无比的燕子。闪电暂时不会出现。朱瑞跟王卫疆一样没有任何危险。朱瑞亲眼目睹了燕子在自己身边如何光彩照人，而且要永远地照耀下去。

朱瑞已经大功告成了。下礼拜领结婚证。一切都很正常都很顺利，顺利得让人不敢有任何想法。朱瑞真的没有更多想法了。那件事情发生的时候朱瑞没有任何思想准备。

那是一个礼拜天，朱瑞本该好好待在家里，好好地休息，养精蓄锐，有经验的人都告诉他们了，婚礼很累的，打半年工都累不过婚礼的那几天。礼拜天，燕子想好好地伺候一下朱瑞。朱瑞提出去看看新房，燕子就不愿意，燕子要保持新房子的安静和神秘感，尤其在婚礼临近的时候，她宁愿待在老房子里。她都不愿意让朱瑞亲热了，差不多有两个月了。真是跟姑娘一样了，朱瑞再怎么纠缠她都不答应。她不知道为什么有些心烦。这就是后来朱瑞总结出来的女人在婚礼前夕的矛盾心理。那个神秘声音借朱瑞的口这样告诉我们："要小心，要把女人看紧。"其实朱瑞是比较尊重燕子的，纠缠几次没有成功他就不再纠缠，他似乎理解了燕子的心思，婚前亲热跟婚后亲热还是有区别的，燕子很看重这种区别，就让燕子恢复一下做姑娘的感觉吧，一生最后一回了嘛。过了这个槛，所有的女人都不会有拒绝丈夫的理由了。两个月以来，他们相敬如宾，那感觉还真不错。朱瑞也不知吃错了什么药，偏偏要在领结婚证的前夕在燕子心乱如麻的时候再搅上一把。他完全被燕子平静的外表给蒙骗了，燕子几乎足不出户，快要变成封建时代那些躲在闺房里的姑娘了。朱瑞还真的跟燕子开了这么一个玩笑。

"不要老躲在闺房里，咱们去看新房又不是逛大街、逛商场。"

燕子就这么被朱瑞劝出来了，出门的时候燕子曾告诉朱瑞："我真的不想出去。"燕子把话都说到这个分上了，"我心里乱乱的，我只想要静一会儿。"

"你看你都静成一潭水了，你还要静啊，你都要结冰了。"

燕子勉勉强强到了新房，蔫蔫地坐在小板凳上，跟个乖孩子一样，看着朱瑞蹦来蹦去像只猴子，燕子忽然对朱瑞有种陌生的感觉。女人结婚前夕都有这种感觉，也是女人最软弱的时候，几乎在悬崖边上，在火山口上，朱瑞这个浑小子一点也没感觉到危险。在古老的传统里，男女婚前不能再见面了。朱瑞又说又笑，燕子都皱起眉头来了。燕子就把朱瑞支开了。燕子让朱瑞给她买双长筒袜子，是一种很难找的牌子，燕子写在纸条上，非这个牌子不可，反正朱瑞得忙好半天，燕子要安静一会儿。燕子安静下来了，燕子忽然又想朱瑞这个浑小子了。朱瑞才离开十分钟呀。女人就是这么一种心理，上帝要待在她们身边上帝也没办法。燕子开始伸脖子往外看了，燕子的耳朵跟兔耳朵一样都动起来了，燕子开始埋怨朱瑞这个浑小子了。但是燕子知道没有三四个小时朱瑞别想回来，因为那个牌子的长筒袜子在好几公里以外。整个二宫只有一家商店卖这个牌子的长筒袜子，朱瑞买不到是不敢回来的，燕子太了解朱瑞了。这个浑小子你就不灵活一点，随便买一双呀！燕子埋怨了半天，燕子忽然又安静下来了。

活该朱瑞倒霉，燕子刚安静两分钟，燕子已经不那么强烈地想朱瑞这个浑小子了。燕子本来就是个孤儿，从这家转到那家，还常常一个人去大漠深处放羊，可燕子从来没有孤独的感觉，原来那些巨大的孤独一直潜伏着纠结着，这下可瞅住机会了，一下子扑上来，燕子都发抖了。都双手抱住肩膀不敢动了。这个时候响起了敲门声，燕子一下子就缩到了墙角，燕子全身都硬了，都绷直了。那个敲门声简直是一个洞悉人类心理的大师，那声音忽然不响了，停了那么片刻，给人一种幻觉。燕子以为自己听错了，燕子的身体开始变软，一只手扶地，又挪到小板凳上，连她自己都奇怪在自己家里她干嘛要坐这么一个小板凳？朱瑞这个浑小子平时对燕子可以说是关怀备至，今天反而疏忽了，没有让燕子坐小沙发。燕子的屁股只压住板凳的一个角。燕子在期待着什么？燕子无限神往地伸长了脖子，那样子可真像一只天鹅。其实海力布叔叔已经在乌尔禾西边的草原上照着天鹅的形象开始雕刻燕子了，那也是燕子生命中最感动人的放生羊生长的地方。海力布叔叔此时此刻正在白石头上大笔地刻画燕子的形象。燕子绝对是有感应的，燕子有一种展示身体的强烈的欲望。敲门声又响起来了。燕子再也不害怕了，燕子去开门。

我们想象得不错的话，燕子打开门的一瞬间，她希望她眼前出现那个骑在马背上的放羊少年，把草原上的大肥羊带到戈壁滩上，活活给放掉了。从此那个叫燕子的小姑娘就有了永久的向往，她不再缩头缩脑，她那么瘦弱，那么丑，可她还是伸长了脖子，向远方眺望。据说美丽的女人脖子比常人要长，那也是天鹅的特征。王卫疆听到这里都快要流眼泪了。燕子对放羊少年的向往，使得王卫疆这个真正的牧羊人远远落后于燕子的想象。王卫疆还记得燕子知道他的真实身份时所表现出来的惊讶，而不是惊喜，此时此刻，王卫疆总算把惊讶和惊喜的区别彻底地搞清楚了。一句话，燕子开门的时候脑子里闪电般出现的，既不是王卫疆也不是朱瑞，而是那个虚幻的，早在她少女时代已经定型的马背少年形象。

活该他们倒霉，那个敲门的小伙子正好与燕子的梦想相吻合。也不是一下子吻合的。但燕子流露出来的绝对是一种惊喜，一种喜出望外，接着是沉默、慌乱，好像敲开门的是她，她打扰了眼前这个人。问了半天，是这个小伙子敲错门。这可是一个很要命的错误。小伙子在一家浙江人开的家具店打工，专门送货，给燕子送过沙发和沙发床。小伙子装了一车新家具，又送到燕子家，跟货主的地址一对照，简直是南辕北辙，方向截然相反，再错也不能错成这样。小伙子都快结巴了。

"我一直在想，大姐，大姐，大姐用这套家具正合适。"

那套家具在车上装着，四脚朝天，还盖了破毡、扎着绳子，就像穿着破衣服的美人，掩饰不住那份亮丽。确实是好家具。燕子碍于面子不能说买不起，燕子就问人家这么好的家具上次我们去咋不摆出来？小伙子就实话实说："刚刚推出来的新样式，这是第一套，我总觉得摆在大姐家里正合适，那家人不配的。"小伙子竟然用了"明珠暗投"这么一个成语。

"你念过书？"

"读的中专，在老家找不到工作只好来新疆打工喽。"

"这边没亲戚？"

"有么，帮不上忙。"

"怪不得呢，这么聪明的人咋能找不到工作。"

燕子就请小伙子进来看看房间大小，合适的话她也订一套。燕子又是倒茶又是端水果。小伙子量尺寸的时候，燕子端坐在小沙发上，燕子一下子就有了女主人的感觉。小伙子的一投足一举手怎么看都很舒服。

"喜欢新疆吗？"

"新疆好哇！"

小伙子笑眯眯地露出的牙很白。燕子脸红了起来。小伙子忙着量尺寸背对着她。她脸红了好一阵子。小伙子喝水的时候也不看她。她突然就把一切决定了，她交了订金，让小伙子帮忙把小沙发、小茶几、小桌子全搬到另一间屋子里去了，堆起来了。就照着车上的家具样式做。小伙子都觉得燕子有点匆忙。

“大姐你不去店里看看？”

“不用了。”

“要不我给你搬下来？”

燕子不吭声了。小伙子就动手卸那车新家具，全都摆在门口，果然是好家具。小伙子累得满头大汗。燕子递上热毛巾。重新装车就很费劲。燕子比小伙子还能干，燕子可是放过羊的。裹毡片扎绳子，手和胳膊常常碰在一起。忙了差不多三四个小时。小伙子匆匆赶到另一家，真正的货主根本想不到新家具已经让人动过了，沙发椅子桌子茶几梳妆台燕子毫不客气地试了一遍，就跟用自己家的一样。女人在婚礼前夕碰到这么一个有心人，送上这么好的家具，确实是一种福分。燕子的心一下子安静了下来，堵在胸口的那团乱麻短短几小时就拧成了绳子纳成了鞋。燕子听到了脚步声。燕子竟然没问人家叫什么名字。真是个女人，房子里由小伙子填写的订金单子，有店里的红章子，有小伙子的填名，名字就不说了，燕子看的是字，那字写得好哇，飘逸潇洒的好书法。单子肯定是他早早准备好的。真是个有心人哪。

燕子摇摇头进了屋，屋子空了一大半，只剩下一张床，燕子往床上一躺，侧着身，枕着手，她的眼瞳里再也不是梦幻了。朱瑞进来兴冲冲地喊她，她听不见。朱瑞举着好不容易买到的牌子古怪的长筒袜子，她也没反应，可她明明睁着眼睛。她躺在床上的姿势正对着门口，对着窗户，亮光在她眼睛里一闪一闪，朱瑞那么大一个大活人也在她的眼仁里闪动了，可她就是看不见。她明明在看着呀，她看得那么认真那么细心那么热切，一团火苗如同辽阔草原上的红花在她眼仁里摇来摇去。朱瑞忍不住往身后看，他身后没人，他又往门外看往窗外看，外边没人呀！可燕子眼仁里红花一样的火苗显然在告诉这个世界，燕子看见了她所希望看见的那个人。燕子的眼睛在笑，笑容都流到鼻子两翼了，都流到嘴角了，停在那儿了，打起旋涡了。朱瑞就不吭声了。朱瑞坐在小板凳上一支一支地抽天池牌香烟。浓烟还真有作用，否则燕子就一直这么喜滋滋笑下去的。

燕子被呛得咳嗽起来。燕子去打开窗户，从朱瑞嘴巴上拔掉香烟，丢在地上，踩灭。朱瑞就吼起来了。朱瑞吼叫不是因为燕子不让他抽烟，朱瑞发现新房子里空了大半。燕子告诉他重新定做了家具，家具店的小伙计专门来了一趟，量了尺寸。朱瑞的脑袋就轰地一下，朱瑞就跟看门狗一样咆哮起来。朱瑞再老实再木讷，其中的危险他还是觉察到了。可他没有任何理由去说服燕子，更没有理由不让燕子换家具。燕子在吵闹中射出这么一句话："你搞清楚了，燕子是长翅膀的。"可谓一剑封喉，朱瑞当时就不吱声了。

到目前为止，朱瑞只是疑神疑鬼，胡乱猜测。他越是这样，燕子越是烦他。他之所以把燕子的反常举动归结为女人婚前的犹豫不决是因为单位的那些大嫂们这样瞎叨叨。他在三个单位上班，三个单位的老娘儿们全都这样说。他还去医院咨询了心理医生，医生也是这种说法。

婚期肯定是推迟了。朱瑞要去领结婚证，燕子说，急什么，我又飞不了。"你不是说过你长着翅膀吗？""我说过咋啦，是不是还要我说一遍？"燕子天天都去家具店。燕子就拿这话敲打朱瑞："我换新家具为的什么？狗东西，没良心。"这一招很灵验，一下子把朱瑞给蒙住了。

仔细算一下，那套新家具做了半个月。朱瑞是一个礼拜以后去看新家具的。在这之前朱瑞提出与燕子一起去家具店，燕子很狡猾地把朱瑞支开了。朱瑞学聪明了，朱瑞来了一个突然袭击，直奔家具店。朱瑞进去的时候，伙计们都怪怪地看他，差不多都停下了手里的活。有人大声咳嗽，还有一个人大概是那个小伙子的铁哥儿们，大声跟朱瑞打招呼，嗓门可真大，跟领导在几千人的大会上讲话一样。朱瑞不顾一切地冲进去，完全是捉奸的架势。其实也不用咳嗽，不用大声嚷嚷，不用任何信息提醒燕子，燕子跟这个秀气的小伙子倾心打磨家具呢，用砂纸，弄得满身木屑子。朱瑞进去好半天人家都没抬头，人家两个根本就没看见他，太投入了，那样子，就是发生地震火灾他们也不会动。朱瑞心理蹿起一股无名火。朱瑞咳嗽一下，燕子抬起头，那小伙子也抬头看朱瑞。朱瑞心里一惊，这么白净的小伙子。朱瑞不知怎么跟羊联想在一起，朱瑞突然不恨这个小伙子了，那双坦诚的眼睛没有任何邪念，这才是要命的地方。朱瑞现在想起来心口就疼。女人不怕遇到流氓不怕遇到坏蛋，就怕遇到这种让男人都喜欢的淳朴的小伙子，跟一片沃土一样，女人会一下子生根的。那时候朱瑞意识不到这种危险，就是意识到他也无能为力。他又犯了一个极大的错误，他责备燕子不该自己动手。

“咱们掏了钱的，还出力气呀，这是哪家的道理？”

“你就会讲道理，世界哪有那么多道理。按道理人家一个礼拜就能做好，人家拖这么久就是要给咱们做细一点，做红木家具都没有这么细的工序呢。”

朱瑞气呼呼地走了。他实在弄不明白女人的心思，天生爱占便宜，又肯吃大亏，这不是明摆着吃亏的买卖吗？先卖给你一套小家具，再推出价格昂贵的大家具，还美其名曰细心打磨，还要自己动手。回到房子里，朱瑞又后悔了，朱瑞想到那个面白如玉、清秀至极的漂亮小伙子，这可是个小伙计呀，没必要为老板下这么大的功夫呀！朱瑞连喝几缸子水。他应该留在那里一起干活。他坐不住了，他眼皮老跳，眼仁里老出现那只羊，那个小伙子简直就是羊托生的，他跟燕子在一起的时候就像一只壮美的羊待在燕子身边。朱瑞的眼皮不跳了，朱瑞的眼睛瞪得那么大，朱瑞心里安慰自己，那是一个幻觉，羊咋能变成人呢？可那个小伙子他娘的长得太白了，又白又净，就跟羊脂玉打磨出来的一样。

三天后，朱瑞再也熬不住了，上班的时候偷偷溜出去。天遂人愿，家具店里的人都出去送货了，老板都去了，店里静悄悄的，作坊里就燕子跟那个小伙计。朱瑞没有进去，朱瑞站在窗外。也就是在这个时候，朱瑞被另一个陌生人控制住了，那是一个陌生的朱瑞，朱瑞忽然变得不认识自己了。朱瑞下意识地往窗户后边挪了挪，这样就不会让他的投影落到房子里了，就可以进行客观冷静的观察了。朱瑞担心的事情全都应验了。燕子跟那个小伙子合力打磨每一件家具，他们完全可以分开干，各干各的，没必要挤在一件家具上，挤得那么近，很自然地碰手碰胳膊，脑袋也碰，还意识不到。一切都显得那么自然，脸都不红一下，可那种劳作，那种倾心协作的力量让他们配合默契，这种默契已经持续到第十天了，他们还要如此持续两天，最后是刷漆，燕子就插不上手了。燕子还是要来的，小伙子说：“你不用来了，油漆伤皮肤。”

“你不怕我怕什么。”

“这不是女人干的活嘛。”

“我要亲眼看看我的家伙跟果子一样上色。”

“那倒也是，你忙了这么久，应该来看看。”

“你这么想就对了。”燕子突然用砂纸在小伙子头上抽了一下。

“这套家具摆在我的新房里，哈，不就成宫殿啦。”

小伙子好像受到了鼓励，干得更起劲了，砂纸发出刷刷的声音，白茬子木料都有光泽了，燕子也不再叨叨了。燕子开始干活，燕子的手艺当然比不上小伙子，可有燕子相助，小伙子就轻松多了，小伙子在燕子打磨过的地方刷刷两下就打出了光泽。燕子在前边，小伙子紧紧相随。朱瑞眼前再次出现那只要命的大白羊。现在朱瑞看清楚了，他所看到的绝不是梦幻，待在燕子身边的是一只中亚腹地壮美无比的白羊。燕子也意识到了，燕子用手捋额前的刘海时，眼睛就闪出一道亮光，那亮光落在小伙子身上，所呈现的就是一只白羊。燕子惊喜而慌乱。朱瑞都看见了。朱瑞还看见燕子叹气，叹了好几次。朱瑞知道其中的一次是有关他自己的。

朱瑞讲到这里朱瑞就坐不住了。尽管王卫疆劝他冷静，冷静，千万要冷静。“我冷静得下来吗我？”此时此刻朱瑞完全成了一个哲学家，说出的话非常精辟，“你放了羊一条生路，我却把羊带到乌鲁木齐卖了，宰了，当时还赚了一笔。一只大肥羊在乌苏奎屯六百块，在乌鲁木齐一千二百块，等于两只羊啊。当时燕子也是支持我的，女人的心思太难捉摸了。那个漂亮小伙子跟燕子待在一起我就知道那羊又回来了，那羊根本就死不了。老兄你告诉我，放生羊真的死不了？”王卫疆点点头。朱瑞又嚷起来了：“好哇好哇，你放生，我杀生，我可真会给自己挑角色。”朱瑞也就嚷嚷了这么一句，就让另一个陌生的朱瑞拉回去了，又回到乌鲁木齐那段难以忘怀的日子。

朱瑞离开家具店的时候从来没有想到这么失败过，败得这么惨。他命中注定还要败下去，这是没办法的事情。好像他刻意地用一系列失败在成全那个小伙子。大概是家具完工的前两天吧，马上要刷油漆了，燕子太高兴了，燕子就忘记了身边这个气恨恨的浑小子朱瑞。实际上朱瑞已经被冷落很久了。燕子只顾自己高兴，还哼哼一些莫名其妙的歌曲。燕子再也按捺不住内心的喜悦了，燕子就用白纸折叠大肥羊，全都是能长着大角的雄壮的公羊，一口气叠出几十只白羊，全都神气十足。燕子就高高兴兴到家具店去了。

朱瑞一直在角落里冷眼观察，燕子刚走，朱瑞就变成一只大灰狼，扑上去，把那些可爱的白羊全咬死了，撕碎了，还不停地用脚踩。踩完了，果然舒服了一些。后果可想而知，燕子放声大哭，跪在地上捡那些碎纸片，一边捡一边喊叫："你把它们杀了，你把它们杀了，你这条大灰狼。"燕子一直忙到天亮，用透明胶布把破碎的纸羊粘好了，全都好了，可那伤痕还是很清楚的。当曙光破窗而入，照亮这些白羊和白羊身上的伤痕时，朱瑞知道他跟燕子的一切全都结束了。

"你知道我在那天早晨看到了什么？"朱瑞自己都在发抖，"我看见了燕子曾经有过的伤痕，她亲口告诉过我，她刚生下来就被遗弃了，被人救起的时候落下了满头满脸的冻疮。她亲口告诉我她把这段经历都没有告诉你，她只告诉了我一个人。我怎么这么浑！"

"你很喜欢她，你嫉妒。"

"我嫉妒得厉害。你知道我第一次看到那个小伙子的时候我有多难受，如果他一个人待着我不会有任何想法，可你没见过燕子在他身边时的情景，燕子整个人都变了，那么美。他娘的，她在你跟前的时候也没有过呀！跟我在一起的时候也没有过呀！"

"你那是嫉妒。"

"比嫉妒更厉害，老兄，她要是攀高枝我们还有抱怨的理由，她找了一个盲流，没多大本事的白娃娃，帮不了她，说不定还需要她帮助呢。你说你有啥脾气。"

"至少说明一点，燕子需要别人照顾的时代结束了，燕子有能力去照顾别人了。"

"这不是给她自己添麻烦吗？"

"老弟，你怎么还不明白？当女人主动的时候，那可太要命了。"

"你说这是爱？"

"那还能是啥呢？"

"啊，我真是个傻瓜。也许我不该嫉妒那个白面娃娃，那只白羊，那只他娘的该死的白羊才是真正的第三者，才是我们的死对头。"

"老弟你变聪明了。"

"可聪明得太晚了。"

"不不，你还有机会。"

“开玩笑了吧！”

“你不要想入非非，跟燕子重温旧梦绝没有可能，可你就不想跟她和好？”

“哈，真有你的，说详细一点！”

“不要给她留下阴影，伤口跟伤口是不一样的，有良性的有恶性的。”

“你不要绕弯子你直接说咋办？”

“燕子还会回到这里的。”

“你说这房子，这不是你的房子吗？”

“有燕子一半，她出了钱的。你不知道她多么喜欢这栋房子，带着小院子，现在哪儿去找这么好的住处。我把我这半拉让给你。你别急，我不白给你，你要出钱的。”

朱瑞出了那份钱，亲兄弟明算账，合同都签了。王卫疆就告诉朱瑞老老实实在房子里待着，必要的话把房子收拾一下，拿出吃奶的劲：“老弟，人家那个白面娃娃咋打磨家具你就咋收拾房子吧，老哥不想再教你了，你又不傻。”

5

燕子是个会过日子的人。半年后燕子带着丈夫回到奎屯，这里有她一半财产，她为什么不回来呢？她原打算让王卫疆出一半钱，拿上这笔钱加上她和丈夫的积攒可以在奎屯买一栋旧房子，日子不就可以开始了吗？她没想还会跟朱瑞这只大灰狼打交道。她有门上的钥匙，她打开门的时候，朱瑞坐在里边抱着黄狗烤火呢。她就指着朱瑞叫他滚出去：“你是贼吗，你，你咋进来的？”朱瑞解释好半天，还拿出了合同。燕子就有点喜出望外，女人为了心爱的男人可以做一切，包括与仇人和好，包括必要的让步，包括便宜不占白不占。朱瑞只是象征性收了一些钱，房子就划到燕子名下，连地皮带房子呀。燕子都喊起来了：“朱瑞，你可别后悔！”

“我抱着大黄狗等了半年我后悔啥嘛？”

“你像个人男人了。”

"我又不是太监你这么说我。"

大家高兴就在一起吃饭。朱瑞好人做到底，准备了羊腿，血淋淋的刚宰的大肥羊，不用洗就直接下锅了，跟凉水一起加热，起了一层白沫子。燕子的小丈夫，那个白面娃娃是口里人，没见过这种煮肉的方法，燕子就让小丈夫仔细看着，在新疆过日子不会煮羊肉咋行呢。撇掉沫子，全是清汤了，肉香就出来了。只放了几片姜，没有大料。朱瑞告诉这个小丈夫："肉本身有天然的香味，清水煮、带煮，肉香就自己发出来了，从里往外，知道么？这个很重要，不是口里人那种加上大包的香料，强制性把味道加进去，就限制了肉的天然香味。"

燕子咦叫起来："朱瑞你这浑小子，你跟谁学的？都快成哲学家了。"

"跟肉学的，你回忆一下我以前会煮肉吗？"

"呵，长学问了，凭这条你会找到好女人的。可我总觉得有王卫疆的影子，他干吗躲起来，他躲起来啥意思嘛？他不能老叫人家欠他的情是不是？"

朱瑞就告诉燕子："王卫疆在帮我你明白吗？你明白过来了我就告诉你，王卫疆不是那种需要回报的人。"

燕子想一想，就是。燕子的丈夫问王卫疆是谁，这么厉害？燕子郑重其事地告诉丈夫："等你成为真正的新疆人时，你就会见到这个狗日的王卫疆，这个乌尔禾的野兔！"

王卫疆不可能那么快就离开奎屯，他一直待在单位，按时上班，沉默寡言。大家都知道他遭到了不幸都同情他。刘师傅的儿子每天来喊他去吃饭，刘师傅老婆花样翻新拿出新疆女人的看家本领做好吃的，每天都要打打牌，把气氛弄热闹一些。刘师傅老婆还介绍一个姑娘。刚开始王卫疆没注意人家姑娘在刘师傅家里帮这帮那，喊刘师傅老婆叫大姐，据说是刘师傅老婆单位上的，也是个会计。会计这个词让王卫疆愣了一下，燕子不就是会计嘛。一个多月后，刘师傅老婆就把话挑明，这是处对象，人家姑娘对你挺满意，你可不要不当回事。

王卫疆很认真地跟姑娘处了两个月。姑娘就从他的生活中消失了，几乎是不辞而别，连个理由都没有，给刘师傅老婆，给王卫疆，都没留一句话，就不再出现。在单位里跟刘师傅老婆拉开了距离，成了“同事”，刘师傅老婆只能抓住王卫疆打破砂锅问到底，也问不出个所以然。王卫疆不想辜负师母一片好心，就很真诚地把责任揽到自己身上。刘师傅老婆就叫起来了：“都是燕子这个妖精把你害的。”王卫疆光抽烟不说话。刘师傅老婆不依不饶：“你赶快找个好老婆，赶快结婚，你不结婚你的伤口就会流血。”

“流血的伤口比流脓好。”

“嗐嗐！”刘师傅老婆跟马一样嗐嗐半天嗐嗐不出一句话。这个说法可是太新鲜了，大家都愣住了。刘师傅这个老江湖都感到吃惊，刘师傅一招手，就有徒弟摆上两个杯子，不是酒杯，是大茶杯。刘师傅很威严地朝老婆扬一下下巴，老婆虽然咋咋呼呼，刘师傅摆出这个架势的时候她还是很当一回事的，她从柜子里拿出贮藏了十五年的伊犁特曲，刘师傅亲自倒了两大杯。在大家的记忆里，刘师傅只给他的师傅倒过酒，刘师傅跟厂长跟市长喝酒都不倒酒的。刘师傅倒了酒，也敬了酒，干喝啊，十五年的伊犁特曲分毫不差全下去了。

“这狗日的，比你师傅厉害啊，宁肯流血不流脓。这才是儿子娃娃。”

有一天，单位的人都怪怪地看王卫疆，王卫疆就知道燕子回来了，王卫疆就跟领导请了假。王卫疆坐上班车，过五公里的时候，王卫疆看见屋顶的炊烟，青烟蜿蜒而上，天空一下子就辽阔了，就有了海洋的气势。王卫疆知道朱瑞开始煮肉了。朱瑞诚心诚意地拜王卫疆为师学了一个多月，虽然他在饭店操过刀，可他更相信牧场长大的王卫疆。这小子正在给燕子两口子卖弄他的手艺呢。

乌尔禾很快就到了。包里有给父亲王拴堂的巴山雪茄，有给母亲张惠琴的棉袜子棉手套，有给海力布叔叔的两瓶酒。他拎包下车的时候就想起他的亲人，好像他们就装在包里，随身带着。他很快发现他走错了方向，他应该往西，他们家是一三七团最西边的一个连队看水闸的，白杨河从那里进入大渠，南北两条大渠，他父亲王拴堂管南大渠的放水闸。他看不到放水闸了。他朝下游走去。他再往东走。他发现走错了他也没改。他已经走进魔鬼城了，正是那些雅丹地貌提醒他方向错了，也正是那些奇形怪状的雅丹地貌吸引了他。他有好多年没有到这里来了，在 137 团中学上学时来过，因为是家乡的缘故，来过一两次就全记下了。他还查过相关的资料，都是很科学的结论，证实乌尔禾魔鬼城一带曾经是海洋的中心，那时整个新疆全是海洋。陆地出现以后，乌尔禾依然有辽阔的水域，生活着许多史前动物，比如恐龙、剑龙、霸王龙、长翅膀的翼龙，当然还有巨大的植物，每棵树有山那么大。再后来一切都消失了，这里成为风暴的中心，是那些风，把干涸的淤泥吹走，把海底坚硬的岩石雕刻成各种动物，基本上恢复了那些曾经存在过的罕见的生命。那些巨兽是要喝水的，白杨河就流过来了。王卫疆自己也喝上了。他喝的可是烈性的酒，他很快就把自己喝大了，他眼前的这些动物全都活过来了，他抚摸它们，他甚至找到了羊。在他的记忆中，魔鬼城的雅丹地貌什么动物都有，包括羊和兔子，还有古歌《黑眼睛》。他唱完《黑眼睛》他就回家了。

王卫疆在家里待了一天，心不在焉，第二天就急着去看海力布叔叔。

草原遭受了近五百年来罕见的暴风，却没有造成任何损失，这都要归功于海力布叔叔。海力布叔叔成为暴风的克星是理所当然的。他的生命快要结束了，临死的人生命力特别旺盛，感觉特别灵敏，所谓回光返照，暴风刚刚酝酿的时候就让海力布叔叔感觉到了。海力布叔叔骑上快马，跑遍整个草原，连那些散落在沙漠边缘的小村庄都不放过。人们是相信海力布的，海力布不止一次预报过暴风、暴风雪。更让草原人惊奇的是那些石人像，那简直是鬼斧神工之作，那些美妇肯定是陪伴海力布的，那独一无二的依照天鹅雕刻的少女石像就是整个草原和大漠的骄傲了。海力布叔叔的生命之火就是这样熄灭的。

王卫疆听到的不止这些，草原上的人们指给他看那块大石头，差不多有房子那么大的白石头跟山一样屹立在平坦的草原上，后边就是海力布所刻的石人像。

“他预告了风暴他就变成了白石头。”

王卫疆走遍了草原，蒙古人哈萨克人汉人都这么说。王卫疆小时候就听过这些传说，在那些古老的传说中，有个叫海力布的牧人救了一条蛇，蛇就许诺海力布具有听懂兽语的本领，但仅限于救他自己，如果说出去就会失去生命变成白石头。传说中的海力布从匆匆飞过的鸟群的喳喳声中知道灾难马上降临草原，海力布不忍心自己逃难，就把这个消息告诉所有的人。大家都不相信，天气晴朗，艳阳高照，谁能相信有灾难发生呢？海力布就不顾蛇的忠告，把鸟语破译给大家，大家眼睁睁看着海力布变成白石头，大家才相信真的有大灾难，纷纷逃难去了。王卫疆听到的全是这样的故事。

两天以后，人们在一条干沟里找到真正的海力布，就是乌尔禾团场的牧工海力布。死因很简单，那么大年纪了，骑着快马跑遍草原，累死了，死前还找到这么一个安全的地方，再大的风暴也刮不着他的。大家还是愿意把海力布编入传说。后来王卫疆真的找到一本民间传说故事集，很权威的一本书，里边记载的海力布的故事跟他听到的一模一样。放下书，他自己觉得多此一举，海力布在蒙古语里就是白石头，海力布叔叔去牧场放羊的时候就是白石头啦。

尾声

王卫疆去了乌鲁木齐找过一回朱瑞，没见到人，等到半夜都没等到反而等到另一种结果。看大门的人让王卫疆登记一下，王卫疆就听看门的人说：找朱瑞，那个乌尔禾的朱瑞？王卫疆本想纠正一下，王卫疆又把话咽回去了。乌尔禾的朱瑞！这让王卫疆多少有点宽慰。

王卫疆走过很多地方，他有手艺嘛，天山南北到处走，还带徒弟，用心地教他们。有一回还碰到了刘师傅，刘师傅问他：还让血这么流下去？他没吭声。刘师傅就拍他的肩膀：好小子，还流得起啊。还真让师傅说对了，他还是沿着公路往前走，他也不知道什么时候是个结束。有一天他听到人家议论前边有个修车铺，乌尔禾人开的，人好，手艺也好，他就绕开了，反正新疆到处都是公路。他拐上另一条路的时候他就想，过不了多久这条路也会有乌尔禾人修车的，可能就在那一天，到处都是乌尔禾人的时候，他，王卫疆就不会再流血了。

那是一个相当漫长的过程，跟他的职业紧密相连，大地跟路的长短成正比。你可以想象王卫疆要在路上走多久。其实也不是走，更多的时候是躺在车底下。据说喇嘛教圣徒一步一叩头，一身丈量行程迈向圣地。修车的王卫疆躺在车底下，手持喷灯，那一定是冰雪季节，要到了夏季，肯定是赤条条的，用司机们的话说“狗渠子都淌汗”。这样的日子持续了很久。有一天，车子修好了，车子走了，他还躺在地上，郑重其事地重复修车的动作。不，不是重复！瞧，他认真的样子，冥想中的车子比实际更真实。正好是太阳落山的时候。见过中亚腹地辉煌的落日吗？那几乎是血浴大地，从苍穹流泻而下的雄浑无比的热血把王卫疆漂起来了。王卫疆站起来，走一会儿，又躺一会儿，又修起来了，那一招一式多地道呀！再也不是冥想中的车子了，是无限辽阔的天空。薄暮时分，太阳的亮光越来越小，差不多是王卫疆手中的喷灯，亮了整整一晚上。白云从天上飘过来了，活活的一只大肥羊！王卫疆一下子安静了，热泪从眼窝里流到脖子，流到地上，渗透了大地。

2006 年 6 月 6 日下午 6 时于宝鸡

图书在版编目（CIP）数据

乌尔禾/红柯著. -- 上海:上海文艺出版社, 2023
(红柯作品系列)
ISBN 978-7-5321-8452-1
Ⅰ. ①乌… Ⅱ. ①红… Ⅲ. ①长篇小说－中国－当代
Ⅳ. ①I247.5
中国版本图书馆CIP数据核字(2023)第018644号

发 行 人：毕　胜
责任编辑：解文佳
特约编辑：谢　锦
装帧设计：周伟伟

书　　名：乌尔禾
作　　者：红　柯
出　　版：上海世纪出版集团　上海文艺出版社
地　　址：上海市闵行区号景路159弄A座2楼　201101
发　　行：上海文艺出版社发行中心
上海市闵行区号景路159弄A座2楼206室　201101　www.ewen.co
印　　刷：上海昌鑫龙印务有限公司
开　　本：710×1000　1/16
印　　张：17
插　　页：3
字　　数：261,000
印　　次：2023年3月第1版　2023年3月第1次印刷
I S B N：978-7-5321-8452-1/I · 6670
价：68.00元
者：如发现本书有质量问题请与印刷厂质量科联系　T: 021-52830308